DO FIM AO PRINCÍPIO

Adalgisa Nery

DO FIM AO PRINCÍPIO
Poesia completa
(1973–1937)

Organização
Ramon Nunes Mello

1ª edição

JO JOSÉ OLYMPIO

Rio de Janeiro
2022

Copyright © herdeiros de Adalgisa Nery

"Desdobramento de Adalgisa" e "Sem título" © Carlos Drummond de Andrade © Graña Drummond
www.carlosdrummond.com.br
"O nome da musa" e "Poemas de Adalgisa Nery" © by Maria Thereza Jorge de Lima e Lia Corrêa
Lima Alves de Lima
"Poema do fã" e "Às margens dos poemas de Adalgisa Nery" © by herdeiros de Murilo Mendes

Todos os esforços foram feitos para localizar os fotógrafos das imagens e os autores dos textos
reproduzidos neste livro. A editora compromete-se a dar os devidos créditos em uma próxima
edição, caso os autores reconheçam e possam provar a autoria da obras. Nossa intenção é divulgar
o material iconográfico e textual sem qualquer intuito de violar direitos de terceiros.

Design de capa: Casa Rex
Imagem de capa: Adalgisa Nery, Patronesse de Honra da Festa das Rosas em benefício ao Lar da
Criança, no Copacabana Palace. Acervo Adalgisa Nery. Fotógrafo Julien Manoel. Década de 1940.
Design e diagramação de miolo: Ligia Barreto | Ilustrarte Design
Diagramação do caderno de imagens: Casa Rex

CIP-BRASIL. CATALOGAÇÃO NA PUBLICAÇÃO
SINDICATO NACIONAL DOS EDITORES DE LIVROS, RJ

N369f

Nery, Adalgisa
    Do fim ao princípio : poesia completa (1973-1937) / Adalgisa Nery ; organi-
zação e pesquisa Ramon Nunes Mello. – 1. ed. – Rio de Janeiro : José Olympio, 2022.

    ISBN 978-65-5847-103-5

    1. Poesia brasileira. I. Mello, Ramon Nunes. II. Título.

22-80400   CDD: 869.1
                             CDU:82-1(81)

Gabriela Faray Ferreira Lopes – Bibliotecária – CRB-7/6643

Este livro foi revisado segundo o Acordo Ortográfico da Língua Portuguesa de 1990.

Todos os direitos reservados. Proibida a reprodução, o armazenamento ou a transmissão de
partes deste livro, através de quaisquer meios, sem prévia autorização por escrito.

Reservam-se os direitos desta edição à
EDITORA JOSÉ OLYMPIO LTDA.
Rua Argentina, 171 – 3º andar – São Cristóvão
20921-380 – Rio de Janeiro, RJ
Tel.: (21) 2585-2000.

Seja um leitor preferencial Record.
Cadastre-se no site www.record.com.br
e receba informações sobre nossos lançamentos e nossas promoções.

Atendimento e venda direta ao leitor:
sac@record.com.br

ISBN 978-65-5847-103-5

Impresso no Brasil
2022

Em que hemisfério ela vive, como ela pode cantar o amor com uma lira de milhares de cordas? Como ela sabe e pode dizer coisas com um ardor magnífico que tocaram a alma de um velho leitor de belos poemas?

GASTON BACHELARD*

---

* Sobre Adalgisa Nery, em carta ao editor francês Pierre Seghers, 1952. CALLADO, Ana Arruda. *Adalgisa Nery: muito amada e muito só*. Coleção Perfis do Rio. Rio de Janeiro: Relume-Dumará, 1999.

SUMÁRIO

9 Nota a esta edição
13 Prefácio: O retorno da mulher ausente – Ramon Nunes Mello

29 EROSÃO (1973)
79 MUNDOS OSCILANTES (1962) [Seção "Novos poemas"]
185 AS FRONTEIRAS DA QUARTA DIMENSÃO (1951)
273 CANTOS DE ANGÚSTIA (1948)
361 AR DO DESERTO (1943)
395 A MULHER AUSENTE (1940)
459 POEMAS (1937)

499 Poemas em homenagem
507 Fortuna crítica
521 Biografia
525 Cronologia
529 Bibliografia
537 Agradecimentos
539 Índice de títulos e primeiros versos

NOTA A ESTA EDIÇÃO

HÁ TREZE ANOS, deparei-me com a biografia de Adalgisa Nery ao ler o livro de Ana Arruda Callado, *Adalgisa Nery: muito amada e muito só*. Além de sua história de vida, o que despertou meu interesse foram justamente os seus versos passionais, de tom grandiloquente, em que trata de aspectos naturais e sobrenaturais da vida com a mesma simplicidade. De imediato, escrevi um texto sobre a poeta e sua trajetória literária, "Musa de várias faces",[1] resgatando sua memória trinta anos após sua morte.

Busquei compreender o porquê de Adalgisa Nery, tão elogiada por seus contemporâneos, encontrar-se, até então, esquecida. Fiquei mais espantado ao ouvir a entrevista de Adalgisa Nery, gravada para o Museu de Imagem e do Som no Rio de Janeiro (MIS/RJ), em 26 de junho de 1967, tendo como interlocutor, entre outros escritores, o poeta Carlos Drummond de Andrade, que na ocasião já evidenciava a falta de atenção à obra de Adalgisa. À procura de uma resposta, primeiro encontrei seus herdeiros, e fui recebido por Elizabeth Feldhusen e suas filhas Nathalie e Samantha Nery, netas da autora. Em seguida, conversei com a Editora José Olympio e propus a republicação dos livros. Em 2015, publicamos seu romance *A imaginária* e, logo depois, relançamos *Neblina*.

---

1 O texto foi publicado originalmente no caderno literário "Prosa & Verso", *O Globo*, 19 jun. 2010.

Dediquei-me a estudar a poesia de Adalgisa Nery no mestrado, na Universidade Federal do Rio de Janeiro (UFRJ), o que resultou na dissertação *Lembre-se da mulher triste: o caso Adalgisa Nery* (2017), com orientação do professor e poeta Eucanaã Ferraz. Em paralelo à pesquisa, iniciei a organização dos poemas, para reapresentar sua trajetória literária: *Poemas* (1937); *A mulher ausente* (1940); *Ar do deserto* (1943); *Cantos de angústia* (1948); *As fronteiras da quarta dimensão* (1952); *Mundos oscilantes*, antologia com seção de inéditos intitulada "Novos poemas" (1962) e *Erosão* (1973).

Para a fixação dos textos, me baseei no volume *Mundos oscilantes*, poesia completa e revisada pela própria Adalgisa. Assim, algumas divergências podem ser observadas se comparadas com as edições anteriores a 1962, especialmente na renomeação de alguns poemas. A despeito disso, foram mantidas as informações de dedicatória, local e data, quando presentes nas edições originais e retiradas da antologia. O poema "O companheiro" foi publicado pela primeira vez em *As fronteiras da quarta dimensão*, e se repete na coletânea de 1962 na seção "Novos poemas". Já o livro de estreia *Poemas* teve sua ordem alterada em *Mundos oscilantes*, bem como alguns títulos excluídos. A nova organização foi considerada e os títulos eliminados ("Poema operário", "Prece da angústia", "Meu silêncio" e "A luz que suspende os homens") foram conservados após o poema "Tu me glorificarás".

Quantos aos títulos modificados, temos em *Poemas*: "Eu queria sorver todo o mal" tornou-se "Ambição"; "Parábola", "Eterna volta". Em *Ar do deserto* os títulos "Poema" foram intitulados "Poema tardio", "Poema da espera" e "Poema incerto". *Cantos de angústia* teve dez títulos, antes "Poema", que foram renomeados para: "Poema do desalento"; "Poema do desconsolo"; "Antevisão"; "Poema sem tempo"; "Lassidão"; "Busca inútil"; "Movimento"; "Olhos de luz"; "Os grandes silêncios"; e "Sensibilidade". Em *As fronteiras da quarta dimensão*, temos catorze originais "Poema" que passaram a ser: "Obstinação"; "Seremos um"; "Inquietude"; "Saturação"; "Poema apocalíptico"; "Íncubo"; "O sempre vento"; "Acalanto"; "O longe vento"; "Poema sem resposta"; "Insensibilidade"; "O poema da busca"; "Vasto mundo"; e "Poema solidão". O poema "Presença inconfundível" foi realocado.

A coletânea de poemas *Au-delà de toi* (1952), publicada na França pelo editor e poeta Pierre Seghers e traduzida pela poeta Francette Rio Branco, não foi incluída nesta edição. Essa publicação, no entanto, foi relevante para a recepção da autora na Europa, ao lado de poetas como Manuel Bandeira e Vinicius de Moraes. A seleção conta com os títulos "Dela de você", de *Poemas*, traduzido para "Au delà de toi"; e, do livro *As fronteiras da quarta dimensão*: "Eu te amo" ("Message d'amour"); "Poema da amante" ("Poème de l'amante"); "Nova mensagem de amor" ("Nouveau message d'amour"); "A presença do amor" ("La presence de l'aimé"); "Repouso" ("Repos"); "Pedido" ("Prière"); "Aparição" ("Apparition"); "Carta de amor" ("Lettre d'amour"); "A morte sobre a mulher" ("La femme et la mort"); "Inquietude" ("Poème"); e "Esboço" ("Ebauche").

Acredito que uma poeta, especificamente uma mulher que dedicou sua vida à literatura – e que está há meio século fora das prateleiras –, não merece apenas uma seleta de seus poemas e sim a publicação integral de seus livros, com uma fortuna crítica. Para além dos aspectos contraditórios de sua biografia, cabe ao leitor e à leitora contemporâneos fazer a própria seleção e o juízo desta produção artística.

A importância de se amplificarem as palavras de Adalgisa Nery, por meio da publicação dos seus poemas reunidos em *Do fim ao princípio*, deve-se ao fato de resgatar não só a memória da autora carioca, mas principalmente de trazer à baila sua obra. A circulação destes versos nos traz o questionamento: afinal, quem foi Adalgisa Nery?

Ramon Nunes Mello

PREFÁCIO

O retorno da mulher ausente

ADALGISA NERY TEVE a trajetória marcada por posicionamentos políticos, mas sua obra literária passa longe de ser politizada. Sua poesia é fortemente marcada pela constante busca pelo mistério divino. Ao nos aproximarmos de sua vida e produção poética, diversas inquietações surgem: por que uma poeta e escritora cuja obra foi tão elogiada por poetas relevantes de sua geração permaneceu esquecida por tanto tempo? Haveria proximidade da obra de Adalgisa Nery com a de Jorge de Lima e a de Murilo Mendes, poetas que apresentam fases de poesia mística/metafísica? Onde se situa a obra de Adalgisa Nery no Modernismo brasileiro? Com sua obra marcada pela religiosidade, a autora poderia ser incluída num outro Modernismo? Se não fosse uma mulher, seria relegada ao esquecimento? De que forma seu posicionamento político prejudicou sua trajetória literária?

Foram essas perguntas que me fiz para trilhar os estudos sobre seus poemas. Suponho que dois motivos relevantes para o "silenciamento" da obra literária de Adalgisa no meio intelectual sejam: primeiro, o matrimônio com o temido chefe do Departamento de Imprensa e Propaganda (DIP) da ditadura Vargas, Lourival Fontes, político defensor da ideologia fascista;[1] e, segundo, a amizade com Flavio Cavalcanti, tido como dedo-duro na ditadura civil-

---

1 Lourival Fontes defendeu a ideologia fascista, em entrevista ao *Diário da Noite* publicada na edição de 14 de junho de 1935, afirmando que "o fascismo é um regime que caminha para o povo e que se antecipa e realiza, no campo das conquistas e da cooperação social, os imperativos mais avançados da dignificação, valorização e igualdade do trabalhador".

-militar. Flavio acolheu a poeta em sua casa em Petrópolis, nos melancólicos anos finais de sua vida. E chegou a receber – provavelmente como forma de gratidão – uma dedicatória de Adalgisa no romance *Neblina*.

Nesta breve apresentação, não posso responder todas as questões levantadas. Mas julgo haver encontrado chaves importantes para adentrar na poética de Adalgisa Nery: uma em sua própria compreensão do fazer poético e outra em seu profundo interesse pelos mistérios de índole espiritual. O Essencialismo de Ismael Nery, sistema filosófico original, deve ser também considerado uma influência determinante na vida e produção da poeta.

Adalgisa Nery, musa de várias faces (impossível não lembrar do célebre "Poema de sete faces", de Drummond), baralha, confunde, gera encanto e estranhamento com seus poemas angustiosos, eróticos, místicos, transcendentes. A lírica amorosa de Adalgisa destaca-se pela interseção do amor com a metafísica, principalmente em *Poemas*. Em seus demais livros de poesia, notam-se menos a interseção do amor divino/amor carnal, e mais o desdobramento de uma lírica que se estabelece com a "busca do mistério" através do cosmos, dos elementos da natureza ou da evocação de Cristo. Percebe-se, assim, que quanto mais a poeta traz à cena os diferentes elementos que formam seu imaginário, melhor resultado consegue com seus versos.

Especialmente a partir de seu segundo livro, *A mulher ausente* (1940), o erotismo da mulher parece muitas vezes sumir dos versos. Uma das influências do cristianismo, talvez a mais grave – nos diz Octavio Paz –, é o desaparecimento dos valores eróticos, sobretudo do amor terreno, do amor humano. Talvez, no caso de Adalgisa, a insuficiência do amor carnal agrave o resultado de sua escrita, pois é evidente que seus versos ganham força quando o sagrado e o profano coexistem em sua poética, destacando a beleza nos contrastes.

Adalgisa Nery acreditava na poesia como um "dom", capaz de iluminar as intempéries e dores do mundo. Para ela, a poesia é "uma maravilhosa flor de luz – coberta de cinzas",[2] luminosa e um tanto melancólica. Há algumas

---

2 *Revista da Semana*, 11 fev. 1950. Resenha sobre o livro *Cantos de angústia*.

passagens em sua trajetória que ilustram o seu entendimento do ofício de poeta – por exemplo, quando escreveu um texto, que acabou não sendo utilizado, para apresentação do livro *Forças contrastantes*, do seu filho Emmanuel Nery, no qual defende a crença da poesia como uma dádiva, um presente de Deus:

> O dom poético é a manifestação de certa disposição de ordem intelectual, mesmo no simples sentido de habilidade de captação é manifestação espiritual. As tendências artísticas aparecem na infância, daí o poeta vive sempre em estado de pureza. A poesia não é um privilégio nem dos ignorantes nem dos sábios, é um privilégio dos poetas, daqueles que recebem esse dom. [...] O poeta observa as tristezas, as alegrias, as grandezas do ser humano e o faz com simplicidade total.[3]

Em sua entrevista a Carlos Drummond de Andrade, gravada para o Museu de Imagem e do Som no Rio de Janeiro (MIS/RJ), em 26 de junho de 1967, Adalgisa, aos sessenta e dois anos, recorre a esse mesmo pensamento de "dom" na criação poética ao falar da importância da poesia em sua vida:

> A poesia na tristeza, a poesia no pranto, a poesia também no riso... A poesia em tudo que eu fiz. O que sustenta realmente a minha vida é esse dom que eu recebi: da poesia. Porque a poesia, como nosso querido Drummond sabe, não se aprende, a gente sente. Todos nós sabemos sentir a poe-

---

3 Texto encontrado no Acervo Adalgisa Nery, do Arquivo-Museu de Literatura Brasileira (AMLB) da Fundação Casa de Rui Barbosa, Rio de Janeiro. O AMLB possui trezentos e trinta e sete metros lineares de arquivos de escritores brasileiros que representam diferentes movimentos literários, como Carlos Drummond de Andrade, Manuel Bandeira, Clarice Lispector, Cruz e Souza e Adalgisa Nery. Ao todo são cento e vinte e sete arquivos de escritores sob custódia do AMLB, além de acervo arquivístico e coleção de documentos.

PREFÁCIO   15

sia, sabemos perceber, sabemos, vamos dizer, ouvir... Mas nem todos sabem dizer, expor. O Drummond tem esse dom fabuloso.

Na gravação do áudio da entrevista, percebe-se Drummond desconcertado com a declaração de Adalgisa, que articula a questão como uma maneira do poeta de ver o lado diferente das coisas, de "perceber mistério".

Essa compreensão da poesia em geral e de sua própria criação poética possui filiação, tradição na literatura, inclusive entre seus contemporâneos, como o poeta Jorge de Lima, para quem a poesia também é um atributo divino: "Há poetas que fazem da poesia um acontecimento lógico, um exercício escolar, uma atividade dialética. Para mim a Poesia será sempre uma revelação de Deus, dom, gratuidade, transcendência, vocação."[4] A poesia praticada por Adalgisa Nery e Jorge de Lima tem aproximação com aqueles que praticavam a "poesia pura", associada ao misticismo, à magia. Essa tentativa de elaborar a ideia de criação artística "pura" caracteriza seu desejo de construir um estado em que a poesia reúna o desejo religioso do poeta de reencontrar a origem, de estar em comunhão com o Absoluto – a Salvação, na perspectiva cristã. A redenção das misérias e dualidades do mundo se dá por meio da representação do divino, o que na poesia de Adalgisa Nery pode ser chamado de Deus – símbolo presente em seus livros com diferentes nomes, por exemplo, "Verdadeiro Pai", "Absoluto" e "Senhor".

Para analisar sua produção poética, é necessário levar em consideração a compreensão que a poeta tinha de seu ofício, mas também a filosofia essencialista e a influência de sua formação católica – os pais; o primeiro marido, Ismael Nery; a sogra; e os amigos mais próximos, Murilo Mendes e Jorge de Lima.

O Essencialismo foi um pensamento filosófico criado por Ismael Nery e que só chegou até nós pelo esforço do poeta Murilo Mendes, seu amigo, que, além de recolher seus poemas jogados no lixo, reuniu os conceitos no

---

4 LIMA, Jorge de. *Poesia Completa*. Rio de Janeiro: Nova Aguilar, 1958. p. 64.

livro *Recordações de Ismael Nery*. O sistema consiste num princípio estético e filosófico, cuja pretensão é elevar as ideias a um plano Universal, baseado principalmente na abstração do espaço e do tempo, bem como na seleção e no cultivo dos elementos essenciais à existência. Como revela Murilo, o Essencialismo levava em consideração que o homem deveria se indignar com as injustiças sociais, além da concepção de Cristo como maior exemplo para a humanidade.

Não por acaso, em seu livro de estreia, Adalgisa chegou a escrever "Poema essencialista", sobre e a partir desse pensamento, tamanha a influência do sistema filosófico em sua vida e obra. E, dentre inúmeros poemas escritos por ela, destaco o seu "Poema natural", que é elucidativo de sua conexão com o Essencialismo:

> Abro os olhos, não vi nada
> Fecho os olhos, já vi tudo.
> O meu mundo é muito grande
> E tudo que penso acontece.
> Aquela nuvem lá em cima?
> Eu estou lá,
> Ela sou eu.
> Ontem com aquele calor
> Eu subi, me condensei
> E, se o calor aumentar, choverá e cairei.
> Abro os olhos, vejo um mar,
> Fecho os olhos e já sei.
> Aquela alga boiando, à procura de uma pedra?
> Eu estou lá,
> Ela sou eu.
> Cansei do fundo do mar, subi, me desamparei.
> Quando a maré baixar, na areia secarei,
> Mais tarde em pó tornarei.

Abro os olhos novamente
E vejo a grande montanha,
Fecho os olhos e comento:
Aquela pedra dormindo, parada dentro do tempo,
Recebendo sol e chuva, desmanchando-se ao vento?
Eu estou lá,
Ela sou eu.

Adalgisa se interessou também em estudar a obra de Sóror Juana Inés de La Cruz, freira, poeta e dramaturga nova-espanhola (mexicano-espanhola) do século XVII, a décima musa, a fênix mexicana – considerada a primeira feminista das Américas. As trajetórias das duas poetas se entrecruzaram no tempo e no espaço quando Adalgisa Nery, durante sua viagem ao México em 1952, ao lado do marido Lourival Fontes e no papel de embaixatriz do Brasil, realizou conferências sobre Juana Inés de la Cruz, pelas quais recebeu a medalha da Orden del Águila Azteca,[5] sendo então a primeira mulher a obter tal distinção.

O interesse de Adalgisa Nery pelo misticismo e pela religião não se limitava à sua própria criação poética, mas alcançava seus estudos literários e também sua biografia. Em outras palavras, ocupa lugar de destaque em seu pensamento intelectual e em seu modo de ver o mundo.

UM LONGO CANTO DE ANGÚSTIA

Compreendo a riqueza da poesia lírica de Adalgisa Nery através da tensão entre a comunhão e a solidão, entre o sagrado e profano. No decorrer de sua trajetória, a palavra "angústia" é uma constante de sua poética de traço

---

5 Maior distinção outorgada pelo governo do México a estrangeiros em razão de seus serviços prestados à nação mexicana.

marcadamente melancólico – característica presente desde o início de sua produção.

Pode-se dizer que Adalgisa escreveu um inventário da solidão, preenchido com um longo grito de angústia a Deus, marcado em *Poemas* e se estendendo até *Erosão*. Destaco os versos do poema "Gêmea comigo", de seu primeiro livro:

> Dentro da minha alma só ficou a angústia
> Que continua passeando de minha sombra aos meus cabelos
> Como pés que atravessam praças desertas
> Nas madrugadas de velório.

Nos versos, vemos um eu lírico que não se dá conta inteiramente de sua perda – no sentido de que sabe que perdeu algo, mas não o que perdeu – apresentando vivências de angústia, dor em silêncio e solidão. Quando a tristeza e a dor são insuportáveis, restaria ao sujeito uma única alternativa: o suicídio. Como é apresentada no poema "A grande suicida", a ideia de que se suicidar chega "esgarçando a alma do passado,/ do presente e do futuro". A ideia da morte como uma escolha, que causa mais agonia e desespero, persiste. Entretanto, não é levada até o fim em seus versos.

A presença da morte é outra constante na lírica adalgisiana, apresentada como solução para uma vida terrena coberta de sofrimento. "Antimodernistamente", como se apresenta a obra de Adalgisa Nery, é na busca do Deus cristão que o sujeito lírico encontra a solução para a angústia. Deus está acima da poesia e da própria linguagem: o movimento de seus poemas é em direção ao transcendental.

O início do processo de "erosão" do sujeito, também característico de Adalgisa, está mais evidente na seleta "Novos poemas", que apareceu em 1962 em *Mundos oscilantes*, antologia organizada pela própria autora. O volume, além de reunir os livros anteriores, realizou mudanças em versos, incluiu títulos, atualizou as normas ortográficas e excluiu alguns poemas de edições anteriores.

Em "Novos poemas", não há mais o desdobramento do sujeito a prevalecer como ferramenta estética, estamos diante de um eu lírico fragmentado: "Apenas há devastação/ nas sombras onde o silêncio é um canto" ("Murmurações"). Logo no início dessa seção de poemas inéditos de 1962, há uma espécie de prenúncio do que viria a ser seu último livro, *Erosão*. Há uma anunciação antes da batalha final em seu "Apocalipse":

> Chegaram os ventos.
> Vieram sem o perfume das raízes
> Manipuladas pelo carinho das madrugadas tranquilas.
> Ventos vermelhos e secos
> Trazendo a emanação das carnes apodrecidas
> [...]
> Chegaram as tempestades.
> [...]
> Trouxeram agonia e dor

O sentimento de tristeza se potencializa nos versos: "E por fim chegou a palavra./ Veio desumana e sem ternura."

Seus poemas apresentam paisagens noturnas, desencantadas, repletas de sofrimento. A morte, mais do que uma presença, é uma solução para a dor, como podemos ver em "Desejo": "Quero morrer/ No intervalo em que a noite fugir/ E o dia não houver chegado."

A tristeza, que dá o tom de seus livros anteriores, é potencializada: a figura da "mulher triste" é o sujeito lírico fragmentado e desiludido. A busca do sagrado não é mais o que estabelece a abstração do espaço-tempo, mas o próprio sentimento de tristeza que parece tomar o eu lírico: "Desmancha o olhar, absorve as cores da voz/ e vai petrificando/ a alma e o corpo doentes" ("A força do invisível").

Os versos que antes eram direcionados como prece a Deus assumem uma espécie de queixa do sujeito diante da dor e da não realização do encontro com o ser amado. Se antes existia a expectativa de reencontrar o ser amado, agora ele é cantado como motivo da profunda dor, as lembranças são como alucinações em "Um nome":

> Sobre as noites e os dias
> Sobre os silêncios e os medos,
> Sobre o meu pensamento cansado
> E os sonhos de criança
> Eu leio o teu nome amado
> Em tudo que já foi escrito

O que resta ao eu lírico desolado é o silêncio, exaltá-lo na tentativa de livrar-se do sofrimento: "Do silêncio veio a lágrima/ e o sono/ que fragmenta a ação" ("A grandeza do silêncio"). Pois "todas as palavras estão tomadas pelo silêncio" ("Paisagem"). Adalgisa Nery trabalha com versos mais meditativos, como se o sujeito poético fizesse uma reflexão diante de seus fracassos para concluir, em "Poema para os inimigos", que:

> A vida está onde nela mais morremos,
> [...]
> Está em todos os fracassos da batalha
> Na conquista da coisa mais simples e mais terna.
> A vida está no amor inesperado que nos mata

UM EU LÍRICO EM RUÍNAS

O último título de Adalgisa, *Erosão* – publicado em 1973, cuja edição é dedicada aos seus filhos Ivan e Emmanuel –, é um livro de poemas escrito no silêncio e na solidão do seu exílio voluntário, quando se recolheu em uma casa de repouso para idosos no Rio de Janeiro.

A capa é ilustrada com um desenho de Emmanuel, que assinou com o pseudônimo Ryne (anagrama de Nery), e montagem do designer Eugenio Hirsch. O leitor pode ver nela quatro diferentes quadros da mesma figura: uma mulher em aparente agonia, com o rosto voltado para os céus. O primeiro quadro revela um corpo inteiro, nos outros está recortado: inicialmente destaca-se seu rosto, e depois há enquadramento de um detalhe da mão. O corpo da mulher se mistura a uma construção de tijolos em ruínas e apresenta rachaduras no rosto, no colo e no longo pescoço – características presente em todos os retratos de Adalgisa pintados por artistas. Uma longa cabeleira preta adorna a figura, compondo assim parte do vestido em retalhos, repleto de rachaduras, como uma parede condenada. O título, *Erosão*, localizado acima dos desenhos, também está se desfazendo, refletindo a dor de uma visível decomposição. Em sua lírica final, Adalgisa Nery utiliza o imaginário onírico e o enfrentamento do mistério da morte. Apesar de trazer "Eros" – deus grego do amor, também conhecido como Cupido, "desejo" ou "amor" em latim – na composição da palavra "erosão", a mulher que tematiza o amor, à espera do ser amado, não está presente como esteve em *As fronteiras da quarta dimensão*. O título do livro traduz perfeitamente os versos que compõem a seleta: o processo de desgaste, corrosão e ruína de um eu lírico mergulhado na dor.

Seu poema inicial, "A graça", relata "não encontrar a chave do Universo/ que abre a porta do insondável". Essa é a chave de uma busca pelo motivo da existência, onde "a graça", o presente divino, é justamente o possível encontro "não de uma certeza, mas de uma atitude,/ de uma razão diferente" para que se abra a "[...] passagem da vigília do sono/ a outra vigília superior", isto é, a passagem para um universo considerado sagrado.

Trata-se do amor transcendente como ordenação da angústia no caos interior de um eu lírico fragmentado, e não mais desdobrado como nos livros anteriores. Um sujeito que assume o próprio fracasso e o cansaço diante dos mistérios da vida. A metáfora do vento, recorrente em sua poética, reaparece nesse canto derradeiro. O eu lírico, embarcado em seu veleiro imaginário, sai numa viagem que se confunde com um sonho, em "Tripulantes do veleiro":

O veleiro é o mesmo,
O horizonte é outro, mais infinito,
E o oceano se repete na variação
Entre a fúria e placidez.

Os "tripulantes do veleiro" são vítimas da repetida paisagem. Entretanto, as forças contrastantes do percurso estão presentes na viagem poética de Adalgisa. Essa visão/construção de uma paisagem, por vezes apocalíptica, repete-se nos livros da autora. A única certeza é a morte: "Sabemos que todos seguem o mesmo rumo/ nos jardins plantados de ciprestes" ("Compensação"). Os caminhos já percorridos são feitos de águas profundas e revoltas – "à procura da estrada de nós mesmos/ torna o espírito mais desperto./ Vivemos nos penhascos de mares agitados" ("A rota") – trazendo sempre a iminência do fim.

Em seus versos, "a canção do corpo é cantada para dentro" ("Canção para dentro"), a paisagem vista não é uma visão exterior, mas uma construção de um interior marcado pelo sofrimento e pela solidão: "Em cada partícula da angústia indormida/ que em tudo se oculta, por todos os lados,/ na unidade do momento de vida" ("Paisagem no pensamento"). A paisagem é um retrato de um corpo em sofrimento; a poeta enxerga as dores do mundo e a traduz em seus versos.

O pranto em fúria cantado pela poeta tem forma e cor, estende-se no sono e no sonho, num estado de vigília. A mulher é o sujeito "cosmonauta", o viajante planetário que busca a compreensão dos mistérios do todo. Se, em outros livros, essa mulher misturava a dor com a sensualidade, aqui ela revela "na face, a geografia da angústia/ dos pânicos e das medrosas alegrias". Mas ela é também a geradora de vida, aquela que traz em seu corpo a geração precedente, abrindo os caminhos: "Uma só raiz para frutos diversos/ uma só vida para destinos tão complexos."

Mais do que uma prece, um pedido de socorro a Deus, o último livro de Adalgisa pode ser compreendido como um testemunho de seus anos de recolhimento. A poeta escolhe outras palavras para expressar a sua busca pelo sagrado, não ouvimos mais os prantos a Deus, mas a silenciosa meditação na tentativa de expandir a consciência, em "Metamorfose":

Tomamos consciência do cósmico,
Tentamos ligação com o espírito há muito abatido
E a alma afunda em dimensões pulverizadas

O tempo bíblico é trocado pelo tempo cíclico, a constatação que "a vida universal desdobra-se em ciclos/ no espaço de muitos séculos".

O eu lírico agora se sabe "fragmento e transitório" ("Rotina de todos nós"), volta-se sempre para suas paisagens interiores na tentativa de iluminá-las: "Que estranha área de trevas no meu cérebro/ impede o meu espírito de receber a luz divina?" ("Escuro"). Talvez, devastada com as perdas em sua vida, a autora se dedicasse à poesia expressando a voz de um sujeito triste, melancólico, repleto de angústia e silêncio, que busca o amor na transcendência.

É justamente a ideia do "amor acima do amor" ("Mulher") que Carlos Drummond de Andrade destaca no poema feito a partir de sua leitura de *Erosão*.[6] Encontramos a compensação, a redenção diante do sofrimento e da repetida transformação, dinâmica que ele chamou de "desdobramento" no poema "Desdobramento de Adalgisa".

Drummond parece ter visto que, em seu último canto, a poeta apurou – seja pela "erosão" ou pelo "polimento" – a sua linguagem. Ele destaca "uma luz grave" presente na poesia de Adalgisa, o tom soturno diante da "angústia existencial".

Nesse sentido, podemos ver que a resposta para as perguntas sobre a poética de Adalgisa Nery está nos próprios versos da poeta, nos quais o sujeito lírico busca a compreensão dos mistérios da existência em Deus. Se o resultado dessa busca pode ser considerado satisfatório, no sentido de tradução

---

6   O poema compõe carta de Drummond, enviada em 14 de outubro de 1973, guardada no Arquivo Adalgisa Nery, série Correspondência Pessoal, no AMLB.

de matéria poética? Algumas vezes sim, outras nem tanto. Trata-se de uma obra irregular, ou "oscilante". Adalgisa Nery apresenta por vezes versos sem contradições, finalizando alguns poemas com "fechos de ouro" ou uma moral explicativa, o que a faz às vezes perder a beleza do "desdobramento" – responsável pelo elemento fortalecedor de seus poemas. A própria poeta Adalgisa, no encontro do MIS/RJ, fez uma autocrítica ao fato de sua poesia não receber a devida atenção.

> Tudo que eu fiz, que fiz como poesia, se tem um valor, vai atravessar o tempo. [...] Eu acho que eu gostaria de fazer muito melhor do que tenho feito. Eu sei que eu sinto muito mais forte do que aquilo que eu transmito. É uma falha minha. Eu devia saber transmitir exatamente naquele volume que eu sinto. Mas é possível que a minha poesia passe, seja de uma época...

Parafraseando o poeta Ivan Junqueira a respeito de Dante Milano – "o poeta do desespero e da dor" –, amigo e contemporâneo a quem Adalgisa dedicou os poemas "Pré-morte" e "Procissão das bestas", e que, assim como ela, também esteve à margem do Modernismo: ADALGISA É MAIS MODERNA DO QUE MODERNISTA.

A academia, muitas vezes, constrói o que se chama de "estilo modernista", deixando de lado a multiplicidade de manifestações artísticas na Modernidade que não estão comprometidas com determinada "escola literária". Assim, muitos autores ficaram de fora, ou à margem do que se chamou de Modernismo, como neste caso. Penso que Adalgisa teria praticado outra espécie de Modernismo, diverso do que é entendido como canônico. No sentido de inovação da linguagem, a poeta estaria distante dos ideais modernistas e da produção de grande parte de seus contemporâneos. Diferente de outros que dialogaram com o religioso católico, como Murilo Mendes e Jorge de Lima, Adalgisa Nery não demonstrava em seus versos o desejo de revolucionar a arte.

Acredito, no entanto, que a poeta buscou, com seus versos, uma maneira de ultrapassar suas próprias contradições, uma tentativa por vezes falha, como ela própria revela a Drummond, mas não menos valiosa. A maior diferença entre Adalgisa Nery e seus pares talvez seja que, ao invés de olhar para fora, ela estava preocupada em olhar para dentro de si e cantar sua melancolia. Podemos entender a intensa tristeza e a busca pelo mistério e pelo divino presentes em sua obra como uma escolha para investigação e criação de sua própria poética. Tal decisão estética merece ser entendida como um "desdobramento" de si, como dito por Drummond, uma expressão de amor que luta pela transcendência, que luta para estar acima do próprio amor.

Ramon Nunes Mello
Rio de Janeiro, 2022

DO FIM
AO PRINCÍPIO

(1973-1937)

EROSÃO

(1973)

Para os meus filhos Ivan e Emmanuel

A GRAÇA

Na memória nem tudo está em tudo.
Descobrir o signo, o símbolo
E não encontrar a chave do Universo
Que abre a porta do insondável
Guardada na mão do Senhor.
Encontrar a chave
Não de uma certeza, mas de uma atitude,
De uma razão diferente,
Encontrar a chave
Que abre passagem da vigília do sono
A outra vigília superior
Para atingir o desperto.
Nem tudo está em tudo
Se a graça do Amor
Não ordenar o nosso íntimo.

FRACASSO

O vazio faz-se entre a dissonância do aflito e do manso,
Faz-se no sono e no acordar da mente,
Faz-se no riso imotivado e no pranto recolhido.
O vazio faz-se na aura da vitória e no excesso da fartura,
No supremo instante do amor e no momento que o precede.
O vazio faz-se nas vísceras,
Na procura do querer sem rumo,
No monólogo da língua virgem,
No ocaso ainda não formado
E na visão que não nos pertence.
O vazio faz-se entre fezes e urina
Com a proliferação dos homens
Que a força dos vazios desconsolos vence.

TRIPULANTES DO VELEIRO

O veleiro é o mesmo,
O horizonte é outro, mais infinito,
E o oceano se repete na variação
Entre a fúria e a placidez.
O azul do céu é manto de perfeição
Cobrindo tudo que existe.

O veleiro voltará um dia
Abrindo o mesmo horizonte,
Flutuando sobre a mesma ansiedade do oceano,
Cortando o mesmo azul de perfeição,
Carregando as terríveis vigílias
Dos mesmos cansados tripulantes,
Vítimas da mesma paisagem de monótona repetição.

COMPENSAÇÃO

O pensamento vestido de imaginados
Surge como um gânglio enfartado
E movimenta o cérebro cansado
Pelas distâncias sem rumo.
No caminho pedras e abismos
Se agarram ao nosso corpo frágil
E nos levam para a paisagem eterna
Num céu onde não há fim.
O mundo é um grande olho que espia tudo
E ensina um sofrimento mudo.
A luz pode ser esperança ou desespero
No olhar do transeunte que jamais veremos.
Sabemos que todos seguem o mesmo rumo
Nos jardins plantados de ciprestes.

MULHER

Na face, a geografia da angústia,
Dos pânicos e das medrosas alegrias.
Cada ruga é um presságio.
E auréola da aflição constante
O esplendor dos cabelos brancos.

Uma só raiz para frutos diversos,
Uma só vida para destinos tão complexos,
Um só pranto para dores tão diversas.

O útero que gera o herói, o sábio, o poeta,
O santo, o miserável e o assassino.
Uma só raiz para frutos tão diversos!

O dom da paz em cada gesto
Cai como noites quietas
Sobre a alma em rancor,
Amor acima do amor.

PRÉ-MORTE

Para o poeta Dante Milano

O escuro ser profundo, coisa sobrenatural,
Vontade oculta sem objeto,
Pousado na brasa sem lume
Dos ímpetos à procura de um destino.
Companheiro de farsas, mensageiro de aflições,
Mão sustentando a máscara na face intata,
Fuga na palavra dissolvida
No vácuo da imagem esquecida,

Sobra que embala em acalanto
De agonia em agonia,
O volume da tristeza e da alegria,
Nódoa que o desespero não apaga.
Tudo tão certo e tudo tão mal articulado,
Tudo tão fundido no abandono do querer,
Tão floresta sem saída, tão rachadura sem fundo,
Tão treva preexistida
Na corrente de amarrados conjuntos
No conceito de vazios absolutos,
No escuro que não deu à luz.
Oh canção de secura cantada em silêncio!
Oh escuro ser profundo!

PAISAGEM NO PENSAMENTO

Reflexo nas formas veladas,
Luz no sono da criança,
Cor da vida nas rosas nascendo
Nas sepulturas sem nome.
Som batendo na muralha transparente,
Chuva lavando as horas esquecidas,
Humilde pensamento acostando-se na mente,
Águas em fio escorrendo nos tetos agudos,
A palavra transitando sem contatos
Nos olhos dos surdos,
Foguetes violentando a virgindade das nuvens,
Fecundando fugas para o secreto
À procura de vida na vida de outro sêmen,
Aumentando a solidão compacta em cada homem
Que dia a dia mais enfrenta o terror
E vê infâncias famintas
Que as próprias mãos comem.

Estupros louvados
Em cada partícula da angústia indormida
Que em tudo se oculta, por todos os lados,
Na unidade do movimento da vida.

A VOLTA AO MITO ARIANO

Agora que o homem nasce da máquina
E abaixo do nível 120 do QI
Toda a inteligência é lixo,
A seleção produzirá gênios superiores.
A técnica domina e ordena,
A ciência sôfrega apura a raça qualitativa
E o mundo oco armazenará espíritos divinizados.
Os quasímodos, os desmemoriados, os subnutridos, os retardados,
Os que a ciência compulsar aquém do nível 100 do QI
Servirão de estrume para a geração de gênios em cultivo.
Para uma raça que
Livre do entulho humano cante um novo Mundo.

O DESVENDADO

O que há além dos veleiros perdidos no silêncio das esperas,
Além do azul parado atrás do horizonte?

O que há atrás de cada impulso, de cada gesto cortado,
Além do que existe e não sabemos procurar?

O que há além da ternura
Acomodada na procura incerta do prazer,
Na aceitação que vem pelo cansaço e o desamor?

O que há além de cada mundo que somos?
O que há além da imensidão dos vazios
Multiplicados na orla de cada minuto?

Exílio alargando-se na vida para o termo da morte.

PROCISSÃO DAS BESTAS

Também para Dante Milano

Mundos de conflitos que o silêncio engole,
Sombras lentas e pesadas
Reduzem os olhos a bagaços.
Ruminações da memória
No branco da vida extenuada
Na paisagem sem ninguém.
Nos gritos soltos
Sem a devolução do eco.

No oco das mãos
Ausente o suor de outra mão,
Formas amadas levadas pelo vento
Às nuvens que condensam o cansaço da terra,
Canções da carne traduzidas na rosa,
Promessas de fé em cada espera,
Na palavra esquecida do próprio som,

Circunferência de fogo em labaredas
Consumindo a ternura no cansaço.
Imaturas searas de amor,
Morte nos ossos das jornadas sem motivo.

Fadiga anterior à união dos sexos
Decompostos na traição de análises mútuas,
Espreitando sadicamente dois corpos nus fundidos na derrota.

Lodo cobrindo pés, atolando ventres,
Transformando bocas em esgotos
Reduzindo o amor a ato
Que o silêncio engole
Como fétida flor da noite.

INSTANTE

Um corpo de mulher deitado em branca nuvem
Atravessa o azul poluído de pensamentos descontrolados
E o vento cresce na surpresa da manhã.
Fixo a minha ideia na viajante do espaço,
Alargo os meus sentidos em tudo que já foi visto
E penso no tempo ultrapassado
Quando havia sono nos adormecidos,
Mortalha à espera do chamado dos abismos.

Um corpo de mulher, sombra levada lentamente
Pelo vento e deixada
Sobre um barco, levado lentamente.

OS CAMINHOS DO PRANTO

Há prantos se abrindo em cada corpo
Em cada forma, em cada cor, em cada sono,
Em cada fonte e em cada porto.
Há prantos de sangue em cada estrela,
Em cada vento há prantos semeando
O ódio e a fome, constantes sentinelas
Das vidas nascidas por acaso.
Prantos nos arbustos florescendo vermes,
Nos rios sufocando peixes,

Nos ventres parindo raízes
De torturas selecionadas em feixes.
Há prantos de horror
Sob a roupagem dourada do astronauta
Que se move na placenta do infinito
Como feto no útero da fuga desejada.
Pranto fundo em cada anseio de amor,
Em cada alegria de vida,
Em cada esperança de paz prometida.
Há prantos se alongando
Sobre todas as coisas diferentes, iguais ou indiferentes,
Sobre todas as distâncias paradas
Na convulsão de todas as mentes.
Pranto violento substituindo o sangue
Nas veias do homem irmão,
Contagiando a seiva das árvores,
Resfriando o calor do sol,
Amputando a ternura espontânea da mão.
Há um pranto crescente e intenso
Anulando o direito de cada um
Morrer em paz no seu espaço vazio e imenso.

ABANDONO

A exaustão faminta
Procura elementos ainda vivos no meu ser
Talvez guardados em escuros vácuos
Que carrego sem saber.
Alimenta-se do sopro das imagens
Desenhadas pela minha imaginação
Pelo tato dos meus sentimentos,
Pelo pânico do desconhecido.

Aparece como febre constante dilatando as minhas carnes
Descoloridas e sem sabor de vida.
A exaustão sobe pelos meus pés,
Cobre os meus gestos incipientes,
Prende a minha língua,
Suga o meu cérebro, ninho de aranhas em fogo,
Pousa no meu cabelo como morcego.
Exaustão que funga o ar, que saqueia o meu silêncio,
Último repouso nos meus vácuos devassados.

OS CEGOS

Não vemos o mostrador do Tempo
Assim como não vemos
Uma forma de vida fundir-se noutra.
Não vemos a vida caminhar sobre nossa origem
Construindo muralhas contra nós mesmos.
Não ouvimos o cântico de guerra
Festejando nossos fracassos
Registrados nas páginas do pensamento.

A cada hora vemos e sentimos menos
O mostrador do Tempo.
Somos mutações desordenadas
Multiplicando-se nos porões fétidos
De galeras negras, abandonadas.

O CAMINHO É O MESMO

Angústia causticante,
Memórias dissolventes,

Entranhas maculadas,
Passos fortes no silêncio,
Gozos compassivos
Em corpos descompostos.

Espumas que não vêm do mar,
Água gosmenta nascida às bordas da saliva,
Vozes nuas sem inflexão,
Campos calcinados,

Lembranças sem presenças
Forçando detalhes esquecidos da face amada.
Olhos em vigília,
Luzes extenuadas, no fundo da noite.

E gemidos constantes
No corpo que existe morto
Na realidade irreal das formas caminhantes.

CONVERSA PERDIDA

O que resta do espírito agora
Quando o sentido de vazio foi predominante
No meu pensamento desde outrora?
O que significa o último movimento
Quando todos na minha existência
Flutuaram na descrença do momento?
O que responder com o olhar
Quando sempre em tristeza foi usado nos mortos-vivos?
O que pensar de mim agora
Quando antes já sabia estar pousada
Nos vazios de outrora?

TEORIA DE ZERO

O desejo absorve dois corpos
E por instantes funde-os na unidade.
Sentimentos com a força das marés vazantes
Baixam sobre dois corpos
Deixando às próximas marés enchentes
Dois corpos abandonados, flutuando
No oceano aberto.

RAZÕES CONJUGADAS

Da tristeza, tempo nascido do sonho,
Formaram-se o vento, as águas mansas,
A escuridão úmida sob o sol,
A neve amortalhando as distâncias,
O pranto confuso,
O silêncio compacto, tão pesado.

No caminho já pisado por mil pés
Há relva à procura da luz imaculada.

Tão relva quanto tão estrela
Ambas em tristeza confirmadas
Como o pranto tão confuso, tão chorado,
O silêncio tão compacto, tão pesado.
Ações do corpo conjugadas
Às canções que permanecem ocultas
À voz alegre dos rios,
Ao voo das asas alumbradas.
Cárceres de sonhos e temores,
Desejos de morte sobre mortes,
No pranto tão confuso, tão chorado,
No silêncio tão compacto, tão pesado.

UM INSTANTE DO PENSAMENTO

A noite vai inchando no espaço
À espera das coisas, engendrando
A rosa frágil, a lâmina de aço.
A noite vai ungindo seres em seu ventre
Sob o hálito de elementos apodrecidos,
Vai criando átomos de aflições entre
O riso da criança e a presença dos lamentos.
O pranto nasce sobre os ramos,
Sob as sombras apagadas,
Devolve esperas além do tempo,
Desce sobre as faces superpostas,
Movimenta desígnios já mortos,
Grita obscenos desejos nas águas represadas
E canta a sua canção nos vales sem fundo.
A noite inchando no espaço,
Multiplicando a rosa frágil
E a lâmina de aço.

SIGNIFICADO DA TRANSFIGURAÇÃO

Sono largo, sono sem tempo
Num mundo hostil e inquieto,
Prêmio aspirado
E ainda não conquistado.
Cérebro como casa de cômodos
Onde muitas vozes falam e gritam contra mim
Saindo das minhas janelas,
Ganhando o universo
Nas dependências do meu corpo.
Estímulos desde o berço adormecidos
Onde configurações são interrompidas

Em silêncios tão silêncios
Que se transmudam em chiados de nascentes ventos.
Movimento oscilante
Não deixa marca nas ondas delta
Da minha constante.
A audição colorida
Pinta seus grandes murais nas paredes dos meus ossos
Aquecidos por vozes agudas
Que tomam formas de montanhas incandescentes.
Sinais, componentes lentos e dominantes,
Redução, substituição gradual e deliciosa
Da consciência declinando sob ondas de instantes.
Sono. Mudança nefasta, mas reversível
Se por acaso eu pressentir
O domínio do homem invisível.

O ETERNO NO INSTANTE

Apertam-me as sombras.
De rastros sulco estradas tenebrosas.
Na memória ásperas palavras
Sangram antigas ternuras,
E dos ossos recebo a voz da solidão.
Mortal visão da vida
Imaginando antes de mim
A quebra das secas raízes do meu ser,
Cantos sem cor trazidos
De bocas sangradas,
Ventos que não trazem a mensagem das nuvens
Apertam-me nas sombras.
Meu pensamento desfaz-se em bolhas,
Minhas carnes relaxam-se

Tomando espaços que não me pertencem.
Sinto-me flutuando
Em oleosos mares sem nome.
O tempo desata do meu espírito
O afeto pelas coisas, a necessidade
De possuir humildes alegrias.
Chagas em cáustico,
Rumor apagando-se
À chegada de novas canções.
Apertam-me as sombras.
Só o meu olhar é um vivo adeus
Ao particular mundo
Dos silêncios só meus.

SIMPLICIDADE

Vida no vento,
Vida na rosa,
Vida no fogo,
Vida na pedra,
Vida na água,
Vida na luz,
Vida no pranto,
Vida no húmus,
Vida na vida do amigo,
Vida no silêncio,
Vida na angústia,
Vida no mistério da criança,
Vida na vida
Cantando, cantando sempre
Na infinita vida da morte.

VISÃO

Descia o orvalho das horas consumidas
Quando a criança em riso puro,
Os passos ensaiando todas as subidas,
Transformou-se na imagem que procuro.

Anjo e resplendor que a vontade convida
A tocar nos mistérios do escuro,
Luz com festiva brevidade de vida
Que o eterno propõe e eu conjuro.

Riso e pranto, vivências inimigas
Na memória de tudo que eu via
Repassada em grandeza de amor.

Ternuras antigas
Refletidas na pureza ida
Voltando em tudo que foi
E mais ainda
No que possível for.

A PAISAGEM DE AMANHÃ

Ânsia da paz de noites desertas,
Desejo de sentir o tranquilo positivo
Nas intenções indevassáveis,
Na voz acima de todos os sons,
Acima do estrondo universal da bomba fratricida.
Ânsia de repouso final
No exaspero de mãos unidas pelo medo,
Pânicos imprevistos
Calando todos os instantes, todas as idades,

Chorando o nosso jamais.
Olhos outrora amigos
Impercebem as indissolúveis formas
Coloridas em pastoso sangue.
Que gerações sofridas surgirão
Na espessa aflição de tão grandes mares
De ódio, ambição, vingança
Agora que tudo é tão remoto e tão perto?
Gritos vêm dos ossos à procura do sexo,
Fúria de possessão inexplicável
Invade o campo de alheias propriedades
Lavradas no crime
E plantadas por tiranas mãos.
Heróis do século repetindo o que outros foram.
Energias, vidas, mocidades
Flutuando sem rumo nas glórias e nas medalhas
Da nação em queda vertical solo abaixo.
Cérebros falidos comandando existências em floração,
Numerando interminável esteira
De vassalos de línguas arrancadas.
Braços sem dono, ventres desapropriados,
Espíritos transformados em detritos pestilentos
Alimentam o tétrico destino
Da técnica contra o homem.
As estradas já não pertencem aos pés mansos,
O veio da riqueza, em mãos feudais.
No paralelo de horizonte sombrio
Levanta-se o vulcão que derrubará presídios e asilos
Para criar o grande rio de mortos putrefatos.
Não haverá tropas guerreiras contra ninguém
Apenas climas não sentidos dentro de atmosferas mortas
Desprezadas pelo vento livre.
E no âmago do âmago

O pranto medroso da futura criança
Presa ao ventre da terra,
E a revolta do jovem mudo,
São figuras oscilando nas trevas da Criação.
No profundo dos tempos
A ordem técnica recua medrosa,
Ouve o grito severo
Trazido pelo ar que balançou os corpos enforcados.
No fim, o estupro de cada homem
Violentado pela técnica
Dos inventos de guerra.
Em torno de todas as mortes
A vida, em minúsculas centelhas,
Forçará as trevas
Que cobrem o homem eternamente insepulto.

PATRIMÔNIO

Pesam nos meus ossos
Os meus pensamentos,
Choram nos meus olhos
As visões neles nascidas,
Soluçam no torpor das minhas carnes
Ancestrais desalentos.

Sangram os meus pés
Na inútil andança
Da imaginação liberta,
Pulveriza o meu espírito
A solidão do suicida ignorado
E cresce assustadoramente dentro de mim
A calmaria que precede o fim.

O NASCIMENTO DA TERCEIRA METADE

Eis que na maresia do vento
Caíram imagens, espessos subterfúgios
E sombras ociosas ostentando
Intenções de alívio em demasia.
Eis que na viagem dos vazios comprometidos
Nasceram aflitos intervalos no peso do conjunto
Processando a deterioração dos limites,
Levando o raciocínio à região do irreal,
Tomando dimensões tão prolongadas
Como oceanos afogando a margem
Dos desígnios superpostos do passado.
Eis que dormidos no sono igualitário
Do sonho por nascer ou já exumado
O vulto cresce no ser inacabado
Que a insônia transforma em terceira metade assustada
E avança nas bordas do externo da unidade
Como personagem ameaçada.
Eis quando o apelo de frio vento
Saído de moléculas falecidas
Cobre o infinito em mutações,
Mostra-se no implacável transitório,
E como flor
Retorna à sucção dos elementos
Fecundando repetidas e silentes emoções.

IMAGINAÇÃO

A raiz a descoberto que encarno,
As geográficas rugas que minha face estampa,
Oco de olhos transbordando insetos,
Boca de esgar em permanente riso

48   DO FIM AO PRINCÍPIO

Por tristezas vindas de mim
E outras em mim caídas sem motivo,
Rosto sem propósito, sem medos,
Sem febres, sem sedes, sem fomes
Se não as da distância
Transitada pela imaginação
Que desgasta a carne em lembranças
E na aura inconsciente de fantasmas.
Insônias quadriculadas como grades de prisões,
Falência em voo rasteiro,
Gritos de mãos desamparadas,
Cansaços sem pouso
Numa ideia, num desejo,
Numa espera, numa procura,
Repetida explicação que não explica
O sentido da mensagem aberta na ampla noite
Em que o tempo continua musicando a morte
Em secundário compasso
De canções barrocas nascidas em chuvas antigas.
Dói imaginar que se está vivo
Arrastando tanta morte irresistível.

O BRANCO

Existir na irrealidade,
Crescer no invisível da voz imóvel,
Ouvir dentro de si gestos que cantam,
Forças que comandam movimentos,
Sentir o imponderável tombado sob os pés,
Ver a luz que dissolve todos os inícios
Intensamente iluminando o pensamento morto.
Existir na irrealidade,
No esquecimento de todas as coisas entendidas

Quebrando os ossos que nos fazem eretos,
Perscrutando todos os desejos que já são alheios.
No branco espesso da irrealidade
Permanecer no vácuo, depois altura, depois fogo e depois nada.

DISTÂNCIAS PERDIDAS

Iluminados por luz que nasce na distância
E largados à vontade sem destino
Cavalgamos campos e relvados
Vazios de montes ou vales aguados.
A colheita de horizontes é farta
Mas inatingível para a fome de repouso.
No céu os mares sonolentos ou raivosos,
Na terra, do canto morto e irrevelado
Nascem braços como espigas ressecadas,
Na paisagem
Exuberante cresce a solidão
Sem deixar rastros da nossa passagem.

EMBRIÃO

O silêncio do pó
Na boca se acomoda.
A memória herdade se espreguiça.
Forças ágeis do ser vivo
Acordam no espírito
Mortes seculares.
Agudas presenças cortam fronteiras,
Banham-se no suor das agonias,
Gemem como árvores ao vento.
Surgem sombras no momento transitivo

Em formas obsoletas,
Vêm do tempo, como as águas,
Enchem o horizonte circular dos ímpetos inúteis,
Recompõem noites sobre os dias consentidos.
Que caminho indica a seta que segue o eco
Dos destinos delinquentes?
Que repouso oferece a sombra
Que acolhe o amor escorraçado?
A constância do nada
Cobre o sono do limbo
Construído em cubos superpostos
Como ilhas no resumo existencial.
Intermináveis muros sem lamentos
Recusam nomes e frases do acaso,
Densa névoa transplanta a perspectiva
De alguém dentro de nós
Forçando a parede do corpo frágil e indefeso.
Movimentos amputados,
Exéquias da palavra.
Nascem flores nas rochas,
Cantam pássaros na cruz das tumbas,
Dormem crianças nos braços maternos,
O silêncio do pó na boca se acomoda,
A memória herdada se espreguiça
No homem atrás do homem,
Na vida atrás da vida,
Na morte atrás da morte.

ASPIRAÇÃO

Antes que vingue outra esperança
Quero as sombras do branco espesso.
Antes que mais uma insônia se cumpra

Quero o torpor no abismo indecifrável
Do espírito amortalhado.
Antes que o pensamento acorde
E descubra os espaços petrificados,
Quero narcotizar-me sem sonhos
E deitar-me no mundo sem sombras,
Sem palavras nem gestos.
Antes que alguma crença me recolha,
Antes que eu entenda o obscuro,
Antes que o sensível me assalte,
Antes que eu distinga na lonjura
A morte da estrela cintilante,
O êxtase da solidão vertical,
Quero ser coisa sem motivo
Entregue aos ventos sem destino.

REPETIÇÃO

No abrir de cada dia
Está presente a sombra de todas as noites.
Mãos em desespero esvoaçam
Tentando atingir a fímbria da vida.
Lâmpadas reabastecidas
Na esperança da vinda do Grande Esperado.
A carne é devolvida ao pó
Enquanto a memória da nossa infância
Se apaga aos poucos na memória da infância dos nossos filhos
Diluída na dos nossos netos.
Memórias sem dono
Substituídas pelos tentáculos do tempo nenhum.
Crucificados saímos do ventre materno
Para a lenta e angustiante viagem para o exílio.

POEMA

É um desejo de morte, de repouso,
Além do que pede o sono em corpo exausto.
Imaginárias galeras indormidas
Observam os horizontes sem cor
Onde cresce um silêncio pré-histórico.
O amanhã retorna ao ontem
Abrindo caminhos esquecidos.
Longe nas ilhas do espaço
Banham-se os tempos irreais
Nas sombras dos sonhos dissolvidos.
Dupla imersão das raízes da infância
Nas formas não nascidas,
Nas mortes suprimidas,
Nas áridas regiões
Onde o vento não tem curso nem missão.
Perene solidão do além
Crescendo nas pedras, tingindo as areias,
Em sombrios destinos deixados nas praias
Pelos pés amputados.
Oh! desejo de morte,
Estertor do fundo dos mares
Guia dos astros congelados.

CANÇÃO DA NOITE INSONE

A sensação de grandeza pura
Que a voz numa canção apura
E em breve tempo se extenua.
A alegria que nos chega nua,
Que nos envolve de ternura
E dá certeza que perdura.

Mar em festa que se repete em espuma,
Vento que expulsa a bruma
Da paisagem e divide as nuvens uma a uma.
Melancolia de escondida lamúria
Irrompe nos sentidos em penúria
E faz de uma balada um pranto em fúria.

COSMONAUTA

Não é bem o recuo para o nada
A dívida não saldada
Apesar de um destino tão inverso
A tudo que o espírito afirmava
Na face do desejo em retrocesso.
Nem o receio de não ser
A canção do pastor iluminado
No som da aurora que lhe é dado ver
Ou na paz do tranquilo entardecer.
Não é também o clima dissoluto
Do olhar perplexo, estático
No coral do silêncio tão calado
Entre o querer e o irrealizado.
Não é medo do alívio esgotado
Pelo tempo infiltrado no corpo dos sentidos,
Nem o fracasso de atingir o terminado
Nos atos e ações de sonhos idos.
Não é o combate às visões temidas
Diluindo o amor que exalta e dói
E na própria razão se destrói,
Nem o sulco da angústia fundindo os ossos
Pela ausência de vozes
No pensamento que pensávamos ser nosso.

VIVÊNCIA

Começamos a viver
Quando saímos do sono da existência,
Quando as distâncias se alongam nas partículas do corpo.
Começamos a viver
Quando confusos e sem consolo
Não sentimos os traços do irmão perdido.
Quando antes da força
Surge a sombra do insignificante.
Quando o sono é transformado em sonhos superados,
Quando o existir não é contradição.
Começamos a viver
Quando percebemos a mutação das células,
Quando fugimos de dentro de nós mesmos
E escondemos a nossa carne num caramujo oco.
Quando o espírito falsificado esquece
As tortuosas estradas
E quando deixamos de ser escaravelhos laboriosos.
Começamos a viver
Quando velamos além do sono
A vida irreal dos nossos passos.

POEMA SEM TÍTULO

O olhar obstruído pela angústia
Devolve ao meu íntimo
O pranto humilde e silente.
Agora, sou coisa impedida,
Árvore sem resina,
Flor sem ter nascido,
Pássaro sem pio.
O presente vem pastoso

Como o passado
Com as mesmas sete cruzes pressentidas.
Morro sempre a cada hora
Sem deixar nos vãos do chão
O eco dos meus passos.
Existência formada de prenúncios,
De horrores latejando no meu corpo.
Promessa recebida ao meu nascer
E ainda tão distante da chegada,
Alento tão suave ao pensamento
E ainda tão longe do momento.
Fui
Sombra à procura de equilíbrio,
Encontro no confuso desencontro
Sem chegar à irrealidade do que sou.
Além da solidão acordada
Vivo o sono que antecede a aurora,
Além da voz que corta as trevas
Ouço a canção das promessas.
Fui
Coisa em quietude temporal
Pairando no cimo imóvel
Das frias montanhas intocáveis.

SILÊNCIO

Nas mãos inquietas
Cansadas esperanças
Tateando formas na luz ausente,
Nos olhos embrumados
A viva cruz do alívio,
Na boca imobilizada
A palavra amortalhada.

E à tona da fugaz realidade
O mistério das surpresas superadas.
Paisagem de espaços, e fantasmas
Ordenam não falar, não morrer,
Ouvir sem conduzir o pensamento,
Viver os vazios lúcidos
Entre a palavra e o som
Do coração a bater.
Resta apenas a flutuação ociosa
Livre das coisas da memória, da discordância
Das ideias obsessivas
Que escondidas estavam
Como fantásticos tesouros
Em frágeis e indefesas mãos.

ANÁLISE

Somos tempo perdulário
Sem roteiro
Flutuando no imprevisto
De melódica repetição nas gerações.
Objeto fundido no reversivo
Sempre em regresso às fátuas esperanças,
Na constante fecundação das visões já fecundadas
Em cada lágrima no silêncio guardada.
Criar o que foi criado,
Descobrir o novo no velho esquecido,
Procriar mundos porosos
Para o alimento da angélica imaginação,
Aquecer-nos quando já nascemos frias pedras
À espera da revelação das distâncias,
Aumentar nossos pesados tédios
Após o diálogo dos sexos,

Eternos guerreiros sem repouso.
Espírito no lodo sob as águas,
O tempo transmitido pelo sono
De tudo que é tão leve, tão pesado.

EPISÓDIO

Mutações no imponderável.
Colisões.
Os olhos da tempestade
Estão na memória esquecida.
Às vezes sons de passos misteriosos
Integram-se à música do amor-pensamento.
Iniciação primordial
Exaure o homem na lua terciária,
Caminhante no bojo da noite interminável.
No céu uma rosa nascendo
E o adeus de outra rosa morrendo.

VÁCUO

Restam-nos destroços de lutas e de símbolos,
Escuridão, surpresas,
Ausências do querer no pensamento,
Fundo hiato na vida e na pré-morte
E a nascente vivência transformando
Instantes claros em sombras do eterno.
Restam-nos distâncias em tudo que existe
E mais distâncias ainda no obscuro imaginado
Quando em som e gestos somos transformados
Em destinos que se unem nos extremos.
Restam-nos na preamar do tempo

O salitre de memórias reversíveis,
O cansaço dos nossos próprios cansaços,
Secreta neblina, abstrato manto
Agasalhando sustos no restante caminho neblinoso.
Restam-nos dúvidas na luz das manhãs recomeçadas,
Desalentos na oração intencional,
Fome na fome satisfeita,
Secura na umidade do suor,
E fadiga no vício do vulgar viver.
Restam-nos depois os ventos
Nas regiões do silêncio milenar.
As chuvas escorrendo sobre nós,
As pedras ferindo nossas mãos.

POEMA

Onde tudo é amplo
O ritmo do pensamento
É a lógica dos conjuntos.
Onde tudo é vivo
São renovadas, sem cessar,
As concepções mais nítidas.
Onde tudo é ignorado
Existe o movimento de uma sinfonia
Que nos leva ao supremo da imaginação,
A todos os ângulos do absoluto
Onde tudo é início.
A aflição está no sentido mais profundo,
Na recuperação do dom perdido,
E o homem recomeça
A sua desesperada queda
Na ânsia de redenção.

HIATO

Hiatos brancos fazem-se mistérios.
Minha mente separada do corpo.
Vejo abelhas transformando o acumulado
Em sumo azedo do caule que não deu flor.
Cinzas dissolvidas pelo frio
Da pausa subterrânea em tudo que existe
No oculto incerto de asas agitadas
No reencontro de sustos na alegria triste.
Ouço vozes embrenhadas
Nas distâncias que interceptam o azul.
No hiato, parcela do mistério,
Sou leveza em silêncio,
Sou anterior à pureza das águas, cor das luzes,
Linguagem da pedra devorada pelo absoluto.
Raízes de rumos diversos
Sobre o meu rosto inerme
Tecem novas bocas na minha boca
Abandonada e oca.

A ROTA

O mundo pulveriza-nos sem revelar
Seus intuitos secretos.
A vida é contemplá-los nos seus gestos mais sutis
E sentir nas águas profundas
O que de cada destino foi escrito
Nos penhascos dos mares agitados.
No vácuo do espírito
Anda a forma sem direção
Por caminhos já pisados
E inseguros são os passos repetidos.

Nem sempre o olhar mais aberto
À procura da estrada de nós mesmos
Torna o espírito mais desperto.
Vivemos nos penhascos dos mares agitados.

MAPA

Partículas sem rotação,
Corpos girando no plano do impossível.
Luz interdita guarda o poema
Nas gavetas do silencioso.
Multiplicam-se as visões
Na velocidade dos ventos
Gritando sons de pesadelos.
Atrás dos ruídos
Está o claustro branco.
Cubículos da angústia
Preenchidos com terrores não pensados
E o gráfico da memória
Alarga-se no quarto estágio do REM
Que agita a profundidade do sono.
Nenhuma porta está aberta à alma,
Só a dos desertos infinitos
Que a cada minuto nos levam
À certeza de infindos exílios.

A ESSÊNCIA IMUTÁVEL

Entre a estrela e o átomo
A matéria viva estabelece o traço original.
A fotossíntese realiza a assimilação
Da energia solar do homem,

Mecanismo-alimento da força biológica
Existente no grão de luz que ronda o corpo inanimado
Vindo da semente viajante dos ventos programados.
Cubos-pedra lançam o elétron
De uma órbita a outra dos planetas tranquilos
E voltam à origem do cansaço.
Desencadeia-se o calor que mata,
O mecanismo complica-se,
O elétron muda de órbita
E a sua volta é seguida de reações em cadeia
Para aniquilar o homem caminhante
Das estradas indecisas.
As múltiplas diferenças de forças
Convocam a origem da vida em cada rumo da poeira ardida
Enquanto a procissão do grande mecanismo
Mostra em todos os níveis, em todas as gamas da existência,
A sua ativa regulagem
Que ainda é mistério para o homem aniquilado
Pela surpresa do nada saber
Além das suas carnes esfarrapadas pela infinita agonia.

NOSTALGIA DO IMPRECISO

Ao fechar de olhos para o sono
Aromas de pânico e de dores,
Aromas de errantes chuvas
Transportando montanhas, vales,
Atravessando ventos,
Pousando em instantes tão diversos,
Chamando medos
E exílios de vontades.
Aromas vasculhando a vida,
Engendrando noites no vazio,

Escapando de raízes em tumulto,
De pedras milenares em silêncio,
E de símbolos sem forma
Nascidos de pensamentos mutilados.
Aromas de carne e flor,
De chão e fonte,
De gestos tatuados no espaço,
De galeras rumo ao centro-mar
Em busca de estrelas excedentes.
Aromas de grão e de criança
Cobrindo as coisas repetidas,
Fazendo-se pólen no infinito virgem.
Aroma-plasma de invitações
Ao canto, à flor, ao pranto,
Ao entrelaçamento de mãos desprotegidas
No temor de quedas sinuosas.
Ao fechar de olhos para o sono
Aromas de mistério,
Fracas luzes se abrindo
No mundo de silêncios e de símbolos
Dando vida à vida que vai fugindo.

INTRODUÇÃO DO SILÊNCIO

Em que lonjuras e frios
Fomos modelados
Para o nascimento do amanhã?

Em que limites escondidos
Fomos atirados?

Em que presença do terror
Fomos gerados

Para sentir no vento o odor do sangue?
Em que vácuo
Procuramos a paz que precisamos,
Em que imenso balcão
Fomos expostos,
Em que lodo fétido dos séculos
Foi atirada a grandeza do espírito?

RUMOS PERDIDOS

Em terrenos proibidos apenas fazemos
Inconscientes paradas na suposição.
A carne e o sangue abandonam a sua missão
E esperam que a matéria não seja mais do que
Uma das muitas máscaras usadas pelo Grande Rosto.
Quem conseguirá colocar a verdadeira máscara
Na veloz mutação da vida variante?
Somos os nossos próprios bisavós
Contemplando os foguetes em direção ao infinito
E sentindo a terra estremecer por mil radiações
Já sem mistérios.
Dormimos como insetos atrás das portas
Que acabam de ir pelos ares de desolação.

Homem-inseto regredindo ao inseto-homem.

CANÇÃO PARA DENTRO

A canção do corpo é cantada para dentro
E a leveza da alegria se transmuda em peso,
A brisa adere aos amargos pensamentos
Fluindo no sorriso compassivo.

Logo,
Surgindo de células desamadas
Os matizes áureos anoitecem,
Pálpebras levantadas vão caindo
E nesgas apenas vislumbramos,
Geografias em nós morrendo,
Oceanos crescendo, ilhas sumindo,
Rosas nascendo na canção
Que o corpo canta para dentro.

CONFIRMAÇÃO

Dito estava mulher:
Inútil clamares entendimento
Pois não mais governas teus filhos.
Desligados do teu ventre
Cortam agora o espaço,
Derrubam muralhas
Mais ligeiros do que podem tuas pernas,
E falam com mais rapidez
Do que tua língua e tua garganta permitem.
Teu amor original esquecido foi
No rastro da nuvem perdida.
Teu ventre recolhido, murcho,
E seco o leite dos teus seios
São agora lembranças do amor que foi um dia.
Ficaram as pedras e as durezas.
De ti viemos mais duros do que as pedras
E mais cinza do que a lenha queimada.
À noite no sono, babamos egoísmo
E no dia cuspimos o resto do mel
Que continha nossa saliva.
Nossa alma transborda aflição

EROSÃO

Cegando nossos olhos
Em gotas de angústia e tristeza
Que serão legados aos filhos de nossos filhos
Sempre que o instante repetir-se
Como repetir-se-ão sobre a terra
O movimento e o calor do sol.
Dito estava mulher:
O ódio e a traição
Usarão suas forças contra o entendimento.
As águas do desespero
Encherão a boca dos filhos de nossos netos,
Tomarão a largura dos quatro céus,
O fundo dos oito mares,
O ninho das constelações em preparo,
E no fogo caminharão todos os pés.
Da blasfêmia e da maldição
Nascerá o cântico do desespero
Que será fundo musical de cada palavra de morte.
As pragas lançadas aos nossos filhos
Cairão sobre as próximas ou distantes gerações
E multiplicadas serão mais do que
Os grãos de areia dos extensos desertos.

Dito estava mulher:
O pensamento e a vontade
Estarão a serviço
Da força e do poder
Contra nossos descendentes
Para que o exílio da alma seja proclamado.
O cheiro do sangue fascinará os homens,
A calúnia comandará o princípio e o fim dos gestos.
A uns a morte rápida
Para evitar a reconciliação com o espírito.
A outros, a morte lenta e dolorosa

Para que vejam suas carnes rasgadas
Pela funda podridão.
A vitória chegará sempre com a sombra
De um amargo vazio
E uma ilimitada solidão.
O vento levará para além das mais altas montanhas
A graça da paz que habita
Nos campos semeados,
Na plumagem dos pássaros
E na frescura matinal dos vales.
Dito estava mulher:
A fome cerrará todas as bocas,
As árvores morrerão de sede,
Os montes se abrirão de alto a baixo.
Línguas de fogo devorarão
Os mansos rebanhos
E consumirão a humilde relva.
Não haverá alívio depois do trabalho
Nem garantias contra a doença e a miséria.
O agiota afogar-se-á no ouro
Acumulado na aflição dos irmãos,
A angústia escondida nos corações
Levantar-se-á mais ardente
Do que o simum dos desertos
Ainda não cruzados,
O sangue dos que morrerem nas lutas fratricidas
Clamará nos que ficarem
O desejo insaciável de mais sangue
E de mais lutas.
As lágrimas aumentarão as chagas
Até que a carne seja destruída até os ossos.
A luz espalhará a maldição
Sobre todas as coisas terminadas
E sobre todas as que não chegaram a ser pensadas.

Dito estava mulher:
O eco do pó
Cobrirá todas as cabeças,
O oceano de sangue afundará todos os continentes,
A revelação do homem a si mesmo
Trazida será pela sua própria dor.

Dito estava mulher:
Pelo profeta do Senhor
Na formação da véspera
Do Dia primeiro.

ASPIRAÇÃO AO REPOUSO

A impossibilidade de isolar-me
De todas as paisagens imaginadas,
De não conversar com multidões compactas
Que se agitam no meu pensamento,
De separar-me do meu próprio corpo
Que carrega em cada linha da sua forma a indagação
De um conceito de utilidade, de um novo falar misterioso.
Isolar-me dos secretos raciocínios contrastantes
Nos quais brotam amargas dúvidas nas certezas,
A impossibilidade de sustar os movimentos
Independentes da pura condição,
De fechar os olhos e na tela das pálpebras
Não ver a cena no palco das minhas reações.
De morrer por dentro antes de morrer por fora,
De ficar névoa sem contemplar a dimensão escura,
De sentir o tato da Grande Mão
Carinhosamente baixar sobre a minha face
E abandonar-me alienada no volume das trevas desconhecidas.

AVARENTA

Na palma da mão
Guardo meu destino
Que em mistério se cumpre,
No olhar escondo a intocada ternura
Para o último instante da vida,
Na boca prendo
O desespero surdo que é a minha última força,
Nos ouvidos, o espaço à palavra amiga
Que não veio,
Nos ombros retenho o calor da lágrima
Do filho aflito,
Na alma guardo o amor
Tão mal perdido
Nas procuras mal achadas,
No pensamento os constantes desligamentos
Às débeis certezas do que fui
Sem o amor.
Guardo para a morte,
Em cada ruga da minha face,
Um silêncio sofrido
Na incalculável distância de derrotas
Como única e integral realização
Da vida.

POEMA

Talvez este ritmo de retorcidas angústias
Aparentemente redundantes
Se tenha formado séculos antes
Da minha história evolucionária
Quando os primeiros peixes

Saíram do mar que os incubara
Na orla fria da noite.
Talvez eu venha da idade carbonífera
Como um anfíbio de clima multilateral
Transformada ao meio-dia
Num delírio de superatividade de pensamento
E ao cair da noite,
Num torpor de lírico amolecimento.
Talvez seja eu um afortunado
E fértil animal
Submetido com graça e discrição
Ao ritmo da força sideral
Enroscando-me tranquilamente
Em qualquer canto do tempo
Quando já diminuídos estão meus impulsos
E meus nervos em resfriamento.
Talvez o mar particular
Da minha corrente sanguínea
Carregue a miniatura química de águas perversas
Guardadas em ovulação subtilínea
No traço de velhos versos
E, assim, talvez meu cérebro tenha herdado
A necessidade de recriar-se em cenas
Quando a escuridão retorna
Para sublinhar a vida vivida a duras penas.
Talvez.
Talvez seja eu os restos persistentes
De todos os mundos
Mortos ou preexistentes.

INTERREGNO

Árvore, cão, água, fogo e pão
Saem, aos gritos, da vida escondida.

Emanação espectroscópica em vigília,
Átomo dinâmico que a matéria agita
Forçando a sequência dos movimentos frios
No calor do desespero que o silêncio atrita.
O abstrato em jato abala resistências sólidas,
A angústia em massa tem força de montanha
No espaço luz, no som distância
Consumindo partículas repostas nas entranhas.
Fenômeno em etapas corta as raízes
Dos gestos, das palavras, do valor do entendido.
Largando no caminho legiões de carcaças sem nome.
O estático e o dinâmico exteriorizam-se
No princípio único para o fim único
Na evaporação da vontade em prenúncio.
Na espiral do ciclo anônimo,
No cansaço de milênios que rompe a duração
Das células do tempo
Paira a constante diluição do detalhe mínimo
No perpétuo crescer do âmago inutilmente contrito.

ANUNCIAÇÃO DA MORTE

Deu-se o vácuo entre a matéria e o espírito
E o impacto rasgou minhas reações
Surpreendidas por motivos não demonstrados.
Na aura exterior flutuou a indiferença fria
Cobrindo todos os valores, todas as emoções
E uma distância crescente e pesada
Desatou a harmonia dos meus sentidos.
A indagação incontida
Carregou seu próprio eco
Sem encontrar pouso na voz dos ventos.
Inesperadamente minhas células falaram

A linguagem inconfundível da dor
E minhas carnes tombaram falecidas.
Deu-se o silêncio na minha vida orgânica
Para surgir o panorama sem confins
Revelando as remotas raízes do meu ser,
Que até então ignorava qual a última onda
Impelida pela infinita cadeia de ondas
Que marcara o início da minha existência.
Deu-se a tristeza sonolenta dos moribundos
Suprimindo a respiração dos meus poros,
Cedendo à expansão de um princípio
Oculto nas misteriosas profundezas da minha unidade.
Deu-se a gênese da revelação
Sem que ao pensamento
Chegasse a luz da compreensão
Deitada no prazo inseguro do tempo.
Balancei dias e noites
Dentro do desconhecido opaco
Modelador das minhas carnes à regressão
Determinada pelo Eterno.
Tudo que foi vivido e definitivamente assimilado
Perdeu-se nos substratos da minha consciência,
E singular evaporação da vontade
Atingiu num átimo
A desmaiada trepidação do meu sensível.
Consternado, meu espírito
Contemplou a pulverização das minhas energias,
Ocorrendo a inevitável superação destrutiva.
Deu-se o meu entendimento sobre-humano
No ciclo estabelecido para todas as coisas,
A coligação dos extremos,
A lógica do meu universo,
A voz de todos os fenômenos
Guiaram-me à verdade consequente.

DO FIM AO PRINCÍPIO

Deu-se o vácuo entre a matéria e o espírito.
Deu-se a gênese do plasma das trevas
Em cada gota da minha agonia,
Em cada presença da minha verdade,
Em cada fímbria dos meus temores.
Deu-se a anunciação da morte
Com o tombamento do meu corpo aparentando vida.

ABUNDÂNCIA

Há tanto fel provado
Na palavra escondida,
Tanto abismo no âmago do nada
Gritando o repetido estancado.
Há tanta perspectiva consumida
Em ventos e distâncias
Marcando lúcidos apelos
À gravidez da madrugada,
Há tanto ódio no hálito dos gestos,
Tanto desafio no silêncio ignorado
Nutrido em fétidos restos,
Há tanto sonho novo em quem morre
No compacto de sombras diluídas,
Tanta surpresa em luz e cor
Flutuando no futuro que se descobre,
Há tanto mistério puro no pecado,
Tanta mágoa na canção alegre.
Há tanta contextura
No fundo das águas cristalinas,
Tanta podridão
Alimentando a raiz da carne pura,
Tantas contemplações nos olhos cegos!

A VOLTA

Neste instante nossas chagas são as mesmas,
Mesmas as palavras, a solidão e o pranto,
O mesmo desabitado deserto marcado pelo sol,
Pela sede, pelo desconsolo da lonjura.
Entretanto nossas mãos medrosas
Interpretam a busca secular,
Nossos olhos procuram abrigo nas estrelas,
Nossa boca o fruto sumarento,
Nossos pés a frescura das nascentes.
Neste instante nossas chagas são iguais,
Iguais no sangue, na dor, na solidão
E no mesmo infindável desespero
Dos que perderam a voz na lágrima não chorada.
Entretanto sentimos no ar o perfume da rosa,
Soletramos no tempo o que a vida repete,
Procuramos alento no linho das mortalhas
E nas duras confissões de nossa carne.
Neste instante o nosso silêncio é o mesmo,
O mesmo silêncio dos penhascos
Insensíveis à fúria do oceano.
Entretanto consola-nos ver o voo das aves marinhas,
Olhar a criança brincando,
E acompanhar a noite nutrindo-se de ruídos.
Neste instante todas as dimensões são iguais,
Iguais todos os berços,
Todos os sepulcros,
Todas as sombras,
Todos os ritmos cantados
Pelo grande instante em declive.
Neste instante
Todos somos iguais,
Todos somos o instante.

DO FIM AO PRINCÍPIO

METAMORFOSE

No combate entre o gelo e o fogo
A vida universal desdobra-se em ciclos
No espaço de mil séculos.
Tomamos consciência do cósmico,
Tentamos ligações com o espírito há muito abatido
E a alma afunda em dimensões pulverizadas.
Dá-se a recuperação das espécies rejeitadas,
O achado do perdido não procurado.
Do implacável e do flamejante
O universo não está terminado.
Há mutações silenciosas em cada instante que soçobra
E que só percebemos de mil em mil séculos.

Somos casulos pendurados nas folhas de árvores sem nome,
Casulos à espera da metamorfose cíclica do tempo.

ROTINA DE TODOS NÓS

Ser fragmento do transitório,
Analisar-se no mistério do demudado,
Saber perder o que jamais foi possuído
Mas desejado,
Esperar o que nunca foi criado,
Cravar-se em raízes já extintas,
Conduzir-se por ideias não nascidas,
Ver grandezas na própria fraqueza,
Proclamar o amor sobre o desamor,
Ser pureza ao lado da degradação
É existir no que não tem sentido,
É esquecer o que não foi pensado,
É caminhar sem deixar traços,

É ser pássaro sem asas
É tentar sair do chão para os espaços.

POEMA

Se queres o voo desliga-te de tudo,
De tudo que é excrescência,
Desfaz o véu que te embacia a face,
Descalça os pés e sente a pura terra.
Desfaz-te da palavra que já vem mentida,
Do teu instinto de defesa
E dá a mão à nuvem que caminha por ti.
Se queres encontrar o teu canto
Deixa-te guiar pelas coisas ressoantes,
Se queres encontrar o que perdeste,
Se queres descobrir o que consola
E por que clamam os teus sonos tristes
Encolhe-te no silêncio.
Tudo a que aspiras são cadeias
Que te prendem ao pensamento consternado
Que o tempo reduz superado
Antes do primeiro desejo sepultado.

INSTANTE

O espanto abriu meu pensamento
Com idioma vindo do delírio,
Dos receios indefesos, dos louvores sem raízes,
No perdão oferecido sem razão.
O espanto abriu meu pensamento
Na noite carregada de lamentos
Em linguagem universal

76   DO FIM AO PRINCÍPIO

Fluindo do eco perdido
Com passos de presságio amanhecendo.
Corpos florindo na pele da terra
Acendendo vida nas rosas e nos vermes,
Aumentando a potência do limo,
Preparando a primavera nos campos,
Ventres irrigando secas raízes,
Cogumelos róseos crescendo
Na umidade das faces.
Coagulação de prantos na semente
Das constelações adivinhadas.
E no faminto inconsciente, o tempo
Sorvendo com fúria o seu sustento
No insondável silêncio de mim mesma.

ESCURO

Que estranho terreno inexplorado
Na área escura do meu cérebro
Impede o conhecimento de mim mesma?
Muralha intransponível
Que frustra o meu acordar
Para retroceder ao princípio do princípio
Das coisas irrepetidas.
Estranha área do escuro
Onde estaria o berço da luz única
Fechada em mão intocável,
Luz que explicaria a vida na escuridão, e
Não vedaria o despertar de mim mesma.
Que estranha área de trevas no meu cérebro
Impede o meu espírito de receber a luz divina?

MUNDOS OSCILANTES

Novos poemas

(1962)

AMBIÇÃO

Que se cumpra em mim o que estava pensando
E as palavras de pé, no último degrau da língua
Rolem projetadas contra a minha alma em desamparo
Que se fixem nos meus sentidos
As mais fortes, as mais violentas sensações
E todos os meus prantos perdidos
Façam o vácuo nas minhas emoções.
Que meu corpo se desfolhe ao vento,
Que minhas mãos esqueçam o gesto de carinho
E seja eu privada de sentir a boca do pensamento.
Que as flores murchem à minha passagem,
Os peixes morram nas águas em que eu me banhar.
E os pássaros atingidos pelo meu olhar
Fiquem despidos da sua plumagem.
Que na série de trepidações que contêm o meu ser
Carregue sempre uma lágrima de sangue
Pelo que tive, pelo que tenho e pelo que ainda possa ter.
Que minha consciência varra a dimensão em profundidade
E caia impotente em face do volume
Torturante da complexidade.
Que o gérmen latente que impulsiona o meu olhar
Risque no espaço o esquema do universo
E desgaste as minhas pupilas até cegar.
Que tudo seja belo, que tudo floresça, menos eu.
Que haja claridade e para ninguém chegue a tristeza
E eu esqueça as alegrias que a vida me deu.
Que os ventres se renovem em gerações,
Que as mulheres sejam meigas,
As adolescentes puras e os homens bons.
Que todos vivam alegres na fascinação do passageiro
Mas que eu, pela mão do Eterno esculpida em angústia,
Permaneça um bloco inteiro.

ÁPICE

O refúgio no desmedido aniquilamento
Oferece fuga à opressão
No momento em que se desenvolve
E alarga o terror no pensamento.
Cresce o repouso na lassidão total
Reduzindo a reação
A um reflexo informe e frio
À medida que as palavras ouvidas
Escorrem pelas paredes do brutal silêncio
E a presença do ser humano
Se transforma em sombra inexpressiva.
Cada hora transmite um fragmento
Da grande treva consistente
E se incorpora no tempo absoluto
Após unificar o caos ao nada que existia.
A consciência exata da infinita aridez
Caindo violentamente no acontecido imperecível
Envolve o mundo sem superfície dos sentidos
E faz levantar desmedidamente
O ímpeto de afrontar, de alma rasgada,
O desmoronamento do universo.

APOCALIPSE

Chegaram os ventos.
Vieram sem o perfume das raízes
Manipuladas pelo carinho das madrugadas tranquilas.
Ventos vermelhos e secos
Trazendo a emanação de carnes apodrecidas
E o calor das crateras em ebulição.
Nas faces desprevenidas

Deixaram eternas chagas negras
E na superfície das pupilas
A nuvem espessa da solidão.
Chegaram as tempestades.
Vieram sem a purificação das chuvas
Porque a boca da morte
Sugou a bendita alma das águas
Que engrandece a terra
E banha os pés da mulher sem rumo.
E depois, chegaram os silêncios.
Vieram sem a meditação,
Trouxeram a agonia e a dor,
Incorporaram a vontade e o pensamento
À região do caos e do torpor.
E por fim chegou a palavra.
Veio desumana, sem ternura,
Rasgou a alma com voz fria e dura,
Arrasou o caminho por onde a crença transitava,
Pulverizou os sentidos e os sonhos
E tudo se fez trevas
Sobre a mulher que estertorava.

AVISO

Impede que dentro de mim cresça
Um pensamento que é mais forte do que tu,
Que é mais alto do que as montanhas milenares,
Mais violento do que o ódio dos oceanos
E mais cruel do que o sarcasmo que analisa.
Não permitas que ele domine a tua presença,
Que te olhe percebendo o que escondes,
Que te afronte com o silêncio implacável
Sobre as tuas explicações.

E finalmente não deixes
Que ele esmague a ternura em florescência
Que por ti nasceu na terra do meu corpo.
Impede que eu me sinta forte,
Que minha fronte não se erga
Acima da tua lembrança,
Não deixes que ele movimente o sorriso
Que dilui as frágeis razões
E ampara a crítica que mata o encantamento.
Ocupa o espaço das horas em que estou só,
Expulsa esse pensamento
Que inicia sua ronda sobre o meu amor
Gritando o acontecimento sobre os meus sentidos em flor.
Não te descuides,
Vigia a tua própria glória
Porque senão, breve,
Chamarás apenas por um nome
E não por uma mulher.

CANÇÃO DE NATAL

Cantaremos, Senhor, a Tua grande noite
E nela as vozes tristes que não mais articulam queixas
Receberão deslumbradas
O milagre da íntima alegria
E a primitiva floração do encantamento.
Cantaremos a Tua majestosa noite, Senhor da amplidão,
Porque ela é a mensageira da verdade
Para aqueles que já perderam na lembrança
O perfume e a melodia
Das coisas simples e puras.
Ela é a salvação e a crença
Na recuperação do que existiu em nós,
Ela é a pulsação da Tua bondade

Para aqueles que permanecem imóveis na confusão e no terror.
É a indicação para os que viajam sem descanso
À procura das paisagens impossíveis.
E o absoluto para aqueles
Que sepultaram no silêncio
Os seus desejos, seus sonhos e suas explicações.
Cantaremos a Tua noite, Senhor das águas e do fogo,
Porque ela é a fonte de doçuras
Que resta aos que foram aguilhoados
Pelo pranto seco.
Ela abrirá o coração dos homens com a grande melodia
Que abranda o vigor do vento do ódio,
Anula o grito de crueldade das palavras
E interrompe os passos do pensamento das trevas
Sobre os corações premeditados.
Cantaremos a Tua plácida noite, Senhor,
Porque ela é o motivo intacto
Balançando sobre o nosso mundo aflito
Sufocado na negação e na destruição.
Ela é a claridade projetada
Nas sombras das nossas penas,
Ela é a nossa definição Contigo.
Cantaremos, Senhor,
Cantaremos para todo o sempre
Até que tudo seja consumido no universo,
Até que Tua mão
Recolha a memória dos homens
E os faça adormecer no Teu regaço eterno.

CONHECIMENTO

Eu sei.
Não precisas dizer por que aportou na tua alma
O navio escuro com o cruel carregamento

De solidões, tédios, horror a tudo
E levantou no teu pensamento
Ondas agitadas de um conflito surdo.
Eu sei por que ficou na tua alma
Esse acre sabor do nada
Onde o existir é uma contínua ida
À procura da estrada certa e sonhada.
Eu sei por que dentro das tuas órbitas cansadas
Cessou o segredo das amadas evocações
E ouviste a voz dos desejos estrangulados
Surgindo das irremediáveis divisões.
Eu sei por que respiraste no espaço morto
Moléculas de ar vazio
Depois que afogaste o ímpeto do teu corpo
Nas águas paradas do acontecimento frio.
Eu sei quando os teus ouvidos
Se povoam de passos lentos e incansáveis,
De vozes partidas, de imagens parciais
E antigos sentimentos instáveis.
Eu sei por que o tédio dizimou o teu alento,
Por que a paisagem perdeu o colorido,
Por que fugiste ao teu próprio conhecimento
E deixaste escapar forças em alvoroço
Que ensaiavam repousantes melodias
No teu espírito belo e moço.
Por que te ausentas, por que te afliges eu sei.
Tão apercebida de ti estou
Que não há distância nem lei
Que desate o que o amor ligou.

DESEJO

Quero morrer
No intervalo em que a noite fugir

E o dia não houver chegado.
No espaço intercalado
Entre a chuva e o sol,
No instante em que o som
Não alcançar o ouvido
E no momento vago
Em que o pensamento não tomar ainda a forma do gesto.
Quero morrer sem presenças
E sem a memória de ausências.
Morrer como a estrela que não brilhou
Porque a nuvem a ela se antecipou,
Como a semente que se levantou
E alguém, despreocupadamente,
A esmagou.

EPITÁFIOS

Sobre a minha face imóvel
Pousou a larga torrente de sucessivos perecimentos
Cuja origem espreitava ao largo das determinações.
Pressentimentos e temores diversos
Visitaram em longas noites
O meu peito abatido e vazio.
Meu pranto foi surdo e humilde
Como o da criança pobre frente aos abastados.
O desalento estreitou minhas íntimas fronteiras
E o grande soluço protegeu-se
Sob minha alma em sangue.
Fui levada a horizontes alheios
E a obscuros caminhos de mim mesma
Indicados por um constante grito de maldição.
Sobre minha voz
A pressão de outra voz

Articulou na minha garganta
Um tríplice grito que despertou as serras,
As florestas e os astros.
Sobre minha face imóvel
Diversos epitáfios indicam
Quantas eu mesma fui
E a que eu, em verdade,
Deixei de ser.

EU TE NEGARIA

Senhor,
Eu Te negaria o sol, Te negaria a lua
Verificando que não sou
Aquela imagem e semelhança Tua.
Eu Te negaria os exércitos,
Os mares bravios, as florestas, as estrelas,
Os pássaros e as fontes.
Eu Te negaria a vontade,
O poder e a compreensão,
O saber e o desejo.
Eu Te negaria a ondulação dos ventos,
Os astros e as nuvens,
O calor, o frio,
As contrações do ventre da terra
E as canções eternas dos rios.
Eu Te negaria os peixes e os vermes,
As campinas verdejantes,
Os frutos e as árvores que dão sombra
E a chuva sobre os campos escaldantes.
Eu Te negaria os fenômenos e mistérios,
As tempestades e as bonanças,
As trevas e a claridade,

Os perdões e as cobranças.
Negaria a Tua presença no desconhecido
Submerso no pecado
E na série ilimitada de causas sem termo do infinito.
Negaria a Tua origem na minha existência receptiva e independente
Que me oferece o devaneio de lembranças e imagens.
Eu Te negaria a paz e o valor contingente
Da ordem universal e dos acontecimentos preditos
Sob a emanação das coisas que engendras
Do que foi, do que é, e do que será escrito.

A FORÇA INVISÍVEL

A pesada monotonia
Que se alarga após a meditação
Comanda os ímpetos difusos
Até ferir a solidão que nada reclama.
A tristeza tem o volume da verdade incontestável
E como suprema concessão
Nivela o passado, o presente e o futuro
A um só acontecimento.
Fraciona existências,
Equaciona e demarca friamente o sentimento.
É como voz agudíssima ao longe
Que penetra, emociona e aflige.
Vem das altas nuvens, do solo profundo,
É leve como o sopro de vertigem,
Como um suave tremor de brisa
Na folhagem adormecida.
Acompanha auroras e poentes,
Desmancha o olhar, absorve as cores da voz
E vai petrificando
A alma e o corpo doentes.

INSÔNIA

Agora, as minhas vozes
Mergulharam no horizonte
E sofrem de um grande amor.
Não te ouço, não te vejo,
Mas tenho-te a todo momento
Entre os meus olhos passivos
Deslizando horas seguidas
Como no jogo do vento.
Todas as luzes gritaram
Nos muros e praias mais ermas
E cobrem as flores em riso
Os canteiros mais estreitos.
Sou centro de encruzilhadas
E no meu curvado peito
Sete dores são cravadas.
Estou muda, não ouço nada,
Pois os segredos que invento
Estão na ternura calada
E no pranto do meu tormento.
Homem rico de poder
Não açoites o espaço quieto
Nem faças crescer minha dor
Pois nos teus passos incertos
Gira a centelha de luz
E na sombra, o meu amor.

LAMENTO

Do pranto sem descanso que hoje bebo
Sinto que meu corpo se prosterna
E num fraco olhar desejo a paz eterna

Já que nada mais dou e nem recebo.
O silêncio corroendo as distâncias,
A memória gotejando sangue sobre a boca
E a palavra cruel com mãos de louca
Sufocando as frágeis resistências.
Tudo é nada e nada é tanto,
Que chegando a saber que nada sou,
No pó da miséria que restou
Ainda sinto que há grandeza no meu pranto.

O MESSIAS

Chegaste de longe num vento que chorava,
Chegaste num peito que sofria um grande engano,
Chegaste num olhar que o pranto já cegava
E numa face cortada por tristes anos.
Vieste para conter as sombras acordadas,
Acender nas trevas as constelações apagadas,
Devolver a luz, ressurgir as formas e as lembranças
Às canções roubadas.
Vieste para vibrar nos lábios do silêncio novas modulações,
Para identificar oceanos e planícies
E na espessura da minha alma
Propagar a penetração dos sons.
Vieste para desatar as sangrentas ataduras
Que cobriam a minha carne
Marcada por todas as correntes da vida,
Nas suas tristes bravuras.
Vieste de longe, do fundo do desconhecido
Onde a verdade é a medida de tudo que teve um nome.
Atravessaste antigas catacumbas
E no mistério da noite levantaste o meu corpo desfalecido.

A MULHER ALARMADA

Fui tomada por todos os silêncios
E a minha língua desligada do som da palavra,
Em todos os atalhos do meu pensamento
Espreita uma aflição desconhecida
E um terror sinuoso e inquieto
Caminha exasperado entre os meus gestos sem vida.
Tudo que meus ouvidos receberam
E meus olhos aprenderam
Diluído e inexpressivo está para meu pensamento
Desde que os pesados silêncios
Despregados do espaço
Pelas mãos do pressentimento
Caíram sobre minha alma em concepção.
A morte e a vingança
Navegam nas nuvens e nas asas do vento,
Marcam as horas do dia
E assinalam com tétrica alegria
Os sobre-humanos acontecimentos.
Multidões cegas festejam-se
À beira dos negros abismos
Onde sombras em pranto
Rufam os tambores da vitória.
As águas límpidas dos rios
Já se tingem com o sangue das crianças imoladas
E o eco não mais transmite o cântico dos pastores
Sobre os fartos trigais
Mas o gemido da opressão e da desesperança.
Fui tomada por todos os silêncios
Desde que percebi que desaparecia a cada instante
Sem renascer uma única vez
Dos mais doces e eternos desassossegos do amor.

MURMURAÇÃO

Apenas há devastação.
Nas sombras onde o silêncio é um canto
Os meus olhos brancos tateando vão
Desmanchados pelo pranto.
Desce o tédio de mansinho
Unindo a mágoa à aflição.
Minha face pende sem carinho
E do amigo, esquecida, a minha mão.
Cobre-me o grito da morte. A insensibilidade
Desce. E o meu coração em loucura
Quer fugir à impiedade
De tão cruciante amargura.
Dentro da solidão
Apenas há devastação.

O MURO

Minha alma era um belo e alto muro branco
Guardando a propriedade do meu corpo.
Passaram crianças em bando
E pintaram paisagens sem perspectiva.
As mulheres gravaram com ternura
O nome do amado
E os homens insatisfeitos
Escreveram palavras obscenas.
Minha alma esperou a chuva
Que lavou a paisagem infantil.
Recebeu o orvalho da noite
Que apagou o nome do amado,
Depois aguardou o sol
Que desbotou o sinal do sexo incontido.

O aparecimento de novos traços
Que repete continuamente
A passagem humana sobre a minha alma
Não alterou a profunda doçura da sua altivez
Nem a sua inicial e intocada alvura.

PAISAGEM INTERIOR

Bebe a minha ternura
Que de andar tão escondida
Já não reconhece o lume
Nem a voz da luz amiga.
Sorve-a sem assombro
Pelos teus pensamentos tristes.
Agora sou água serena
A correr da boca dos rios.
Entre as sombras escondi-me
E nas pedras descansei.
Entre círios já dormi
E chorei no silêncio das ruas.
Ninguém sabe quem sou mais
Sem o afago da vida.
Desenhada estou em vitrais
Por morrer sem gritos e ais.
Vou andando num cortejo
Que há muito me segue os passos
Tudo que ontem eu via
Hoje não mais vejo.
Sinto nos ossos um frio
Vendo o mundo tão distante
E mais longe ainda os teus braços.
E cá fora há tanto sol,
Tantas canções, tanta luz,

Gaivotas pelos ares
Como lentas mãos brancas
Acenando em largo adeus
À minha alma em desencanto.

PEDIDO A UM HOMEM

Pedi que modelasses a minha vida
Nos teus gestos e na tua vontade.
Que a tua força e a tua palavra
Esculpissem na minha alma
A beleza e a paz.
Pedi que o teu pensamento
Através do coração da noite
Sacudisse o meu corpo
Num estremecimento de prazer e volúpia.
Pedi que os fragmentos de vida
De que te desfazes com indiferença
Fossem deixados no meu ventre
Para dignificar a minha existência.
Pedi, pedi tanto
Qualquer coisa de ti, que não te fizesse falta
E passaste sem me ouvir.
Tão ligeiro passaste por mim
Que não te alcancei mais para o pedido repetir.

PENSAMENTO SEM COESÃO

Sobre a imobilidade do desencanto
O pensamento se entorna escorrendo como óleo.
As vozes apodrecem no ar
Antes da colheita do vento.
E sobre os ouvidos,

A palavra jogada pela língua
Dói como um câncer.
A atração consciente entre os seres
Se dilui e inculpa o prazer,
E a vastidão desolada
É pequena demais para fixar
Os gritos da angústia humana.
Sobre os movimentos
A impressão de descontinuidade
Subtrai a significação da existência.
A floração da ausência
Marca as distâncias da perda
E vai crescendo com a dilaceração que atinge o espírito
Até a fonte inicial dos sentidos.
Os acontecimentos alimentam a espiritualidade descrente
Diante da repetição das realidades primitivas.
De nós, foge a coerência
Para reaparecer nos silêncios futuros
E ficar impresso como uma leitura de cegos
Para o tato dos pensamentos inquietos
Desejos, tendências, fugas,
Ternuras escapadas, longas expectativas,
Angústias sem lágrimas e a destruição da alma
Com a velocidade do esperma
Procuram no tempo infinitesimal
O elemento essencial à reintegração
Para a concepção clarificada
Do que trazíamos em nós
E por nós, sem piedade, foi deturpada.

MOMENTO

Agora eu poderia proferir a última palavra
Que a minha memória colheu

No momento em que o desconsolo cortou minha respiração.
Agora, eu poderia fixar serenamente, com entendimento,
Todas as faces que o tato da minha lembrança guardou
Depois que a paisagem confiante do meu espírito
Foi arrasada pelo tenebroso vendaval.
Agora, eu poderia distribuir o único gesto
Que sobrou do meu ímpeto de mulher
Depois que o raciocínio em convulsão
Lançou no abismo do escárnio
As vozes da minha ternura.
Agora, eu poderia oferecer com humildade
O debilitado fio de vida que me resta
Depois que o cáustico silêncio
Destruiu os meus sentidos desprevenidos.
Agora, eu poderia falar das horas de solidão
Depois que a dor foi substituída e não extinta.
Agora sim, resumida na imobilidade
Eu poderia claramente dizer
O que há no meu pensamento
Se eu tivesse forças, se não me sentisse morrer.

UM NOME

Sobre as noites e os dias,
Sobre os silêncios e os medos,
Sobre o meu pensamento cansado
E os sonhos de criança
Eu leio o teu nome amado.
Em tudo que já foi escrito,
Em tudo que ainda está em branco,
Nas transformações do destino
Do meu caminho cortado
Eu leio o teu nome amado.

Nas imagens imprecisas,
Nas formas que vê o meu tato
No desalento monótono
De perplexos delírios
Em meu corpo profanado
Eu leio o teu nome amado.
Sobre o cantar lancinante
Que escuto a todo momento
Compondo o meu pensamento,
Sobre a fria sepultura,
Sobre as luzes e os espaços,
Sobre o que foi e o que vem
No meu espírito maltratado
Sempre, eu leio o teu nome amado.

POEMA PARA ALGUNS

No ilimitado tudo se realiza
Inesperadamente, com violência,
Sem apelo,
Entre a fragmentação dos segundos
Como se fosse o fim do Universo.
Do olhar à posse,
Da palavra ao gesto,
O acontecimento veio processado
Conduzindo apenas
O sentido de premeditação
Em diferentes coloridos sobre os sentidos.
Veio trazendo a abstração
Para romper as vestes dos corpos
E deformar os puros contornos.
No ilimitado um baque surdo
Inicia as conclusões quando o espírito acorda

Após o espasmo sexual,
E no vácuo
Vidas novas argumentam com o futuro.

POEMA QUASE SIMPLES

Quem me arrancará à fome de sucessivos perecimentos
Cuja origem escapa a todas as vontades
E a todos os pensamentos?
Quem me desviará dos grossos silêncios em ebulição
Cujo princípio está na forma da primeira mulher
E viverá além da morte da minha germinação?
Quem cortará a minha íntima fronteira
Cuja essência é a distensão do instante acontecido
Ondulando as minhas carnes como um trapo ou uma bandeira?
Quem evitará que eu permaneça nas doces composições
Cujo início impede fique eu liberta
De toda espécie de escravidões?
Quem poderá evitar a propagação do meu ser no mundo vegetal
Se a osmose se faz na água e na terra
Para que eu seja uma célula do universal?
Quem poderá romper a minha unidade
Se eu vim de uma nebulosa
E como sombra inconsistente círculo no turvo ambiente
De antigas nostalgias e ressonâncias da irrealidade?

SENTIMENTO GERAL

Sentir todas as mutações dolorosas do espanto
Tangidas como fibras
Pelos dedos violentos do acontecimento,
Conhecer a impossibilidade de deter a vigorosa imaginação

Alimentada pela torrente viva da realidâde,
Tropeçar nos ventos carregados de tenebrosas angústias,
Atirar-me em desabalada corrida sem meta
Por caminhos invisíveis,
Perceber muito ao longe a linha da compreensão,
E senti-la fugir entre um e outro palpebrar,
Colher na boca entreaberta pelo desespero
A solidão e o escuro que sobem dos abismos marginais,
Ver a alma despregar-se
E abandonar o corpo a determinações suspeitas,
Sentir o olhar apresentado a faces
Que a memória desconhece
E depois guardar no túmulo dos ouvidos
O eco das palavras transformado em vermes
Para o grande festim dos sentimentos acuados.
Saber do impraticável esforço da autorrecuperação
Desde que a razão
Fascinada pelo sexo da liberdade
Perdeu-se da harmonia e do equilíbrio.
E ao fim de todas as coisas que o espírito açoitado conservou,
Saber, com santa humildade, ante as forças mais secretas,
Que não atravessei a fase inicial da grande claridade
Mas que sob a morte
Percebo ainda as rosas perfumando as brisas do amanhecer,
Que ouço as águas virgens cantando com os pássaros
E vejo a terra agradecendo com frutos sumarentos
Aos terrivelmente tristes
Que virão depois de mim.

RECORDAÇÕES DA FINLÂNDIA

No ventre da floresta úmida e calma
O teu nome suavemente foi chamado

Pelo mais terno apelo da minha alma.
O universo parou sob as constelações.
O silêncio abriu espaço aos conflitos e a vida escorreu
Como a água que nasce sem murmúrio chorando solidões.
A mata impregnada do perfume da folha e da raiz
Trouxe à minha pele, aos meus sentidos
E à linha pura dos meus lábios,
O violento sabor da tua essência nutriz.
O espaço condensou-se na tua voz quente
Numa obsessão sem refúgios
Ampliando a noção da minha própria imagem
Coagida pela previsão do impossível crescente.
Minha ternura desprendeu-se como um pássaro tombado,
Debruçou-se nos teus cabelos gelados pelo orvalho
E teceu sonhos que romperam o limite avisado
Pelos elementos que tua imaginação
Havia destruído e incorporado.
Meu corpo chamou por ti e esperou teu olhar
Que me cobriu na doçura do silêncio da noite
Como a penetração azulada do luar.
Tua boca despertou antigos sofrimentos
E tuas mãos agitaram sombras adormecidas
Na harmoniosa resistência dos meus pensamentos.
Esquecidas distâncias, horizontes desdobrados,
Perspectivas numerosas e confusas
Se materializaram nas paredes dos desejos superados
E a sensação anáglifa desceu sobre a minha forma incontida
Flutuando como flor noturna
Sobre os lagos da floresta adormecida.
Despertou em mim a vontade de criar a substância
De tudo que realiza a plena possessão,
De tudo que regurgitava na grandeza silenciosa
Da floresta amando na escuridão.

REGRESSO

Sei que não és uma forma casual
Ou inesperada visão,
Por onde caminha em sonho o pensamento
Esbarrando em inconsequentes acontecimentos.
Pelas correntes agitadas do meu ser,
A cada instante,
Renasces sempre uma única vez
Como traços que não se repetem
Em desenhos anteriores,
Como as mutações nas alegrias
E nas surpresas do sofrimento,
Como as causas e as recordações,
Como o agudo perfume da infância
E o amargor pisado da velhice.
A tua degradante violência
Contra a minha existência
Desidratou minha alma desprevenida
Mas agora sei que
Infalivelmente volverei a ti
Como à carinhosa terra
De onde uma vez surgi.

SEGREDO

Pedi suaves ternuras
Sobre os cabelos serenos
E a lã das vestiduras
Sobre os meus ombros pequenos
Deram-me no sono das tardes
Só abismos de tristezas
Sem ruídos nem alardes.

DO FIM AO PRINCÍPIO

Nas distâncias dos meus vazios
Tão recobertos de gelo
Jogaram-me a cal dos defuntos
Feita angústias e pesadelos.
No meu soluço profundo,
Na treva da minha cantiga
Só eu sei o que ouvi
Da larga boca do mundo.

VONTADE

Unida ao silêncio da flor,
Viver só, desconhecida,
Viver ausente de tudo que traduz amor.
Pudesse eu andar sem bem-querer.
Obstruir o meu ímpeto de pensar,
Realizar qualquer coisa
Que eu não pudesse conter.
Pudesse eu sempre deixar
Em todas as horas um traço
De bondade e paciência
Que fosse como um abraço
Aos tristes da existência.
Pudesse eu cortar o absoluto terrível
Que nasce e cresce mudo
No acontecimento invisível
Surgindo da experiência de tudo.
Certamente nessa vida que me cansa,
Que me gasta em ignorância mansa
Estampada na minha face parada,
Eu seria tênue luz irrevelada
Brotada do amor violento
Na minha alma soterrada
Pelas mãos do sofrimento.

VIDA REFLEXA

A tua face escorre no meu sangue,
Tua existência envolve os meus movimentos.
Por ti desconheço abismos e torrentes
E pequenos pensamentos.
Nascem dias, nascem noites,
Nascem prantos e alegrias.
Mas dentro do universo em pedaços
Vivo em perfeita harmonia
Desde que sou teu reflexo
Incorporada ao teu dia.

ACONTECIMENTO

Ontem, foste a alegria que se une à causa,
Foste o motivo que transcende a ordem do corpo e do tempo,
O senso de beleza acósmica além do plano físico,
O criador no poder do conhecimento.
Foste uma razão além da finalidade,
A ação que modifica o mundo exterior.
Foste a origem de toda a realidade,
Foste mais do que a vida. Foste o amor.
Hoje, quase não chegas à recordação,
Nem conteúdo abstrato distinguido.
Não és discernimento do essencial
Nem qualitativa noção de um momento vivido.
Amanhã serás menos do que o acaso,
Muito menos do que o conceito de abstruso:
Serás tão menos, tão nada
Que para mim perderás até o sentido de confuso.

AMOR RECENTE E ETERNO

Eu te amei
Acima de todas as extensões dilacerantes,
Desde a minha sombra até a minha alma,
Em todas as revelações que não vieram antes
E distanciada de toda a prudência e calma.
Eu te amei
Em todos os idiomas dos meus sentidos,
Em todas as faces das minhas emoções,
Largada em todos os ímpetos escondidos
E oferecida a todos os contrastes e dimensões.
Eu te amei
Sem lógica nem discernimento,
No que tinhas de mais pobre e miserável
Que compunha o teu caráter e o teu pensamento,
No que era frágil e inaproveitável.
Eu te amei
Depois de todas as excursões e incursões
Do meu corpo e das minhas tendências,
Contra as evidências e as deduções
Que me davam o sinal de um amor sem permanência.
Depois te amei
Na solidão dos imensos silêncios, num rito,
Com a alma hipersensível,
Inclinada e aberta às vibrações do infinito
Fundida no teu conteúdo invisível.
Mais além, te amei
Quando na absorção dos impulsos desagregantes
A emanação substituiu as forças construtoras do altruísmo,
Quando as ascensões não se fizeram ofegantes
E superaram as raízes do egoísmo.
Aí te amei em plenitude
Na mais tempestuosa das conquistas,

No ato fundamental que a coesão translude
Integrada no orgânico do universo das coisas imprevistas.
Atravessei a deslocação evolutiva do equilíbrio
E a verdade nova se ajustou ao meu passado
Em todos os termos conhecidos e sombrios
E em todo movimento que no eterno vem pousado.
Assim te amei, te amo e para todo sempre te amarei
No entendimento que só a maturação leva à verdade realizada
Na harmonia única que só agora alcancei
E assim, após em cinzas dos séculos repousada,
Após a evolução da dor indimensionada
Que unifica a alma desordenada
Eu conheci o amor sem ser recompensada.
Fui além da vida, que nasce e morre sem parar,
Além da matéria tomada pelo mais veloz turbilhão,
Do espasmo da ascensão que me levou a transbordar
Todos os limites da minha inevitável podridão.
E sempre te amarei
Pelas florações maravilhosas que encontrei
E que pela eternidade levarei.

CANTO DA MADRUGADA

Um peso cai sobre mim como se fora
Universos de mãos esmagadoras
Mas logo forte luz imorredoura
Vem na voz de cantigas promissoras.
Uma infância de séculos se avizinha
Cantando hinos com acentos de louvor
Mas em volume, triste aura caminha
E alquebra o alento com o pavor.
Sustentada me sinto no torpor
Crescendo sobre a vida da alegria,

Encerrando os caminhos a transpor,
E consumida em chamas sou agora
A que em conflitos perdeu, em fria dor,
A vida, o amor e a paz de cada dia.

ASCENDÊNCIA

Vim da inquietação que se fez queda,
Invisível rolei nos séculos de espaços,
Fui parte na voz das águas
E das estradas sem sombras e sem passos.
Vim das amargas vigílias que sangram
Do eco das almas em danação,
Vim do fluido de neblinas em erva nascida
E de movimento do ódio em eclosão.
Vim da fixação de mortos sentimentos,
Passei como nuvem de tormenta sobre a humanidade.
Fui chama de vela ardendo solitária
Nos escuros redutos da eternidade.
Vim do frio que penetra no vácuo absoluto,
Do crepúsculo evanescente do pecado,
Do sopro do vento correndo cemitérios
E do pedido de socorro rejeitado.
Vim do grito que se alonga sobre o grande vazio,
Das visões levadas ao sabor das correntezas,
Da espessura das águas sonolentas
E dos pântanos coagulados sem grandezas.
Vim dos desejos sem premeditação,
Das cinzas que cobrem o corpo da noite,
Das horas povoadas de angústia e opressão
E da maldição prenhe de graves acentos.
Vim do inacessível que ronda as paisagens desfalecidas,
Do solo apagado e sem reflexos

E do cansaço de vidas fundamente cumpridas.
Vim do sofrimento imutável das estrelas cegas,
Da refração dos gestos incompletos,
Do átomo incorporado às direções perdidas
E da região das ânsias secretas.
Vim da morte que se multiplicou em vidas
Para flutuar em ausências acordadas
E oscilar no tédio das almas esquecidas.

DEFINIÇÃO

Cai a tristeza sobre meu espírito enfermo,
Mutilado por horrores e a certeza
De um pranto que nunca terá termo.
É como se após negros assombros
O espírito se cobrisse com o pó de todos os escombros.
É uma descrença atroz que a palavra não descreve.
É como o peso do mundo
Sobre o que há de mais leve,
É como o grito de mágoa que o tempo não destrói,
É uma dor tão funda e lancinante
Que não sei se é o corpo ou a alma que dói.

O DESCUIDADO

Veio sem rumo objetivo nem causa esclarecida,
Manifestou-se sem apoio real ou imaginário,
Cobriu-se de uma frágil vida afetiva
E deixou um gesto extraordinário.
Passou entre o sonho e o despertar,
Falou palavras deslocadas na ambiguidade,
Não soube recolher nem soube dar

Só deixou conhecimento, sem amizade.
Estava presente na grandeza e nela não tocou,
Recebeu em substância o sentimento melhor,
Respirou forças eletivas, de valor,
E deixou, no rastro dos seus pés, o pior
Passou pelo nebúlio sem bravura,
Pelos conflitos sem ver o emocionado,
Ganhou tudo o que jamais um ser ganhou
Mas regressou como um homem numerado.

EXPERIÊNCIA

Tudo fluirá suavemente
Desde o pensamento, o riso, a alegria
Assim como a noite lentamente
Afastando a presença do dia.
Tudo surgirá com mansidão
Nas formas e nas vozes bem-amadas
Que vão crescendo na recordação
E nas ausências prolongadas.
Tristezas virão até com ternura
Há sempre beleza onde há dor
Assim como o perfume perdura
Após a morte da flor.
Tudo virá suavemente
Desde o esquecimento ao perdão
Sempre que se viva fundamente
Sob o olhar do coração.
Tudo se dilui num traço de amor,
No fascínio da emoção.
A treva se transmuda em cor
Se fizermos da vida uma canção.
O pranto terá larga doçura

E o isolamento surgirá em doce calma
Se mantivermos serenamente pura
A face eterna da nossa alma.

FORÇA

Ser forte
É isolar-se dentro de si mesmo
Vendo que lá fora há vida, há esperança
E que o Universo luminoso canta
A frescura de uma ternura doce e mansa.
Ser forte
É impedir que o embaciado olhar
Repouse na face de alguém amigo,
É deixar o pensamento mergulhar
Na soma negativa que a vida traz consigo.
Ser forte
É não procurar esquecer a dor profunda
Nos ruídos vivos ou no gesto vão,
É recordar sempre a calúnia imunda
E renunciar ao calor fraterno de outra mão.
Ser forte
É acompanhar hora a hora a própria sorte
Vendo a gula da chaga putrefata
Abrindo-se lenta como a flor da morte
Na carne pálida quase abstrata.
Ser forte
É recordar em detalhe, a todo instante,
A palavra seca, má e dura que amputou
A alegria de uma crença constante
No amor de tudo que se amou.
Ser forte
Não é abrandar na confusão

Das companhias descuidadas e felizes
As trevas que sufocam o coração
E dão à alma fundas cicatrizes.
Ser forte
É não esquecer a beleza de todos os sentidos,
É saber que a vida é alvorada
Mas sentir que após os nobres gestos cometidos
Caminhamos em dor sobre o caos e o nada.
Ser forte na grandeza da expressão
É olhar o meu próprio desespero
E cobrir-me com a ilimitada solidão.

A GRANDEZA DO SILÊNCIO

O silêncio nasceu
Para caírem os frutos amadurecidos
E ativar a vigilância sobre nós mesmos.
Para recolher o vento que violentou as flores
E levar para os abismos
As palavras gasosas que emanaram da nossa língua.
O silêncio nasceu
Para engrandecer a música das fontes
E para tranquilizar as nossas faces derrotadas.
Nasceu o silêncio para absorver a volúpia
Incontida do mar
E para falar aos nossos pés
Sobre as distâncias imprevisíveis dos desertos,
Para abrandar a euforia inconsequente
E para dizer que as trevas
Esmagam a luz passageira.
Do silêncio veio a lágrima
E o sono
Que fragmentam a ação.

Dele veio a razão para estrangular o sentimento,
O equilíbrio para vigiar as imponderações,
A beleza e a harmonia
Para guardar a vida na escala das mutações.
O silêncio nasceu
Para a seleção nas grandes lutas
E para destruir os frágeis mitos
Que impedem nossa fixação no absoluto.

GUERREIRA

No espaço que tem a medida do eterno
Despojei o meu corpo de todas as reservas humanas
E joguei a minha alma
Na vala comum do Universo.
Dei o meu canto às sombras dispersas
E o meu pranto à terra morta.
Ladeei rios, rolei montanhas,
Mutilei-me no acre silêncio
E anulei as graduações do meu pensamento,
Enxotei o espectro da minha curiosidade
Na vida dos meus sentidos,
Interceptei aos meus ouvidos
O regresso da minha própria voz,
Levei o meu raciocínio
Ao abismo tenebroso do ceticismo
E afoguei o meu espírito
No volume surdo das sufocações sem causa.
Contemplo agora a minha dissecação,
A nudez da minha vontade inerte,
A chaga profunda nas carnes dos meus sonhos
E a dolorosa morte sem continuidade
Que pisa lentamente as minhas frágeis recordações.

Descarnada e decomposta,
Largada no despudor
Pronta estou
Para prostituir-me com todos os acontecimentos.

O HINO DA LOUCA

O desespero denso sem fixação na causa
Cobre o meu ser desprotegido,
Gira no meu sangue sem dar pausa
Ao meu espírito rasgado e consumido.
Vem com sons alucinados, movimentos delirantes,
Prega-se ao meu peito afundado
Com o ódio e a força de gigantes
Atirando-me no espaço anulado.
Cobre a minha fronte sem reflexos
Pela viva combustão do pensamento,
Mata o meu olhar para todos os aspectos
E alarga os seus cruéis consentimentos.
Já sei que nada posso e nada sou
E na perplexidade dos delírios
Fui um canto em início que tombou
Mergulhada em conflitos em martírios.
Um acento doloroso é a substância
De tudo que me resta na existência
E a vida se transmuda nessa ânsia
De entregar-me sem nenhuma resistência
Desespero que me cega e que me alquebra,
Que resseca o vigor das minhas carnes
Nessa força que as minhas forças assoberba
E apodrece o conjunto em cada parte,
Desespero que faz os ossos doloridos,
Que impede o repouso até na morte,

Que supera a crença em seus tênues coloridos
E fica alheio ao que o instinto ainda suporte.
Poeira de trevas em neblina
Caindo sobre a ilha do meu ser
Que me torna em medo pequenina
E me transforma em verme do saber.
Desespero que me desnuda da expressão,
Que não atrai vozes nem imagens,
Que não indica nenhuma região
E nem dantescas paragens.
Desespero que transcende à minha humanidade,
Que supera o horror dos moribundos
É o que colhe sem piedade
O meu fantasma em todos os mundos.

IMAGEM PERDIDA

És a minha noite, no silêncio escutando
Os passos nítidos da recordação,
Ouvindo a tua forma ecoando
Sobre os meus sentidos em floração.
És o que jamais poderias ser:
O amo da minha humilde pureza,
A compensação, o meu impulso de viver.
És a minha estrela na relva do caminho,
A unção pelo mistério da vida,
Os destinos atados ao ninho
Da minha amargura crescida.
Tu nem sabes o que és,
Nem sentes a penetração da tua luz,
A harmonia que deixas nos teus pés
E desconheces a alma que o teu descuido conduz.

IMPOSSÍVEL

Quisera, na vida, somente recordar
Um gesto amigo, consolador
Que desse ao olhar ressequido
A frescura de flor.
Quisera cantar sem saber
Se a canção vem da luz e da graça
Para em minha face renascer
O viço da alegria que só pranto esgarça.
Quisera esquecer tudo que penso entender,
Confiar na vida com descuidada inocência
Mesmo que fosse para outra vez perder
Aquilo que julguei ter consistência.
Quisera repousar de tudo que me cansa,
Esquecer esta Adalgisa sem ausência
E dissolver-me numa alegria ingênua de criança.

LEMBRANÇA

Tu vieste pelas células do meu corpo
E crescendo fui capaz de assimilar
Grandezas e vida no que já estava morto.
Deste superfície aos mundos encobertos,
Larguras eclodiste no horizonte,
Mostrando aos meus pés todos os caminhos abertos
E fizeste a minha boca sorrir à grande fonte,
Esqueci outras formas no meu tato,
Na minha voz abriu-se tua canção,
Minhas lágrimas secaram no abstrato
Porque o meu pensamento era a tua própria expressão.
Extravasando das minhas carnes tanto amor
E de minha alma toda a bem-aventurança,

Aceito agora, pelo que deixaste, todo o horror
Da ausência que transformou-se em lembrança.

LUZ

Vida extenuada em desencanto imenso
Que me arrasta no tédio das águas mudas e incolores,
Que rasga as minhas carnes em tremor intenso
E balança os meus sentidos no clima das maiores dores.
Desejos ávidos de voo incompreensível,
Impulsos vivos no morno espaço cativo,
Marcha de um silêncio intraduzível
Contornando meu olhar vago e pensativo.
Gritos da vontade que pressente
Na luz da sua aura outros matizes,
Sensação de ruína florescente
Na memória de sonhos infelizes.
Como oceano na maré absorto
Agitando-se contínuo e impreciso
Há em mim também um mundo morto
Às vezes flutuando nas correntes sem aviso.
Levada pela angústia que entrevi,
Largada nas mensagens sem promessas
No espanto e no caos, a única luz que vi
Foi na tua vida, onde a minha recomeça.

MENSAGEM PARA MATEUS

Mais do que a dor
Que vai o corpo em chagas corroendo,
Mais do que a lepra
Que as carnes lúcidas vai apodrecendo,

Além da planície da loucura,
Viva e mais cruel
Do que a presença da amargura,
Dilacerando além do abandono,
Anulando os movimentos
Com mais domínio do que o sono,
Mais ativa do que o instinto de conservação,
Com mais poder do que as alegrias vitais,
Acima da morte na aniquilação,
Mais ampla que o estado vago de múltiplas flexões,
Muito além de todas as grandes fronteiras
Da dúvida, em impiedosas especulações
E devorando as reações derradeiras
É a angústia bem maior do que o terror
Que cobre meu ser frágil, humano,
Por amar morrendo em amor.

MOTIVOS EM MATEUS

Certamente és a causa no valor da conjugação,
És talvez com a aparência de prazer e sofrimento
A resposta que espero clamando em aflição.
Talvez sejas a minha ideia artística em pensamento
O determinador mesmo do infinito,
O contato aprazível de uma criação em julgamento
Ou a necessidade vital de acreditar em algum mito.
Talvez sejas a causa formal da minha inquietação,
A transposição de um fugaz desejo de glória
Ou um traço distante da minha própria expressão.
Talvez sejas a única importância que destaca a minha vida,
O sinal tenebroso da minha extrema derrota
E a presença da minha alma chorando deprimida.
Talvez sejas o doloroso contingente

Que explica uma causa necessária
Num mundo de avisos de um fim rápido e iminente.
Talvez sejas a própria condensação do amor
Na atualidade das minhas extenuantes esperas,
Sejas a unificação admirável do prazer à dor
Para as superações mais severas.
Talvez sejas, amado, todos os meus universos
Ou todos os caos mais completos
Deixados nestes simples versos.

SÚPLICA

O que te peço é bem pouco
E é bem mais do que simples promessa de segredo;
É menos do que o perfume perdido no vento
E mais do que o coração perseguido pelo medo.
O que te peço é quase nada
E é tanto quanto minha alma se alongando
Na ternura funda
De dois corpos em silêncio se abraçando
O que te peço é quase um resto
Mas é tanto quanto chuvas afogando
A terra fendida, gritando num protesto.
O que te peço é tão pouco
É como um traço no espaço do luar,
Como o gesto que não deixou lembrança,
Como tudo que tem de acabar.
Entretanto, o pouco que te peço vale tanto
Vai tão além do que possas pensar
Que eu não sei se consentes em me dar
O encantamento supremo de te amar.

PENSAMENTO

Com o cansaço frio e a dor mansa
Tenho nos olhos uma solidão crescente
Há um som de palavras na distância
Dando à vida uma treva permanente.
Escondo-me da paisagem existente,
Das horas gravadas na memória,
Penso às vezes que sou forma ilusória
Arrastando esta alma tão doente.
E concentrada em medos e horrores
Dou ao pensamento outra distância
Sob as lágrimas do pranto que ainda posso.
É que dentro de todos os destinos
Aturdida por dores diferentes
Sou aquela que agora é pó e ossos
Sobre tudo que fui antigamente.

DESVARIO

A mulher insone se detém
Espantada, à porta da madrugada
Espreitando alguma coisa que vem.
Ouve os ventos estalando no infinito,
Oceanos gemendo no silêncio
E vê a boca do vácuo à espera do aflito.
Ela assiste à noite acordada sobre o dia,
De fantasmas bocejando nos trovões
E da memória cospe o que bendizia.
Ela se agasalha sob a mão da noite espessa,
Nauseada expele o seu nome da própria língua
E condena o seu corpo antes que a noite desça
Ela sabe que vai para o grande ventre escuro

Onde há ruídos, lamentos e gemidos
Borbulhando atrás de um grande muro.
E no rachar violento do universo, então
A mulher insone cai por terra
E esfrega a sua boca pelo chão.

POEMA PARA OS INIMIGOS

A vida está onde nela mais morremos,
Na fonte da mais silenciosa tristeza.
Está em tudo que em nós foi esmagado ou em nós devolvido
E na desagregação das nossas maiores grandezas.
Está no conflito entre os mortos-vivos que mais amamos,
Na verdade traiçoeira que contra nós se levanta
Originando a palavra que recusamos
E no esmagamento que o sofrimento em nós implanta.
A vida está no pranto que interdita o pensamento,
Na angústia que a resistência experimenta,
Movimenta-se no mais espantoso isolamento
E no tédio que nos disseca em tormento.
Está no cheiro de terra que o nosso espírito espalha
Entre os sentidos vivos e a alma eterna,
Está em todos os fracassos da batalha
Na conquista da coisa mais simples e mais terna.
A vida está no amor inesperado que nos mata
Na mais cruel e tenebrosa escuridão,
Está na ânsia vital da ternura mais compacta
Negada ao olhar do desfalecido coração.
Ela está fora do amplo colorido do mundo exterior,
Além da fartura das paisagens claras da alegria
Está no abismo do nosso mundo interior
Alimentando-se das nossas mortes noite e dia.

POEMA PARA MATEUS

Hoje, a fascinação é maior do que a de outrora
E que a emoção vive no pensar absorvida.
É uma ânsia, uma saudade que não tem sentido,
É como a alma que do corpo se evapora.
Êxtase e um desejo que devora,
Um medo e temor indefinidos
De percorrer novamente caminhos perdidos
Nas noites e negros abismos afora.
Assim fala minha alma trêmula e incerta
Na sensação de quem morre e noutra luz acorda
Como fantasma que no irreal desperta
Num oceano de mágoa que transborda.
E se hoje essa fascinação é como um pranto interno
Um dia verás simbolizada
Como vida a presença de um amor eterno.

POR QUÊ?

Se às vezes, das carnes, a alma despencou
E trouxe ao olhar a cor dos círios se apagando,
Se o corpo sobre si, dia a dia, foi vergando
De volta ao primitivo círculo do ventre que o gerou,
Se a todo instante, despidas de bondade, vêm surpresas,
Se as raízes dos sentidos os vão acinzentando
E a tristeza vai crescendo e borbulhando
Pela torpe humilhação e mórbida aspereza,
Se as mãos foram deformadas por constantes contrações,
A boca foi secando como um rio desviado,
A música das palavras, o colher de afeições
Foi na memória um som, um acidente inventado,
Se às vezes a adinamia trouxe à humana paisagem

A adequação total do fato imprevisível,
Por que chorar o efêmero na passagem
De tudo aquilo que julgamos desprezível?
Cair, levantar e assim caminhar sem glória até o fim
Sob o impulso de um vigor animal que sempre recomeça
Em todos nós, em ti, em mim,
Convertido na forma de autopromessa,
Se ao fim reconhecemos que só há caos e morte
Por que diante do escombro universal
Esse desejo ridículo de vencer e de ser forte?

PRENÚNCIO

No tédio mais gelado, o que mata o movimento
E até o pensamento alcança
Sinto que em mim tudo descansa
Desde a alegria ao sofrimento.
Uma estranha paz de sepultura,
Indiferença ao amor que acreditei ser tudo,
Leva minha alma à profundeza e à altura
De um mundo adormecido e mudo.
Quisera eu sofrer a agitação do vento e do mar
E ver nesta inquietação uma luz ao meu andar,
Que a ternura fosse a mesma que eu tinha outrora,
Não assistir este apagar de sentimentos
E não deixar partir de mim este amor que se evapora.
Quisera não apegar-me ao pó de palavras falecidas,
Não ser o único que é informe nas trevas
E na luz, multiforme e vencida.
Afogar esse torpor que minha alma leva,
Abrir os sentidos para em alguma coisa crer
Mesmo que fosse na vontade de morrer
Já que agora não sinto que te quero como devia te querer.

POEMA NA MADRUGADA

São ventos desencontrados
Levando intenções sem doçura,
Repousos dissimulados
Deitados na imensa planura.
São pés que não vencem distâncias
E ombros sem peso de amores
São gestos de sumida importância
Como odor perdido das flores.
São faces sem vida contente,
Palavras de murcha alegria
Que a alma por estar ausente
Não ouve o que deveria.
São olhos sem proteção
Que espalham ondas de frio
Numa rosa sem expressão
Num céu de estrelas vazio.
São desejos nus ao relento
Como instantes de ilusão
São ternuras perdidas no vento
Esperando-me na solidão.

A ROSA

Levo de ti a rosa de todos os meus mundos
Batendo na memória como o velho ruído do mar.
Levo essa força para em todos os segundos
Ser o gesto que deve a minha alma amparar.
As raízes são vida sob a terra,
As palavras são flores sob o tempo.
Com a rosa na mão sentirei o nojo que encerra
O pecado sem o nobre sentimento.

Levo de ti, o nítido cunho da morte
Que enaltece minha vida
Porque tua ausência foi o corte
De toda a amplitude conhecida.
Só, acompanhada de tumultos,
Guardo a rosa
Que o pó ofereceu em troca de insultos.

SOLILÓQUIO

Se de valor a vida fosse experiência
E por ela em mim acreditasse
Agiria então em plena sapiência
Sempre que o amor em meu peito se agitasse.
Se a palavra não fosse pela intenção deturpada,
Viesse do pensamento limpa como um sonho,
Eu aceitaria agora descuidada
Tudo que ouço sem supor o que suponho.
Se a razão fosse com a verdade correlata
E o espírito praticasse entendimento
Eu me entregaria a esse amor que mata
Para tornar-me um imenso esquecimento.
Se o propósito contivesse eternidade
E todo gesto fosse em pureza promovido
Eu seria o múltiplo processando a unidade
Desse amor em grandezas comovido.

ANÁLISE

Indecomponível é o amor
Que ama virtudes e defeitos,
Que sofre ausências longas em pavor

Até quebrar o frágil peito.
Indecomponível é aquele que vive no presente
Sob o prenúncio do nada do amanhã,
É o que traz a carne descontente
Onde a lembrança é pouca e vã.
Indecomponível é o que anula agitações
Com a fugaz ideia do amado,
O que faz esquecer conflitos, humilhações
No momento em que seu nome é chamado.
Indecomponível é o amor que se debruça
Noutra existência e reconhece
O impacto com o infinito,
O que supera a compreensão da consciência
E segue o amado sem ganhos, sem fito.
Indecomponível é o amor
Que paira sobre os vários coloridos da emoção,
Que unifica o contentamento à dor
E no êxtase condensa toda a ação.
Este amor, amado meu, é o que te dou
Assim completo, exato e largo.
Em ti está tudo no qual meu ser vibrou
Desde a pura alegria ao imenso pranto amargo.

AMANHECER

Cobrindo a face, cai a melancolia
Trazida na poeira dos ventos quentes,
Na neblina da noite
E na maresia das águas sem nome.
Melancolia falando de ternuras cortadas,
Recendendo a perfume de pétalas mortas
E lembrando o refúgio de um ombro amigo.
Melancolia, flor aquática

Boiando na superfície da memória,
Intumescendo o vazio da alma
E apagando os tempos lembrados.
Melancolia rasgando as carnes,
Partindo os ossos, cegando o olhar,
Doendo no peito como chaga má
E destruindo fronteiras intocadas.
Melancolia de coisas imprecisas
De muitas outras desenhadas no calor do tato,
No plano do real e da ficção,
Na nudez impudica da lembrança
E no vai-e-vem do coração.
Melancolia escorrendo como a luz da lua
Sobre o pensamento, o desejo,
Sobre as árvores, os muros e as ruas,
E colocando-se aflitivamente
Numa friorenta alma nua.

ANOTAÇÕES POÉTICAS

Agora, que o conceito das ligações do universo
Arrastou-me ao processo evolutivo
E levou-me ao limite dos meus sentidos
Siderando os silêncios penosos,
Agora, que a angústia e a alegria
São fases citadas e superadas
Nas marés sucessivas do meu entendimento
E o desejo espacial
Ampliou meu pensamento no universo físico
Tomando direções nos climas conjuntivos,
Agora, que a unidade coletiva
Mostrou-se um círculo de múltiplos fenômenos
Combatendo a substância íntima da maturação

E fundiu o espaço na Via Láctea,
Limitou a ciência ao concebível
E disseminou destinos no ar,
A minha visão intuitiva tomou a si
Uma presença e uma voz
Interceptando o plano do relativo,
Multiplicando volumes e temperaturas abstratas
Mas vivas e pulsantes,
Agora, que o meu universo interior é trifásico
E abre-se tridimensional
Como um terceiro mundo virgem,
A minha razão calca-se nas formas infinitas
E minha percepção atravessa as carnes movidas pela premeditação,
Agora que a planície dos pensamentos coagidos
Desdobrou-se pela força de uma simples ternura,
A gravitação dos frios limbos
Corta a velocidade dos instantes eternos
E translada o amor
Da dualidade para a unidade.

APENAS

Amo-te como a renovação do amanhecer,
Como o badalar de um sino de aldeia,
Como o perfume da boca dos recém-nascidos
E como a sensualidade das cores do entardecer.
Amo-te como a ternura dos musgos sobre os velhos muros,
Como a chuva abrindo a semente,
Como as algas levadas pela maré
E como a pedra no tempo
Forte e serena.
Amo-te como quem caminha sozinho
Em planícies sem horizontes e sem medidas,
Como quem espera por alguém que não virá

E como a face que recebe sem lágrimas e sem queixas
A pressão da agonia sobre a alma.
Amo-te como o silêncio dos grandes espantos,
Como o dilaceramento da renúncia
Como a boca ferida pelos gritos de aflição
E como a doçura dos cabelos finos de uma criança morta.
Amo-te como a imaginação do adolescente
À espera que o universo acorde
Para o seu mundo de desejos e de glórias,
Como o pensamento infantil
Diante das formas e dos ruídos
E como o ciclo estabelecido para todas as coisas.
Amo-te como a prostituta enferma
Que acende uma vela ao Senhor
Pedindo amparo à sua alma em solidão,
Como a língua que morre
Na garganta em desespero
Como os olhos que não mais se fixam.
Amo-te como os largos caminhos sem fim,
Como a presença do Imponderável
Anunciando as sombras eternas,
Como o brilho das estrelas sobre os miseráveis
E como a tristeza imutável dos resignados.
Amo-te como por Deus sou amada
Quando o infinito abstrai os contatos com o meu espírito
E minhas mãos pendem para o chão.
Amo-te como o mistério do Amor
Que esmaga e dilui
Os movimentos do Bem e do Mal.

COMPREENSÃO

Se o cruel me ataca, sou compreensão,
Se o prazer me segue, sou ingrata.

Sempre aceito quem meu amor maltrata
Marcando sombras no meu coração.
Ao que dou amor puro e escaldante
Sou escrava se com amor me trata
E morro vendo a causa que me mata
Alheia a outra glória triunfante.
Se a alguém dou minha alma num desejo
Não peço de volta entendimento
Quando perdida em solidão me vejo.
Pois nas penas de amor entendo
Não haver razão de pejo
Em dizer que de amor vou eu morrendo.

CONFISSÃO

Pelas noites mais profundas
Em pranto sozinha andei,
Nas pedras sangrei os pés,
No pó a boca arrastei.
Pelos ventos mais cortantes
Minha alma nua passou
Ouvindo escárnio e maltrato
Pelo bem que desejou.
Por tédios dilacerantes
Foi meu espírito rasgado
Esquecida ficou minha língua
Do presente e do passado.
Na solidão mais gritante
A minha vida foi gasta
Entre mundos apagados.
Pelos vácuos mais pungentes
Sempre fui acompanhada.
Minhas próprias mãos mordi,

Em sangue meus olhos fechei
E no silêncio me consumi.
Atraída fui também
Por cansaços milenares
Foram meus ombros vergados.
Meus joelhos arrastados
Aos equívocos preparados.
Sou ilha de sentimentos
Ouvindo a própria canção
Fluindo dos pensamentos
E embalando meu coração.

O COMPANHEIRO

E assim ficaremos na eternidade do momento.
Com a tua boca próxima ao meu ouvido
Contar-me-ás o que viste nos séculos passados
Sem deixar que um estremecimento
Interrompa a minha quietude luminosa.
E no teu rosto erguido para a lua
Eu poderei ler o que a noite escreveu
Na tua face perdida.
A brisa enviada pelas estrelas
Não terá o frescor do teu hálito
Nem o movimento das águas
Será mais harmonioso
Que o das tuas palavras ondulando no espaço.
Falarás das tristezas passadas
E saberemos que foi como o dilúvio que purificou a terra.
Ficaremos livres das recordações,
Livres das fronteiras do tempo,
Livres para caminharmos na eternidade do momento
Para as claras superfícies
Onde brotam os lírios sob a neblina das grandiosas manhãs.

DEFINIÇÃO

Amor,
Força de coesão que rege o universo,
Indestrutível sob infinitas formas,
Presente em todos os níveis do ser,
Contínua reabsorção do egoísmo,
Emanação que substitui a inversão de impulsos,
Amplitude que se alarga e afasta os limites aplicados.
Amor,
Melodia fundida na harmonia dos mundos,
Solidão dos imensos silêncios,
Imponderável que inflama, responde,
Nutre e satisfaz um consolo comovido
E cobre as forças transbordantes e inadvertidas.
Amor,
Pensamento lamentando-se,
Num pranto cego da garganta,
Latente e protegido por muralhas escondidas,
Assombro de fel em bocas orvalhadas
Mostrado sob pálpebras massacradas,
E vestido de palavras sem propósito.
Amor,
Imaginação que dói
Em reminiscências e visões,
Ermos cansaços de carnes em vigília,
Cirros, elos em órbitas violadas
Na treva gritante dos desesperados.
Amor,
Que nos cimos da alma estancou
E nas entranhas do ar se incorporou
Ao contágio da anunciação de infernos prolongados.
Amor,
Que a memória criou em seu tempo

Sob as faces sem ríctus,
Sob as mãos enlaçadas pela morte,
Silencioso e presente, livre e grande
Conjurando os elementos.
Amor,
Interminável revivescência
Nos abismos de versos e clamores,
Suicídio lento, inflexível
Sobre o contorno das coisas sem consolo,
Sobre as cores despregadas e a luz morta,
Sobre as águas, sobre o fogo e os espaços.
Amor,
Quando nos corpos em estertores derradeiros
A carne se desata da existência deslumbrada
Afundando em planície soturna e sombreada
Em dormidos mistérios e ameaças
De prantos germinados em perigos.
Amor,
Exaustão que contamina o vento
Como um lamento egresso do infinito
Engendrando no mundo dos vazios
Uma nova espécie de vida e de tempo.
Amor,
Sexo do espírito e do corpo
Força e Poder criador.

DESERTO UNIVERSAL

Por querer e não saber ao certo
Quando findará esta morte repetida
Tudo é susto sobre o que existe
Nos escombros do meu particular deserto.
Na volúpia de pensar que a sombra já vem perto

Procuro o que ainda subsiste
Para ver o que dei, o que em mim resiste
De impulsos pobres e incertos.
Desligada dos meus dias idos,
Flutuando em memórias perecidas
Vejo a presença da desesperança
Chegando com seus fortes passos
Serena, tomando-me em seus braços
E levando-me para a sua região mansa.
E por querer e não saber ao certo
Quando findará esta morte repetida
Saio do particular para o universal deserto.

DIREÇÃO A BORESTE

Sob a dor vestida de silêncio fundo
Encontrei a força e a compensação moral
Que trazem íntimas harmonias da vida e do mundo
Selecionando o ímpeto animal.
Pela evolução passei a outra dimensão
Batida por universos tão sombrios
Que várias vezes senti o frágil coração
Cair no caos de vários frios.
Reagrupada e sofrida no ciclo do desenvolvimento,
Perdida na direção do infinito espacial,
Afogada pela treva no pensamento
Quantas vezes a minha alma caiu no vácuo total.
As formas do amor gradualmente invadiram meu ser
Embelezando ao máximo os instintos e as paixões
E, ligada ao todo, consegui ter
Múltiplas luzes, infinitas inflexões.
A morte não lesa o princípio da vida
Quando a sua substância é indestrutível

Porque o amor na sua força conhecida
Leva a alma ao belo e supremo nível.
Quantas vezes em luta com a solidão
Tenho olhado o meu corpo se esvaindo,
Quantas vezes com a própria mão
Levanto a minha alma saindo
E dou um gesto de ternura ao coração.
No mistério de defesas e resistências,
No contínuo estado de vibração intensa,
Superando desesperos e afrontando violências
Só no amor encontro a força imensa
Que me faz compreender a razão
Dos baços silêncios
Falando em condenação.

EBB TIDE

Vazam-se os sonhos, o poder da crença,
O puro sentido das finalidades,
E até o amor com a sua grandeza imensa
Declina na vazante da sensibilidade.
Exaurem-se os risos, as ternuras,
Reflui ao mudo pensamento
Em arrepios e tremuras
A alma em descontentamento.
Baixam lentamente em impulsos de revolta
Mostrando a vida sem renovação
A luz ao olhar não mais se volta
Porque a tristeza matou a involução.
Tudo que vibrou a um contato invisível,
Tudo que existiu no mundo da imaginação
Retorna mansamente ao nada, ao impossível
Diluindo o que foi grande, o que foi emoção.

Canto agônico de mar em reclusão,
Andança de vagas para o além,
Vidas deixadas em qualquer mão
Ou esmagadas pelos pés de alguém.
Ternuras que se partem em aflição
Como ondas gritando num rochedo,
Desejos vivos que não chegam à confissão
E caem na forma indiscernível do medo.
E depois, o silêncio que emana das vazantes,
O ar cheirando a nostalgia de um corpo,
O tédio surgindo como gases sufocantes
E a existência reduzida ao tudo que foi morto.

ESPERADAS ÁGUAS

Virão as águas:
E lavarão as velhas raízes,
Lavarão as sombras que escondem os matizes,
E a alma dos sofridos pesares,
Virão as águas:
E lavarão o espaço e o tempo,
Lavadas as faces em abandono
E até o secreto pensamento
Guardado no seio do sono.
Virão as águas:
Que lavarão as tristezas no côncavo peito,
Tristezas mansas da nossa existência
Caminhando vivas como um rio em seu leito
Dia e noite em permanência.
Virão as águas:
Que lavarão o silêncio de nós mesmos,
O silêncio que articula os acontecimentos
No qual figuramos a esmo

No drama de todos os momentos.
Virão as águas:
As águas da tempestade interminável
Que lavarão as lembranças
Da morte, na vida inexorável.
E se as águas, o sujo coração não lavarem
Que venha o fogo que consome.
Talvez as cinzas que restarem
Em suas mãos, o vento as tome.
E se o vento passar indiferente
A tanto pó sofrido
Esperemos que uma flor nos receba ternamente
Em seu novo colorido.

ENSINAMENTOS

A noite se dilata e ensina
Que todo pensamento desce à profundeza do ser
Nele se fixa na impulsão dos instintos
E absorve os equilíbrios vitais.
O instável e o imutável na ação constante e penetrante
Fragmentam o espírito levando ao caos
A manifestação dos princípios
Numa fusão de extremos apagados.
A química do tempo na contínua e íntima
Renovação das coisas deterioradas
Condiciona todos os momentos
À corrente dos impulsos inesperados.
Da imissão e da expulsão das células
Num ciclo de febres, a agonia dilacera o espírito
Que se rende, suporta mas não esquece.
A noite se dilata e ensina
Que a vida possui abismos, saltos,

Zonas de vácuos no espaço da maturação interior
Preexistente na essência diretiva
Que dormita na profundidade do ser.
A noite ensina
Que a capacidade de resistir
Está em embrião naquilo que será
A face do Eterno,
Que surge depois do espaço e do tempo
Ligado ao sentimento do amor.

FIXAÇÃO

Na vastidão que se dilata no colo da noite
Reverdecem os meus sentidos
Tocados pela tua lembrança permanente
Enquanto os meus olhos se obstinam na tua forma ausente
E a tua voz é a canção que acalenta
A minha trepidação por ti.
Tua boca é o supremo fruto que recebi
Abrindo-se maduro à minha vida exilada nas horas
Tomadas pela morte incessante.
Tuas mãos trazem um roçar constante
No rastro do silêncio das minhas esperas
Semeadas de revoltas esmagadas.
Só tu sabes onde arde a luz que clareia minha carne apagada,
Onde está o fragmento da imensa muralha
Que oculta meus ímpetos em desenlace
Estampados na máscara da minha face.
Só tu sabes desatar o sorriso
Preso às palavras de maldição
Que meus ancestrais proferiram nas intenções escondidas.
Só tu podes retirar da minha vida as trevas moídas,
A poeira incolor da neblina primitiva

Que esconde as nascentes da minha floração.
Só tu podes, acima do espaço e da limitação,
Aguardar a seara nova da alegria
Que tuas mãos plantaram em mim, um dia.

A GRANDE CAUSA

Que importa a miséria ou a desventura,
O pranto seguindo o desgosto,
Que importa o tédio em sulcos no meu rosto
E os dias uma contínua tortura?
Que importa seja a vida sempre escura,
O desencanto em palavras exposto,
Que da morte tenha eu até perdido o gosto
E indiferente seja à paz ou à loucura?
Que importa mais um conflito ou uma mágoa
Que tenha levado a minha alma como água
Escorrendo entre os dedos do tempo mansamente
Se tudo em mim
É o amor que canta eternamente?

HISTÓRIAS DO VENTO

O vento veio correndo,
Assoviando, gritando
Que vira a lua nascendo,
Que vira a estrela brilhando,
Que o beija-flor vira voando,
Que vira o rio cantando
E o fruto amarelando.
Que vira o orvalho caindo
Sobre a relva e sobre a flor,

Que vira a abelha zumbindo
Dentro das pétalas em cor.
Que vira a semente no chão,
Nas águas o peixe mudo,
O pastor tangendo as ovelhas
Cantando por nada e por tudo.
O vento veio correndo,
Assoviando, cantando
Que vira o mais belo mundo:
Uma criança nascendo,
Uma criança brincando,
Uma criança sorrindo, vivendo,
Uma criança cantando.

A PRESENÇA DO VÁCUO

Inútil é estender a mão sobre o que é morto,
Sobre causas que exauriram emoções,
Desejar o sonho que não defende mais o corpo
Quando a vida representa solidões.
Inútil é lembrar um bom pensar,
Dizer que o amor é um bem perdido,
Que nada vale a pena desejar
Ou chorar desencanto já sofrido.
Inútil é guiar o pensamento,
Esperar consolo em nada ou em tudo,
Pensar que no amanhã virá o esquecimento
Aplacando o tédio tenebroso e mudo.
Inútil é recordar o sofrimento seco a descoberto
Jorrando um gosto amargo pela boca,
Chorar sozinha como luz sobre o deserto
Ou cantar angústias num cantar de louca.
Inútil é usufruir o movimento

Quando o desejo já não mais existe,
Quando os séculos do espírito no tempo
Não recolhem o que volta e o que persiste.
Inútil é a vontade de morrer,
A ridícula paciência de esperar,
E o esforço à procura do viver
Desde que em nada mais se possa acreditar.
Inútil é o que somos e o que temos,
É todo impulso, toda a reflexão,
É ensinar que uns aos outros nos amemos
E pedir alegria ao coração.
Inútil é ter no silêncio o companheiro,
E pensar que superamos os caminhos andados.
Inútil é não recordar a vida passada,
Não querer nenhuma satisfação revolvida,
Inútil é tudo que fui, que sou e que serei.
No fim, é reduzir todo o vazio
À ausência do pouco que esperei.

PAISAGEM DAS SOMBRAS

Nos olhos da tarde
Há sombras futuras
Anunciando a hecatombe da alma desfalecida
Brutalizada pelo gesto cruel
E pela palavra que deixou no som
A presença da morte.
Emergindo do acontecimento
Renascem destinos imprevistos
Germinados nos abismos do imponderável.
O pensamento arrancado da fonte da alma
Deixa as suas raízes à fome do desconsolo.
Os instantes trágicos ressoam do imaterial

No espaço do definitivo,
Atirando a ternura órfã
Do regaço do pranto
Ao refúgio do silêncio.
A solidão varre o sentido das coisas conhecidas,
Sonega o contato da vida com as sutis compensações,
Confunde para nivelar
Tudo que é bom e belo
Ao cruel e deformado.
Não haverá tempo em volume
Para estancar a tumultuosa corrente
Onde a imaginação, sob a pressão da realidade,
Mostra-se apagada ante a angústia do ambiente.
Nos olhos da tarde
A paisagem das sombras se compõe
Para surpreender os desavisados.

POEMA NA MADRUGADA

Várias dimensões caem no fundo da noite
Mudando as distâncias da angústia
Que marcha sobre os meus sentidos dispersos.
Desce o tempo fundo na minha insônia
Como doce chuva em finos véus
Sobre o campo semeado.
No escuro, de olhos abertos
O silêncio em viscosa pasta
Cobre minhas pupilas vigilantes
E sinto então quanta vida existe
Nas frias coisas que me cercam
E quanta morte vive
Nos espaços ocupados do meu ser.
Úmida de tristezas a minha alma

Movimenta-se alquebrada
Na origem dos ventos que carregam aflições imprevisíveis.
Desço pela madrugada
Como a última lágrima na face moribunda
Na hora das latitudes amargas e penosas.
Depredados os meus instintos de flor,
Quebrada a minha resistência de pedra
O que resta de mim para mim
São vagas e inconsistentes lembranças
De quem em ternuras repetidas
Procurou em vão a presença do amor.

PERMANÊNCIA

Passem por mim e não se detenham
Se eu estiver soluçando.
O vento que vigia os abismos
Levará meu pranto.
Passem por mim indiferentes
Se meu corpo sangrando
Caído e doente estiver.
O tempo dará à minha carne
O destino que quiser.
Passem por mim sem curiosidade
Sem amor, sem piedade
E se possível insultando-me
Passem.
Mas deixem-me soluçando.

RECONHECIMENTO

Conheci a amarga existência das noites
E o apelo fascinante dos abismos incomensuráveis.

Fui instrumento de execuções estranhas
Que manipulam formas virgens
Num gesto casual de direção livre.
Conheci o pavor sob o sol
Onde posteriormente o tédio torna-se lei
Numa dilatação sem medida.
Conheci o naufrágio impessoal
Onde o pranto tem o sono morto
Das noites sem manhãs.
Bati à porta dos sopros impacientes do cair das tardes
Quando o pensamento aflito
É perseguido pelos fantasmas do som.
Conheci a solidão na amargura dos incompletos acontecimentos
Transbordando segredos que recusei conhecer.
Compreendi o ser que habita em mim
Conjuntamente com as sombras variantes do crepúsculo.

TRANSFORMAÇÃO

Brota a angústia como o suor na fronte
Na hora em que a alma ouve a palavra dolorosa.
Mais tarde, a dor transforma-se numa rosa
Mergulhada nas águas de subterrânea fonte.
A solidão aprende as canções do sentimento,
Escava com os pés em fúria o afundado peito,
Prepara surpresas cruéis como doce leito
Para o enfermo e mutilado pensamento.
Depois, recolhe a memória esfacelada
E vai oprimindo a alegria ocasional,
Recolhendo a crença amortalhada
Numa vida em que tudo foi mortal.
E entre lendas, tédios, prantos e delírios
A solidão transforma-se na doce luz de um círio.

TEU NOME

Escrevi teu nome
Na neblina do vale frio.
O sol apareceu
E as flores brotaram nos braços das árvores.
Escrevi teu nome
Na face do agonizante
E a lucidez como um raio
Cantou a festa das suaves emoções.
Escrevi teu nome
Sobre o caos que comanda todos os desesperos imprevistos
E a paz cobriu a alma fragmentada
Com imponderáveis contribuições.
Escrevi teu nome
Sobre o tempo das idades desaparecidas
E surgiu a melodia que se estende
Ao fundo dos eternos convites.
Escrevi teu nome
Na pele do meu braço
E o meu corpo se abriu como a terra
Para receber-te
No seu úmido interior.

JUSTIFICATIVA

Não fora assim sofrida tanto,
Atormentada a face em dores coincididas,
Não refluísse nas distâncias o espanto
As minhas mortes não seriam repetidas.
Não fora a sede de sempre amanhecer
Depois de olhar inúteis sedimentos,
Não fora a dúvida e o esclarecer
As relembranças seriam seguimentos.

Não fora os impactos onde a alma perece
No clima de penosos ferimentos,
Que silêncio ou clamor seria prece,
Que alegria não teria sofrimentos,
Onde ficaria eu em tudo que acontece
Sem um grande amor nos menores pensamentos?

NASCIMENTO DA ANGÚSTIA

Pelo olfato da minha alma
Entrou a alucinação de paraísos
Flutuando no eterno.
A face do meu espírito
Não encontrou pouso em consolações
Porque a vida escapou da fronteira humana
À procura da surpresa de coincidências.
No centro do tempo
Os acontecimentos foram arrastados
Pela tendência ao violento inesperado.
Meu espírito levantou-se e avançou na descrença
Contaminando o meu corpo fascinado
Por contatos e sensações florescentes.
A voz da solidão transmitiu para o infinito
A essência da vida pensada e não vivida
Que restava no sentimento quase extinto.
Na paisagem sem cor e sem perfume
Realizou-se a presença da angústia
Cobrindo os círculos repetidos do tempo.

O POEMA DE GELSOMINA

Gelsomina,
Instante da ternura original,

Tristeza abandonada ao vento,
Poesia aplicada na música maternal
Servindo sempre sem usar o pensamento.
Gelsomina,
Humilde pranto de olhos puros
Misteriosamente vindo dos recônditos sentidos
Molhando estradas sem fim, paisagens sem muros
E estranhas larvas de palavras e gestos incontidos.
Gelsomina,
Presença e doce contemplação
Sorvida pelas coisas perdidas,
Errando sem pouso e sem definição
Na superfície das faces transferidas.
Sorriso de praia em madrugada
Chamando uma alegria na distância,
Solidão de planície inacabada,
Conformidade esmagando toda ânsia.
Gelsomina,
Mulher-origem, bruma do mundo vegetal,
Úmida neblina da vastidão desolada,
Silêncio guardado no elemento mineral,
Perfume e lamento sutil de flor pisada,
Gelsomina,
Música das almas irrealizadas,
Beleza fracionada em Zampanô,
Mulher que se fez vida e se ampliou.

PANORAMA

Não foi para isto que os meus olhos se abriram,
Nem para isto que a minha mão se estendeu.
Não foi para ver belezas que se destruíram
Nem sentir entre os dedos o que não aconteceu.

Não foi para isto que a minha alma se gastou
Nem para isto que o meu pensamento cresceu.
Não foi para ser região que a ternura ignorou
Nem solo que amor não recebeu.
Não foi para viver em humilhados prantos,
Nem nesta ânsia de paz que me consome
E me extingue em mortais desencantos.
Foi para ter grandezas no espírito reflorindo
Ao contato deslumbrante do teu nome
E não para ser silêncio perdido que vai indo.

TARDE DE DOMINGO

Nos vários espaços da secreta lama,
Nos ventos idos, sob vidas gastas
Perde-se o olhar de quem pela ternura clama
Para que as dores não sejam tão vastas.
Aflições e ânsias sempre juntas
Num ritmo crescente levantando asas,
Os traços de memórias já defuntas
E angústias queimando como brasas.
Prantos da noite em fim do mundo,
Canções agudas pousando num deserto
Deixando em cada gesto um vazio fundo
Em tudo que julgamos certo.
Entre a angústia e o irrevelado canto,
Sob fatos de chegadas imprevistas
Tomba o amor dissolvendo o espanto.

SOB A NOITE

Horas de longas trevas
Em que a dilaceração atinge o espírito

E violenta os sentidos.
Horas intermináveis
Quando o pensamento se devora a si mesmo
Na ânsia de ultrapassar o natural
Para obter a destruição
Dos caminhos conexos ao desejo.
Horas que trazem com insistência
A volta do espírito morto
À região dos suaves perfumes
Que exalam do calor dos corpos,
Horas irremediáveis
Na fuga de íntimas visões
Quando todas as advertências da intuição
Ficam anuladas por antecipação.
Horas sem modificações no seguimento
Aumentando o abismo do vazio,
Dilatando a largura do nada
E perseguindo o pensamento.

VIAGEM

Deus Senhor que me ofereces
A grandeza de cair na amplidão da noite,
Descansar a face nos silêncios,
Lavar os olhos na fonte das estrelas
E refrescar a boca no andar do vento.
De abraçada ao meu corpo que se gasta,
Maternalmente ouvir o próprio pensamento,
Chorar como irmã pela minha alma judiada
E sorrir docemente para as nuvens apressadas.
Ouvir as raízes falando sob a terra,
Sentir no tempo a altivez das pedras
Esperando o musgo sobre elas

Na esperança de tornarem-se mais belas.
De olhar o pólen desgarrando-se das flores
Levando às outras, escondidas
Sem nomes, sem amores
O seu perfume e as suas cores.
De baixar os olhos e adivinhar os peixes
Na harmonia de um bailado manso
Retirando do mistério do oceano
As intocadas razões dos universos.
De perceber os sons e os rumores
Que se alargam na alegria das águas,
Nos tranquilos ninhos dos pássaros
E na humilde placidez do animal.
Deus Senhor que me ofereces
A grandeza de cair em pranto e em dor,
De participar com a alma integral
Das forças geradoras e imortais do amor
Que se estende sobre o indimensional,
Aqui me tens na grandeza intocada da noite
Extasiada, entregue e à espera
Da voz de outros mundos que preparas
Na esfera dos meus sentidos e do meu pensamento,
Que no silêncio desta madrugada
Mostraste na amplidão grandiosa do firmamento.

SEMPRE AMAR

É preciso amar os pesados silêncios
Nascidos ao largo dos pensamentos vivos,
Mortos, ou em prenúncio de gestação.
Amar os silêncios que se processam
Além de tudo que o olhar recolhe
E leva à boca dos sentidos.

É preciso amar o silêncio que paira
Sobre o espírito sonolento,
Amar o silêncio que transforma o som
Em tumulto secular,
Que substitui a voz
Num lento balançar de cabeça
Amar o silêncio do vácuo
Onde caem os nossos corpos sem peso
Leves e inconsequentes como as coisas sem vida.
Amar as distâncias contidas nos silêncios
Que adormecem nossos impulsos de insatisfação,
As solicitações da carne
E o desejo de recuperação.
É preciso amar os longos silêncios
Como uma advertência dos mundos eternos.

ANGÚSTIA REMOTA

Não é de hoje essa angústia tão sentida
Que foi como chaga noite e dia
Pousada em minha alma pressentida
Com gesto de mão oculta e fria.
Não é de hoje essa acre tristeza
Que esmaga a semente dos meus sonhos
Que me atira em desconsolos medonhos
Retorcendo o pensamento na incerteza.
Não é de hoje. Vem de tempo que a memória não alcança
Vem de um ventre que se perdeu na trajetória
De caminhos que o andar já não avança,
De vozes que analisam a glória
Escondida no grito sem esperança
Das vidas que não têm história.

ANTECEDÊNCIA

Antes mesmo da vida
As lágrimas conheciam meu pensamento
No revelado princípio da inutilidade.
Antes do indistinto e do obscuro
A expressão de todas as coisas
Foi louvada pelo temor e pela angústia.
Antes da flor dos meus sentimentos
Havia o fruto amargo e amadurecido
Na boca da minha alma em desalento.
Antes do desejo de meu espírito de mulher
Os sonhos da minha infância
Sofreram o arrancamento das suas raízes,
Antes do prazer que movimentou meus erros
A presença nítida do nada
Antecipou-se em experiência provada.
Antes da luz e do ar
As trevas e a sufocação de mundos antigos
Cobriam a minha forma encolhida
No círculo do ventre materno.
Antes mesmo da morte,
Antes do primeiro sinal de decomposição do meu corpo
E do esfacelamento do meu espírito
O pó morava em meus ossos, a água nas minhas carnes
E a eternidade sobre os desajustes do meu ser.
Antes da involução do bem e do mal, do vício e da culpa,
A ordem universal estabilizadora dos equilíbrios
Transportou meus sentidos para outro corpo de mulher.
Antes do nada que impulsiona minha existência
O tudo em conjunto evitou que eu fosse um peixe
Aquietado na profundidade, onde os oceanos
Encontram a terra.
Antes do Verbo

Eu vivia na palavra desarticulada
Largada nos espaços infinitos.

FORMAÇÃO

E chegam as formas reagrupando as dimensões
No período do espaço e do tempo
Jogando seu volume de angústias
Na superfície das minhas emoções.
Nas sombras, sinto o conceptual em análise
Levando meus impulsos
À vala da ação indigente
Dissolvendo os limites previstos
Na solidão da expressão e do canto.
Acompanho nas carnes do meu corpo
O aparecimento de flores que brotam
Da podridão dos meus pensamentos,
Dos meus sentidos rarefeitos
E da voz desfigurada das promessas.
Vejo o eterno se dilatando
No plano das conquistas perpendiculares
Onde a intuição é a estrela-guia
Nos céus da alma caída e despojada.
Transcorrem na minha imobilidade as estações da angústia,
Das perplexidades e delírios
No silêncio da gravitação dos gestos
Que apenas foram sentidos.
A noite desce com a beleza da morte
E movimenta o universo com as exalações
Dos mundos falecidos nos séculos
Onde a unidade transmite por ondas
Às fronteiras genéticas.
A multiplicidade de pensamentos

A estampa do primeiro pecado
Colam-se às minhas pupilas sem reação
Marcando os princípios da dualidade.
A solidão incha minha alma perdida
Na substância do mistério e da ordem,
Da luz e das trevas, do belo e do feio,
Do macho e da fêmea, da criação e da destruição.
A unidade conjunto arrasta o meu ser
Ao abismo do particular
Dividindo e reunindo a estrutura simétrica
Do vazio e do pleno
Onde a existência se exaure
No vácuo do desespero secreto e inútil
Definindo a miséria do meu espírito mutilado.
A noite se incorpora na última nuvem da madrugada
E me transforma em chuva para a boca das sementes plantadas.

ATO DE OFERECIMENTO

Leva contigo este absoluto amor
Unidade da carne do universo
Transcendendo da troca e do sabor.
Leva o conhecimento da gama emocional,
Identificação cósmica das células
Superando a luz do racional.
Leva contigo como se fora
Teu próprio destino impressentido
No erro que tua alma despudora
Em triste pranto malcontido.
Leva este amor que em mim formei
Sob espantos e silêncios esmagados,
Nascido da alegria que matei
Nos poucos sucessos alcançados.

Leva, agora que a minha vida empalidece,
Este amor tão puro e amplo
Que a minha alma estremece
Ao pensar que se calasse o que te disse
O silêncio, amanhã, já não deixasse
Que tudo isso a ti eu repetisse.

CONFIDÊNCIA

Esta imobilidade
Que detém o corpo e o pensamento
Como se o instante fosse a eternidade,
Esta miséria que carrego amargamente
Como um cadáver insepulto nos escombros
Que os valores anulam e desmentem,
Esta mudez intraduzível
Que faz de um ser o chão batido de uma estrada
Povoada de pés do impossível,
Esta indiferença de querer e não querer
Alastrando-se sobre a humana reação
Como se a alma fosse desaparecer;
Tudo isso que acontece entre torturas e martírios
É o que resta de um fantasma de mulher
Flutuante sobre belos e fatais delírios.

DELÍRIO

A estranha vigília da noite
Deitou na terra negra e úmida
O meu corpo como se morto fora.
Senti o desaguar das minhas carnes,
O apagar das minhas células,

O crescer dos meus dedos
Na raiz da árvore próxima.
Uma estrela vinda das distâncias do infinito
Trouxe à minha face pálida
O rumo de todos os caminhos solitários
Por mim percorridos em vida aflita.
Do meu ventre vi surgir meu filho,
Dos meus braços os carinhos perdidos,
Da minha língua a crença vã,
Do meu coração os vermes do desconsolo.
No infinito da planície da noite
Meu filho estava só
Como o solitário ventre que o gerou.
E partiu para a estrela que o chamava
Para os repetidos caminhos
Abertos na aflição e na angústia
Que meu corpo há séculos
Vem transpondo no tempo
Como se eu fora vento, solidão.

ESCOLHA

Tudo é susto na minha alma coberta de rumores.
Tudo é agonia pelo incerto fim.
A noite, o dia, o vento e as flores
São como universos partindo-se contra mim.
A espera é triste; a ternura insuficiente,
Quero sempre alcançar o absoluto
Ao contato de um olhar que me sustente
Nesta vida de silêncios e de luto.
Quero atirar os impulsos de amor
Nas águas da memória sem praia,
Quero entregar-me à distância e ao torpor

Onde inutilmente o tempo se espraia.
Quero ser uma vontade morta,
Um corpo guardando vazia calma
Onde abertas estão as portas
Da minha desabitada alma.
Quero libertar-me da agonia
Dos conflitos que nascem e crescem
Nas horas cruéis de cada dia
Que pela ausência do amado aparecem.
Prefiro o tédio sem medida e sem cor,
A solidão total de pensamento
A curtir a ânsia enferma deste amor.

EVOLUÇÃO

Depois da vida outras mortes viverão
Trazendo o pólen dos silêncios insepultos
Nos ventos desatados pelos prantos.
Depois do amor outros cansaços se levantarão
Marcando as carnes gretadas pelo tédio
Na aparência de satisfação.
Depois da virgindade outros mercados surgirão
Vendendo os corpos fecundados
Sob o prazer, o asco e a exaustão.
Depois dos túmulos ficará o pó dos ossos
Cobrindo as imagens mutiladas
Pela consciência insone dos enfermos.
Depois da colheita outros frutos apodrecerão,
Outros rebanhos fugirão das pestes
E novas águas brotarão do solo novo
Removendo os universos tombados.
Depois do sono agitado da memória
Outras lembranças vestirão outros sentidos

Com o manto insistente do remorso
E com a palavra fatal da solidão.
Depois da invasão da alma outros massacres se repetirão
Em destinos de sangue e maldição
Cultivados em rancores dormidos,
Depois da morte outras vidas surgirão
Carregando consciências em angústia
Corpos de amores saturados
Olhos vazados em dores ancestrais
Vencendo os múltiplos limites do tempo
Que levam aos abismos das mortes reais.
Depois do vácuo
Outras vidas mortas nascerão.

A EXILADA

Mísera filha da noite
Com as carnes do corpo deterioradas pelo pavor,
Com a alma dissidente do pensamento,
Com os sentidos exilados em polos distantes da vontade
Por que te manténs entre os números infinitos?
Mísera filha da noite
Que buscas nos ruídos imperceptíveis
Os traços dispersos de um reino remoto
Desprendidos das formas e vozes objetivas,
Por que caminhas nas estradas sem roteiro?
Por que, mísera filha da noite,
Dilatas o ouvido no grande silêncio das origens em marcha
E percebes a inquietação das células
Que ainda não emergiram dos sexos?
Dissolvida por amargas perplexidades,
Unida à voz que deu vibração eterna ao mal ignorado,
Estremecendo ao invisível contato

Do estranho mundo da imaginação nua
Por que, mísera filha da noite,
Não estancas diante da volumosa torrente
De sucessivos perecimentos?
Por que te agitas ainda entre os elementos de beleza
Como sombra perdida
Sem pressa de regressar ao turvo ambiente
Do mundo de acontecimentos singulares?
Mísera filha da noite
Cobre o teu corpo com os restos do silêncio
E volta
Ao reino vegetal que te circunda.

EXPLICAÇÃO

Todas as distâncias colheram a medida exata
Quando eu tomei para o meu entendimento
A essência de todas as coisas.
Compreendi o pensamento que pousou atrás dos teus olhos
E o tremor da tua mão durante o sono inquieto.
Pronunciei a palavra inexistente
Que minha alma soletrava.
Escutei a voz das imagens que te seguem
Quando amas e quando choras.
O que a vida escreveu no silêncio das tuas penas
Foi lido com a luz dos meus olhos
Que ficaram límpidos e claros
Como as águas gotejantes das fontes.
Quando colhi tua alma banida
Dos espaços ilimitados
Compreendi o volume da música dos pastores
E soube por que o céu é deserto.
A palavra é morta e o ar é ausente.
Nesse momento,

Despregados do limbo,
Fomos integrados na marcha das origens.

IMAGEM

Olha-me como a angústia densa
Que leva em si o produto real da minha existência,
Como o desespero ativo e iluminado
Que recusa a vida que seria mostrada.
Olha-me como a carne do meu corpo
Apegada aos ossos e lavada em sangue,
Como as últimas soluções que levam à morte
E como uma revelação que não pode ser contada.
Olha-me como o temor que se apodera
Da alma marcada pelo amor
Diante de outra alma em silêncio
E como a devastação interior que anula o direito
De estar revoltada.
Olha-me como o tédio que abata a grande ira,
Como todos os pecados do universo
Coberto da poeira de inúmeros séculos.
Olha-me como a miséria condicionada
À dignidade absurda e sublime
Como a paixão magnífica
Que prende os poetas à estrutura do universo,
Olha-me pelo muito que há em mim
E que nunca deixou de ser
Puramente amor.

PAISAGEM

Todas as palavras estão tomadas pelo silêncio
E em todos os pensamentos

Mora o desconhecido.
Todos os gestos foram invadidos
Pela cruel premeditação.
A face dos recém-nascidos
Traz do ventre materno
Tudo que é incerto, inexpressivo e deformado,
Engrossando a legião de inquietos e suicidas.
Todas as almas
Foram tomadas de paralisia.
E o sexo funciona para as estatísticas
Como orquestração invadindo o espaço parado.
Todas as estradas foram tomadas
Pela ausência
E todo o repouso foi apagado
Pela ansiedade constante dos desejos inúteis,
A lassidão total
Não fala sobre a certeza do irremediável;
Porém no côncavo do pensamento
A voz das coisas
Abre o caminho que os homens
Não quiseram penetrar.

PENA ETERNA

Não há espaço para consolações
Quando a negação no pensamento
Cresce como as volumosas sombras da noite.
Até a luz despontar no outro dia,
A face pousada na aurora,
Indiferente ao poder de existir,
Assiste imóvel
A alma escorrer pela sarjeta do Universo

Levando tênues canções,
Formas de contornos gastos
E ecos diluídos de uma voz.
A lágrima resvala dura
Nas paredes do pensamento
Coleando as curvas do tempo
Num vazio sem angústias e nem ausências.
A negação como um tremor que se eterniza
Circula pelo caule da vida
Revigorando a forma na sua essência mineral.
Tudo é coberto pela sombra devastadora
Como a noite
Quando se fecha sobre o Universo.

PENETRAÇÃO

Quero desaparecer na tua boca onde minha vida se acaba,
Na tua carne que cheira à raiz,
Esquecer a memória de outras vozes
Para só gravar o que tua língua diz.
Quero descer ao fundo do abismo da inquietação,
Alucinada ficar com tua ausência
Para depois, ao voltares, banhar-me na mais doce emoção.
Quero mergulhar na tua fonte de tristeza,
Juntar aos meus os teus conflitos,
Humilhar-me diante da tua grandeza,
Ouvir o relato cruel dos teus encontros com outras mulheres,
Cobrir-me com restos do que me possas dar
E esperar que venhas a mim quando puderes.
Quero cegar meus olhos de outras contemplações,
Gastar minhas mãos em longas carícias no teu corpo,
Imprimir em minha pele traços dos teus sentimentos
Numa perplexidade íntima de vagas convicções.

Quero despojar-me da minha alma trepidante
E inundar com a tua os espaços intermediários
Nas quedas intempestivas da minha agônica vazante.
Quero deixar de viver por mim, deixar de ser eu,
Suprimir do espaço eterno minha passagem e meu nome,
Alijar o tempo e tudo que de mim veio
Para ser unicamente um puro gesto teu.

ENFEITIÇADA

Pudesse a tua palavra
Extinguir o hálito constante da morte
Pairando sobre a face da minha alma
E destruir tudo que em mim
A escuridão fez brotar.
Pudesse a tua presença
Não revigorar o sentimento
De coisa perdida e inútil
Que antes era um eco
E agora é voz possante.
Pudesse o teu gesto
Cair como um largo manto
Sobre todos os meus sentimentos destruídos
E liberar o grande soluço
Que se esconde sob a última lâmina do meu ser.
Tivesse, ao menos, o teu olhar a força
Para orientar a tristeza largada
Sobre as minhas reações fanadas,
Eu não estaria sepultada na minha própria forma
Sem o desejo violento da partida
E não estaria com a quietude definitiva
Que se faz após a queda.

VISLUMBRES

No espaço do pensamento
Há mãos que destroem o destino humano,
Há vozes que penetram como a morte
Em corpos indefesos,
Há a presença da memória
Apagando a tranquilidade dos sentidos.
Terrível é o desespero diante dos destroços
De tudo que foi canção de amor.
O pensamento recorre ao incriado
Quando tudo está imóvel dentro das cinzas
E o vento imaginado segue os rumos
De um escuro e tenebroso universo.
A alma grita por quem não existe
E em regiões sem eco
A alma se dilata em dimensões
E procura como um arcanjo perdido
O seu momento de contemplação.
Todas as agitações exteriores se anulam,
A vida abandona as suas propriedades
E, miseravelmente nua, procura abrigo
No êxtase sereno do nada
Deixando pousar sobre a boca cheia de espantos
O riso interminável das sombras passivas.
No espaço do pensamento
Surgem vidas contaminadas
Por convulsões independentes da vontade
Onde a vastidão de pesadas águas
Rasga o silêncio denso da noite.
Presenças prenhes de amor
Passam o limite das tristezas
Como auroras suspensas no infinito
E recusadas caem no abismo
Das belezas perdidas.

DESORDENADAMENTE

Solidão que me fascina e me mata
Tendência de ficar e ânsia de partir,
Cansaço imemorial que me prende e me desata
A mundos mortos e a outros que poderão vir.
Tristeza de séculos renovada
No desalento que a vontade não pode interferir;
Vazio de tudo, atração do nada,
Humilhação de chorar, remorso de sentir.
Tempo, face cruel e macilenta
Refletindo-se em sustos e ansiedades,
Presença que todas as horas me atormenta,
Solidão que alimenta duas vontades,
Força que massacra tudo que é belo e forte
Colocando-me na ausência da vida
E na distância da morte.

PRESENÇA DO AMOR

Subitamente caíste no escuro do meu pensamento
Ulcerando os meus sentidos mortos.
Ressoaste dentro de mim
Como o rumor de asas no vácuo da noite.
E desde então
A tua presença colou-se no fundo do tempo.
Colhi teu silêncio de ternura no ventre das flores,
O perfume da tua nuca
Tirei-o das mãos do vento
E a angústia da solidão
Afastei-a das minhas horas maduras.
Na copa das sombras percebi o teu olhar;
Nas minhas carnes vencidas

O peso do teu corpo muito amado.
E desde então,
Nunca o amor foi mais doação,
E mais flexuosa a minha alma
Ao teu carinho, ao teu desejo em convulsão.

RESULTADO

Uma vontade de ninguém.
Uma nostalgia funda, sofrida,
De um gesto que morreu antes de nascer em alguém.
A memória fundamental da vida,
Um desejo de coesão
Com a face do tempo escondida,
A ânsia pela palavra que nos leve à ascensão
Integrando-nos às minúcias e às grandezas do universo.
Um ímpeto de reabsorção,
Um desejo de dizer num verso
Tudo o que há de mais nu, de maior solidão,
Um impulso de fugir e outro de ficar,
A insistência do individual
Corrompendo o poder de raciocinar
Entre o lúcido e o irreal.
Olhar o sol e ver escuridões,
Ouvir o riso da criança
E estabelecer comparações
Entre o que se quis e o que veio em desesperança,
Pensar no que seja a ciência exata,
No direito de punir e compensar,
Saber o que dá vida e o que mata,
O que é retirar e o que é amar.
Cair na proteção coletiva,
Anular a nossa própria humanidade

Que a indiferença cultiva
Em consciente impiedade.
Tudo é energia perdida,
Tudo é silêncio triunfal,
Tudo é morte eterna sobre a vida,
Tudo é fraqueza condicional.

ÁGUA MORTA

Alguém, por mim, muito esperado
No fim da madrugada vinha
E como paz ao coração cansado
Abrandava a agonia minha.
Mas o eco febril da inquietação
Absorvendo as minhas forças reprimidas
Surgia como bocas pelo chão,
Brotava como sombras inimigas.
A debater-me na dor despercebida
Já não seguia calma, a normal distância
Entre o sol e a lua, por todos concebida.
A escuridão apenas tinha ressonância.
Esbarravam as coisas e a vida contra mim,
Possesso, o pensamento espancava os meus sentidos,
No espírito a reação desmaiava antes do fim
E depois, um cansaço de mundos incontidos.
Dias e dias, meses, anos. Imensidão.
Sofrimentos, silêncio, desenganos,
E agora vou andando como um rio sem canção.

A MISERÁVEL

Devolve meu pensamento
Ao meu corpo

Quase vida,
Quase morte,
Quase renovação
Na sumarenta agonia
Do amor feito exaustão.
Devolve minhas derrotas
Quase ressurreição
Da carne, dos movimentos
Que em memórias remotas
São na face do tempo
Unidade na amplidão.
Devolve minhas ternuras,
Prantos de eterno silêncio
Quase mundos infecundos,
Quase passos na aventura,
Quase grito das estrelas
Acordando charcos imundos.
Devolve minhas angústias
Quase sangue,
Quase lágrimas de insônia
Quase mar de solidão,
Quase vida,
Mais do que morte no coração.
Devolve tudo que eu tinha
Era nada, eu bem sei.
Mas era riqueza minha
E que à terra devolverei.

A MORTA

Jogo a teus pés minha tristeza.
Sou agora uma branca pedra fria
Gotejando o suor da agonia,

Entregando-me vencida e sem firmeza.
A dor é outro plano de beleza,
O desconsolo, a sua grande via
Que nos leva aos mistérios da grandeza
Tantos quantos têm a alegria.
Prantos sem lágrimas. Loucura sem desvario.
Silêncio de neve já pisada,
Estágio para novo sofrimento.
Sou agora uma tumba com o seu frio
Esperando tua carne tão amada
Sob o infinito musicado pelo vento.

NOVA MENSAGEM

Inesperado pranto que estremece
Caiu com agonias já passadas
Na alma em chagas sepultadas
Onde o silêncio crescente permanece.
No indiferente olhar uma luz tece
Restos mortiços de uma alegria amada
Perdida na primeira madrugada
Quando o sonho era pureza e prece.
Que pranto é esse que reaviva a chama
Na alma de quem em paz sofria,
E agora se revolta e clama?
Que mensagem ensombra a luz do dia
Da mulher que tantos mundos ama
Acima do amor terreno que a consome?

DERROTA

O desespero caiu sobre os meus sentidos paralisados
Cresceu tanto sobre a vida que de mim se esvaía

Que não sei se a presença da agonia
Foi mais forte do que a força dos pecados.
Passou a noite sobre a minha face degradada,
E sobre o conflito que renascia
Na cósmica solidão. E desde que assim sofria
Minhas carnes rasguei até o nada
Joguei-me ao mundo, cometi todos os assombros
Até reduzir a vis escombros
O meu mais puro sentimento
E passei das lágrimas mais puras
Ao sofrimento em todas as alturas
Para esquecer o meu próprio pensamento.

A PREPARADA

E agora,
Que venham as distâncias,
Mais longas e mais largas do que o tempo,
Ilimitadas e profundas como as ânsias
Que fazem esquecer a ideia e o pensamento.
E também,
Que venha a desintegração
Contida na unidade do volume do meu ser,
Que comece pela carne e depois pela emoção
Até quebrar as convicções que eu ainda possa ter.
E agora,
Só raízes me sejam alimento,
Espoliada seja eu das migalhas de alegria,
Que a chuva seja água para meu corpo sedento
E da minha alma fuja o sonho que eu nutria.
Que venha o caos, o tédio, venha tudo
E desabe sobre mim o infinito louco
Porque após o dilaceramento mudo
Tudo é leve, tudo é vago, tudo é pouco.

REPOUSO

Cair no regaço da noite mansamente,
Sem vontade, sem rumo no olhar,
Pressentir a vida mudamente
Apalpando os sentidos devagar.
O mundo de solidões descendo
Como sombra de astros já tombados
Atritando a forma, aquecendo
O frio dos vazios sepultados.
Deixar sem voz o pensamento,
Sem indagações, sem destinos propor
À madrugada do próximo momento,
Aceitando como aceita a flor
A luz do dia que a perfuma
E a da noite que lhe amadurece a cor.
Sem espantos, sem lamentos
Ver nas mãos da morte, docemente,
A promessa de desligamentos
De tudo que fatiga o corpo e a mente.
Reintegrar-se ao pó, esquecer o pensamento,
E voltar ao seio da terra então semente.
Liberada,
Cair no regaço da noite mansamente.

REVERSÃO

Homem — imagem:
Tronco, raiz, húmus,
Força convulsa em meus apelos
Penetrando no sangue dos meus gestos
Ancorado nas carnes do meu ser.
Homem — imagem:

Renúncia, angústia, sexo,
Superposição de esperas,
Porto de cansaços da memória,
Podridão de fatos consumados.
Homem — imagem:
Hora única de prazer contaminado,
Fome exata como o sono
Invadindo o meu corpo com silêncios,
Doce morte extinguindo meus sentidos.
Homem — imagem:
Grito aberto nos ventos e nas águas
Devastando o meu ventre excitado,
Blasfemando contra as purezas escondidas
Nos escombros de minha alma de menina.
Homem — imagem:
Levando-me de rastros em sua sombra,
Retalhando-me em ecos de agonia,
Condenando-me a náuseas repetidas
Na clausura sórdida e imunda
Dos seus braços.
Homem — imagem:
Bruma e claridade,
Revelação dos mistérios de mim mesma
Quando em amor
Somos dois corpos pressionados.
Homem — imagem:
Tronco, raiz, sexo e húmus.

TRANSFORMAÇÃO

Quero ser no vento sem rumo
Um vago perfume de rosas
E nas águas das enchentes

A presença de matéria lodosa.
Na chama do fogo serei
O calor humano perdido
Já que em vida não terei
Meu pranto compreendido.
No amor serei a convulsão
Das constelações cadentes
Inseto da noite serei
Nascido do esterco dos campos
E nas louras espigas em varas
Em vegetal serei.
No gesto dos loucos, nas blasfêmias contra os céus,
No silêncio condensado
Dos mistérios transumanos
No cio dos tempos serei
Larva viva dos cortiços
Aberta à acidez dos cansaços
Dos regressos a mim mesma.
Incidência em planetas mudos,
Reversibilidade, continuação,
Angústias em paisagens calmas
Então serei.

CÂNTICO

Qualquer que seja o fim do que amamos
É preciso acreditar que somos fios
De negras mortalhas, parcelas que somamos
Aos amores que já restam frios.
E se não construímos aquilo que sonhamos
E os pensamentos se tornam tão vazios,
Nascerá uma fonte em qualquer pedra
Que cantará o que nós idealizamos.

Quem no cântico das águas se esconde
E amando vai o pranto e a alegria,
Ao amor universal responde.
Transforma-se em luminosidades plenas,
Escreve hinos na agonia experimentada
E modela flores nas secretas penas.

O CAOS VEM DA NOITE

No avesso da luz
As estradas se multiplicam
E correm desabaladamente
Sobre o ventre da noite.
As mãos são frágeis demais sob o peso crescente
Do vácuo germinado entre a imaginação
E o acontecimento.
A solidão inteira se concentra na sucessão dos minutos
E o espírito desalentado é impotente
Para afogar a pressão do caos
Do outro universo recém-surgido
E habitável para novo olhar,
Novos desejos, novos tédios e cansaços.
No silêncio altivo das sombras
A perversidade comanda os gestos
E modela caprichosamente
A língua da alma.

ROTINA

Há uma densa escuridão de ocasos,
Uma ausência de todas vidas outras,
Uma paralisia oceânica nos espaços,

Um nada em tudo. Carnes ocas.
Faces nuas, bocas insensíveis,
Olhar de morte nas vontades impossíveis,
Suor brotando no ventre do horizonte,
Distâncias crescendo e curtindo a fronte.
Tudo é maresia sobre o pensamento,
Tudo é irrefletida máquina em movimento,
Tudo é ânsia inútil, caos nas coisas em delírio;
E ao vivo, sombras como alimento
Nutrindo o vácuo sedento. No tempo, enormes ventosas
Unindo os sexos como plantas amorosas.

TRISTEZA

Na angústia de jamais me rever,
De tatear tudo aquilo que não fui
Separada por tênue distância
Que vibra e canta,
Surge o ruído quase imperceptível em mim.
Recordação perecível.
Chorar para lembrar, para viver,
Cantar para existir,
Ouvir a própria voz
Como eco do meu corpo,
Para de novo tornar a ser
Passo antigo gritando nos caminhos.
Falar tudo o que a língua quer
Para ouvir da intenção o silêncio
Entre a palavra e o pensamento.
Sorver o perfume da água escondida,
Do vento batendo-se na terra,
Nas flores e nos frutos
Criando a poesia que transcende do momento.

Recolher como nuvem, gota a gota,
O vapor do insípido vulgar,
Provar o ácido inútil da experiência
Que a vida não reduz com a compreensão.
Severos pensamentos vêm doer-me,
Apertando-me com mãos da poesia
E largar-me na encruzilhada de fantasmas
Na memória já sepultos.
Minha alma cercada de cansaços,
Escutando lógicas e absurdos,
Recolhendo em insônias persuasivas
O apelo de convites e renúncias,
Pensamento, fundo descalabro,
A obsessão de jamais rever-me
Nascendo como fonte, como luz,
De jamais à unidade volver
Para morrer.

VIAGEM DE VOLTA

Em distâncias e climas conspirados
No tempo de falsos compromissos
Acordamos pelo sexo transformados
Em gestos lentos e desejos indecisos.
No pranto ocupado por silêncios,
Conteúdo de formas consagradas
Somos peso de céu baixo
Na encruzilhada de coisas repetidas.
À espera do alegre transitório
Fecundado na raiz da grande ausência
Somos carne prenhe de ternura
Abortando memórias mal geradas.
No sulco de passos rastejantes
Afundados na lama da matéria,

Imantados pela angústia da loucura
Somos signos futuros de fatos imaturos.
No oceano de quietudes em prenúncio,
No vento de lamentos recitados,
No pudor de sigilos emprestados
Somos tempo relativo em latitudes,
Assombração de aventuras maceradas
Coordenando presságios consumados
Na solidão original de ternuras sepultadas.

EIS TUDO

Primeiro vem o tempo que tudo conhece.
Depois a melancolia do impreciso aparece
Falando da vida que consome
O amor, o silêncio e o amado nome.
Vem então a pesada solidão
Anestesiando o indefeso coração,
Gerando sombras tão frias
Onde o pranto nem se anuncia.
Vem a memória sonolenta
Como boca que se lamenta
Dentro da fraca resistência
Consumida em longa paciência.
Vem depois o infinito
Cobrindo todas as ausências
Fundindo enganosas permanências
Extinguindo todos os conflitos.

ÚLTIMA VERDADE

Talvez no final, ao morrer,
Nem mesmo um fragmento

Do meu pensamento
Te possa oferecer.
À chegada do silêncio quando eu me calar
Nem a mensagem terna de um olhar
Talvez te possa enviar.
No instante em que eu me desatar
De tudo que dá vida
E também mata
Não possa eu talvez levar na alma escondida
Tua voz na minha última oração.
Talvez seja eu poeira tão perdida
Nas formas da tua vibração
Que não te comova nem fique comovida
No instante da grande despedida.

TESTAMENTO

Meus antigos desalentos germinados
Em velhos desencontros da gênese prometida,
Minhas fugas transitórias em palavras consumidas,
Meus cansaços oriundos do bordel que em mim habita,
Meus êxtases modelando o contorno da minha alma
Para assaltos aos desejos devolutos.
Meus cânticos secretos limitados no impossível
Dos mistérios já rasgados no ventre violado,
Minhas fronteiras derrubadas no sutil do infinito
Espraiando íntimo perfume de dois corpos em amor absorvidos.
Meus sete ventos ressurgindo de ímpetos quase mortos
No céu correndo como espectros de gestos inibidos.
Minhas mãos, crianças falecidas
Nas auroras do tempo regressivo,
Minhas neblinas dilatadas no espesso do vazio
Com o branco de universos das geleiras intocadas,

Meus gritos de silêncio abrindo profundezas
No além de todas as razões criadas nos sentidos,
Minhas constelações formadas de tênues sortilégios
Cobertas de luz refulgente e depois, de andrajos repelentes.
Minhas purezas pousadas no tanger dos sinos
Que os ventos levam no cantar da tarde
Saudando a primeira estrela nascida,
Minhas lágrimas agradecidas à súbita harmonia
Que se comunica da flor perfumada à terra apodrecida.
Minhas canções de mulher
Fruto sazonado de terra estrumada no espasmo do sexo,
Pássaro mavioso de imprecisas regiões
Compondo a sinfonia da amplidão prometida.
Meus naufrágios recolhidos em horizontes suicidas,
Minhas dúvidas crescentes na imóvel solidão crescente dos desertos,
Meus passos sobre ossos de raízes que o solo inconformado recusou,
As fases todas do meu corpo reveladas
Nos corpos dos mortos indigentes,
Nos fetos em formação nos ventres.
Os silêncios da minha vontade engrossados no pó do chão
Levados ao mistério da gênese de ausências em vigília
Tudo deixo à flor
Que nascerá do pranto de todos os olhos aflitos,
De todas as células de vida em todos os universos fundidos
Na inocência das crianças e na prece dos desatendidos.
Deixo à madrugada gestante
O orvalho da lágrima serena e repousante
Que me traz brilho e grandeza
Neste instante.

INSTANTE

Nuvem em forma de rosa
Balança na mão da noite

Silenciosa.
Mulher de perdida pureza
Oscila nas vidas vividas
Entre forças da tristeza
Presa.
Chuva com fala de boca
Diz aos campos fecundados
Que a alegria sempre é luz
Pouca.
Mulher de vontades deserta
Balança em mundos dormidos
Na ausência longa e certa
Encoberta.
Fogo em ondas de mar
Abala o ventre da terra
Sangra minha carne aflita
Desesperada.
Mulher de angústias feita
Em multiplicadas esperas
De amor em cada célula
Insatisfeita.

REGRESSO

Das minhas derrotas venho
E com elas voltando à solidão.
Viver a vida sem empenho
Não é vontade. É condenação.
Levei o pensamento a todas as verdades,
Regressei arrastando velhos mundos
Construídos em acres realidades
E em silêncios profundos.
Nos ouvidos a expressão de agravo,

Sobre a alma neblina de serra
E na boca a presença do travo.
Onde haverá mais consolo que na morte
E mais amor que no amante ventre da terra?

TEMPO

Vai, irmão,
Atravessa a Tarde do Tempo
Salta vales, gasta caminhos,
Dorme sobre pedras
E banha teus pés nas nascentes escondidas.
Vai, irmão,
A Tarde funde-se em Noite do Tempo.
O que colheste no olhar?
Luz adivinhada, estrela em formação?
Sobre tua cabeça que vento
Move teus cabelos empoeirados,
Que pássaro ensinou
Aos teus ouvidos o cântico novo?
Que palavra deitou em tua língua
O eco dos gemidos perdidos?
Vai, irmão,
A Noite transforma-se em Madrugada do Tempo.
Que chagas ficaram em teus pés,
Que água lavou tuas mãos,
Que carinho restou em teus braços,
Que silêncio selou tua boca?
Vai, irmão,
A Madrugada já é Manhã do Tempo.
Que rosa abriu-se antes do sol,
Que fruta gerou mel em sua polpa,
Que orvalho cobriu a relva pisada,

Que rio modelou curvas nos barrancos?
Irmão, que viste, que deixaste em teu caminho
Na Tarde do Tempo,
Na Noite do Tempo,
Na Madrugada do Tempo,
Na Manhã do Tempo?
Irmão,
Não viveste em Amor, não amaste o Amor?
Se não foste puro deslumbramento
Em que escuridão de desertos
Sepultaste a Vida e teu Pensamento?

INDAGAÇÃO

Que angústia em mim acontecia
Movendo meu espírito em convulsões de mar,
Que morte nos gestos eu sofria
Tornando o pânico impossível de enfrentar?
No volume de silêncios eu ficara
Na estranha força que a vontade fracionara
Mutilando o pensamento devagar
Aumentando os espaços noite e dia.
Que lodo de charcos sugava meus instantes,
Que sol de brasa destruía meus sentidos,
Que voz chegando apressada e tão antes
Pedia aos efeitos suas causas escondidas?
Que angústia em mim acontecia
Que as distâncias o amor já não vencia?

MISTÉRIO PERDIDO

De repente meus olhos ficarão escuros
Como escuros caminhos habitados pela Tempestade.

Meus ouvidos ouvirão apenas sons e gritos antigos
E os pés do meu pensamento
Perderão a firmeza da vontade.
De repente ficarei sem rumos dentro de mim mesma
E em cada poro do meu corpo
Brotará o suor de agonias alheias,
Dos meus gestos, o odor de angélicas fanadas.
De repente a luz do Tempo se apagará,
A noite levantará meus cabelos
Como agora neles estão as mãos do vento.
Perderei o tato do desejo,
Esquecerei o som dos meus gemidos
E a lágrima que não pertence aos meus olhos
Descerá sobre minha face que pertence já à terra.
De repente uma rosa nascerá
Na madrugada dos espaços
E eu não serei nuvem para saudá-la
Nem perfume para amá-la.
De repente serei mistério perdido.

NATAL

Grande noite do Tempo
Guardando na palma da mão
O perfume da rosa orvalhada
E a promessa de consolação.
Grande noite do Tempo
Plena de infância e pureza
Oculta no labor do humilde
Em seus gestos de incerteza.
Grande noite do Tempo
Trazendo irrevelados
O poeta sem voz, a semente sem fruto

E sonhos inacabados.
Grande noite do Tempo
Seiva que move o vento,
Luz que enriquece a poeira,
Que desloca o pensamento
À procura de uma Estrela.
Grande noite do Tempo
Noite dos desgraçados,
Das tristezas mais sangradas,
Das misérias violentadas,
Das crianças orfanadas.
Grande noite do Tempo
Noite de angústia e silêncio
De descrenças aflitivas
De desejos embaçados
Nas almas já fugitivas.
Grande noite do Tempo
Ilusão de Paz e Amor
Abre-te sobre o Universo

E repete a vida da Flor.

AS FRONTEIRAS
DA QUARTA DIMENSÃO
(1951)

Ao meu querido amigo José Olympio

OBSTINAÇÃO

Que seja o amor violento
E não o atrito do tempo
A rasgar meu corpo
E a desenhar a angústia em minha face.
Que seja ele
Pela espera e o sofrimento
A aplainar todos os meus ímpetos
E os risos do meu pensamento.
Que por ele
Cheguem meus ouvidos
A esquecer o som das palavras
Que revoltam a língua e o olhar.
Por ele
Eu alcance a serenidade de espírito
Quando modelado pela dor
Que inunda e mata o coração.
Que seja o amor violento
E não o desgaste dos anos
A fatigar meu sangue
E a diminuir minha respiração.
Por ele
A luz e os contornos da vida
Abandonem o meu olhar
Para que a morte ao chegar
Não se revele em toda a sua extensão
E não leve em suas mãos
Intato o meu coração.

DA AGONIA AO CAOS

A cabeleira da noite
Caiu sobre minha face escondendo meus olhos

E a tempestade dos seus silêncios
Situou-me sem pensamentos.
Nas paredes intransponíveis do universo
As sombras do acontecimento vindouro
Interpretaram o destino
Com as formas e os hábitos do meu corpo.
Os tambores do tempo estancaram
Diante das solidões incomunicáveis
Que diluem e inculpam o prazer.
O pranto levantou-se da vida reflexa
E impossibilitou a renovação dos meus sentidos
Espalhados no caminho da dissipação.
Minha alma cresceu e transbordou
Avançando para formas que não me pertenciam.
Tudo ficou impresso como a leitura para cegos
E meus dedos leram nos pensamentos
Que o filho existe desde o primeiro olhar de amor.
Os passos da liberdade perpétua
Eu os distingui no desconhecido
Que se aproximou trazendo nas mãos sangrentas
Os fragmentos mortos do meu espírito
Recolhidos na flor atômica.
Rolando no vácuo
Eu senti o instante em que a luz e a treva
Têm a mesma significação,
A mesma inútil duração.

SEREMOS UM

Guarda-me no timbre de tua voz,
Leva-me no teu pranto,
No momento do áspero adeus,
Esconde-me na floresta das tuas tristezas cativas,

No momento do áspero adeus,
Quando tua alma flutua sobre o mundo
E em todos os erros teus.
Guarda-me na memória pura da tua infância,
Na lembrança suave dos teus pais,
Na recordação terna de um brinquedo querido.
Guarda-me dentro do teu primeiro amor
E na esperança do derradeiro carinho.
Leva-me dentro de tua sombra,
Sob tuas pálpebras,
No ritmo de tua respiração
E até o fim dos tempos
Para o julgamento final
Leva-me a teu lado
Para que eu receba contigo
A eterna condenação
Ou a eterna salvação.

AUTOFLAGELAÇÃO

Lavei minha boca no silêncio,
Apaguei meus olhos com o vento da aflição,
Matei meus desejos
Com a verdade e a seleção,
Amansei meu pensamento
Com o ímpeto de encontro ao tempo,
Retalhei minha alma
Com a análise e o julgamento,
Pulverizei minhas intenções
Com a lógica e a crueldade
Para ficar na paisagem do espaço
Distribuída nas árvores,
Nas pedras dos rios,

Nas areias e no pó.
Plantei estacas na região do amor,
Usei o movimento das feras
Para aniquilar minhas convicções
E assisti à decomposição do morto
Para distanciar-me de meu corpo.
Pendurei minha ternura
Nas mãos dos ventos
No desejo de ver um dos meus fragmentos
Chegar à altura das nuvens,
À rota das constelações
Ou mergulhar nos profundos abismos
Onde se forma o ninho das estrelas cadentes.
Esfacelei meu espírito
Nos espaços perdidos
Para não sentir arrependimento
De pisar agora meu corpo
Com os pés da condenação.

A PRÓXIMA PAISAGEM

Cresce a loucura,
Crescem a surdez e a mudez
Sobre as vãs expectativas
Cobrindo a luz das esperas.
O arfar dos oceanos inquietos
Junta-se à orquestração dos terríveis silêncios
E atravessam juntos as florestas sombrias
Como aves emigrando para novas latitudes.
Cresce o deserto apagando a vida simples da relva
E o solo racha-se intumescido
Pelos definitivos sofrimentos futuros.
Além do limite do tempo

Os frágeis elementos secretos
Convergem pausadamente
À hora passada.
Nuvens em forma de flores, de animais, de faces soturnas,
Sobem além da fronte dos montes
Num estranho caminhar de procissão
Onde o ar perdeu o peso,
A densidade e o equilíbrio.
A derradeira paisagem do universo
Prepara sua presença definitiva
Para surgir inesperadamente
No seio da noite ou do dia.

O ACONTECIMENTO

Quando o dia morrer
Eu me banharei nas águas das fontes silenciosas
E deixarei a brisa resinosa das florestas
Enxugar meus braços
E perfumar meu corpo.
Quando a tarde se extinguir
Eu procurarei a luz da primeira estrela
Para recolher no meu olhar
Seu brilho úmido e cintilante.
Quando a lua estiver no alto do céu
Eu receberei nos meus sentidos
O pressentimento de tua chegada
Com a mesma plenitude de flor silvestre
À espera do orvalho.
E antes da madrugada surgir
Eu te receberei, grande amado,
Agradecida e feliz
Como a terra aberta e fecundada.

RESUMO

Onde está a paisagem florida
Se a noite é eterna sob a luz do sol
E meus olhos cegos
Não atravessam as distâncias?
Como recolher o cântico das coisas simples
Se o lamento e a inquietação
Absorvem a música imperceptível
E misteriosamente meus sentidos
Tombam sem finalidade
Como as flores colhidas antes do tempo?
Como reconhecer a beleza da estabilidade da montanha
Afrontando os violentos temporais
Se fui apenas um som
Voando ao vento como folha morta?
Como juntar-me à liberdade das águas do oceano
Se estou presa ao solo
Como as petrificadas raízes
Escondidas pelos humildes arbustos?
Como poderei viver
Se eu sou o nada
De tudo que mãos secretas abandonaram
E nem as mortes consecutivas
Em poeira transformaram?

INQUIETUDE

Extinguiu-se do universo
A floração que cobria as sombras.
Não mais existe a luz positiva no desequilíbrio dos acontecimentos.
Um sentimento de aceitação total
E a faculdade de suportar a frequência do terror

Acompanha o volume crescente do desespero
Forçando à destruição
A unidade límpida da forma.
Existem agora fragmentos de ação
Dentro do pensamento traumatizado
Pelos culminantes silêncios dos fatos insolúveis
E a certeza da soberba inutilidade de recolher para construir
Porque o ciclo das causas foi completado
Na essência solitária dos sonhos impossíveis.
Há pouca esperança na presença da apatia
E se a alma tomba estraçalhada e surpresa,
Se a vontade rola no vácuo do abandono universal
Resta apenas o consolador amortecimento dos sentidos
Que transforma a lágrima em lassidão,
O grito incomensurável em mudez
E a explicação da pergunta
Em aparente colaboração ao mal.
A beleza plácida das faces está afogada
Pela humanidade picassiana
Que anulou a boca nos desesperados,
Triplicou os olhos para as múltiplas visões da morte,
Extinguindo o gesto de dádiva da alma das mãos
E os ouvidos restam como detalhes sem finalidade
Para o mundo convulso
Que resume
O consumado antes do concebido.

SATURAÇÃO

Na hora vazia da espera
O pensamento cai
Semelhante ao fruto amadurecido
Tocado pela própria vibração da seiva.

O vento boêmio da madrugada traz inconsciente
A nostalgia aos deformados pelo silêncio.
O dia seguinte adormecerá as convulsões da véspera
E as tendências serão analisadas pelo tempo e o raciocínio
Sem livrar o espírito
Do movimento contínuo da angústia.
A saturação do desespero
Violará o respeito à morte
E a loucura da eliminação objetiva
Transbordará de nós
Para atingir o amado.
Vestígios de sono
Rondarão o cansaço progressivo dos velhos
Que aspiram na derrota física
Ensinar experiências inúteis
E falsos exemplos de vida.
As realizações se farão
Caminhando sobre as dezenas de gerações vindouras
Porque o destino recolhe no grande abismo negro
Os fragmentos desprezados
Do amor, da indiferença e da verdade.

ASFIXIA

A solidão pousa nos ombros
Como um abraço de condolências, quando
O pensamento e o movimento paralisados
Se identificam na largura da noite.
A paisagem em transição se relaxa
Na esperança de conceber novos acontecimentos.
Mãos invisíveis do futuro
Num desesperado esforço de subsistência
Agarram os fugidios sentimentos de amor

Único elemento e luz
Que comanda a alma, o espírito e a tênue vontade de continuar.
Estrangulamento decisivo
No momento em que a treva unifica
E planifica num deserto sem ressurreição
As aspirações e as renúncias.

POEMA DA ANGÚSTIA VERTICAL

A noite solidifica
Meus sofrimentos imprecisos
E aponta com o dedo da lua
As formas em gestação
Movimentando-se ao redor da ideia do sono.
A revelação transfigurada nos positivos do futuro
Despe a imaginação inconsequente dos ideais
E vai tecendo sôfrega no meu espírito
A noite em sentido vertical
Até qualificar-me na exclusão das utilidades.
A noite em sentido vertical
Lamina o meu ectoplasma
Multidividindo minha essência numérica,
Separando as tonalidades dos meus contatos naturais,
Descolando-me em mil desconhecidas
Na plateia dos horrores solitários.
A morte tropeça no ritmo da minha respiração
E pulveriza-me no espaço abandonado
Das esperas sem finalidade.
Sinto minha alma
Como a lágrima desidratada dos sentidos
Que cai dos olhos do cego
E a noite traz uma forquilha
Para levantar tiranicamente a minha cabeça lívida
Acima do universo.

ABISMO

Quantas vezes o pensamento cresceu
Devorando as demarcações das possibilidades
Deixando no rastro
Apenas o esqueleto da imaginação
Flutuando no espantoso maciço do nada.
Quantas vezes desejei lançar minha carne
À fome das chagas e das dores
Para que consumida a forma
Chegasse meu espírito ao equilíbrio
Que só se adquire
Com a presença da podridão e do pó.
Quantas vezes me amparei no desejo
De um amor alucinado
Que partindo todas as regras do previsto
Me subdividisse em átomos de novas loucuras.
Quantas vezes para assustar o silêncio dos meus ouvidos
Gritei maldições sobre mim mesma
E olhei com desprezo
A face de minhas mãos
Que se adiantaram em experiência
Ao resto de meu corpo!
Quantas vezes cuspi no meu próprio ventre
Repugnada com a lembrança
Que dele surgiram vidas que transportam
Gotas do meu sangue contaminado
De depravação, inutilidade
E de tédio acérrimo.
Quantas vezes cheguei à fronteira
Dos lancinantes momentos de fadiga
Em que não mais quis
Nem a morte, nem o amor.

SÚPLICA

Agora, amigo, que a noite invadiu os caminhos,
Que o silêncio iniciou sua ronda macia
E o pó das angústias diurnas
Começa a pousar nos recortes do sono,
Os dedos do meu pensamento
Executam na minha alma
A dissecação dos gestos e das palavras
Realizados à luz e ao ruído.
Agora, amigo, é o momento em que brado teu nome
Porque o pavor das multidões de sombras me afoga
No desfronteirado campo de concentração do universo.
Com os gemidos da minha alma
Ouço como um coro
As ladainhas dos meus pecados sem remissão
Regidas em compasso ternário.
Na planície do meu espírito fustigado
Pela ofuscante luz vermelha que dá sombra
As lágrimas dos meus olhos se transformam em suor
Alagando meu corpo estraçalhado.
Agora, amigo, que o desespero se distancia da morte,
Que a paciência perdeu o sentido de recuperação,
Que as bocas se transformaram em sexo
E as crianças brotam nos ventres
Por desgaste e não por amor,
Eu necessito da tua presença,
Da tua companhia deformada
Pelo sarcasmo da serenidade
Para poder atravessar a multidão convulsa
Que se aglomera gradativamente
À raiz dos meus dias separados da paz.

COMPANHIA

Nunca estarei sozinha
Enquanto caminhar pela grande estrada.
Velam por mim desde infinitas mortes
Todos aqueles sangues
Que em meu sangue
Agora apenas sinto um leve tremor.
Mil terrores idênticos se entrelaçam
Ao meu terror, desesperadamente.
Surgem dos espelhos, dos retratos
Que entreguei
E que foram mais tarde devolvidos,
Multidões de mim
Que tantas vezes dei
E agora chegam mansamente
Para integrar minha primitiva imagem.
Não estarei sozinha no meu caminho.
Germinam na penumbra
Aqueles seres que aproximaram de mim
As suas solidões.
São meus companheiros nas pequenas mortes.
Mãos venais sobre meus cabelos
Trazem o vento da noite
E as estrelas são rostos que talvez eu não recorde.
Antes não bastavam as palavras
Para a minha alegria
E agora, para meu tédio
O grande silêncio é suficiente.
Nunca estarei só.
Curvadas sobre as rocas
Sem falar nem alterar o ritmo,
Fiandeiras de mãos descarnadas
Tecem para mim

O manto dos meus desejos ausentes
Que me cobrirá dos mais antigos frios.
Sobre todas as praias do universo
A secular muralha
Que divide o espaço entre as águas e as areias
Sustentará minha alma quase submersa
À espera que todos os instantes
Integrem o momento exato em que será definido
Meu enclausurado corpo.
Nunca estarei só na longa estrada.
As sombras não são frutos de uma febre.
Mil angústias semelhantes à minha angústia
Velam por mim desde a primeira e inflexível agonia
E elas me levarão finalmente
Ao termo que não retrocede.
Elas me levarão mansamente
Como a brisa que anuncia a noite.

A NOITE PODEROSA

Noite de solidão e dos tristes,
Das sombras vagarosas e das lágrimas sem pensamentos,
Do amor ausente nos seres tímidos.
Noite sem medidas, sem cortes
Nua de recordações,
De desesperança dilatada
Ante o infinito insondável.
Noite não revelada aos espíritos vigilantes
Dos espaços inacessíveis
Que espera sob o manto do sono universal e a visão dos débeis
Os últimos amantes despedindo-se do ardor dos seus hálitos.
Noite que vai levando nos seus mil pés
Sua figura negra e poderosa

Pelas planícies desertas dos espíritos.
Eu te contemplo gigantesca e formosa
Erguida entre o céu e a terra
Guardando os berços
E pulverizando entre os dedos o tempo dos calendários.
Eu te vejo fascinante
Cingida com a Via Láctea
Na sua infinita sementeira de estrelas,
Leva-me contigo para a grande aurora
Onde se extinguirá a minha noite fria
Que é a minha vida.

FORÇA

Nem mesmo a morte estendida pelos mares e desertas areias,
As que levaram remotos avisos de luta inflexível,
Nem mesmo esta morte presente que repete num instante sua obra passada
Formando uma só cadeia,
Nem a morte inexorável que avança
Com passos de fuga no profundo da sombra
Como o pensamento que perturba, consterna e o corpo cansa,
Nem esta morte atroz sobre a vã esperança e os espantos acordados
Das almas fatigadas pela incompreensão
E pela ausência dos olhos amados,
Nem a morte absoluta
Que extingue o esplendor da vida
E seca repentinamente o ímpeto para a luta,
Nem a que mata para a ressurreição,
A que cessa o ressoar do pranto
E vai suavemente parando o coração,
Nem a que termina tudo,
A que dilui os sentidos,
A que torna o gesto mudo,

É mais funda, é mais morte,
Não chega a ser nem igual
Ao tédio que me sufoca, nesta passagem ligeira,
Neste nada universal.

ESBOÇO

Minha cabeça está coroada pelo terror
E de meus ombros cai o manto dos acontecimentos
Multiplicado por mil.
Estou impossibilitada para atender ao número
E à elasticidade do pensamento.
As constantes visitações da dúvida
E as células dos antigos segredos
Se desenvolvem com a velocidade do som
Nos quatro cantos de meu espírito.
Minha mão direita comanda o amor
E a esquerda saqueia o prazer.
Minhas intenções se desdobram como as pregas de uma sanfona
Derramando a música da cólera e da paixão.
Meu corpo recende a morte e a angélica.
Eu estou voando nos ventos eternos
Sob a armadura das fáceis alegrias.

A MORTE SOBRE A MULHER

Procuro a paisagem florida
Mas a noite é eterna sob a luz do sol
E meus olhos cegos
Não atravessam as distâncias.
Quero recolher o som das coisas simples
Mas a inquietação e a relatividade

Absorvem essa música imperceptível
E meus sentidos se esgarçam
Como flores colhidas antes do tempo.
Quero seguir a beleza da estabilidade da pedra
Serena sob os violentos temporais
Mas sou toda um grito
Voando ao vento como folha morta.
Quero deitar-me nas águas libertas do oceano
Mas estou presa ao solo
Como raízes petrificadas.
Quero saber a que pátria pertenço
Mas não sinto as fronteiras
Vendo o sol erguendo-se para todos os povos,
A lua caminhando sobre todos os céus
E as estrelas brilhando para todos os olhos.
Procuro viver fora das mortes consecutivas
Que mãos secretas executaram em meu espírito
Mas a harmonia do terror
É como a flauta mágica
Chamando-me para a morte total.

FRAGMENTOS AO TEMPO

Caminhando nas sombras da noite
Deixei nos lagos mortos
O meu olhar carinhoso,
Nos campos jogados ao tempo
As sementes dos meus desejos,
Nos mares sem quilhas e sem lua
A minha grande canção
E nos rios magros e apertados
O gesto bom da minha mão.
Na vida dos homens torturados

A lembrança do meu corpo emprestado
E no fogo a minha confissão de pecados.
Fragmentada espero a hora em que o universo se partir,
Em que as águas alucinadas se levantarem,
Em que os ventos se lavarem nas chuvas,
Em que o dia e a noite se fundirem para a luz eterna
E então surgirei dos lagos, dos campos, dos mares, dos rios,
Dos ventos e do fogo
Para unir o som imperceptível da minha existência
À ensurdecedora chamada dos grandes clarins.

A GRANDE PITONISA

Na largura da noite
Regressei ao pressentimento do não acontecido
E uma escavação consciente
Vislumbrou a fatal possibilidade
De um novo ciclo de experiências.
Folheei meus desejos, selecionei minhas sombras,
Analisei os tons diversos da minha sensibilidade
E tempos longínquos saudaram
As restantes cintilações de adolescência vivente.
Reconheci-me dentro do ceticismo que resseca
E do amargor que aumenta a fadiga.
A voz da noite ofereceu-me um significado mais profundo
Das minhas emoções particulares
E da inextinguível força da vida.
Meu pensamento em sinais
Contou-me o prazer irresistível
Do abandono ao túmulo do irrevelado.
Meu corpo imóvel sentiu
O regurgitar de existências contraditórias
Movendo-se num limbo de espesso subjetivismo.

E na antevisão de destinos incertos
Meu olhar subjugado acompanhou as sombras
Caindo em ritmos exatos no universo,
Correndo no espaço inicial.
Da voz da noite reveladora
Meu espírito ouviu temeroso
Os mais profundos e desconhecidos pensamentos
Que estavam nascidos no meu cérebro
E preparados para a eclosão da madrugada que se aproxima.

SONHO

Pudesse eu anular
Os segredos do ser e do não ser
Que projetam a força da vida
No entroncamento do desespero inútil,
Pudesse eu varrer livre o universo
Como a agudeza da luz pelo sombrio,
Manejar o conhecimento exato
Para distinguir o pequeno
Do grande silêncio,
Contornar com precisa serenidade e justeza
O volume encalhado dos acontecimentos íntimos
Que me projetam no exílio definitivo.
Pudesse eu usar a imunidade contra a renúncia,
Manter o equilíbrio entre a alegria e o tédio
Sem a companhia da lágrima
Que subentende o grito doloroso,
Pudesse eu implorar aos ventos
A carícia das suas mãos sobre minha face pálida
E meu coração asfixiado,
Eu poderia aspirar morrer como a flor
Docemente desmanchada
Pelo ciclo natural do tempo, do frio e do calor.

EU NO ESPAÇO

Eu abri vagarosamente
A janela para a noite
E um perfume ingênuo de cidade do interior
Comoveu minha nostalgia adolescente.
A presença singular das sombras
Fez crescer os pequenos acontecimentos do dia
E de meus olhos desceram
As lágrimas da vida
Sobre tantos destinos diferentes.
Eu me senti como um rio de múltiplos braços
Apalpando emocionado terras estranhas e intocadas.
Minha alma dilatou-se
Transpassando a linha do horizonte
E meu pensamento alcançou as espessas muralhas da solidão
Que ruíram estrepitosamente
Ante a noite aberta.
O vento chegou
E eu senti que nessa madrugada
Ele espalhou sobre as flores
A minha alma incinerada.

A GRANDE SUICIDA

O pensamento veio como a febre
Inerente à decomposição.
Trazia uma simetria aparente
Entre as alegrias e as penas.
Veio com uma profundeza independentemente da sabedoria
E uma angústia suntuosa
Instalada no desconsolo.
Veio esgarçando a alma do passado,

Do presente e do futuro
Lançando abismos à face dos desejos,
Espalhando medo da imensidade do possível
E abalando a consciência trêmula pela revelação.
Uma voz fingindo liberdade
Como o princípio cético da essência demoníaca
Chegou inexorável com insinuações
De monótona persistência.
Um grito. E o espírito apavorado
Desgarrou-se da forma castigada,
Volteou no espaço das trevas infinitas
E caiu exausto
Como um desesperado pássaro suicida
Nas águas de um oceano sem nome.

POEMA APOCALÍPTICO

Venho carregando os negros males do mundo
Transbordando por todas as minhas margens
E ouvindo em matizes de vozes
Os que se afundam na inundação
Das águas e do fogo.
Levo as coisas mortas que derivam da exaustão
E do vazio
Mas que ressurgirão vivas
No tempo de largura imprevisível.
Espalho um ininterrupto lamento de despedida
Que se levanta mais alto
Do que as mais agudas montanhas.
Trago nas mãos a tempestade
Qual um fruto amadurecido
Que romperá meu próprio coração em pedaços
Espalhando-o em raios e trovões.

Caminho trazendo sobre o rosto
Um véu negro ocultando às multidões
Centenas de faces destituídas de unidade
E venho cantando à margem das estradas vazias
A canção da derrota que cortejo em segredo.
E já palpita de espanto o coração das trevas
Ante o encontro que se aproxima
Do meu espírito, dos meus gestos
E do nada das minhas realizações.

MADRUGADA

A morte lavra incessantemente
A terra do meu corpo
E a cada aurora surgem frutos de esquisitas formas
Nascidas do movimento inconsequente
Da palavra solta do meu subconsciente.
O hálito das estrelas verga o meu olhar
Para as solidões marinhas
E espalha para além das ausências
A minha face refletida palidamente
Nos córregos usados.
Dos altos rochedos
O vento uiva com minha voz emprestada
E a lua anda com meus pés
Sobre rebanhos de mansas esperanças.
Uma incontida vontade de reacender o fogo imperceptível
Do grande incêndio não extinto
Movimenta minhas mãos sobre as águas,
Sobre os campos, sobre as pedras frias.
O pensamento inutiliza
Com o esclarecimento da premeditação
O sentido vulgar do sexo

Oculto sob as palavras de amor.
A multidão silenciosa das almas vazias
Pisa meu corpo atirado à longa insônia
E vai transformando meu tédio insatisfeito
Numa ácida e demoníaca alegria.

POEMA DA ANULAÇÃO

Acolho os pensamentos decompostos
Para transformá-los na grande palavra
Que cobre a nudez.
Recolho o arco-íris que na sua curva
Deixou os pássaros, os peixes,
As plantas e os homens
Sem sexo e sem direção.
Guardo os gestos intemporais
Entre os dedos
Como uma cicatriz na face do universo.
Escondo sob minha memória
O som que determina à minha língua
O significado do amor e da morte.
Apago com meu hálito
A luz que indica à nau fantasma
O porto do silêncio e do sono.
Escondo sob as pedras das montanhas
A asa do arcanjo que deveria anunciar
A grande aurora
Que rasgaria os pesados véus da noite inviolável.
Guio a vontade dos condenados
Para a destruição e a cinza
E espero que seja levada aos quatro cantos do universo
Pelo vento deslocado com o estalar dos túmulos.

METAMORFOSE

Foi um ruído manso dos sete ventos,
Um ranger de areias pisadas,
Um lasso bater de águas sem direção.
Foi um inchar de terror na alma descuidada,
O esquecimento deitado no coração do morto,
Foi a esperança gerando a impaciência
E depois a aflição alimentando a forma.
Foi um pranto iniciado entre os joelhos,
Um redemoinho ocupando a noite,
Ânsia, revolta, trevas, altura e queda
Convulsionando o espírito
Na forma incubada.
Foi o ventre da Morte
Sob o olhar do Senhor
Que me transfigurou em mulher.

A MULHER TRISTE

Estavas tão imóvel dentro da tua tristeza
Que o vento balançou tua cabeleira
E tu não sentiste.
A mão da lua acariciou teu corpo desamparado
Até o momento do sol nascer
E tu não agradeceste.
As estrelas descolaram-se do infinito
E iluminaram a estrada escura que tinhas que seguir
E teus pés não se alegraram.
Os pássaros abandonaram seus ninhos
E cantando vieram lembrar as canções da tua infância
E teus ouvidos não despertaram.
Estavas tão inconsolável da tua tristeza

Que o amado tocou em teu corpo
E o movimento dos teus sentidos
Continuou imóvel, ausente,
Como se tudo fora morto.

FORASTEIRA

Cheguei sozinha, nua e sem nome,
Emergida da lama
E saturada de descrenças.
Não brilharam estrelas no caminho percorrido
Nem vozes me acompanharam na incomensurável distância.
Bordejei os largos abismos
E o silêncio sangrou meus ouvidos.
Minha alma à frente do meu corpo
Escalpelou meus sentidos
Rebuscando na queda dos meus ancestrais
A explicação dos acontecimentos já completados
Num futuro imprevisível.
Cheguei sozinha como o vento fatigado
Depois de percorrer os oceanos
E como a luz morta dos círios vigilantes.
Não encontrei perfumes silvestres, árvores de sombra
Nem chuvas sobre o pó.
Não senti o contato do movimento vegetal
Que contamina a terra ao fruto.
Cheguei sozinha, cega e sem tato,
Sem vontade de acalmar minha dor
Nem coragem para dominá-la.
Cheguei como a estrangeira desconhecida
Que atravessou o universo
Sabendo apenas a canção da morte.

ÍNCUBO

O amor cobriu minha alma
Com largos panejamentos
E levou em si minha voz
Para que a palavra da minha língua
Não sustasse o êxtase do acontecimento.
Veio sobre meu corpo sem um ruído,
Terno e carinhoso como as mãos do vento
Esvoaçando sobre meus sentidos desabrigados.
Veio fazendo-me esquecer todas as glórias menores
E apagando o temor das derrotas futuras.
Cresceu em mim como o ímpeto de criar,
Veio girando no meu sangue
Com a violência da sede cobrindo a língua.
E sempre que evoco a presença do amado
Meus olhos desmaiam
Com o atrito do pensamento
Túmido de amor.

ENIGMA

As asas da noite estão se abrindo sobre o universo
E agasalhando os desejos de amor.
Estão recolhendo os pensamentos sem refúgio
Nas nuvens carregadas de silêncio.
Como as trevas
A renúncia total invade todos os ímpetos.
Os abismos perderam o eco
E as mulheres esqueceram seus nomes.
As asas da noite apressam a intranquilidade
Dos dias vindouros
E derramam a inércia sobre as vontades.

As asas da noite pintam um arco-íris
Na face da madrugada.

A ESPERA

Meus olhos trocam de lugar
Atrás das órbitas
E eu distingo a transformação das formas e das distâncias,
Os pensamentos ficam abaulados
E as cores mudam para o avesso.
O desejo dança uma valsa
Enlaçado com a nostalgia
E minhas mãos são hóspedes indesejáveis
Ocupando meus gestos.
Desatam-se as sombras da noite
Na vastidão da minha inércia
E me são reveladas então
As fragilidades da minha força.
Através de luzes convexas
Percebo o destino imutável do meu ser
À espera do amor e da quarta dimensão.

COMPREENSÃO

Todos os pensamentos
São movimentos sem conclusão
E só o acontecimento imprevisível
Conhece a determinação eterna.
Nada pertence a alguém
Desde que o sol é de todos os abismos
E de todas as colheitas.
A imaginação não teve início,

Veio do centro do tempo
E sua música é percebida somente
Nos seus últimos acordes.
Ninguém caminha em liberdade,
Todos os pés marcham contrariados
Pelo caminho alheio à pura harmonia.
Nada é visto, tocado, ouvido,
Absorvido na fonte da verdadeira essência
Desde que a comunicação com o inicial
Foi cortada da memória da infância.
O germe foi semeado pelo primeiro vento
No primeiro pó de luz.
Os pássaros e os peixes
Não temem a imensidão dos céus e dos mares,
Só o homem se apavora antes de abrir
A primeira porta da sua alma.

PANORAMA

Acima dos montes escuros
A luz escreve a sentença
E os arcanjos apressados cruzam o infinito
Arrumando os círios da Páscoa.
Um vulcão flutua nos oceanos ligados
E ancora em todos os portos
Vertendo bocas pálidas clamando pão.
O frio desconhecido desarticula os ossos
E congela a palavra concebida
Em branda vibração.
Milhares de corpos entram em abundância nas sepulturas
Como colheitas a seu tempo.
O deserto universal espera a vinda de Elifaz
À porta do Caminho de Edom
Para banhar a terra nas águas das lágrimas.

INÍCIO

O dia das trevas está preparado dentro da grande mão
Porque o movimento dos espíritos
Já se contrai como a serpente despertada.
O vento afia as espadas
Enquanto o sono ocupa o sentido dos homens
Alheios à prudência da vida dilatada.
As nuvens anunciam tempestades imprevisíveis
Nas quais será destruída
Inumerável multidão.
A canção da noite
Já vem cobrindo desde o alto
As extremidades do mar
E as sombras multiplicam-se nos espíritos
Antes da madrugada se abrir sobre o universo.

O SEMPRE VENTO

O vento está passando sobre minha cabeça
Trazendo o perfume das flores
Que nasceram antes de mim.
Deve ser o mesmo que acompanha a morte,
Aquele que se aproxima inesperadamente
Despetalando as corolas ao surgir da noite,
O mesmo que balança os ciprestes
Sobre os túmulos sem inscrição,
Aquele que afugenta as nuvens
Para o seio das trevas,
O que transporta na madrugada
O choro das crianças enfermas
Para o infinito silencioso,

O que surge com a esperança e a paz
Ao caminhante dos desertos.
O vento dos tempos está passando
E com suas mãos
Está despregando as estrelas
Dos olhos da noite.

PAISAGEM PRÓXIMA

Contempla o caminho da tua unidade
Onde mãos invisíveis modelaram
Tua essência encarcerada
Na fonte da secreta composição
E teu pensamento se agitará
Como o ruflar de asas assustadas
No silêncio da noite.
Contempla a gradativa lividez da tua face
E tomba teu olhar humilde
Sobre a terra que pisas descuidado
E recebe em teus ouvidos o rumor dos rios
Porque eles te guiarão docemente ao teu lugar
Mesmo que as pedras se anteponham
Ao ritmo das suas águas.
Contempla a volta da tua voz emitida
Sobre os campos semeados
E perceberás a transformação
Na repetição do eco.
Contempla a luz que recebes das estrelas eternas
E saberás por que se extinguiram as que iluminavam
O frágil caminho da tua vida.

ASPIRAÇÃO

Desejo de desmontar meu corpo
E atirá-lo aos quatro ventos do mundo,
De enfrentar a luz do sol
Até que seu calor pulverize meus ossos,
De atirar-me no oceano
Até que o batimento de suas águas
Transforme meus cabelos em algas perdidas,
De gritar contra as montanhas
Até que o eco se ausente de minha voz,
De matar a consciência de mim mesma
Até que eu possa viver.

ESTRADA REAL

Caminho que reflete a paisagem em movimento,
Poeira que se junta às poeiras trazidas
Sob os pés dos povos do universo
Onde nascem o canto e o pranto.
Caminho guardado dentro do silêncio dos séculos
E umedecido pelas raízes dos frágeis arbustos,
Onde o ritmo da sombra e da luz
Acorda a memória dos viajantes descuidados.
Caminho que aceita o vendaval e a brisa
Onde o grito dos oceanos e o cântico dos jardins floridos
Escrevem a música heroica nas almas nostálgicas.
Estrada vazia, mas vivida na boca das pedras,
Nos ouvidos da erva rasteira e na sofreguidão dos rios.
Estrada onde as estrelas descem nas asas dos pássaros
Para se banharem nos lagos tranquilos.
Estrada onde passam os homens de todas as raças
A caminho do ventre que os fecundou na essência do amor,

Caminho que nos leva em riso
Para o reatamento do pranto inicial.

REALIDADE

Já se apagaram as vozes dos múltiplos destinos
Que se abririam no meu deserto
Para contar sobre o infinito maravilhoso
Que ainda desconheço em mim.
Será então inútil reter a lágrima que se desprende da minha alma
Pois todos os caminhos indicados pelas setas dos meus ímpetos
Me levarão ao irremediável.
Definitivamente já me foi revelado
O meu único momento de amor
Que deu à minha alma
O termo final da grande harmonia.
Será então frágil a esperança no regresso do amado
Que acalmaria o tremor e a inquietação dos meus sentidos.
Já morreram os acentos de vida do meu corpo
Que me fariam florescer como as árvores que pressentem a primavera.
Será então inútil transformar os sons desencontrados
Em cânticos delirantes de prazer.
Já se diluíram no tédio das minhas horas
Os pensamentos sutis de ternura e de pureza
Que poderiam iluminar meus olhos
Para as sombras da noite próxima.
Será então inútil revelar o desespero do meu espírito
Desejando emergir da realidade para o sonho.

PROMESSA

Na hora extrema e irrevogável
Não será a palavra

AS FRONTEIRAS DA QUARTA DIMENSÃO

Que sustentará tua cabeça inerte
Banhada na agonia
E sim meu pensamento
Amparando teu espírito.
Ele te fará recordar
Os grandes instantes em que meus braços
Se enrodilharam na tua fronte pálida
E cantaram a música dos silêncios de amor.
Não serão minhas mãos
As que irão recolher o adeus
Escoando-se dos teus dedos frios.
Será meu pensamento
Aquecendo tua alma
Com a beleza estranha das coisas imprevistas.
Ele captará no momento eterno,
Na fonte da tua essência,
A luz que aumentará o brilho
Da estrela azul das madrugadas.

ESTIGMATIZADA

A inquietação apareceu na minha alma
Antes da puberdade no meu corpo
E a certeza dos acontecimentos inevitáveis, eu tive,
Antes de colher elementos para as grandes experiências,
Antes do meu pensamento se desligar da ideia.
A compreensão já me vigiava
Primeiro que a provação.
Antes do desejo de assaltar a vida
Para a conquista dos valores relativos
Eu já ouvia a voz do destino
Falando sobre o caminho do absoluto
Anulando a alegria simples da minha vontade.

Antes que a minha forma de mulher
Fosse modelada no ventre materno
A sombra do mundo previu a minha existência
Para transformar-me na morte
Antes que eu fosse vida.

PRESENÇA DA MORTE

Nesse momento
Um estranho silêncio
Pousou sobre o mundo dos meus movimentos
E eu assisti a uma rosa solitária desfolhar-se lentamente
Como um corpo desfalecido pelo amor.
Nesse momento
Um inebriante odor de terra chovida
Impregnou o ar que eu respirava
E eu senti meus pés se transformarem em raízes
Agarrando-me ao solo profundo.

DIANTE DA NOITE

Um pensamento imprevisto
Caiu e fecundou meus sentidos.
Veio com o pólen das distâncias caminhando no vento
Para as corolas ansiosas
E desde então manifestou-se em mim
A vida silenciosa que gera as coisas subterrâneas.
Meus olhos receberam luzes inesperadas
E minha face tornou-se transparente
Com o estranho clarão erguido atrás das sombras densas.
Minha cabeça recuperou sua majestosa altivez
E meus ombros sacudiram

O peso dos momentos seculares
Que os vergava então.
Foi um pensamento tão amplo
Como as mãos das águas cobrindo o universo,
Tão poderoso quanto o perfume que se eleva do solo
Após os temporais que chegam de outros mundos,
Tão forte quanto o silêncio que paira no quarto
Depois do morto levado,
Pleno quanto a grandiosidade infinita do amor,
Tão expressivo quanto irrefutável da hora final.
Esse pensamento explicou à minha alma
A sua origem
E desde então o rodar do tempo eliminou todos os ritmos.
O sol não cresceu
Nem as estrelas apareceram.

A MORTA

A recordação dos acontecimentos
Se acumula às sombras e ao isolamento.
Há um perfume que conta a história da adolescente
E o gosto de leite materno
Vem à boca da memória
Quando os ouvidos recebem a canção
Entoada pelas crianças pobres da rua.
Saem de trás das colunas da noite
Os sentidos desgarrados, em alucinação,
À procura do caminho certo
Na insinuação dos ventos
Ou na indicação das estrelas.
A melancolia separa o imaginado e o prometido
E extrai de cada conhecimento
A essência da realidade.

Há um tremor no choque com o desejo arbitrário
E uma renúncia insólita faz abandonar
Os princípios da própria conservação.
....
Uma mulher é sufocada
Sob o peso das trevas da noite.

EGOÍSMO

Alma perdida entre o céu e as águas,
Agora o tétrico rufar dos tambores invisíveis
Te guia para o patíbulo eterno.
A carne maldita
Aos sussurros esfacelou teus sentidos
E a luz quente e sem brilho
Cegou teus olhos
Confundindo o caminho de teus pés.
Agora, és pó acompanhando o vento
E fogo queimando teus próprios ossos.
Pensamentos pervertidos
Que divertiam tua inutilidade
Esquartejaram tua essência
E lavaram tua memória do gozo
Do Jardim Eterno.
Cobriste a fronte com o egoísmo que ultrapassa a impiedade
Para recolher a temporária liberdade em plenitude
E agora te projetas
No oceano das trevas.
Alma perdida e sem amor,
Ouço teu soluço em desespero
E teu pranto diluído
Nos ruídos sem identificação.
Atingiste o Nada

Sem perceber o Todo.
Não compreendeste a Vida
E não ganharás a Morte.

A IMPRECAVIDA

Contemplei a véspera da minha vida
E não fixei o mistério que rondava diante do amor
Envolto na túnica da morte.
Meditei sobre as distâncias
E não senti o tempo recolhendo
Meus ímpetos selvagens
E as palavras sem definição.
Olhei as rosas em botão
Mas esqueci de preparar a memória
Para o instante supremo e justo
Do seu perfume.
Aceitei a alegria da liberdade
Sem pensar nos grilhões da minha concepção.
Desejei o universo
Sem prever a luz mágica do destino
Que me devolveria ao desespero.
Procurei as multidões
Sem saber que mergulhava na mais densa das solidões.

ACALANTO

Oh se a vaga música
Ouvida no pensamento caído
Consolar pudesse
A nostalgia do gesto perdido,

Se o tremor dessa canção sutil
Despertasse o olhar às paisagens
Sem que passar pudesse
A lamentação das velhas imagens,
Se ao menos essa cantiga distante
Que mata a palavra sugada
Pelo tédio e a solidão
Ao corpo deixasse
O silêncio sem dimensão,
Eu diria que meu destino
É rio calmo e sereno
Contornando sem segredos
Um mundo frágil e pequeno.

O PENSAMENTO

Enquanto um pensamento ilegível
Flutua à procura do acontecimento
As estrelas nascem e as flores morrem.
O homem deseja inutilmente
E as marés crescem nas águas.
Os frutos adolescentes se projetam para a luz
E os estranhos perfumes convergem
Para a quietude dos túmulos.
As sombras invadem os caminhos secretos
Atraindo a presença da morte
E a multidão dos silêncios.
Enquanto o pensamento se esboça
Para inescrutáveis desígnios
A vida rompe o limite para o infinito
E lança o homem no desespero das solidões.

POEMA QUE ACONTECEU

No horizonte dos meus desejos retesados
Aparece a luminosidade do arco-íris anunciando
O levantar agitado dos meus pensamentos.
A emoção surgida na fonte da ternura
Foge pelos caminhos subjetivos da minha alma
Nos passos da segunda morte
Ligada à inibição, à ausência da vontade
E à solidão.
Toda a experiência dos meus sentidos
Transforma a realidade em abstração
E o sentimento do amor
Vai diretamente do finito ao infinito
Decompondo as formas concretas.
A luta das verdades sobre mim mesma
Que eu acreditava conduzir
Começa a descerrar numa paisagem desoladora,
Flagelada e estéril,
A contradição das minhas ações.
A mão da morte lentamente escalpela
A fonte da minha ternura, da bondade,
Da vida e do amor.
Meus olhos vagabundos procuram
No ninho da noite
A estrela que conduz ao limbo
A alma das mulheres esfaceladas pelo silêncio das noites
E pelos caminhos do pranto.

INSTANTES DE TREVAS

A noite tropeça nos pensamentos insepultos
E desconhece os lamentos

Dos olhos cegos.
A cauda dos enigmas
Cobre as estrelas adolescentes
E os destinos em puberdade.
Sob o orvalho as flores do campo
Brincam de roda no ventre das sementeiras.
Imagens amadas
Fogem das pupilas da memória
E se transformam em obscuras fomes de amor.
A noite recebe os acontecimentos incubados
E esparge sobre os desejos em sono
O tremor dos pressentimentos.
O vento dos sentidos irrefreáveis
Espreita os corpos sem pensamento
Para a longa viagem irreparável.
Cai a noite como uma túnica
Sobre o chão do tempo
E alarga desmesuradamente as fendas do pavor
Que morrem no peito em forma de canção.

ADOLESCENTE

Pura e simples como o linho das igrejas,
Forma suave
Envolvida na crença inicial e límpida,
Colorida com a música dos sonhos,
Levemente movida pela trepidação imperceptível do amor,
Festiva como o arco-íris no infinito,
Como a luz que desata as sombras
Para o nascimento das grandes manhãs,
Confiante como as sementeiras em crescimento.
Adolescente.
Beleza fresca

Que empresta aos ventos
O misterioso perfume das flores escondidas,
Bailado harmonioso e puro
Ante o olhar tangido pelo mal e o cansaço,
Alívio e ajuda
Aos nossos anos sofridos
E ternura de água fresca
Para o nosso espírito combalido.

O LONGE VENTO

Está balançando as flores abertas na aurora
O vento que ficou das tempestades.
Levantando a poeira cansada dos séculos
O vento arrasta-se pelos caminhos do tempo.
Veio das planícies sem nome
Depois de haver tocado a face dos pastores silenciosos,
Dos vales amassados depois das grandes chuvas,
Trouxe o frio das lajes dos cemitérios
Orvalhados pelo suor da noite,
Trouxe o olhar fascinado das virgens
Contemplando as estrelas.
O vento está balançando as almas
Com a canção tépida das palmeiras do deserto,
Veio ondulante arrebatando o eco
Da mensagem que o amado perdido
Lançou no espaço indefinido.
Está envolvendo-me como a alegria do amor,
Como o prazer da morte,
Como a ternura da nostalgia.
Está soprando sobre minha vida
O vento que habita as regiões solitárias.

A UM HOMEM QUE AINDA NÃO CHEGOU

Estremecida eu tombei
Diante do teu rosto coberto de um amor estranho.
A brisa arrepiou numa carícia amorosa
A paz dos campos dormidos
E uma alegria desconhecida
Emocionou meus olhos.
Profundas ternuras foram semeadas nos meus sentidos
E eu cresci, multipliquei-me,
Sentindo a facilidade e o poder dos deuses
Na formação do universo.
O ar chegou a mim com o sabor de sangue
E o perfume de terra aberta.
E eu me deixei imóvel para o acontecimento
Que pisava o meu ser.
Meu pensamento escorria pela tua forma
Como a água mansa das fontes sobre as pedras.
A volúpia inundou minhas carnes
E eu pude precisar o instante
Em que minha alma caiu inerte de amor
Dentro do meu corpo procriado.
Com as pálpebras quase cerradas,
Através de minhas pestanas
Eu vi uma seta de fogo
Indicando-me o caminho das trevas e da perdição.

MISÉRIA

Ai de mim, que cheguei ao termo
Trazendo na voz uma sombra inalterável,
Carregando nos olhos

O espaço sem a expressão do amor e da esperança,
Mostrando as mãos secas e vazias
Em vez de frutos colhidos,
Sem haver prendido em minha garganta
A substância do canto livre
Que surpreende o pássaro quando se avizinha a primavera.
Ai de mim, que nunca recebi na face de minha alma
A carícia fresca e perfumada
Como o vento das manhãs,
Na forma de uma palavra.
Ai de mim, que o desespero do vazio foi o elemento de transformação
Nas revelações súbitas
Onde a essência da tristeza é irredutível
Às manifestações esperadas como a luz do sol.
Ai de mim, que cheguei ao termo
Sem haver conseguido tecer com o sofrimento
Os farrapos para cobrir minha nudez
Enferma e abandonada.

DÚVIDA

Se uma luz afastasse o pavor crescente dos meus ressentimentos,
Arrancasse do meu coração uma lágrima de sangue sobre minha
simplicidade,
Se meu pensamento pudesse refugiar-se à sombra do silêncio
E minha boca pudesse chamar alguém
Neste interminável deserto humano,
Eu estaria preservada contra o medo
Que sinto pairando sobre meu destino
E estaria aliviada da crueldade
Que imponho a mim mesma
Sob a forma do desprezo e nulidade.

Se a luz se derramasse
Sobre os momentos de dúvida que mancham minha fé
Durante meus angustiantes apelos,
Então eu estaria livre para pensar maravilhada
Sobre a grandeza do meu amor por ti.

POEMA SEM RESPOSTA

Que faremos depois das circunavegações do pensamento?
Depois de todas as experiências dos sentidos?
Da intimidade dos acontecimentos?
Que faremos depois de registrar
A fragilidade da inteligência
E sentirmos que a espécie é um simples tremor
De desagregações?
Que faremos depois do pranto
Se a convicção no desconsolo da sua inutilidade
Chegou antes do sofrimento,
Se sabemos que a única estrada para nossos pés
Não é a terra fértil
Que semeada frutifica
Mas areia estéril e morta?
Que faremos se a realidade e o tédio
Cegaram os olhos de nossa alma
E o amor total não veio
Para absorver nossa faminta inquietação?
Que faremos diante dos pássaros?
Diante das águas?
Diante das flores?
Diante da noite
E diante da estrela-d'alva?

PRISÃO

Não conhecerei a libertação
Porque depois das conquistas
Chegará o cansaço até os ossos.
Depois do pensamento virá a dedução
Que desintegrará a ideia
Como as formas dominadas pela morte.
O ímpeto que me levaria à ação
Será destruído em seu princípio
Pela descrença de sua utilidade.
E até mesmo as grandes emoções
Não me trarão a libertação
Porque a autoanálise
Esclarecerá uma deprimente equação.
Pelo amor eu não serei livre
Porque depois do desejo
Cairá sobre meu espírito o conhecimento total
Dos fatos preconcebidos.
E nem pela morte eu conhecerei a libertação
Porque as filhas dos meus filhos
Em suas vidas me receberão.

O ACONTECIMENTO EM FORMAÇÃO

Longe está a noite infinita e plácida
Onde o espaço ilimitado é a constelação do guia
Aos homens tristes e deserdados.
A ronda do desespero se alimenta das almas sem proteção
E dos pensamentos grandiosos incubados no silêncio.
O amor que vem das entranhas apenas sufoca
Poucos momentos da contagem dos séculos de inquietação
E a dor não necessita mais da lágrima da criatura

Prisioneira à suprema miséria e desalento.
O ideal se desfaz na lama da carne
E somente é procurada a esperança para o mal absoluto.
É inútil e isolada a pura compreensão
Que poderia dissolver a tragédia do universo
Partindo as correntes que obrigam os cérebros a curvarem-se
Às mesquinhas ambições.
A lágrima do sangue do poeta avisa
A aproximação de um pranto tenebroso
Que apagará a luz do sol,
Um desespero que contaminará a boca das flores,
Uma dor que partirá ao meio as pedras das montanhas,
Um sofrimento que secará a voz dos rios
E um desalento que apagará os olhos das estrelas.
As sombras estão fugindo em busca da paisagem da calma.
As almas moribundas assistirão ao grande acontecimento
E o poeta se recolherá dentro da noite plácida e infinita.

CAOS

Incapaz de ligar o movimento
Ao desejo,
De coordenar o pensamento,
E finalizar o que iniciou o momento,
De participar no esforço para conquistar,
De acreditar que alguém acredite no que diz
E no que faz,
De pensar que meus erros são menores
Que os de meus filhos
E que o tempo me tenha ensinado
Algo que já não estivesse pousado em meus gestos
Desde a minha concepção.
Incapaz de afastar o grito de vergonha

Que fatalmente segue o elogio,
De pensar que existe a floração
Sem os elementos intocados da essência.
Incapaz de viver o que o pensamento induz
Se a inércia fragmenta a continuidade
E dissolve o alento frágil,
De içar uma alegria banal em meu espírito
Se a lógica antecede o ímpeto
Com a contagem do tempo, da distância
E do peso do nada irreparável.
Incapaz de morrer
Para alcançar o livramento infinito.

A BELEZA PERDIDA

A beleza ensinada não foi compreendida
Quando teus sentidos se levantaram
Nem o contorno de tua alma se fixou em teu espírito
Com os dedos do teu pensamento livre
Quando teu ser foi erguido pelas agitações da vida.
O desejo da aceitação do mistério
Não entrou no universo do teu corpo
Na chegada da tua adolescência,
Nem o amor de ligações profundas,
Que te ensinou o fruto da árvore,
Recolheste nos teus olhos
Para devolvê-lo na tua união sexual.
A beleza em seus princípios e nas suas formas puras
Não foi acolhida por ti
Quando passou diante da janela de tua alma
E agora o pressentimento das coisas perdidas para o futuro
Visita teu peito
Como o doloroso tremor que sentimos

Diante da partida definitiva
Da pessoa amada.

CONSOLO

O pensamento tinha profundidades quase negras
E a memória contava sonhos antigos
De uma existência sem fragmentos
De grandeza e paz.
Os desejos estavam pendurados
Na cauda de um cometa sem destino,
A melancolia do efêmero e do fugaz
Pairava no sono do universo
Com invisíveis movimentos de transfiguração.
A solidão arrecadou os estremecimentos
E até os ruídos do pensamento
Quando o vento arrepiou as águas distraídas
E correu para levar à imobilidade eterna
O perfume das flores recém-mortas,
A música das distâncias livres
E à minha derrota
O vigor da poesia que apanhou solta
Nos mares, nos campos,
Nas estrelas, no pó das estradas pisadas
E no pensamento de amor
Que vive no coração recolhido dos frustrados.

EU EM TRÊS FASES

Infância sem saudades, sem lastro humano,
Infinitamente grande na solidão e no desamparo,
Infinitamente pequena

Para merecer um cuidado.
Semente do Bem e do Mal
Atirada ao inconsequente e ao provável vendaval.
Nenhum contato da memória
Com risos, alegrias e aconchego.
Infância nua, esquálida e repelente,
Eu te renego e te esqueço.
Adolescência de parcelas que se fundem e se confundem,
Noção de erro fundamental não cometido,
Arrependimento sem causa
Que se dilata e se desfaz
Sem deixar início ao esclarecimento que orienta.
Visão de círculos luminosos girando
Velozmente em sentidos contrários,
Cegando o encantamento e o prazer.
Adolescência possuidora da realidade irrevelada,
Devassadora do tempo e do espaço
Contaminando os sentidos florescentes
Das essências anteriores e posteriores,
Das formas e dos acontecimentos.
Adolescência de fugas e temores,
Incertezas narcotizadas,
Eu me apiado de ti
E recolho as tuas lágrimas surdas.
Maturidade mista de meiguice perdida
E compreensão amarga.
Polos de iguais distâncias do meu centro insondável,
Quantidades exatas no vácuo.
Monólogos sem eco,
Desperdício de forças e de vida,
Deserto de infindáveis areias,
Túmulos consecutivos de descrenças,
Dissecação total do meu ser.
Maturidade angustiada,

Nuvens de temporal
Atravessando uma réstia de azul do céu,
Chuva de pranto lavando a face abalada.
Maturidade de experiências sem aplicação
Que me faz voltar à desolação
E ao desamparo da infância,
Eu te ouço complacente
Contando a história das vidas que não viveste.

PENSAMENTOS ENTRE O SONO E O SONHO

As vozes do sono se afundam pelo mistério noturno.
A vida reflexa abre os sentidos
Para receber com lucidez
As tensas emoções trazidas no silêncio.
Ondula no espaço entre o olhar e o pensamento
A melodia das idades desaparecidas
E afasta o limite da expectativa e do impossível.
O pranto da emoção profunda
Refresca os olhos vazados da memória
Para que o desejo incline todas as frontes
Ao passar a brisa
Que vem guardando as confidências da morte.
É a hora em que muitas vidas se despedem
Acariciando os corpos pelos pés.
É a hora em que vibram e harmonizam os espíritos descuidados
Na solidariedade tardia da compreensão.
A noite é longa
E eu ouço as raízes do sono
Estalando sob a tensão do meu pensamento
Vivo e acordado atrás de minhas pálpebras descidas.

POEMA EM SURDINA

Meus passos repercutiram
No fundo silencioso da noite.
Sob o tremor das minhas pisadas
Gemeram os campos desertos
E seus soluços se ocultaram nas sombras.
A treva apertou as estrelas
Que indicavam o lado norte do meu caminho.
A tristeza entregou, nu,
Seu corpo soberano a meus pés
Que o pisaram com cadência e medo.
A noite fechou a boca dos ventos,
Quebrou as asas dos pássaros,
Estancou a alegria dos rios
E somente o eco dos meus passos
Apregoou ao infinito
A passagem do meu corpo vazio.

NOITE LIBERTADORA

É a noite que me liberta
Das alegrias sem convicção
Amarradas na minha face à luz do dia.
É nela que se alargam exuberantes
Os recolhidos mistérios dos meus sentidos.
Ela é que faz saltar
O aroma puro dos gestos
E a vivacidade trágica do universo,
Que revela em mim o ciclo das experiências
E os deslumbramentos imperceptíveis.
É a noite que coloca nas minhas pupilas
A lágrima do desespero sem motivo

E no meu peito
O soluço desligado das razões.
É ela que entra pelo meu quarto
E acaricia as paredes castigadas
Pelo meu olhar saturado de terrível solidão.
É a noite que me liberta,
Que calça no meu espírito
A bota de sete léguas
E me deixa sorver o espaço infinito.
É ela que me transforma num arcanjo luminoso
Anunciando a minha própria chegada
À região do silêncio e das sombras.

MOTIVO

O que sentes, amigo,
É o tédio que colhe os movimentos de tua alma
E simplifica cruelmente os gestos dos teus pensamentos,
Que nivela as mutações complexas de todos os teus momentos,
Que espalha densa bruma
Sobre o que resta em ti
De cintilações de adolescência ardente.
É o tédio que anula o amor e a morte
Que te espalha
Como o pó sem destino,
Que te abandona no limbo do teu ser,
Que tanto te faz esquecer
O mel perfumado das flores
Quanto o ácido das frutas geradas sob o sol.
O que sentes, amigo,
É o tédio que possui olhos viscosos
Vigiando teus ímpetos
E seguindo as lutas de teu corpo lasso.

Que vem dia a dia amputando as raízes de tua existência,
Repisando as emoções abafadas
A mesma depressão angustiante
Que te fala sobre a necessidade imutável da decomposição.
É o tédio, amigo meu,
Que organiza o desfile silencioso
Iniciado na tua memória ancestral,
É o tédio que gasta tuas forças incertas
E deixa em teu coração ressaibos de aridez.

CREIO EM TI

Creio em ti
Como creem as campinas frágeis
Nos ventos que lhes falam do amor dos oceanos.
Como creem nas ondas
As areias das praias sem nome.
Como creem os caminhos
No vigor e na fé dos caminhantes.
Como creem as fontes
No solo em que deságuam.
Como creem as flores
Na presença perfumada do orvalho.
Creio em ti
Como creem na carícia
As mãos frias, imóveis, sem consolo.
Creio em ti
Como creio na morte irresistível e eterna.

DESPEDIDA

Vou-me embora
Para as distâncias dos ventos

Que é tempo de navegar
Sobre os cavalos brancos
Que galopam sobre o mar.
Vou-me embora para as distâncias dos céus
Que é tempo de libertar
O cometa angustiado
Preso ao incêndio dos astros.
Vou-me embora para o caminho das nuvens
Que é tempo de desatar
Sobre a terra maltratada
O manto das chuvas dormidas.
Vou-me embora
E agora sem destino.
É tempo já que eu esqueça
Tanta ausência sem amor.
E antes que o dia alvoreça
E me cubra de melancolia
Eu quero ter o rosto sério
E a boca muito fria.

INSENSIBILIDADE

Os homens levantam os olhos
E recolhem o universo
Sem se assustarem,
A ameaça cósmica não os intranquiliza
Porque outros sofrimentos mais próximos
Dobraram seus joelhos
E sombrearam suas faces.
Não falam
Mas na solidão das estradas escuras
Assoviam para se comunicarem,
E às vezes cantam canções anônimas,

Sem história, com restos de vozes mortas,
Entristecidas e sujas pela miséria.
Desconhecem a memória antiga
E por um processo de eliminação
Simplificam a busca do Princípio
E enforcam os esforços aquisitivos da essência
No espaço menor.
Não percebem as suaves entonações
Das brisas matinais
E não veem as águas do anunciado degelo
Infiltrando-se no solo sem ruído.
Os olhos dos homens
Regressam a si mesmos
Sem a lembrança do universo,
Sem avivar a força de querer transpor as montanhas,
Sem querer possuir o segredo que se esconde
E se aprofunda em seus espíritos.
O véu da melancolia se interpõe
Entre o hermético e a fuga
Enquanto a vida se diverte num grande balanço
Armado nas nuvens,
Empurrado pelos sete ventos.
Os insetos conhecem o instante justo do acontecimento,
Os homens não preveem a hora do grande sono.

A NOITE

A noite telegrafa minhas angústias
Para as distâncias eternas,
Desfibra minuciosamente meus sentidos
E apalpa as vertentes subterrâneas
De minha ternura intacta.
É ela quem remexe o lago adormecido

Do meu subconsciente
E pendura diante dos meus olhos
Meu rosto adolescente,
Apedreja meus pensamentos de vida simples
E decepa os braços ansiosos
Nos quais eu receberia meu amado.
É ela quem leva minhas mãos aos jardins silenciosos
Para matar as rosas recém-abertas.
É a noite que me possui
E depois foge, qual ventríloquo,
Deixando-me dessubstanciada,
Nas horas primeiras da madrugada.

MALDIÇÃO

Quero que meu pensamento se enrole em tua vida,
Que a nostalgia da minha presença
Retalhe teus movimentos,
Que teus ouvidos só percebam a memória da minha voz.
E quando beijares tua neta
Quero que um pensamento vago e mau
Desenhe no rosto infantil
Os traços da minha face.
Quero que tuas insônias sejam ritmadas
Pelo barulho desesperador das tempestades marítimas.
Quando olhares o chão
Quero que vejas meu nome diante de teus passos
E se olhares o céu,
Que vejas no infinito
Meus braços transportando as estrelas.
Quero que vivas muito depois da minha morte
Para que a aflição da minha ausência
Provoque em tua alma

Uma agonia mais profunda
Do que a hora da lágrima final.
Quero que tua sepultura seja de mármore e bronze
Para que nem a humilde erva
Brote da tua carne amaldiçoada.

A INCÓGNITA

O hálito das sombras domina minha expressão.
A lógica e a sensibilidade unidas
Determinam a estrutura do meu ser
E a memória rege num golpe
O senso do relativismo transcendente.
A intenção revela a predisposição
Para exercer a essência pura
Mas o gesto sórdido
Destrói o impulso exemplar.
Quem sou?
De que pensamentos divergentes nasci?
Vivo um personagem de uma vida que não me pertence
E as diferenças objetivas do meu espírito
Dizem que a maior distância para o repouso
Não é a que existe de uma estrela para outra
Mas a que não se pode medir
Entre as minhas vidas.
O tempo me filtra interminavelmente
Nas suas experiências
E explica o sentido vital do imperceptível.
A dúvida metódica é o preconceito
Que me impede de ver a total luminosidade do amor.
Talvez o ar que me alimenta
Seja o que serviu aos desesperados suicidas
E meu pensamento

Seja o último pensamento
Que caminhou no cérebro
De um enforcado desconhecido.
Tudo é certo quando vejo um pássaro,
Uma flor, uma fonte cantante.
A vaidade da lua, a pujança do sol,
Menos quando um sorriso nasce nos meus lábios.

DESTROÇOS

Fantasmas saltaram os muros do meu ser
E bruscamente laçaram minha alma.
Vestiram meu corpo com a mortalha do tempo
E coroaram minha cabeça
Com as sandálias rotas dos séculos
Açoitaram-me com as estrelas perdidas,
Desmancharam no pó minhas intenções
E sopraram ao vento maligno
Meus cabelos maduros na aflição.
Despregaram de mim a irmã gêmea, pura,
E ante meus olhos
Fizeram-na dançar obscenamente nua.
Na sarjeta da noite
Deixaram-me entre o sonho e a realidade.

CONHECIMENTO

Uma dor aguda é a substância da alegria
Tatuada no meu princípio.
Diante dos meus passos o invisível
Espera minha queda
E o caminho ficará marcado

Com o sangue dos meus joelhos.
A brisa que levanta o pó à boca das flores
Ficará ausente léguas
Dos meus cabelos ralos e velhos.
Inútil procurar as fontes para a minha sede
Porque minhas mãos se transformarão em ossos
No momento em que eu as aproximar dos meus lábios secos.
Ouvirei uma voz clamando pela chuva e pelo pão.
Experimentarei o conforto de uma companhia
Que jamais terei
Porque será minha própria voz de regresso aos meus ouvidos.
A noite cairá tão negra e tão profunda
Que cobrirá o caminho para meus pés
E para o movimento do meu último desespero.
Eu sentirei apenas a maldição sobre minha língua
Que derramou a palavra do pecado,
Sobre meus olhos que caluniaram a inocência da criança,
Sobre meu amor que implantou a desconfiança
Entre o pai e o filho.
O vento rejeitará o pó dos meus ossos
E a terra onde meu corpo cair
Ficará manchada e estéril
Como se nele tivessem derramado um cáustico.
Apenas os répteis saberão
Que, na madrugada, um charco se abriu
Junto à estrada real.

VASTO MUNDO

Pensamentos que se levantam
Como as estrelas nas estradas da noite.
E o sobrenatural cresce no silêncio dos movimentos
Indicando o eterno.

A lua revela os sofrimentos antigos,
Imagens se distorcem semelhantes a monstros
Projetados dos mais puros ideais.
A desagregação dos sonhos e do tempo
Escorre sobre o olhar parado e sem desejos
Enquanto um grito se alonga na extensão da alma
Procurando abafar as sombras inquietas.
Num alvoroço, as forças quase extintas
Procuram caminhos para entoar débil melodia
Que à presença do pensamento
Se dispersam para voltar ao passado nulo.
A solidão cada vez mais se amplia
À medida que as estrelas crescem no caminhar da noite.

O COMPANHEIRO

E assim ficaremos na eternidade do momento.
Com tua boca próxima ao meu ouvido
Contar-me-ás o que viste nos séculos passados
Sem deixar que um estremecimento
Interrompa minha quietude luminosa.
E em teu rosto erguido para a lua
Eu poderei ler o que a noite escreveu
Na tua face perdida.
A brisa enviada pelas estrelas
Não terá o frescor do teu hálito
Nem o movimento das águas
Será mais harmonioso
Que o das tuas palavras ondulando no espaço.
Falarás das tristezas passadas
E saberemos que foi como o dilúvio que purificou a terra.
Ficaremos livres das recordações,
Livres das fronteiras do tempo,
Livres para caminharmos na eternidade do momento

Para as claras superfícies
Onde brotam os lírios sob a neblina das grandiosas manhãs.

O IGNORANTE

Se conhecesses a respiração da terra dormida
Dentro da noite
Te recordarias de mim
E sentirias minha presença
Como as vestes que cobrem teu corpo.
Se conhecesses a brisa que vem das altas estrelas
Roçando tua face
Te recordarias dos frêmitos
Que minha cabeleira provoca em teu peito
Balançando-se carinhosamente
Como uma grande mão.
Se sentisses com a alma o perfume das magnólias
Nos jardins abandonados
Pensarias nos meus seios abertos
Na árvore do teu corpo.
E se percebesses a sinuosidade das águas
Moldando a orla dos caminhos
Dirias que minhas pernas
Vieram de praias intocadas onde te banhas.
E se pudesses ouvir o ruído dos insetos
Atraídos pelas flores dos vales dormidos no tempo
Sentirias o pensamento deslocar-se da tua forma
E pousar na minha boca!

O CANCIONEIRO

Escuto a tua canção
Que me envolve no adormecimento,

Que abranda a minha vida
E até meu pensamento.
Cantas claro, alegre, firme,
Pareces o vento correndo
Silvando na madrugada
Atrás das flores agrestes
E da terra perfumada.
Escuto a tua canção
Como um mar de esquecimento.
Não quero saber se existo,
Se há tempo, eternidade,
Ou se tu és um momento.
Canta que esta canção
Só me pode fazer bem.
Assim cantava minha alma
Com a boca do coração
Quando a vida amedrontou-a
E ela calou-se também.

POEMA A TI

Quero te amar
Com a ternura mansa da esperança adolescente.
Com a simplicidade das flores
Que nascem e morrem
Sem nunca serem vistas.
Com o mesmo ímpeto imprevisível
Dos pássaros que tombam
Após descreverem no espaço o círculo da morte.
Com a fúria da sede ardente do solo
Ao receber as primeiras gotas das chuvas de verão.
Com a fartura dos ventos
Que transportam pelas madrugadas

O dulcíssimo odor das raízes e resinas.
Quero te amar
Com a inquietação cantante dos rios
Acariciando levemente a fímbria das margens.
Com a alegria surda e pura das nascentes
Abrindo caminho para o sol,
Entre o húmus e os gravetos.
Quero te amar
Com o mesmo orgulho da árvore
Ostentando o primeiro fruto.
Com todo o êxtase e vertigem
Da alma caída de amor.
Com a tenebrosa força do estático silêncio
Dos grandes momentos
Que precedem os acontecimentos definitivos
Quero te amar e te amarei
Com a mesma grandiosidade espetacular da vida
E a mesma intensidade atraente
Dos abismos da morte.

CONSENTIMENTO

Deixarei que tua ternura
Seja uma estrela guiando-me
Na planície escura e silenciosa.
Deixarei num consentimento de prazer
Que meus sentidos se intumesçam
Na ideia de que sentirei novamente
Tuas mãos fortes
Triturando meus ombros frágeis.
Deixarei que muitas luas passem
E muitas chuvas despertem novas colheitas
Porque a memória de tua boca morna

Sorvendo minha alma
No mais profundo beijo
Aliviará então a angústia dessa ausência
E me devolverá a certeza da reconquista.
Deixarei sem um gesto de tristeza
Que os acontecimentos maus cheguem a seu tempo
Porque haverá um dia
Em que levantarás em mim
Todas as ressonâncias adormecidas,
Escreverás na minha existência
Todos os incertos poemas escondidos
Quando eu fluir selvagemente
Ao contato do teu corpo bem-amado.

O ENCONTRO

Mulheres, fitai-me,
Pois o mundo irrompe em mim
Como uma enorme enchente.
As flores vicejam em meu corpo
Como nos campos as sementes regadas pelas chuvas.
Fitai-me com a trêmula emoção
Dos olhos surpreendidos
Com a visão de um cometa.
Olhai-me, mulheres distraídas,
Pois cortadas foram as minhas cadeias,
Conheço todos os lugares
E os mais fantásticos reinos.
Minha espada forjada foi
E pronto está o cavalo alado
No qual visitarei os ventos sudoestes
Em suas moradas.
Fitai-me, mulheres de todas as raças,

Fitai-me com a inquietante ansiedade
Dos que esperam emocionados
As plantas que florescem
De século em século.
Soltai vossas cabeleiras,
Preparai vossas brancas túnicas
E descalçai vossos pés
Pois o amado chegou
E eu passarei entre vós
Guiada pela sua mão
Latejando de amor,
Levando a cabeça erguida na coragem
E no orgulho de ser a escrava escolhida.

POEMA DA BUSCA

Ainda que estejas perdido de mim
Meu pensamento sairá à tua procura
Semelhante à raiz em busca de umidade.
Todas as manhãs olharei o sol de frente
E ele será o mensageiro do meu calor,
E à noite, a lua
Te entregará em sua luz
Toda a minha grande ternura.
Caminharás sob desconhecidos céus
E eu estarei como um cometa
Mostrando-te o caminho do meu corpo.
Avançando nos desertos
Pensarás ouvir a música das constelações
Mas será o correio do vento
Entregando aos teus ouvidos
Minha voz dizendo teu nome.
Sobre tua cabeça voarão grandes pássaros brancos:

Serão minhas mãos livrando-te das inquietações.
Uma hora depois do nosso encontro
Começarás a compreender a beleza
Da chuva sobre as primeiras rosas
E saberás por que o perfume tornou-se mais delicioso.
Então construirás sem tardar tua sepultura
Porque nenhum bálsamo
Aliviará o sofrimento da minha partida.
Eu me transformarei num pássaro de beleza rara
E voltarei às matas impenetráveis
Levando teu pranto e nostalgia
Para as virgens amplidões
Como um anúncio do amor eterno.

SEMELHANÇA

A luz do dia
É como a tua figura ardente e magnífica.
O calor dos teus braços
E a luminosidade da tua presença
Recordam o sol
Queimando as campinas verdejantes.
O movimento do oceano
Lembra os ímpetos incontidos do teu amor
Onde eu era o náufrago voluntário.
A brisa leve sobre as folhas
Recorda as palavras de tua boca junto aos meus ouvidos
Levantando os meus sentidos inconscientes.
O grande silêncio das matas
É o mesmo silêncio que nos esmagou
Quando os nossos olhos se encontraram.

PEDIDO

Inclina teu pensamento sobre minha alma,
Aquece minha solidão com tua voz
E movimenta meu universo parado
Com o andar dos teus olhos
Sobre meu rosto lívido.
Ilumina minhas trevas com tua presença,
Pousa tua mão sobre minha cabeça tombada
E fica assim um momento apenas
Para que a recordação
Auxilie a atravessar os dias secos
Que ainda me restam a vencer.

PRESENÇA INCONFUNDÍVEL

Em tudo
Conheço tua presença
Porque na espessa escuridão que me cerca
Uma garoa de luz
Indica o rumo do meu olhar,
Porque o perfume de tua existência
Absorve a voz dos jasmins e das raízes antigas,
Porque o vento canta
O que os pássaros desconhecem,
Porque tua lembrança
Entra pelas fendas da minha vida
Como a música triste e sensual dos conventos.
Em tudo
Conheço e sinto tua presença
Porque a boca da minha alma
Beijou com amor o meu corpo
E todas as distâncias diminuíram.

EU TE AMO

Pelos pensamentos largados
Dentro da noite silenciosa,
Pela friagem das madrugadas
Que alivia o trepidar de meu coração
E seca o suor de minha face
Eu te amo.
Pela compressão de minha alma
Contra a parede frágil de meu corpo,
Pela umidade dos meus olhos,
Recordando tua presença
Eu te amo.
Pelo cheiro do pó,
Da resina das florestas,
Pelo estalar das raízes em movimento,
Pelos rastros apagados das estradas cansadas,
Pelos troncos vigorosos das árvores
Que dão aos meus olhos a forma do teu corpo,
Pelo cantar das águas
Que lembram tua voz
Eu te amo.
Pelas distâncias perdidas das estrelas,
Pelos oceanos que estão crescendo
Às costas do universo,
Pelas nuvens que estão deitadas no ninho das montanhas
Eu te amo.
Por tudo que não alcancei,
Pelo movimento imperceptível de tua alma
Que eu perdi,
Pelo instante de profundo amor
Que deixaste passar sem recolher,
Pelas vezes incontáveis
Em que meus sentidos absorveram tua existência

Esquecendo a minha
Eu te amo.
Por tudo que vem da Unidade,
Por tudo que a ela voltará,
Por todas as sombras da morte,
Por todas as luzes da vida,
Pelas lágrimas tranquilas
Que lavarão meus olhos de outras imagens,
Pelas palavras de amor
Que estão crescendo sob minha língua
Eu te amo.
Pelas quedas de minha alma
Quando te elevou acima do Senhor,
Pela renúncia de te ver passar
Sem um chamado
E sentir que a cada um dos teus passos
Meu coração gritava por ti
Eu te amo.
Pelo tempo semeado nos desertos do mundo,
Pela beleza e plenitude
Vindas da fonte inicial
E que em teu ser estão depositadas,
Pelo ventre que te acolheu,
Pela mão que te abençoou,
Pela primeira dor que te magoou,
Pela primeira alegria que te estremeceu
Eu te amo.
Por tudo que esqueci de ser,
Por tudo que jamais serei,
Pela mão sombria
Que virá um dia apagar minhas pupilas mortiças
Eu te amo.
E por tudo
E acima de tudo
Eu te amo.

PEDIDO

Vem, amado,
E aproveita o que ainda pode se erguer
Sob a tua palavra e o teu olhar.
Segura minha cabeça madura de silêncios
E afaga minha fronte morna de inquietações.
Desenha com teus dedos
Os contornos de minha face perdida
E cobre com tua mão
Minhas pupilas gastas na paisagem de aflições.
Pronuncia meu nome muitas vezes,
Tantas vezes, até acordar minha alma
Com a ternura emocionante de tua voz.
Cobre-me com teus braços,
Respira sobre meus cabelos.
Deixa que meus ouvidos colados ao teu peito
Ouçam o rumor de teu sangue caminhando em teu corpo.
Acolhe-me, projeta-me, enlaça-me com teu cansaço e teu amor
Para que eu, oculta na tua sombra,
Recupere a doçura da vida
E salte com a leveza da brisa matinal
Os sete abismos da Morte.

POEMA CASTO

Sobre a planície do meu corpo
O amado fez cair o pólen das flores
Retidas no jardim das delícias
E eu vicejei em música e harmonia.
Em meu rosto resplandeceu
A doçura adolescente de menina
E meus olhos perderam a visão do pecado.

O amado tocou-me com sua mão
E minhas pupilas tomaram a frescura úmida
Das noites profundas deitadas sobre as nascentes.
Seu hálito aqueceu minha fonte
E meus cabelos caíram dóceis sobre meus ombros
Como a relva cobrindo os caminhos gastos.
O amado mostrou-me a estrada que vai à sua morada
E eu antevi a morte pulverizando meu ser
Nesse glorioso encontro de amor.

APARIÇÃO

Tu vieste em minha vida
Como o cheiro da terra chovida
Que se eleva qual um cântico
Da boca das coisas insignificantes.
Chegaste em meu pensamento
Como o silêncio do Senhor
Que amadurece a existência
Com a palavra justa
E derrama a doçura
No olhar sem fixação.
Tocaste em meus sentidos
Para que minha língua
Contasse na aurora de todos os mundos
A presença inesgotável do amor
Sobre as sete mortes
Que caminham sobre meu corpo
Durante a marcha do sol
E o andar da lua.
Arrancaste o manto de trevas que me vestia
Como uma lâmpada imensa
Rasgando as densas nuvens

E clareando o ninho
Da Via Láctea do meu espírito.
Fizeste brotar a nascente da minha finalidade
E agora, como as águas cantantes de um rio,
Vai minha alma pelas margens do tempo
Anunciando que o meu amor é a eternidade
No qual teu menor pensamento
E teu menor gesto
Se dilatarão em meu ser
Como a luz crescente das madrugadas
Sobre a escuridão do meu universo.

POEMA DA AMANTE

Eu te amo
Antes e depois de todos os acontecimentos,
Na profunda imensidade do vazio
E a cada lágrima dos meus pensamentos.
Eu te amo
Em todos os ventos que cantam,
Em todas as sombras que choram,
Na extensão infinita dos tempos
Até a região onde os silêncios moram.
Eu te amo
Em todas as transformações da vida,
Em todos os caminhos do medo,
Na angústia da vontade perdida
E na dor que se veste em segredo.
Eu te amo
Em tudo que estás presente,
No olhar dos astros que te alcançam
E em tudo que ainda estás ausente.
Eu te amo

Desde a criação das águas,
Desde a ideia do fogo
E antes do primeiro riso e da primeira mágoa.
Eu te amo perdidamente
Desde a grande nebulosa
Até depois que o universo cair sobre mim
Suavemente.

A PRESENÇA DO AMADO

Eu te bendigo
Todas as vezes que teu olhar
Cai sobre minha face,
Sempre que tua língua se movimenta
Articulando meu nome,
Todas as vezes que ouço teu beijo
Crescendo dentro de mim.
Eu te bendigo
Sempre que levas contigo
Todos os meus sentidos
E com tua presença
Me imobilizas numa timidez de serva.
Eu te bendigo
Porque colheste com tua existência
A imensidade íntima
Das minhas infinitas noites de insônia.
Eu te bendigo
Acima do tempo presente, do tempo passado
E do tempo ausente
No uivo do vento,
Na largura do firmamento,
No brilho das estrelas,

Na brancura fria da lua sobre as campinas em sono,
Na doçura das gotas da chuva,
Na plumagem dos pássaros,
Na flexibilidade dos peixes,
Nos ritmos do sol,
Na placidez das sombras
E em todas as manifestações do universo.
Eu te bendigo
Pela revelação de tanto amor
Escondido e parado no meu ser desde o meu nascimento.
Eu te bendigo e te agradeço
Por me teres tomado e escolhido.

CARTA DE AMOR

Agora,
Que deixei pregado nas paredes da noite
O teu perfil bem-amado
E voltei para a minha solidão
Com a alma intumescida pela tua presença,
Agora,
Que ouço no silêncio das horas
A canção inebriante da tua voz,
Agora,
Que minhas mãos
Não têm mais a distância da vontade
Para modelar com amor
Tua fronte altiva e triste,
Agora,
Que te vejo partir
Para onde a vida te chama
Quando de mim a morte se aproxima,

Agora,
Nesta hora de seco desespero,
Neste instante de quieto sofrimento
Em que minha alma fecha a boca,
Dissolve todos os ruídos
E tomba a fronte no regaço de tua existência
É que eu sinto o quanto te pertenço.
Agora,
Que o medo de um dia te perder
Esmaece cruelmente tua forma em minha memória
E a angústia cega os olhos do meu pensamento
Fazendo-me experimentar
A intranquilidade e a dor
É que eu sinto quanto sou tua,
Quanto sou pequena
Para tão grande amor.

REPOUSO

Dá-me tua mão
E eu te levarei aos campos musicados pela canção das colheitas
Cheguemos antes que os pássaros nos disputem os frutos,
Antes que os insetos se alimentem das folhas entreabertas.
Dá-me tua mão
E eu te levarei a gozar a alegria do solo agradecido,
Te darei por leito a terra amiga
E repousarei tua cabeça envelhecida
Na relva silenciosa dos campos.
Nada te perguntarei,
Apenas ouvirás o cantar das águas adolescentes
E as palavras do meu olhar sobre tua face muito amada.

OFERTA

Desatar o pensamento
Sobre a certeza inconfundível e clara
Da exatidão do silêncio que nos cobre.
Transpor serenamente
A fronteira do aniquilamento total
E cair altivamente nas garras da opressão
Que nos mastiga e lentamente nos dissolve
No tédio sem dimensão.
Decapitar de um só golpe
Os ímpetos de ódio ou as alegrias vãs
Com a lógica irrefutável do provisório.
Rebuscar atentamente o que nos resta
Ainda não poluído pela fraqueza ou a revolta
E como a flor nascida nas ruínas
Oferecer com um olhar de amor
À criança desconhecida que passa
Sem guia nem proteção.

AFOGAMENTO

Na solidão indivisível
Cresce o galope vitorioso
Do pensamento em turbilhão.
Cai a fronte sobre o peito
Onde a angústia corre
Como as águas de um rio apressado.
Uma luz aturdida dentro da noite
Procura o sombrio das pedras
E as constelações se juntam
Unificando as marcações da amplidão.

O vento empurra para o largo do oceano
A cabeça da vida
E as águas sobem como as marés incontidas,
Cobrem a sua cabeleira verde e vermelha
Que fica balançando como algas entre as mãos do tempo perdido
Até que a força das correntes contrárias
A transforme em ar salino e pegajoso.

PRECE

Senhor, Pai dos leprosos,
Purificai meu espírito
Para que eu seja digna de Vos pedir auxílio
Quando o pavor torcer minha alma.
Alvejai minhas mãos
Para que eu possa cruzá-las sobre meu peito
Como o símbolo da Vossa redenção.
Banhai minha língua
Que se dirigiu pelo rancor e a malquerença,
Adormecei-a com o silêncio da véspera da Criação
E que ela só se acorde
Tocada pela fonte do coração.
Purificai meus ouvidos
Das mentiras e banalidades
Que serviram em muitos momentos
Como contravenenos da minha introspecção,
Para que unicamente eles recebam
Vosso perdão trazido nos ventos.
Senhor, Pai dos leprosos,
Esvaziai meus olhos
Contaminados dos gestos degradados que marcaram minha alma
E então possa eu, Senhor das nebulosas,

Atingindo a pureza e a humildade da gota d'água,
Levantar os olhos para a estrela
Que calça Vossos Pés.

NOVA MENSAGEM DE AMOR

Eu te amo
Além da solidão onde flutuam
As raízes da minha consciência,
Antes das sombras milenares
Onde a origem do meu corpo
Se perde na eclosão da nostalgia,
Antes do gesto que espreita o pensamento
E muito antes da vigília que se estende
Sobre os ventos incriados.
Eu te amo
Além do limite onde o mundo oscila
Entre as profundezas da renúncia que clama
E a decomposição do acontecimento perdido.
Eu te amo
Além da realidade que desce violenta
Pelas águas da morte,
Antes do aparecimento dos espectros
Que devoram a metamorfose das coisas
E dissolvem a fixação dos tempos.
Eu te amo
Nas palavras que nascem entre o pensamento e o olhar,
Antes do escuro da noite
E além do aniquilamento
Que ameaça a Criação.
Eu te amo
Acima de todos os remorsos,
De todas as bondades

E de todas as vidas,
Além do espírito invisível de Deus
Que passa sobre o universo
Como um vento de tormenta
A caminho dos redutos da Eternidade.
E ainda proclamo
Que além da transfusão da vida com a morte,
Sob o peso de todas as angústias
Eu te amo.

POEMA DA SOLIDÃO

Eu estava com minha angústia,
Com a dolorosa angústia
Das feridas quietas mas profundas.
Eu estava com meu tédio,
Com o infinito tédio
Da cristalização da vontade.
Estava com meu pranto,
Pranto repleto de lágrimas amargas
Num crepúsculo rápido e intenso
Que aviva tão dolorosamente as ausências.
Eu estava isolada
Como uma voz escondida
Atrás de um fatal pressentimento.

POEMA DE NATAL

Abençoada Noite
Em que tudo se cala,
Em que os ventos se desatam dos velhos rumos
E uma estranha e doce paz

Envolve uma infância que volta,
Na forma da mais pura canção.
Abençoada Noite
Que apaga nossa memória
Dos sentimentos destruídos,
Faz descer a quietude
Sobre nossos constantes temores
E distancia os pressentimentos amargos
Que respiram nas palavras sem som.
Abençoada Noite
Que concede a graça de reverdecer o velho encantamento
Como a chuva sobre a relva queimada pelo fogo.
Abençoada Noite
Que na sua grandeza de amor
Se dilata para receber os nossos claros desejos
E as nossas santas lágrimas.
Abençoada sempre
Porque nos traz de regresso
Às paisagens límpidas e sem remorsos,
Nos aproxima da alegria alheia,
Rompe com seu cântico divino
A silenciosa vastidão do solo condenado
E faz crescer nas almas desmaiadas
A esperança com o vigor da inspiração.
Abençoada Noite
Que oferece ao coração da humanidade
Violada e alquebrada
A grandeza eterna da Poesia.

POEMA DA MULHER RECUPERADA

Tu te aproximaste de mim
E eu senti que fui tocada

Com aquele mistério grandioso
Que há no âmago da criação.
Vieste devolvendo ao Senhor
O fluxo de doçura e plenitude
Que d'Ele emana.
Trouxeste à minha descolorida existência
A beleza, a força eternamente fresca
Que habita nas águas recém-nascidas,
Nos ventos após o sol
E na canção da luz matinal.
Tu vieste quando a estrada era o infinito,
Quando a sede vivia
Na boca de minha alma
E quando as mãos da morte
Haviam lançado suas sombras
Sobre a minha vontade.
Quando me tocaste
Eu senti no meu coração
O manancial de ternuras desconhecidas
Que te serão ofertadas indefinidamente
Com o mais amplo e livre amor.
Tu vieste e me transformaste na aurora perfeita,
Em que minha vida se fundirá
Com toda a Vida
E, sem saber, tomaste em mim
Conhecimento da tua própria finalidade.

A CANÇÃO DA ETERNIDADE

Como a pena que brota no coração
Fendido pela discórdia e a injúria,
Como o perfume que anseia
E palpita na flor em botão,

Como a brisa matinal
Que surpreende o desejo nos sonhos,
Como a canção do mar
Que se harmoniza no movimento das ondas,
Como a profunda quietude sensual
Que habita a nave das igrejas,
Como o caminho escondido das asas dos pássaros, do fogo das estrelas
E das florescências passageiras,
Assim é a plenitude do meu amor.
Como o verme que se alimenta
Do fruto onde nasceu,
Da criança que encontra a mãe
No momento em que abandona
O ventre que a concebeu,
Como a nuvem impelida pelos ventos inesperados,
Como as margens que absorvem o hálito
Dos rios ofegantes,
Como o pensamento que se enche
Nas fontes ocultas dos sentidos,
Como a seiva da vida
Alimentando a árvore do tempo,
Assim é a beleza do meu amor.
Como as vozes dormidas há séculos
Nas sombras irreveladas do olhar,
Como as horas que esperam pelas estrelas
Nas dobras frias da noite,
Como a cabeça descoberta
Que recebe as primeiras bênçãos do dia,
Como as preces dirigidas à escuridão
Num céu desolado de esperanças perdidas,
Assim é o meu amor.
E até que meu corpo se confunda com o do amado
Nas águas subterrâneas do tempo
Meu espírito entoará pelos espaços intransponíveis

A canção da eternidade
Nascida na grandiosidade do meu amor.

A VIDENTE

Só eu sei
O movimento justo em que nasce o teu mais secreto desejo,
As intenções dos teus passos
Quando ainda não adivinhaste
As estradas penosas e causticantes.
É a minha alma que avisa com um grito
Teu olhar desprevenido
Antes do acontecimento imprevisto.
Só eu sei
O instante em que a revelação
Espanta teus sentidos
E aviva as chagas dos teus propósitos sacrificados.
Só eu ouço
O ruído que borbulha no teu universo sufocado
Revolvendo o teu destino no espaço das estrelas.
Sei de tudo que tua vontade movimenta,
Tudo que ela destrói e ressuscita
Na penumbra dos teus silêncios.
Só eu vejo
Quando a face da tua alma
É envolvida pela desolação
E quando germinam tempestades no teu coração.
Porque te amo com a extensão dos ventos
E a velocidade da luz que varrem o universo.
Só eu sei
Quando o sofrimento ou o prazer
Correm como um arrepio
No corpo da tua vida
Impregnada de beleza e harmonia.

A ALUCINADA

Eu te quero agora,
Neste momento,
Com todo o volume de amor e ternura
Que está flutuando nos meus sentidos e no meu pensamento.
É um desejo forte como um grito
Lançado no extremo limite
Onde o abismo se abre no infinito.
É sem fronteiras
Como a largura ilimitada das distâncias
Em que a essência se perde no vazio.
Eu te quero agora,
Neste momento,
Como a boca sôfrega
Esmagando o fruto maduro
Colhido na rama em crescimento.
Eu te quero agora,
Neste momento,
Como o uivo do tenebroso vento
Que assalta o teto tranquilo
Onde se abriga em repouso o pensamento.
Eu te quero,
Te procuro neste momento,
Como a ânsia da orelha
Espreitando no silêncio das sombras
O irromper do movimento.
Eu te quero agora
Com os sentidos transtornados,
Com a mesma violência da revolta
Que se deita muda
Nos corpos violados.
Eu te quero neste momento
Com todo o amor da alma em tumulto

E em cego desespero.
Eu te quero agora
Esmagada e sofrendo
Com a mesma alucinação dos que adoram a vida
E estão morrendo.

O DISTRAÍDO

Falei de nós dois
Ao rumor negro das florestas
E minhas palavras de amor
Transformaram a violência do vento
Em doce brisa sobre as ramas.
Falei de nós dois
Junto à boca da noite escura
E as estrelas brotaram
Orvalhando o infinito.
Falei de nós dois
Ao ouvido do oceano
E a canção dos peixes
Apagou o rancor das ondas.
Falei de nós dois
À porta da primavera
E o sol abriu as flores em perfume
E cobriu as searas prometidas.
Falei de nós dois
No ventre da terra
E o solo cobriu-se de húmus
Palpitante como o sexo em desejo.
Falei de nós dois
À morte
E ela tornou-se meiga e suave
Como a noiva junto ao altar.

Falei de nós dois a ti
E não ouviste.
Olhaste vagamente uma rosa desfolhada
E sorriste.

A COMPANHEIRA

Eu quero estar na equação de tua existência
Como as visões da tua mocidade sem remorsos,
Como as recordações gravadas sem o pranto
E como nos gestos grandiosos
Rabiscados em teus tímidos silêncios.
Eu quero estar dentro da tua carne
Como as cicatrizes heroicas,
Assim como na tua forma
Está em traços a face do teu primeiro filho.
Eu quero estar dentro de tua alma
Como a solidão incolor das esperas
Antes de todos os presságios.
Quero estar em teu pensamento
Presente em todas as horas do tempo
Levantando-se como uma torre em sentinela
No abandono de uma velha praça.
Eu quero estar em tua essência
Como o contorno vago de uma forma em gestação,
Como o imperceptível tremor do entendimento
Marginando os sonhos trágicos.
Eu quero estar em teu pressentimento
Para acolher sem que percebas
As lágrimas que brotarão
Por um agudo sofrimento.
Eu quero estar na pupila de tua alma
Como uma pálpebra carinhosa
Antecedendo a todas as paisagens previstas e imaginadas.

AS FRONTEIRAS DA QUARTA DIMENSÃO

CANTOS DE ANGÚSTIA

(1948)

SÍMBOLOS

Venho das areias ainda cobertas pelos mares
E do ventre da pura terra molhada.
Venho da semente que ainda será fruto
E da borbulha que ainda é a transpiração da pedra
Que chamarão de nascente.
Venho das paisagens onde a brisa
Ainda não acariciou as sombras da tarde
E dos desertos onde as estrelas ainda não cresceram.
Venho dos horizontes que a imaginação ainda não alcançou
E das nuvens que a chuva
Ainda não engravidou.
Venho dos povos que ainda não sorriram
E das flores que ainda estão incertas
Das suas formas e das suas cores.
Venho dos tempos imemoriais impossíveis de serem fixados
E trago marcadas na minha fronte
As forças do amor e da lágrima
Num símbolo em cores
Onde os poetas e os pintores
Ensinarão à humanidade
O sentimento do mundo
E da absoluta unidade.

[México, 1945]

A PAISAGEM QUE INUNDOU MINHA ALMA

Eu o vi uma noite
E recordei-me dos pastores que repetem em suas flautas
O cântico dos rios e do vento sobre as campinas floridas.
Eu o vi uma noite
E recordei-me dos vales silenciosos

Que recebem o perfume da terra em movimento
E o orvalho das madrugadas fecundadas.
Eu o vi uma noite
E recordei-me das raízes das grandes árvores
Que possuem o húmus que rebenta o grão novo
E senti que seus braços
Como as carinhosas ramas
Guardavam a essência pura e forte do subsolo
Para oferecer os frutos ao pássaro faminto
E aquecê-lo em seu seio depois das tempestades.
Eu o vi uma noite
E recordei-me da chuva de estrelas
Derramada da constelação de Perseu
Sobre os povos vencidos nas batalhas.
Eu o vi uma noite
E lembrei-me do fogo
Que revigora as mãos frias nos grandes invernos.
Eu o vi uma noite
E recordei-me das bocas que morrem entreabertas
Esperando o calor violento de outra boca
Para inundar o pensamento seco
E refrescar a alma de ternura
Como o orvalho caindo sobre os rosais em botão.
Eu o vi uma noite
E minha alma se intumesceu
Diante da paisagem que meus olhos cobriram.

POBREZA

O manto de linho tecido para a minha infância
Ao lavá-lo ao rio
A corrente o levou.
O manto de seda tecido para a minha adolescência

Ao mostrá-lo ao sol
O vento o levou.
O manto de lã tecido para a minha morte
Ao aquecê-lo ao fogo
A chama o queimou.

[México, 1945]

ISOLAMENTO

Impossível será recolher no meu olhar
As constelações que se abrem na noite
Se minhas pupilas não encontram o caminho do céu.
Jamais poderei aspirar o perfume dos lírios
Porque a terra pisada pelos meus pés
Secou as raízes que deviam florescer
E não poderei recolher as rosas desabrochadas no silêncio da madrugada
Porque ao contato de meus dedos
Elas se desfolham com um movimento de morte.
Sentir o gosto do fruto maduro
Não me é dado saber
Pois que ao mordê-lo já está
Em vermes transformado.
Onde encontrar as límpidas cascatas
Para banhar meu corpo exausto
Se ao rumor dos meus passos
As águas se recolhem nas pedras
E só há lama nas vazantes?
Impossível esperar a madrugada da ressurreição
Porque todos os momentos a chegar
Já estão integrados no passado
E a inquietação pousada na ideia do meu ser
É como o perfume nas rosas
Que hão de desabrochar
A cada sol e a cada orvalho que desça.

POEMA DO DESALENTO

Como o silêncio depois das grandes lágrimas
A nostalgia cobriu os desejos de transformações
Que se realizam fora do espaço e do tempo.
Os destinos foram pressentidos brincando de roda
Como as crianças das ruas pobres.
Tu falaste, amigo, da alegria,
Como se todos os instantes fossem belos e originais
E eu não quis despertar o sono do teu pensamento
Porque necessitava ouvir os contos fantásticos
Que não chegaram para a minha infância.
Eu deixei que falasses sobre a música e o perfume
Que inunda o universo.
Eu não quis cerrar a janela
Por onde entrava o sol
Que aqueceria meu corpo.
Eu já sentia meus pés mortos e frios.

PAISAGEM

Restam em meus olhos
Séculos de planícies áridas
E o vento ríspido que trouxe as lamentações
Das sombras agitadas
Sobre os pântanos desconhecidos.
Distantes estão os caminhos
Onde eu encontraria a suprema fraqueza
Para vergar meus joelhos
E deitar no pó minha boca moribunda.
Invisíveis estão as estrelas
Que me levariam a contemplar os céus abençoados
E os espaços sem medida

Onde a música da noite
É livre sobre os pensamentos em sono.
Desconhecida para mim a praia onde eu me deitaria
De olhos cerrados e sentiria
O último movimento da onda
Balançar meus pés
Como as algas sem direção,
Como os detritos rejeitados pela pureza do mar.
Restam dentro da minha sombra
Fragmentos de agitações de outras vidas
Plantadas no meu grito de revolta
Que eu não libertarei
Até que no deserto universal
A flor de um cardo movimente
A paisagem silenciosa.

SONOLÊNCIA

Cerrei brandamente as pálpebras
Para a paisagem que rodava sobre os instantes.
E na escuridão imposta aos meus olhos
Fiquei com as imagens e as vozes
Aumentando o volume dos meus sentidos.
Vi bocas intumescidas com as palavras de amor
Transformadas rapidamente em orquídeas roxas.
Ouvi um riso de criança feliz
Vindo do coração do homem encanecido.
Um ruído de correntes subia pelas minhas veias
E as minhas têmporas pulsavam com violência
De encontro às sombras desenhadas nas minhas órbitas.
Um mundo estranho de pensamentos em formas humanas
Corria na distância infinita
Que separa substancialmente todas as coisas.

A impetuosa curiosidade de desvendar o reino do silêncio
Veio da fadiga do meu próprio corpo
Nascida do prazer do efêmero
Para a transformação do eterno.
Num alto muro branco
Desenhado ficou o perfil dos meus amigos.
Há música dentro dos meus olhos.
Música nas lágrimas que nunca descerão pela minha face.
Lágrimas retidas que se vêm infiltrando nas minhas carnes
Para deturpar lentamente os contornos do meu rosto
Que eu chamarei de velhice.
Grades cor de fogo mancham a escuridão das minhas pálpebras,
Um forte desejo de permanecer imóvel
De olhos cerrados mesmo que esse mundo
Que rola sob minhas pupilas
Faça o espírito sangrar de inquietação.
Tenho medo de abrir os olhos
E me encontrar só,
Mortalmente só.

POEMA DO DESCONSOLO

Neste instante eu poderia falar
Dos pensamentos mais tristes,
Das alegrias mais humilhantes,
Das renúncias mais inúteis,
Da solidão mais imóvel
E do desconsolo mais surdo que o da agonia.
Eu poderia falar das lamentações
Escondidas na treva da palavra,
Na melancolia que separa os desejos do amor.
Do cansaço maior
Do que aquele que ronda os corpos moribundos,

Adalgisa Nery no quintal da casa de seu amigo, o pintor Candido Portinari, no bairro Cosme Velho, Rio de Janeiro, 1943. Musa de várias faces, Adalgisa transitou entre a literatura, o jornalismo e a política, sempre mantendo a firmeza de seus posicionamentos.
© Projeto Portinari

A menina Adalgisa Maria Feliciana Noel Cancela Ferreira aos dois anos e dois meses, 1907.
Acervo Adalgisa Nery

Aos quinze anos, Adalgisa já era próxima de Ismael Nery, seu vizinho, futuro marido e proeminente artista. À direita, Ismael em retrato de 1931.
Acervo Adalgisa Nery

Ismael e Adalgisa se casaram em 1922, ela então com dezesseis, e ele, com dezoito anos. O vestido de noiva foi desenhado por Ismael.

Com o casamento, a poeta conheceu diversos artistas brasileiros e estrangeiros, além de ter contato com movimentos artísticos.
Acervo Adalgisa Nery

Dos sete filhos do casal, apenas dois sobreviveram: Ivan, o primogênito, e Emmanuel, o caçula. Aqui, Adalgisa foi retratada com eles no carnaval de 1933.
Acervo Adalgisa Nery

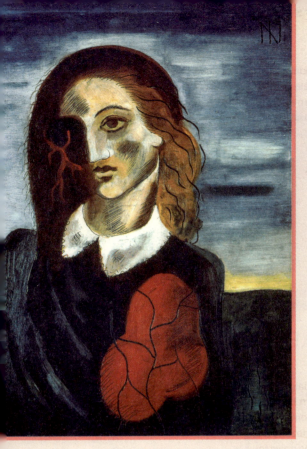

Musa das principais pinturas de Ismael, Adalgisa surge nas telas expressionistas ou cubistas do pintor como um espelho do próprio artista.
Retrato de Adalgisa Nery, 1930
© Ismael Nery / Coleção Palácio Boa Vista
(Reprodução de Romulo Fialdini)

Na foto, Adalgisa visita Ismael no Sanatório de Corrêas, em Petrópolis, RJ, onde ele foi se tratar em razão da tuberculose, 1933.
Acervo Adalgisa Nery

"Poema operário" foi um de seus primeiros versos publicados em *O Jornal*, do Rio de Janeiro, em fevereiro de 1937, com ilustração de Tomás Santa Rosa. No mesmo ano, incentivada pelos amigos e poetas Carlos Drummond de Andrade, Jorge de Lima e Murilo Mendes, Adalgisa publicou seu livro de estreia, *Poemas*.

Reprodução de folha de rosto, *Poemas*, 1ª ed., Edições Pongetti e Livraria José Olympio Editora, 1937

O Jornal, 21 fev. 1937
© Ilustração Tomás Santa Rosa.
Acervo da Fundação Biblioteca Nacional

No ateliê de Portinari, 1937. Em sua constante busca por entendimento do mistério, Adalgisa apresentou um eu lírico que se desdobra em outros, e se metamorfoseia em elementos da natureza e em Deus.
© Projeto Portinari

Portinari também pintou e desenhou Adalgisa inúmeras vezes, após a morte de Ismael em 1934. Nas obras, ela é retratada com os olhos bem vivos e boca bem desenhada, semblante firme, destacando seu longo pescoço.
Retrato de Adalgisa Nery, 1937 © Candido Portinari / Coleção particular

Na residência dos Portinari, com Olga Portinari, Candido Portinari, Murilo Mendes, Cardosinho e José Jobim, 1937. Entre seus maiores incentivadores, estava Murilo Mendes. Em abril de 1938, Murilo publicou na revista *Lanterna Verde* o texto "À margem dos poemas de Adalgisa Nery", a respeito da estreia da amiga: "Poucos poetas atuais têm acentuado tão fortemente o antigo conflito entre o espírito e a matéria, a luta continua com as forças diabólicas."
© Projeto Portinari

Desenhos de Portinari ilustram o segundo livro de poemas, *A mulher ausente*, que marca uma mudança significativa em sua produção poética com o afastamento do amor carnal, abrindo mais espaço em seus versos para a "imaterialidade" do amor divino.
Reprodução de ilustração, p. 57. *A mulher ausente*, 1ª ed., Livraria José Olympio Editora, 1940
© Ilustração Candido Portinari

Vestida de preto, Adalgisa casou-se com Lourival Fontes, diretor-geral do Departamento de Imprensa e Propaganda de Getúlio Vargas, em 11 de maio de 1940. Com a nomeação de Lourival como embaixador, o casal passou a ter uma vida social ainda mais agitada. Residiram no Canadá, Estados Unidos e México, período em que Adalgisa conheceu Rufino Tamayo, Salvador Dalí, José Orozco, além do casal Diego Rivera e Frida Kahlo – de quem se tornou amiga. Frida dedicou a ela uma página de seu diário. Abaixo, Adalgisa é fotografada em um jantar entre Rufino Tamayo e Frida Kahlo, 1945.
Acervo Adalgisa Nery

Acervo Adalgisa Nery

Adalgisa posa com os retratos feitos por Portinari e Rivera, sem data.
Acervo Adalgisa Nery

Adalgisa sempre esteve cercada de amigos e admiradores. Em sua estreia, Manuel Bandeira a colocou na primeira fila dos poetas modernos do Brasil: "O acontecimento poético mais notável do ano passado foi a revelação de mais uma grande voz feminina na pessoa da Sra. Adalgisa Nery."

Adalgisa Nery, Manuel Bandeira e Ledo Ivo, sem data.
Acervo Adalgisa Nery

Ao lado de Drummond, sem data.
Acervo Adalgisa Nery

O poeta Raul Bopp, então diplomata, em Hollywood, Estados Unidos, ao lado da amiga Adalgisa Nery, 1944.
Acervo Adalgisa Nery

A década de 1940 foi muito profícua para a produção literária de Adalgisa, que ocupou lugar de destaque em áreas ainda hoje majoritariamente masculinas. Em 1943, publicou o livro *Ar do deserto*, dedicado a Lourival Fontes. *Cantos de angústia* veio em 1948, produzido em grande parte nos Estados Unidos e no México. Ambos foram publicados pela Livraria José Olympio Editora e contam com capa de Tomás Santa Rosa.

Já a antologia francesa de seus poemas *Au delà de toi*, foi editada, em 1952, pelas mãos do editor e poeta Pierre Seghers, grande promotor da cultura latino-americana na França.

No retrato, Adalgisa posa em traje de gala, 1942.

Reprodução de capa, *Ar do deserto*, 1ª ed., Livraria José Olympio Editora, 1943 Ilustração de capa © Tomás Santa Rosa

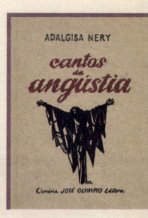

Reprodução de capa, *Cantos de angústia*, 1ª ed., Livraria José Olympio Editora, 1948 / Ilustração de capa © Tomás Santa Rosa

Reprodução de capa, *Au delà de toi*, 1ª ed., Pierre Seghers, Editéur, Paris, 1952

© José Medeiros / Instituto Moreira Salles

Gente

Adalgisa Nery

Uma mulher de personalidade. Já conheceu todas as circunstâncias boas e más da vida. Sua poesia caminha em círculos, falando muito em Deus, germinação, nascimento, ondas, cabelos, morte, vento, mãos, alma, fecundação. Nasceu de pai brasileiro, mãe portuguesa. Infância triste, privações e pobreza. Terminou os estudos na Sacre Coeur. Em 1922 casou com o pintor Ismael Nery, que faleceu. Dois filhos. Em 1934 casou com o sr. Lourival Fontes.

Adalgisa Nery sofre de insônia. A insônia faz parte da existência da poesia. O dormir pouco representa noite afora, lendo no seu quarto, um mundo de livros e de quadros, clima especial. As coisas caminham em círculos e as sensações vão progredindo para o campo da forma, do compasso branco e livre. No domingo que segue a noite sempre existe um poema de Adalgisa Nery nos suplementos literários. Dos poetas mais disputados pelos jornais; mas nunca aceita pagamento de suas colaborações. Tôdas as revistas literárias do mundo já falaram nela. Sua poesia é metafísica, é física, é própria, sofre influências, masculina, feminina, branco, verde solúvel, azul. As discussões aumentam à proporção que os críticos se aprofundam nas suas "subtilezas de extraordinária pessoa".

Mas, ao lado da fascinante personalidade da poetisa, existe a presença enorme da mulher bonita, da pessoa amável, do bate-papo salvador em noite de banquete oficial. Essa é a pessoa de sociedade, a Embaixatriz de tanto sucesso no exterior.

Adalgisa Nery não é bem dessas pessoas explicáveis com palavras de todo dia. Existe um tanto de mistério e outro tanto de compreensão. Uma sensibilidade enorme e um amor calmo, mas grandioso pelos irmãos todos, artistas e homens comuns. Essa sua maneira de ser sociável, simpática e manter o clima de artista e intelectual é algo que ela faz com facilidade e bom humor, sempre.

Da próxima vez que estiverem com a poetisa (ou a Embaixatriz) Adalgisa Nery que é Fontes, reparem no que digo. Um tanto de mistério e outro tanto de compreensão.

E confirmem o bom humor reinante.

Adalgisa era destaque na imprensa: "Sua poesia é metafísica, é própria, sofre influências, masculina, feminina, branco, verde solúvel, azul. As discussões aumentam à proporção que os críticos se aprofundam nas suas 'subtilezas de extraordinária pessoa'. [...] Adalgisa Nery não é bem dessas pessoas explicáveis com palavras de todo dia. Existe um tanto de mistério e outro tanto de compreensão. Uma sensibilidade enorme e um amor calmo, mas grandioso pelos irmãos todos, artistas e homens comuns."
Última Hora, 25 jun. 1951. Acervo da Fundação Biblioteca Nacional

No baile de gala do Theatro Municipal do Rio de Janeiro, 1928. A poeta está fantasiada de Atlântida – a lendária ilha que desapareceu sob as águas do oceano, cujo maior mistério, talvez, não seja saber se ela existiu ou não, mas o porquê de os homens continuarem à sua procura.
Acervo Adalgisa Nery

O casamento com Lourival Fontes acercou Adalgisa da vida política. Ela cativou bons relacionamentos com políticos como Getúlio Vargas, de quem se tornou apadrinhada. Além disso, a proximidade com o presidente a levava a ser um "escudo protetor" de alguns escritores e artistas perseguidos pelo Estado Novo. Na foto, Adalgisa aparece ao lado de Vargas, em jantar no Palácio do Itaboraí, Petrópolis, RJ, sem data.
Arquivo Getúlio Vargas, FGV CPDOC, GV foto 0047

Ao lado, trechos de bilhete de Adalgisa a Getúlio, enviado em 15 de maio de 1951, comentando a posição do meio literário frente ao governo federal.

"Sr. Presidente,

Perdoe V. Ex. a liberdade que tomo enviando esse bilhete. Mas acontece que o meu esposo, tido e falado como uma das grandes inteligências, anda um pouco fracativo para compreender certos assuntos [...]. [Mas com] uma palavra, um sorriso e às vezes com uma púa, a gente consegue ser ouvida. Daí nasceu esse artigo que junto para V. Excia ler. Acho criteriosa a sugestão. Tirando os tubarões da literatura, esses Álvaros Lins, medalhões instalados nas letras nacionais, há muitos escritores e artistas honestos, desinteressados, que gostariam de cooperar para anulação de certas fermentações que grupos interessados estão [procurando manter com a má-fé]. [Novamente peço desculpas a V. Excia. Por esse bilhete, mas sempre é uma] coisa diferente em meio do expediente que V. Excia. vai ler.

Com os respeitos de Adalgisa Nery"

Arquivo Getúlio Vargas, FGV CPDOC, GV c1951.05.15. Fls. 1, 3 e 6

Acervo Adalgisa Nery

Sua coluna "Retrato sem retoque" circulou de 1954 a 1966, no jornal *Última Hora*, de Samuel Wainer, e lhe trouxe ainda mais prestígio, o que fez deslanchar sua carreira política. Por conta de seus artigos combativos, surgiu uma inimizade com Assis Chateaubriand, dono dos Diários Associados, e, também, com a Marinha do Brasil. Na foto, Adalgisa com sua máquina de escrever, 1956.

Última Hora, 7 out. 1955. Arquivo Público do Estado de São Paulo

Adalgisa Nery no plenário do Palácio Tiradentes, Rio de Janeiro, então estado da Guanabara, 1961. Seu primeiro mandato (1960-1961) foi como deputada constituinte do estado da Guanabara pelo Partido Socialista Brasileiro (PSB) – convertido em mandato ordinário até 1962.

Acervo Adalgisa Nery

No parlamento, atuava em defesa de pautas da "esquerda democrática". Em discurso de posse, afirmou: "Sinto-me, por isso mesmo, muito bem comigo mesma, como não poderia sentir-me de outra forma sendo católica, **por isso mesmo** de esquerda." [destaque dela]

A carteira de deputada estadual, 1963, já filiada ao Partido Trabalhista Brasileiro (PTB).
Acervo Adalgisa Nery

Em congresso do PTB, na companhia de nomes como João Goulart, 1955.
Acervo Adalgisa Nery

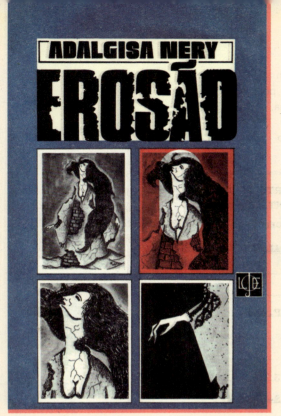

Último livro de Adalgisa, *Erosão* é dedicado a seus filhos Ivan e Emmanuel. O livro tem a capa com montagem de Eugenio Hirsch e desenhos de Emmanuel, que assinou com o pseudônimo Ryne – anagrama de Nery. Os desenhos de Emmanuel também ilustram o interior da publicação.

Reprodução de capa, *Erosão*, 1ª ed., Livraria José Olympio Editora, 1973 / Ilustração de capa © Ryne

Adalgisa, em 1980, na casa de repouso de idosos Estância São José, em Jacarepaguá, no Rio de Janeiro, quatro meses antes de sua morte, ao lado do filho caçula, Emmanuel, também artista e poeta. Adalgisa morreu em 7 de junho de 1980, na clínica em que se reclusou. Na ocasião, Carlos Drummond de Andrade publicou, no *Jornal do Brasil*, o texto "Adalgisa, a indômita", em homenagem à amiga: "Acho que todos nós a amávamos, mesmo não sabendo que se tratava de amor. Amávamos nela a obra de arte viva."

Acervo Adalgisa Nery

Adalgisa Nery em retrato feito por Paulo Garcez
especialmente para o jornal *O Pasquim*,
uma de suas últimas entrevistas, 1971.
© Paulo Garcez

Do silêncio mais extenso
Que o da primeira hora
Após o dilúvio universal.
Eu poderia falar
Se o desconsolo não tivesse sepultado
Minha língua e coberto minha voz
Como a laje que desce ao cair da tarde
Sobre os corpos desligados da vida.

ANTEVISÃO

Vejo a intenção se ocultar
Sob as falsas palavras.
Vejo mãos lívidas e trêmulas
No gesto inútil de recolher das árvores
Os frutos esperados na primavera.
Vejo boiando nas águas dos rios
Recém-nascidos que não tiveram tempo
De imprimir suas vozes no ruído universal.
Vejo o dia coberto antecipadamente pela noite
E os agonizantes transidos de um frio penetrante
Adivinharem as fontes que brotam das sepulturas.
Vejo os trigais em desespero
Estalando sob o fogo
E as bocas que esperavam o alimento
Desarticuladas em amarga passividade.
Vejo em breve um tremor borbulhando
No eixo do universo
E as sete luas paradas
À margem da subdivisão do tempo.
Vejo os homens em pranto,
Debruçados à beira das águas
Lavando suas línguas,

Esfregando na pureza da terra
Seus corpos nus
Na procura angustiosa dos seus espíritos soterrados
Como tesouros guardados no rolar dos séculos.
Antes que a voz dos sinos
Anuncie o Tempo Eterno
Compreenderão os homens o mistério do Amor
Porém os seus olhos estarão perdidos e mortos.

POEMA SEM TEMPO

Antes que seja tarde
Quero recolher a luz que multiplica as folhas,
Que está suavemente redobrando as cores na superfície dos mares
E destacando para os meus olhos
Os movimentos dos insetos, a plumagem dos pássaros
Como a atração de um brinquedo
Diante de uma criança.
Quero recolher dentro da minha mão trêmula e espalmada
Um pouco do calor do sol
Que está aquecendo os canteiros em flor
E gesticulando em surdina as raízes sob a terra.
Quero recolher a tarde desde a primeira hora
Que vem caindo docemente sobre o universo
Para não perder a gestação das sombras
No ventre da noite
As sombras que são amigas da sombra do meu corpo.
Antes que seja tarde
Quero levantar meu rosto
À luz da lua
Essa luz fria e azulada
Que ilumina os oceanos distantes,
Que se deita sobre as praias desertas

E que se alarga no silêncio dos cemitérios.
Para recolher a claridade do dia
E a expansão grandiosa da noite,
Seus olhos estarão irremediavelmente vazios
Para o contato dos acontecimentos.

[Rio, 23/03/1945]

SUGESTÕES

A chuva cai sobre as folhas
Enquanto o vento dobra a intenção das flores.
O hálito da terra molhada
Avoluma sugestões no pensamento,
Desenha na penumbra da memória
Restos de século, sonhos partidos
E imprecisas causas de sofrimento.
A chuva traz para meu corpo
O vestido de uma mulher sem nome
Sepultada numa hora sem fixação.
O vento penteia meus cabelos
Com a forma dos ninhos em abandono.
Olho o céu intumescido de tristeza
E reconheço que uma forma surgindo na neblina
Tem os meus ombros e o contorno da minha cabeça.
Ouço o vento regressando das infâncias esquecidas
Trazendo as cantigas de roda,
Contando as histórias de fadas
Quando a minha voz
Era a voz de menina.
Eu sinto a chuva cair com volúpia
Sobre o solo agradecido
E o vento levar para as distâncias novamente
Fragmentos de muitas vidas
E a evasão dos meus pensamentos.

TRANSFORMAÇÃO

Soprando mansamente
Como os primeiros desejos de amor adolescente
A brisa banhada com o orvalho das matas
Prendeu o passado às recordações
Dos últimos acontecimentos.
As nuvens arrastando-se em soluços
Caminharam em direção inversa dos seus desejos.
No grande relógio da noite
A lua marcou o momento das separações
Para os que se amaram ocultos na vontade
De permanecer nos juramentos.
Os olhares tingiram-se de inquietação
E sobre o mapa do tempo
Um grande compasso avisou as distâncias.
A brisa que orvalhara a relva dos montes
Transformou-se em suor na testa aflita
E o que antes era música
Nascida do ruído das verdes ramas
Assemelhou-se ao riso de indiferença
Pelos repentinos dilaceramentos.
A boca da vida clamou
Pelo espírito do sono
No desejo de se evadir da realidade.
As portas da noite abriram-se lentamente
Sobre o universo em surpresa.
Porque a brisa que caminhara
Sobre os escombros dos espíritos
Transformou os puros desejos de amor
Em esperanças de morte.

[Rio, 1946]

A CANÇÃO QUE VOLTARÁ

Caminhantes que seguis o eco das claras vozes
Deixai que vossos sentidos sejam envoltos
Pela brisa das tardes exaustas
E que o orvalho das madrugadas umedeça vossas cabeças.
Abandonai a memória para que seja feito o sono
Em vossas pálpebras enrugadas
E no silêncio repousante das vossas pupilas
Encontrareis a planície onde habita
A grande mão suave de eterna carícia.
Caminhantes que sentis a infinda distância
Que vos deita no último soluço,
Cantai ainda a canção que mora nos ventos,
Aquela que foi recolhida dos perfumes eternos,
A que gerou do volume dos silêncios
Aquela que penetrou no tumulto subterrâneo,
Penetrante como o frio dos pés sem vida,
A que recolheu o vosso grito deixado nos caminhos da infância.
Cantai, caminhantes, a cada passo contado nas pedras
Para que reconheçais de volta,
Quando vossas orelhas pressentirem a aproximação da morte,
A canção que vossa boca semeou no tempo.

DISTÂNCIAS PARA A NOITE

Não poderei penetrar na fascinante atração do teu corpo
Ó noite perfumada
Porque as correntes presas ao meu nome
Ainda não foram partidas.
Meus sonhos ainda são povoados
Por sentimentos que destroem as minhas entranhas
E há luzes que ainda não se apagaram

Nas minhas pupilas em lágrimas.
Os meus ímpetos ainda são
Como os suicidas que se lançam no espaço
E ainda pressinto que o sol da madrugada vindoura
Pode aquecer os meus pés enregelados.
Ainda me fixo nos grandes relógios incrustados nas torres
E procuro a luz das claras estrelas
Para receber a tranquilidade interior
Vergada pelos ventos
Como a fé nos desesperados.
Ainda não poderei penetrar no teu corpo
Onde encontrarei a essência do meu abandono e da minha liberdade
Sem distâncias e sem inquietações
Ó noite magnética e profunda
Porque as ligações ao ventre materno
Embora frágeis ainda perduram.

REPOUSO

Aproxima-te ó grande Amada
E com a tua mão de música
Refresca a minha fronte secularmente fatigada,
Recolhe com suavidade o meu olhar impuro
E o arrependimento contido na lágrima que correrá dos meus olhos.
Leva para os abismos toda a minha vida de egoísmo
E precipitados julgamentos.
Faze descer sobre minhas mãos amedrontadas
A frescura do silêncio eterno.
Aproxima-te ó grande Amada
Derrama sobre meu corpo quase morto
O perfume dos séculos esquecidos.
Desce como um grande Anjo de luz e fogo
Trazendo aos meus sentidos

A neblina que desperta as flores
Antes da madrugada.
Aproxima-te ó grande Amada
E espalha na minha memória
A brisa que não foi respirada,
Que nunca passou em terras habitadas
E eu transmitirei pelos séculos a chegar
Sob a forma de fruto que alimenta o pássaro
O perfume da primavera
Que ressuscita o riso na boca dos homens.

LASSIDÃO

A imobilidade alargou-se rapidamente
Sobre meus movimentos
Diante daquela presença que eu julgava
Desligada da minha vida.
Sua voz que estava perdida na minha memória
Doeu nas minhas carnes
Como se fosse levantada uma chaga esquecida.
Perdido o caminho da evasão
Meu peito foi visitado pelas imagens
Que não podemos recordar
Sem a dor física
E senti que minha alma se havia dilacerado
Com aquela tristeza imponderável
Que nos fica depois da alegria e do prazer.
O desespero surdo inflou meu corpo
E eu cerrei os dentes no ímpeto de não deixar escapar
A serenidade de sob a minha língua.
Eu sei, aquela presença estará em todas as paisagens,
Até mesmo na de manchas escuras e multiformes
Que vemos de olhos cerrados

CANTOS DE ANGÚSTIA   287

Porque ela vem não só do perfume
Das frescas flores entreabertas
Como dos velhos frutos em transformação.
Vem das distâncias que passei
E das que ainda terei de empreender.
Das distâncias que se farão rugas no meu rosto
E das que mergulham a alegria
Na região dos fantasmas e da agonia.

INSTANTÂNEO

Um vento ofegante
Como os guerreiros após batalhas perdidas
Tropeçou no equilíbrio do silêncio.
Pensamentos sem unidade recordaram o orvalho nos vales esquecidos,
Gestos amputados fortaleceram o colorido no olhar
E dentro da passividade da noite
A inquietação no espírito germinou
Como a semente nova em solo
Úmido e fecundo,
O vento espalhou luzes intensamente azuis
No cume das montanhas
E as estrelas aflitas mudaram o ponto das suas constelações.
Trouxe para os meus olhos a lágrima
Antecipada às pupilas dos meus filhos
E de minha fronte caiu uma gota de sangue
Que corroeu a primeira esperança em seus corações.
Minha alma foi vestida por corpos esquálidos
E o pensamento submergido pelas angústias imprecisas
Como as praias tomadas pelas marés.
O vento passou apagando a vida que os pés
Marcaram nas estradas

E deixou em meus ouvidos
As vozes de pensamentos indefinidos
Que simultâneas
Dão o riso em minha boca
E a umidade da tristeza em meu olhar.

LEMBRANÇA

Fiquei vivendo à tua sombra
Como os musgos à beira das fontes.
Com ritmo agreste verguei meu corpo
Com um movimento de arco distendido pela flecha
E o ruído do meu sangue correndo em minhas veias
Foi como o das distantes cachoeiras perdidas.
Meu pensamento como um pássaro da noite
Riscou o silêncio dos nossos corpos deitados
E pousou na tua boca entreaberta
Como a brisa sobre os jardins pisados.
O perfume da terra chovida
Que tua presença evaporava
Penetrou em meus cabelos
Como a seiva dos frutos caídos
E aprofundou-se em meus sentidos
Como a gota sorvida pelas quentes areias.
Fiquei no teu corpo
Como a poeira das estradas
Pegada às folhas novas
As folhas que não necessitam florescer
Porque o sangue da terra
Justifica o seu isolamento.
Fiquei vivendo à sombra do teu corpo
Como os musgos à beira das fontes.

CANTOS DE ANGÚSTIA   289

BIOGRAFIA DOS MEUS OLHOS

Estes meus olhos que um dia perceberam vagamente
O colorido, as formas,
Que aprenderam a beleza do voo das aves e a amplidão das campinas,
Meus olhos que um dia tão contentes
Transmitiram à minha alma
As palavras de um amor adolescente,
Meus olhos que mais tarde encantados
Viram meus braços receberem
O que o meu ventre havia gerado,
Estes meus olhos que choraram tantas vezes escondido,
Que tantas vezes se afogaram no pavor
E num medo indefinido,
Estes olhos que um dia sorriram
De frescura e esperança,
Estes meus olhos cansados
De tristezas prematuras
Rasos de doídas lágrimas
Sobre berços e sepulturas
Foram os que aprenderam duramente
O que era o pranto e a mágoa
Na destruição do desejo de vida mais ardente.
Estes meus olhos que agonizam agora sofridos, envelhecidos
Se apagarão na misteriosa noite
Com a derradeira lágrima pelos desolados e os vencidos.

[Nova York, 1944]

A DESCONHECIDA

Assim deve ser a doce morte,
Assim eu a imagino.
Funda como um completo pensamento de perdão,

De caminhar tranquilo e leve, deixando pelos ares
O aroma de sândalo e de boca de recém-nascido.
Doce como a memória do primeiro gesto de amor,
Bela como a noite recamada de úmidas estrelas.
Assim eu a imagino.
Murmurante e maviosa como a água cantando pelas pedras das fontes,
Sombria e repousante como a velha árvore da mata.
Deve ter a atração misteriosa das mágoas que se inscrevem
No pensamento dos condenados e dos mártires.
Seus passos devem ter o ruído de ruflar de asas de arcanjo
Descendo do infinito sobre os espíritos abandonados.
Assim eu a imagino.
Funda e inextinguível como um beijo de ternura amiga,
Deliciosa como o olhar da eternidade,
Mansa como o sono da amada.
Assim deve ser a que eu amo,
Assim deve ser a que espero.

[Filadélfia, 1944]

DEO GRATIAS

Senhor, emocionada eu Te bendigo
Pelo que meus olhos recebem
Quando param no que amo.
Graças Te dou
Pela infantil inquietação
Que faz saltar em meu peito
A música do meu coração.
Senhor, eu Te agradeço por tudo de grande e sublime
Que meus ouvidos recolhem
Nas palavras escritas na boca daquele que amo.
Senhor, eu Te bendigo mais ainda nos instantes em que a solidão
É mais alta que o astro mais forte,

Mais profunda e mais triste que o domínio da morte,
Porque então, Senhor,
Emocionada graças Te dou
Pelo que de imenso posso fazer com o pensamento
Largado no infinito,
No ilimitado reinado dos ventos
E enquanto meus lábios dormem,
Minha alma despertada em toda a plenitude
Recolhe a libertação suprema
E abre-se perfumada como à noite
Os campos em flor.

VISÃO NOTURNA

O universo dança no fundo das minhas pupilas
Atraído pela música dos sons em desespero.
Meu coração marca o ritmo do meu pensamento
Deixando em meus ouvidos um eco semelhante aos de pés de condenados
Marchando nos pátios das prisões.
A angústia movimenta meus braços com lentidão
Como ramas de velhas árvores sacudidas pelo vento.
Eu vejo a procissão de corpos esquálidos
Atravessando as planícies do universo
Levando na mão uma flor com a forma de sexo,
Virgens vestidas de negro espalhando nas estradas desertas
Perfumados lírios azuis.
Imprecisas sombras de desejos e de arrependimento
Sobem à face do moribundo,
Bocas cerradas pela amargura
Mataram a palavra para fortalecer o pensamento.
Eu vejo prostitutas subindo à torre das igrejas
Tocarem os sinos que espalham pelo infinito
A canção do amor e da esperança.

O arco-íris bebe do profundo da terra
Os veios dos rios desconhecidos
E no horizonte inatingível os acontecimentos são escritos
Pela grande mão vermelha
No momento exato da alegria e da lágrima.
A ideia do ilimitado dirige os passos do fracassado
E há um desenho estranho no céu
De bocas sangrando, de cabeleiras de fogo
E de ventres concebidos.
As estrelas escorrem lentamente da noite
E caem nas campinas despidas de vegetação.
Nos jardins abandonados pelos que se amaram
As rosas morrem desfolhando-se na suavidade do seu perfume
Como as virgens ao contato das delícias do amor.
O universo dança diante das minhas pupilas
Vigiadas pela alucinação do meu pensamento.
Eu apenas ouço o grito inicial da vida
Envolvendo a derradeira prece da morte
Mostrando-me a razão do movimento.

[México, 1945]

CEGUEIRA

Desconheces o mistério que me forma
Porque não quiseste mergulhar na minha essência
Como a semente plantada.
Não sabes que os movimentos imperceptíveis do meu corpo
São os mesmos que produz o vento das madrugadas
Nas ramas adormecidas.
A boca dos meus pés
Escondida sob as sandálias rotas
Guarda o sabor do lodo dos pântanos que pisei
Sentindo a mesma delícia

Do contato das carnes amadas.
Não sabes que as curvas das minhas pernas
Foram polidas pelas águas cantantes dos rios sem nome
E que o perfume da minha cabeleira solta sobre o teu peito
É igual ao das raízes profundas e úmidas
Das eternas florestas.
Trago em meus seios
O movimento silencioso dos vermes
Que enriquecem o subsolo
Para a total florescência
E não sabes que o pólen dos meus olhos
Fecunda os abismos esquecidos
Como a seara da noite.
Não sentiste que a minha pele suarenta pela união amorosa
Era como o nascimento da gota da fonte
Entre as pedras guardadas na sombra
E que os meus instintos
São como as paisagens agrestes e selvagens
E a minha ternura é sensual
Como as noites envolventes sobre os infinitos desertos.
Se sorvesse meus braços
Te recordarias das folhas amassadas
No chão da mata
Depois das grandes chuvas
E que a frescura da minha boca
É a mesma que atrai o inseto
Ao ventre da flor entreaberta pelo orvalho da primeira hora.
Tu, sim, desconheces o sabor que vive nas areias das ilhas distantes
Porque então saberias que o perfume acre
Guardado na concha da minha orelha
É o que vem dos oceanos batidos pelos penhascos
E que o som das minhas palavras
Cortaria então o silêncio dos teus sentidos
Como o raio ferindo o espaço.
Desconheces que sou grande

DO FIM AO PRINCÍPIO

Porque eu vim da pura terra que pisas
Porque sou a terra que amas.

[México, 1945]

ESPERA

Eu prometo esperar-te ao amanhecer
No alto da colina orvalhada
Ou na onda dos trigais dourados
Que as mãos simples semearam.
Eu prometo esperar-te ao meio-dia
Junto às fontes
Onde a frescura das águas
Lembra o corpo das adolescentes.
Eu prometo esperar-te na hora do poente
Deitada na terra úmida:
Sua exalação recorda
A boca do recém-nascido.
Eu prometo esperar-te dentro da noite
Com a minha cabeleira solta
Onde se abrigarão atraídos
Centenas de pirilampos
Que te parecerão um céu infinito.
Eu prometo esperar-te
Dia e noite caminhando nos séculos
E se tiveres de tardar
Eu prometo esperar-te
Até a minha origem novamente se reatar.

BUSCA INÚTIL

Minha boca chama por ti
Desde que a ideia da partícula geradora

Apareceu na emoção terna
Do olhar dos primeiros noivos.
Eu tenho andado à tua procura
Dentro das paisagens que unicamente
São reveladas à alma,
Desde que a beleza baixou sobre o universo
E iniciou o mistério.
Eu tenho andado à tua procura
Nos perfumes que traz o vento
Onde vivem os pastores
E nos túmulos sem inscrições.
Tenho andado à tua procura
Desde que fui lançada na ideia de existir
Mas sinto agora que meu ser
Volve ao caminho primitivo
Onde esperas por mim
Cercado de luzes que cegam
Para a grande loucura nupcial.

[México, 1945]

PESAR

Eu poderia sentir a claridade do sol do meio-dia
Se uma sombra de angústia
Não toldasse as minhas madrugadas.
Eu poderia viver quase feliz e tranquila
Se um pressentimento estranho e amargo
Se distanciasse do meu peito.
Meu riso poderia acompanhar o vento
Se meu pensamento não estivesse ancorado
Nos traços de uma paisagem dispersa
E no mistério do incriado.
Eu poderia cantar a canção da fecundidade e do amor

Embrionado em meu peito
Se um silêncio que me afunda
Não fosse tão contínuo e desesperador.

[México, 1945]

RESSURREIÇÃO

Meus olhos já viviam curvados sobre meus pés
E a vontade do meu pensamento
Andava pelas estradas escuras
Como os pássaros sem destino.
A minha voz já havia deixado a minha garganta vazia
Como as casas abandonadas e largadas ao tempo
E o frio como um grande inverno
Já me havia tomado pelas mãos
Para levar-me ao caminho dos silêncios eternos
Quando os traços numerosos e singulares
Da tua presença aqueceram a minha morte
E vibraram como um clarim
Dentro do meu universo parado.
Um sorriso desconhecido ao meu rosto
Desceu sobre meus lábios amargados
Como o orvalho que banhou as rosas
Depois dos vendavais.
Eu já era o pó
E tu me transformaste na estrela da manhã.

[México, 1945]

SEGUE TEU CAMINHO

Tu já me encontraste
Como a tarde que morria,

Como a ave enferma de melancolia.
Tu já me encontraste
Com a alma diante da noite sem aurora,
Com as mãos dormidas
Sobre meu peito imóvel.
Tu já me encontraste
Com a ternura e a alegria perdidas
Sem a luminosa lenda
Da minha juventude.
Tu já me encontraste
Possuída pela angústia do meu coração
Que desceu e aquietou-se no meu ventre
Para viver nos olhos dos meus filhos.
Já me encontraste
Com dor contínua que desvenda os caminhos
Do pressentimento,
Como as roseiras mortas,
Como as estrelas expulsas
Da placidez do firmamento.
Vai, segue teu caminho
Porque quando me encontraste
Eu já era como a tarde que morria,
Era como a triste ave enferma de melancolia.

[México, 1945]

INEVITÁVEL

Será inútil esperar, irmã,
Que vem subindo aos teus olhos
Porque o sabor que a formou
Estava no embrião da tua essência
E a sombra inalterável que apareceu
Diante das tuas pupilas ainda adolescentes

Era a compreensão do profundo desalento do futuro
E da infinita melancolia.
Será inútil desviar o som estranho
Que paira no ar
Depois que pronuncias as palavras
Ou que cantas uma alegre canção
Porque os fantasmas que formam em legiões os teus momentos
Cantam mais forte
Dentro do teu indescritível isolamento.
As inquietações da véspera
Não são dissipadas pela esperança
Que já não possui o teu coração
Porque as emoções simples e puras da tua alma
Estão cobertas pelo desencanto e pelo tédio
Antes da gestação do ventre de tua mãe.
Será inútil esperar, irmã,
Emergir do sonho sem sono
Porque os fragmentos dispersos do imponderável
São como a eternidade em tua existência,
Como o romper da manhã.

[México, 1945]

REMINISCÊNCIAS

Apenas vultos sem tempo
Habitam meu desconsolo.
Sinto em meus pés a umidade
Deixada pelos antigos ventos
E chuvas que caíram na minha infância perdida
Repetem num gotejar monótono
O eco de um choro de criança dentro da noite
Como vozes de dor caídas no espaço.
Acordes de harpas tocadas

Por mãos invisíveis
Aproximam-se dos meus ouvidos
E uma tenebrosa nostalgia
Vinda de povos tristes e perseguidos
Estende seu manto sobre meu corpo.

[México, 1945]

ALMA INQUIETA

Alma como abandonada praça noturna
Assistida pelos bruscos silêncios
E rasgada pelos uivos de cães moribundos e famintos.
Alma como aldeia vazia sem luz e sem sol
Embaciada pela nostálgica neblina das eternas madrugadas.
Alma tocada pelo gélido bafo de mortos
Como a funda e humilde mágoa do solo que nunca foi plantado,
Como o sincero pensamento do louco
Perdido na ciência dos homens,
Como a velha igreja em ruínas
Procurada pelas aves noturnas,
Alma interrompida no seu sono
Pelos vagidos dos que vêm ao mundo no meio da noite.
Alma assustada como o coração que sente à distância a presença da morte.

[Denver, 1944]

MÚSICA DO TEMPO

Eu ainda era guardada nas entranhas maternas
E já minha memória recordava-se dessa música
Que vem chegando aos meus ouvidos.
Surge de uma época impossível de ser fixada pelos velhos pergaminhos,
Sai talvez da tristeza da pupila da criança morta,

Lembra as mãos de inexperientes virgens,
Tem compassos de amor violento e inextinguível,
Tem a beleza suave e pura dos filhos crescendo no ventre da mãe,
Tem qualquer coisa de arrependimento do primeiro pecado do sexo,
Tem a profunda nostalgia da prostituta
Que guarda para a eternidade
Seu primeiro pensamento de inocência e de pureza.
Essa música que meus ouvidos receberam agora
Tem qualquer sentido de morte destruindo seios virginais
E faz sentir o golpe do imponderável sobre as ternuras frágeis.
Essa música tem perfume, tem cor e tem forma.
É semelhante às rosas desabrochadas em jardins escondidos,
É brilhante como a estrela isolada no céu escuro.
É ritmada pelas almas que se queimam na sublimidade do santo amor.
Essa música que meus ouvidos colhem agora com mais nitidez
Tem qualquer coisa do grande silêncio da morte
Que balança meu espírito
Entre o mal e o bem.

[Nova York, 1944]

POEMA AO LONGO DO SILÊNCIO

Pelas janelas do universo entra o silêncio
E um cheiro de floresta resinosa
Invade os séculos da minha memória.
Entra pelas janelas do universo
A luz fria das estrelas
Trazendo a nostalgia das almas sofridas.
Pela janela do universo entra
O cantar das fontes e dos rios
E o perfume acre trazendo a brisa das campinas em flor.
Uma noite imemorial desce sobre a terra tranquila e fecundada
E os pássaros dormem escondidos sob suas asas
Os frutos se dilatam e as flores se intumescem em seus caules,

As velhas raízes movimentam-se no solo úmido
Semelhantes a mãos amorosas.
A relva cobre-se na poeira do orvalho da aurora
E esconde em seu seio os vermes invisíveis
Que proliferam nas sombras da noite.
Pelas janelas do universo
Eu vejo o silêncio ilimitado
E a surda gestação das formas
Que serão conhecidas na madrugada próxima.

[México, 1945]

MEU OLHAR FALA

Senhor!
Ilumina com Tua luz
A estrada que há séculos caminho em pura treva,
Guia os ventos refrescantes que habitam os vales tranquilos
À minha face ressequida e enrugada de tristeza,
Fala para que meus ouvidos
Se dilatem com tal música inefável.
Senhor!
Banha minha alma
Com a esperança de Tua visão,
Faz com que eu sinta
Que a altivez das velhas árvores
É mais nobre do que a minha,
Faz com que eu aprenda a louvar-Te
Com as águas cantantes das fontes
E o canto dos pássaros ao nascer de cada dia.
Senhor!
Livra-me da limitação de mim mesma
Para que eu receba como se eu fora o coração do mundo
O desconsolo e a tristeza
Que caminham sobre o universo desde a hora primeira.

Faz parar meu pensamento no que veem meus olhos
Para que as formas puras não se modifiquem.
Senhor!
Transforma-me numa lágrima
E deixa-me cair junto aos Teus pés.

[México, 1945]

LIBERTAÇÃO

Andar sem rumo pela noite da vida
Sorvendo o perfume da paisagem inicial,
Estar isenta do poder do pensamento que trabalha na dor,
Livre do mistério da morte, do sentimento da dúvida,
Caminhar pelas sombras em ruínas,
Livre das faces em pranto,
Longe das bocas em dor,
Perdida do ponto de relação entre o bem e o mal,
Andar e correr mundo vagabunda como o vento
Sobre as árvores, sobre as flores, sobre os mares,
Livre como o sonho dos que dormem ainda nos pensamentos,
Livre como a poeira das estradas, como as estrelas do céu,
Como o verme no seio da terra.
Livre e andar sem rumo pela grande noite
Sem a companhia da sombra do próprio corpo,
Sem levar um destino de amargura e de cansaço,
Livre como os que caem na fria,
Na longa noite sem aurora.

[Nova York, 1943]

RETRATO

Lembro-me desse rosto.
Era risonho mas envolvido numa sombra triste,

Sua voz era clara mas sua língua era tímida,
Voz de criança que suga o seio materno,
Língua de mulher após duros fracassos.
Sua fronte era larga e seus cabelos dourados,
Fronte vigiada pelas grandes insônias.
Seus olhos eram vagos,
Vagos em beleza e em fixação,
Tinham nas pupilas o embaciado dos que nasceram mortos.
Seu andar era firme e duro
Contrário a toda a fragilidade do seu corpo,
Era como o andar do condenado
Subindo para a morte os degraus da guilhotina.
Sua boca era igual
Igual a tantas bocas de mulher,
Apenas depois de seus sorrisos tristes
Notava-se nos lábios um ricto de amargor.
Suas mãos eram
Mãos grandes, secas e vividas,
Mãos que afagaram em silêncio
Muitos corpos amados em horas esquecidas.
Suas mãos eram como bocas, como olhos,
Como vozes, com vida independente
Antes do corpo ser adolescente.
Eram mãos velhas e tristes
Eram como olhos vividos em pranto.
Às vezes com um movimento de inocência
E logo depois tomavam atitude de degradação.
Eram mãos que usavam alma emprestada
De dedos longos e inquietos
Com inesperados movimentos de serpente
E mudavam-se às vezes num suave tremor de seios de virgem
Tonteada em amor.
Sobre a vida do corpo desse rosto não direi mais nada
Não sei se era boa ou má

Se era maldita ou abençoada
Porque talvez essas formas destacadas que meus olhos viram
Fossem um sonho ou outra visão qualquer
Ou possivelmente seja meu
O retrato dessa mulher.

[Búfalo, 1944]

O PAÍS DO POETA

A paisagem tem cores do avesso
E as estrelas sobem pelas montanhas como veias
Aguando um seio de mulher.
As quatro línguas do vento
Conversam sobre o amor, o ódio, a vida e a morte.
Os arcanjos cruzam o firmamento de lado a lado,
Os pássaros soluçam como inconsoláveis viúvas.
Os peixes cantam como rouxinóis nas ramas floridas.
Uma sirena lamenta-se no corte da noite
E o ruído de possantes motores trepidam o eixo universal
Como o nascimento de um vulcão.
As flores dos jardins cercados são orvalhadas com lágrimas inocentes
E da lua sai São Jorge montado no seu cavalo branco
Para velar os mortos e os desesperados.
Um sentimento de pureza cobre o olhar dos arrependidos,
As mães alimentam seus filhos com flores,
Os amantes realizam a interpenetração das almas
E seus corações caem no chão como punhados de cinza.
A tragédia vive entre a boca dos velhos e o olhar do recém-nascido
E o choro do que um dia será assassino é ouvido no ventre da noiva.
O poeta escreve poemas no solo
E a terra grávida recompensa com flores, frutos e nascentes.
Na hora da penumbra abre-se uma grande boca no firmamento
Dizendo sobre o juízo final.

Sob a luz da lua o poeta colhe os lírios entreabertos
E sai guarnecendo sepulturas de noivas ignoradas.
Um resplandecente globo ocular
Desce sobre a paisagem
E procura encontrar a Amada e a Morte.

[Nova York, 1944]

FORÇA

Nem a grande morte estendida pelos mares e desertas areias
As que levaram remotos avisos de luto inflexível,
Nem mesmo esta morte presente que repete num instante a sua obra passada
Formando uma só cadeia,
Nem a que inexorável avança
Com passos de fuga no profundo da sombra
Como a do pensamento que perturba, consterna e o corpo cansa,
Nem a morte atroz sobre a vã esperança e o carinho acordado
Das almas fatigadas pela incompreensão
E pela ausência dos olhos amados,
Nem a morte absoluta
Que leva o esplendor da vida
E seca repentinamente o ímpeto para a luta,
Nem a que mata para a ressurreição,
A que retira o soluço do pranto
E suavemente vai parando o coração,
Nem a que termina tudo,
A que dilui os sentidos, o olhar, a voz,
A que torna o gesto mudo,
É mais funda, é mais morte
Não chega a ser nem igual
A esta que me sufoca pelo tédio
Neste nada universal.

[Rio, 1942]

306   DO FIM AO PRINCÍPIO

POEMA DA LOUCA

Voz de onde vens?
Por que cresces na minha boca e me obrigas a espalhar no espaço
A minha louca tendência de amar o céu,
As estrelas, a lua e o sol?
A minha imponderável loucura em amar
A degradação e a pureza, o dia e a noite,
A vida e a morte, a saúde e a enfermidade,
Os corpos limpos e os putrefatos?
Por que me obrigas a dizer que amo o cheiro da boca do recém-nascido
Com a mesma intensidade com que sinto o de uma perna em decomposição?
Voz de onde vens?
Por que não morres sob a minha língua?
Por que me obrigas a falar sobre a experiência inútil dos homens
No conhecimento da vida, do amor?
Por que me obrigas a escandalizar os que vivem mortos dentro da inconsciência?
Voz de onde vens? De que século? De que geração?
Por que me obrigas a gritar para mim mesma
A minha insignificância e a minha pequenez?
Por que devolveste ao meu espírito a inquietação
Recolhida dos túmulos dos amaldiçoados?

[Nova York, 1944]

AGONIA

Senhor Deus,
Por que sinto meus braços tão abandonados ao cansaço
E minhas mãos se assemelham
A velhas aranhas sonolentas?
Por que meu peito é tão pesado
E meu coração se dissolve em sangue
E sobe à minha boca?

Senhor Deus,
Por que meus pés cresceram tanto
Que me trazem a sensação
De antigas raízes aderidas ao solo?
Por que esse medo evaporado da minha alma
Comprimindo as paredes do meu ser
E esta secura repentina nos meus olhos
Que faz saltar minhas pupilas
Como as dos enforcados?
Senhor Deus,
Por que estes pensamentos de penetrante angústia
Como o intenso perfume de angélicas
Sobre as sepulturas grávidas?
Senhor, Senhor,
Por que essa morte secular e lenta
Essa inquietação de alucinado
Se o pecado não foi meu?

[Rio, 1946]

PANORAMA

Vazias estão as cidades escurecidas pela dor e a derrota,
Destruídos os tetos para receber os heróis,
Apagadas para os pés as estradas que levam aos campos semeados
E o próprio vale amigo vazio está do eco da humana voz.
Mortas as paisagens e o solo seco do desejo de fecundação.
Com as paredes mutiladas em suas linhas
As alegres e simples aldeias agora tristes estão.
E porque a fronte esteja seca do sonho
A alma é nua e inquietos estão os pensamentos.
Desaparecida a luz só a treva se alonga sobre a terra
Resumindo as existências simples, de gestos naturais
À derrota e à ruína.

Secos os abismos da volúpia da evasão
Tudo é mudado num deserto universal
Sem detalhes e sem expressão.
O grande vazio desceu sobre os ouvidos que vibravam ao misterioso
E mágico contato da palavra
Que transforma o nada em majestoso
Que une os corpos na torrente profunda e forte:
A palavra de amor que germina a vida
Que caminha nos oceanos e que vive depois da morte.

[Nova York, 1943]

O MAIS MARAVILHOSO DE TODOS

É por demais grandioso o pensamento
Que se ergue no meu cérebro
De que um dia me encontrarei Contigo,
Tu que és a luz do sol,
Que és brandura maior que a madrugada,
Que és suavidade mais terna que o perfume dos vales,
Tu que és o Amor do supremo Amor,
Tu que és o rei do universo,
O dono das estrelas, dos oceanos, dos pássaros e dos peixes,
Tu que comandas o pensamento da tristeza e da alegria,
Que és a Unidade e a Multiplicação,
Que distribuis a solidão nas planícies,
Que visitas as sepulturas plantadas de corpos puros,
Que conheces os ventres que serão concebidos
E os que morrerão secos,
Tu que vens de todos os minutos do tempo
Antes de existir a medida,
Que estarás em todos os segundos que virão depois de tudo consumido,
Tu que sabes o caminho das trevas
E que cegas com Tua face luminosa,

A alvura dos lírios intocados,
Que possuis a música magistral sob Teus passos,
Que tens a palavra que salva a mulher perdida,
Tu, ó grandioso, ó sublime, o mais maravilhoso de todos,
Como posso receber-Te um dia?
Como pode meu pensamento enriquecer-se
Nessa infinita grandeza
Meditando em Ti,
Tu que és a vida, que és a morte e o amor
Depois de todas as mortes?

[México, maio, 1945]

INTUIÇÃO

Lentamente vem chegando
A intuição de fim cobrindo num esquisito sentimento
As formas, desnudando o corpo dos gestos,
Desmaiando o pensamento,
Enfraquecendo o impulso amoroso.
Vem como lábios que dormem
Enquanto o espírito acordado vigia a paisagem viva.
Chegando firme e silenciosa como tudo que pertence ao infinito,
Penetrando no segredo das confissões abafadas.
Subindo aos espíritos fatigados
Vêm os abismos da vida que ninguém conhece
Elevando a alma às profundidades dos mares que ninguém imagina.
Como sombra potente que não cabe nas pupilas,
Profunda como a hora das revelações íntimas,
Grandiosa como o conteúdo da tristeza das almas
Que se passam para a eternidade.
Vem chegando como o terror diante do primeiro silêncio
Em face do irreparável.

Lentamente vem chegando, leve como a brisa das campinas frias
A intuição da próxima noite,
Da noite sem fim.

[*México, maio, 1945*]

CONCEPÇÃO

Aos meus sentidos a visão dizia —
Um corpo sem cabeça, alvo e transparente pregado no espaço
Onde eu via
Todo o sangue ondulando em suas veias,
Milhares de pontos luminosos se atraindo, se afastando,
As células escorrendo pela forma como pequeninos grãos de areia,
Umas fugindo e outras se amando.
O corpo tranquilo, sereno e luminoso
E no seu ventre deixando
Que dois pontos como fagulhas douradas
Se encontrassem.
E a visão ainda dizia —
Uma luz saindo do oceano subia em diagonal
Projetando-se na forma
Onde eu via
Os pontos dourados
Portadores do grande bailado
Agora se haviam transformado
E meus olhos então já distinguiam
O que mais tarde seriam
A perfeição e o pensamento
A aurora de uma vida crescendo
De momento a momento.

[*México, maio, 1945*]

A LIBERTADORA

A madrugada desceu sobre os cemitérios distantes
Caindo sobre as árvores mortas e os arbustos ressequidos.
Dançou nos jardins abandonados
Pisando as rosas desfolhadas depois do amor do vento.
Caiu sobre as esperanças de viver
E na intenção mais longínqua de odiar.
A madrugada tombou do alto como uma tempestade de sangue,
Uniu os inimigos e apartou os que se amavam,
Deu à flor o odor de enxofre e à lama o perfume das angélicas.
Veio fria como a carne de um cadáver
E aqueceu os homens com a cabeleira das prostitutas.
Os pássaros foram despidos das suas plumagens
E a madrugada sustou as concepções.
Fez as torres das cidades vergarem-se sobre si mesmas sem derruir
E espalhou vozes blasfemando em todos os idiomas.
Não houve pai, nem mãe, nem filho,
A fome foi de luz e não de pão.
As bocas transmitiram os gemidos dos ancestrais
E dos ventres das virgens surgiram cobras e cardos.
No peito dos amantes foi vista a forma de um sexo
E as línguas caíram franjadas em decomposição.
Os clarins da madrugada acordaram as cidades esquecidas
E os olhos procuraram a visão do último morto.
Foi percebida no espaço cobrindo o sol uma grande orelha
Pronta a recolher na imensidão
Uma tênue voz de piedade
Uma só palavra de compreensão.

[Nova York, 1944]

POEMA DA MINHA VERDADE

A solidão apagou os caminhos que estavam na minha memória,
Derrubou os altos muros que impediam o ar dos túmulos
Sobre minha face imóvel,
Mostrou sob meus pés o solo sem vermes
E o céu vazio.
Carregou meu olhar para as montanhas distantes,
Arrancou a voz que cantava no meu pensamento
E o sonho do meu olhar.
Transformou em cinzas meus sentidos
E jogou-os ao silêncio,
Ampliou a sombra no meu coração
Até romper-se o limite que me distanciava da morte,
Esfacelou no meu conhecimento
A ideia de unidade.
Não deixou na minha boca como salvação
O conforto de um grito de maldição.

[México, 1945]

DESINTEGRAÇÃO

Dissonante e incompreensível para o pensamento
O gesto que sonda os mistérios e a cadência
Na trepidação de todos os momentos
Depois de apagados os gritos da física existência.
Incerto e ignorado para a voz que deu
A inflexão de ódio ou de esperança
A palavra jogada no espaço
E que amanheceu pendurada em forma de fruto em fresca rama.
Divergente da criação
As malditas e ásperas mãos
Que nunca ajudaram a abrir os caminhos serenos na alma dos enfermos,

Dos famintos e dos que mataram.
Perdidos e inúteis no vazio de todos os espaços
A harmoniosa resistência da vontade
Quando as almas se enfraqueceram no sentido de amparo
Bailando no universo um humilhante bailado.

[México, 1945]

POEMA PRIMEIRO

Quando o amado surgir na minha noite infinita
Quero que ele esteja seguro do meu amor
Como a verdade na língua do profeta.
Quando o amado surgir para a noite das nossas núpcias
Eu quero que as velhas árvores e o eterno vento se inclinem
Diante da beleza do seu corpo
E da majestade do seu caminhar.
Quando o amado surgir para a grande fusão
Eu quero que as fontes e os rios
Parem seus murmúrios
Para que eu ouça o cântico de seu coração
Com as palavras de seus olhos e de suas mãos.
E quando o amado em seus vigorosos braços me recolher
E sua boca se unir à minha boca
Todas as luzes do universo poderão morrer
Porque eu ficarei eternamente iluminada
Na suprema claridade de viver.

[México, 1945]

POEMA SEGUNDO

Quero te acariciar infinitamente para te fazer sofrer.
Quero que saibas, ainda mais,

O que seja a gloriosa alegria do amor
E o desalento profundo de viver.
Quero que meu corpo seja para os teus sentidos
Como o pensamento
Constante que domina e aprisiona
Todos os momentos,
Quero que tua nostalgia
Viva em teu olhar recordando minha voz
No largo silêncio da noite
E nas mudanças do dia.
Quero que unicamente te libertes de tua inquietação
Quando me sentires abandonada e tímida
Perdida em teu corpo
Para o amor sem limitação.

[México, 1945]

POEMA TERCEIRO

Se o momento da grande prece chegar
Que eu me encontre livre dos males do passado
Para te receber em absoluto amor,
Que a frescura das águas das fontes
Desça sobre meus sentidos e minha alma
Como o silêncio das tardes sobre as campinas em flor,
Que eu me encontre livre das formas que amei
E de todas as coisas que desejei
Como o sono dos mortos despidos de sonhos.
Se o momento da grande prece chegar
Eu quero partir ao teu encontro
Como às desconhecidas praias se deitam amorosas as águas do mar.
Se o momento da grande prece chegar
Eu ficarei eternamente iluminada
Amado meu
E o sol jamais tornar-se-á a deitar.

TERNURA

Antes que eu me transforme em água
E corra com os rios
Cantando para as florestas escuras
A canção sublime
Deixa-me contemplar tua face amada
Para que a canção se eternize.
Antes que os meus olhos se transformem
Nos minúsculos vermes
Que movimentam o solo
Deixa-me receber a luz de tua boca
Para que eu me ilumine como as estrelas
No infinito da noite.
Antes que minhas mãos se mudem nas pedras das montanhas
Por onde caminharão os jovens pastores
Deixa-me afagar teus cabelos
Para que meu carinho se transforme na brisa
Que beija os grandes trigais.
Antes que minha forma sirva junto às raízes
Para amadurecer os frutos
Guarda-me na música de teu corpo
Para que o mistério do amor
Baixe sobre o universo
E banhe os espíritos perturbados.

[México, 1945]

POEMA DO AMANHÃ

Amanhã é o dia seguinte
Daquele em que me senti pequenina e tímida,
Daquele em que te apertei contra meu corpo nu,
Daquele em que te acariciei

Roçando com minha cabeleira o teu peito largo e ofegante,
Daquele em que sorvi para minha memória
O perfume de tua boca e de teus braços.
Amanhã é o dia seguinte
Daquele em que a beleza distante
Anulou o espaço e veio a mim
E meus olhos foram os mensageiros
Do encantamento da minha alma.
Amanhã é o dia seguinte
Daquele em que eu começarei
A jogar aos ventos o teu nome
Chamando-te para que venhas acariciar meu corpo inquieto.
Amanhã é o dia seguinte
Daquele em que emudeci
Porque o silêncio foi mais doce
Do que todas as palavras de amor
E possuía mais frescura do que as águas
Dos riachos escondidos.
Amanhã é o dia seguinte
Daquele em que meu cansaço foi extinto,
Daquele em que todas as forças
Convergiram para o futuro
Caindo como a semente
Prolongando a eterna presença
Além das fronteiras do tempo.

[México, 01/05/1945]

PROMESSA

Deitarei no teu pensamento a minha imagem
Tendo a mesma suavidade com que caem à tarde
As estrelas luminosas
E ficarei tão profunda em tua emoção

Como a derradeira lágrima que sobe às pupilas imóveis.
Deixa que o tempo faça desaparecer de tua memória
Os teus instantes de amor
E os teus feitos de glória,
Eu estarei em ti pousada
Tão viva e luminosa para a tua compreensão
Como os segredos que se abrem
Aos que se amam sem limitação.
Deitarei em teu pensamento a minha imagem
Com a mesma delícia da terra perfumada depois das grandes chuvas
E ficarei em tua memória além dos tempos,
Como as velhas árvores que penetram suas raízes milenárias
Na frescura úmida do solo,
Eu serei teu olhar acima dos horizontes,
Junto às estrelas, acima dos ventos,
Eu serei tua força acima do rugir dos oceanos,
Eu serei tua luz que brilhará
No seio escuro da Morte.

[México, 1945]

FANTASMAS

Lívidos fantasmas deslizam nas horas perdidas
Chegam à minha alma
E como sombras da noite
Levantam meus ímpetos mortos
Desatando as ligaduras do tempo.
O luar da madrugada fria cai no meu rosto
E ilumina com branda amargura
O meu espírito que espera a hora insolúvel.
Os caminhos cobrem-se de homens que dormem na morte
E cresce em meu coração um desejo incontido
Para uma união mais forte, mais intensa e mais perfeita.

Minha pupila é banhada pela enorme lágrima
Que umedecerá o solo castigado,
A lágrima que levará ternura às existências sofridas,
A lágrima que se mudará em sangue,
Que levantará a vida morta do universo.

[Nova York, 1944]

PAISAGEM NOTURNA

A noite se alonga semelhante à mulher amorosa
Para recolher na sua profunda e coleante ternura
A luz tímida das estrelas adolescentes.
Seu hálito envolve a mata
Que adivinha a existência de oceanos distantes.
O pio dos pássaros perdidos estremece a sonolência das fontes
E as borboletas dormidas movimentam as asas
Como um soluço parado no peito.
O solo transpira e a flor se abre.
A lua passeia despreocupada pelas campinas sem sombra.
O vento levanta-se dos montes
E toca o velho sino de uma torre
Habitada por lendas e mistérios
E a noite semelhante à mulher amorosa
Recolhe em seus sentidos
As palavras de amor do silêncio
E a vida do infinito.

[México, 1945]

CANÇÃO A MIM MESMA

Que bailem as nuvens o grande bailado
Antes que minha alma baile com os ventos do deserto

Deixando meu corpo apagado.

Que gritem os oceanos os seus desesperos

Antes que a vontade esqueça o movimento dos meus pés

Antes que o olhar das minhas pupilas

Se junte ao brilho das estrelas.

Que iniciem as fontes a grande canção que faz dormir os viajantes

Antes que minha língua morra

Tocada com o pensamento do meu coração,

Antes que grite aos meus ouvidos

A memória dolorosa dos homens que amei,

Que se abram as flores e suas pétalas vivifiquem o solo

Antes que cubra minha boca a sombra sem fim

Antes que meu rosto se deite sobre meu peito

Antes que se realize o grande encontro dentro de mim.

[México, 1945]

CÂNTICO NOVO

Vinde, mulheres, descei montes e colinas

Para escutar minha boca bendizer o que amo,

Vinde ver o que até ontem era somente ruínas

E hoje é como a árvore florescente com uma promessa em cada ramo.

Vinde, mulheres de todos os cantos, e escutai-me dizer

Como dentro de meu corpo o amado fez

Minha alma tombar de prazer

Quando seu olhar penetrante pousou em meu olhar

E pela sua boca deu-me tudo de grande

Que a eternidade pode dar.

Vinde, mulheres, abandonai vossos rebanhos, descei as encostas

E eu vos contarei a razão do meu encantamento

Porque os carinhos do que amo

São doces e leves como na aurora as carícias do vento.

Vinde, mulheres, correi e vinde ver

Com que amor ele me levará à sua morada
E como depois de tanta felicidade e ternura
Eu ficarei como uma rosa desfolhada.
Vinde, mulheres, que eu quero vos dizer em poucas palavras
Os milhões de seres que necessários foram
Para que somente em minha boca
Os lábios do que amo encontrassem essa delícia.
Vinde, mulheres, vinde, depressa chegai,
Pois é bem possível que na vindoura madrugada
Eu, de amor extenuada,
Volte a ser uma luz apagada.

CANÇÃO

Estradas sem fim
Sem canção, sem luz
Pisadas por mim.
Oceano distante
Sem praias nem portos
Sou teu viajante.
Céu de fria lua
Banhando vales perdidos
Minha angústia é tua.
Água das fontes cantante
Que de manso vais morrendo
Eu sou tua amante.
Deserto de morte completa
Sem chuvas, sem brisas
Eu sou teu poeta.
Homens de vida estrangeira
Desolados e aflitos
Eu sou vossa companheira.

[México, 1945]

POEMA AO VENTO

Da minha profunda solidão,
Do desespero que afunda minha alma caída,
Do soluço que vive em meu coração,
Da sombra impenetrável
Onde meu espírito se aconchegou indefinidamente
Para aumentar meus terrores e meus espantos,
Do grito de aflição que secou na minha garganta
Ante o meu olhar de distância e indiferença
Deixando passar sem emoção os viajantes
Que cantam nas estradas que levam à grande chegada,
Do desejo de recolher o primeiro pensamento de amor
Que a memória deixou perdido,
Do pranto apagado antes da pálpebra
O haver sentido,
Do misterioso silêncio do universo
E da escuridão crescente a cada luz que morre
Na longa noite simples e profunda
Se unem a passos incomensuráveis e precipitados
Os meus sentidos, deixando um ponto luminoso
Concentrando meu princípio.

[México, 1945]

SUFOCAÇÃO

Antes que meu olhar se tolde com a névoa do esquecimento
E que as palavras cheguem aos meus ouvidos
Sem tocar em meu pensamento
E sem acordar meus sentidos,
Antes que as mãos se cruzem rígidas sobre meu peito
Num gesto de guardar ainda
A tristeza por tanto mal que me foi feito,

Antes que minha língua adormeça eternamente
E eu possa confessar quanta lágrima derramei
Por ver os homens impiedosos se tratarem duramente,
Antes que a transfiguração cubra minha alma com o silêncio profundo
E que de minha existência tão pobre
Não fique como exemplo o menor gesto fecundo
Antes que eu seja devolvida ao nada
Que meus pés se desmoronem
E a carne de minha face
Se transforme num veio d'água
Deixem que eu conte, se contar posso,
Das vezes que tão grande foi o sofrimento
Que tive a sensação que minhas carnes se apartavam de meus ossos
Das vezes que tão grande foi o tédio e o desalento
Que me senti quase Deus
Dentro de tamanho isolamento.
Minha angústia foi contínua e tão forte
Que minha vida foi apenas
A antecipação da morte.

ESPERAM POR MIM

Tenho que seguir.
Me espera na silenciosa e abandonada estrada
A pedra que me saudará em nome de meus ancestrais.
No reencontro deixarei uma lágrima de promessa
E seguirei
Porque a árvore que dorme paciente nos séculos
Se agitará com minha presença
Para recordar-me o vivo passado
Quando meus pais eram ainda
Fios de raízes nos ventres maternos.
Tenho que seguir

Pois me espera na grande floresta úmida
A corça adolescente
Que repetirá na minha memória
O caminhar da minha neta.
E eu seguirei
Porque o rio me espera
Com a boca junto à terra
Para sugar-me
E depois caminharmos
Como águas cantantes e inquietas
No corpo do Universo.

[México, 1945]

CANÇÃO QUE NÃO QUERO CANTAR

Pensamentos que provocam meus sentidos
Destruindo-se contra mim
Como o vento irmão que torce os frágeis ramos
Vestidos de verdes músicas.
Minhas pernas caminham sem meu corpo
Em ruas silenciosas e intermináveis
E meus pés envoltos em neblina
Vão cegos pisando
As folhas secas e as pedras mudas.
Uma canção que não quero cantar
Vem me seguindo e pisando os passos dos meus pés
Sem deixar-me parar e sem deter-se
Numa amplidão vazia, sem ruídos,
Sem esperança e sem saída
Onde ninguém habita
E ninguém me espera,
Onde o movimento que existe
É o da sombra dos meus pés que tropeçam

Renascendo entre os cascalhos e a terra abandonada
A canção que não quero cantar
Porque já não tenho a frescura das fontes,
A luz das estrelas, o calor do sol,
A suavidade da lua, as sombras das árvores,
O perfume das rosas silvestres e a simplicidade da relva.
É a canção que não quero cantar
Senão depois que as sombras se tornem luz
E meus sentidos se juntem ao meu pensamento
Na completa glória e graça de Te louvar.

PENSAMENTO NA NOITE

Desabaram sobre minha face
Os ventos imemoriais
Levando em turbilhão as imagens do passado.
Desceu em minha alma o pavor
Que dança nas estradas escuras e assombradas.
Sobre meu desalentado coração
Baixou o isolamento dos cemitérios abandonados.
Meu olhar vago e incolor
Procura perceber de onde vêm os lamentos surdos
Que trazem meu corpo na dor impossível de ser contada.
Uma profunda sensação de consolo
Numa palavra que não chegou
Mas que foi sempre esperada.
Minha cabeça solta do meu corpo risca o firmamento
Já estou sentindo o perfume das angélicas
Sobre minha forma sem vida
E de minhas pálpebras tristes rolando
Uma lágrima carinhosa e comovida.

[México, 1945]

A NOITE

A noite acalenta as mulheres ingênuas
Que geraram em seus ventres
Para que suas almas desmaiassem na alegria de criar seres
Que foram iniciados no pensamento adolescente,
Noite que as espera junto aos túmulos
Onde a morte trará os corpos projetados pelo amor.
Onde a emanação da nostalgia
É como o perfume que se levanta
Dos grandes jardins abandonados e distantes,
Noite que dilata os olhos dos vegetais
Para o mistério do solo vivo,
Que acaricia as sombras da memória
Como o orvalho caindo nas manhãs,
Noite que recolhe as distâncias do acontecido
Para engendrar os futuros acontecimentos.
Que anula a ternura da palavra
Para transformá-la na inconsciência do gesto.
Noite que corre pelo universo
Como a canção do vento roçando sobre as folhas mortas.
Noite como os pensamentos desligados dos sentidos,
Como a flor que seca
Antes de se intumescer para o fruto.

[México, 16/11/1945]

A PRÓXIMA PAISAGEM

Depois do sangue impregnado
Nos caminhos regados pelos corpos aflitos
As nuvens deixarão cair
As lágrimas evaporadas nas silenciosas renúncias
Para intumescer as raízes.

326   DO FIM AO PRINCÍPIO

Com a seiva da dor.
E uma primavera desconhecida
Pousará nas ramas ressequidas
Onde as flores terão formas de bocas moribundas
Exalando o perfume de carnes em agonia.
Os rios fecharão os olhos das suas nascentes
E se suicidarão atirando-se nos abismos sem medida.
Os vermes emergirão dos poros do solo
Extinguindo-se ao fogo do vento.
Os pássaros desplumados
Terão movimentos rasteiros
E será ouvida uma voz partindo as montanhas
Que numa sucessão de ecos
Anunciará ao universo morto
A desaparição do último homem.

[México, 1945]

EU TE NEGAREI

Um dia, talvez no último momento,
Quando os pássaros perderem a suavidade de seus cânticos
E a semente secar ao contato da mão do homem,
No momento em que a claridade da aurora não chegar
E os rios pararem nas suas caminhadas
Tu estarás de pé na estrada que vem a mim
E eu não te reconhecerei.
O vento continuará deitado no fundo dos vales,
A luz não sairá do outro lado do universo,
As flores ficarão mortas ainda em botão,
Teus sentidos serão inúteis para recolher a beleza da vida criada,
E eu não te reconhecerei.
Tua alma então descerá ao longo do teu corpo,
Se unirá à tua sombra e juntas mergulharão

No profundo da terra,
Nesse momento minha forma se transfigurará numa grande pupila
De onde cairá um pranto eterno
Que refrescará a lembrança de tua existência
E de tua composição,
Soprará uma brisa mansa e tênue como o respirar do moribundo
Um perfume de açucenas invadirá o universo
E minha unidade então te reconhecerá.

[Filadélfia, 1944]

TRANSFORMAÇÃO DA MORTE

O momento repetiu-se
Mas eu já não estava no mesmo lugar.
A tempestade dos oceanos cobriu a estrada em que eu caminhava
E repentinamente as árvores deixaram cair suas folhas
E tomaram a forma de raízes descobertas.
Meus pés sem meu conhecimento
Tornaram-se como pedras seculares
E eu vi o sangue de minhas veias
Subir pelos caules das rosas em botão,
Eu senti meus cabelos arrancados
Servirem de ninho aos pássaros dos penhascos,
Meus olhos num movimento de dilatação
Como poderosas lentes perceberam o mundo do subsolo
Com seus vermes e o nascedouro das águas.
Minha boca foi levada com ternura
Aos pés das cachoeiras cantantes
E meu corpo dissolvido nos campos semeados ao romper da aurora.
O momento repetiu-se
Mas eu já não estava no mesmo lugar.
Uma estrela despregou-se da noite
E mergulhou no meu corpo

Levando em si o pensamento das virgens
E o do moribundo arrependido.

[México, 1945]

INQUIETAÇÃO

Meu pensamento desceu pelo meu corpo como ondas de som
E abalou meu coração ermo e consumido de tristeza,
Meus pés saíram sem destino pelos caminhos vazios
E minha boca sorriu docemente
A todos os que encontrei errantes.
Meus braços agarraram-se às árvores que nunca deram frutos
E meu olhar seguiu com carinho os rastros dos animais da mata.
Meu ouvido apagado sentiu a voz da minha garganta
Dizendo aos pássaros e ao vento que corria
As mais fundas e desconhecidas palavras de amor e de fraternidade.
Desceu sobre meu pensamento como a luz da primeira hora
A memória da minha essência
Que despertou para os séculos sem fim
A minha forma exausta e perdida
No vácuo e no desligamento universal.

[Nova York, 1944]

PRESSENTIMENTO

Talvez de nós dois seja eu a primeira
A inclinar-me sobre teu imóvel corpo,
A olhar teus lábios silenciosos à palavra derradeira
E tuas pupilas sujas e apagadas
Indiferentes então aos reflexos dourados da minha cabeleira.
Talvez seja eu de nós dois a segurar
Tuas mãos frias, mudas e sem cor

Que tantas vezes acolheram as minhas
Trêmulas e emocionadas em tanto amor,
Talvez seja eu a primeira de nós dois a notar então
Que as células de tuas carnes tão amadas
Se apartam para a transformação
E assim em cada curva de teu corpo
Eu acompanhe minuto a minuto a tua evasão.
Talvez seja eu quem de nós dois lamentará
O indefinido da vida e dos acontecimentos
E certo, dentro desta torturante reflexão, aumentará
Minha nostalgia e meu sofrimento.
E quem sabe? Talvez de nós dois seja eu quem de pupilas umedecidas
Venha a colher depois de tanta desventura
A primeira flor subida
Do fundo da terra da tua sepultura.

[Rio, 1943]

CALEIDOSCÓPIO

A mágica dos tempos
Pendura paisagens novas
Na parede do firmamento.
Os ouvidos das montanhas
Percebem no silêncio da aurora
A passagem do profeta Isaías
Riscando o céu no seu carro de fogo.
Os rios incansáveis bordam cantando
Mantos de renda para as florestas virgens.
Estrelas desatinadas de dor
Desprendem-se da noite
E mergulham nas campinas desertas.
As praias recebem os peixes que morreram assustados
Com as quilhas das galeras.

Um vento inesperado apagou as luzes do universo
E o sono se fez eterno.

[México, 1945]

MISTÉRIO

Há vozes dentro da noite que clamam por mim,
Há vozes nas fontes que gritam meu nome.
Minha alma distende seus ouvidos
E minha memória desce aos abismos escuros
Procurando quem chama.
Há vozes que correm nos ventos clamando por mim.
Há vozes debaixo das pedras que gemem meu nome
E eu olho para as árvores tranquilas
E para as montanhas impassíveis
Procurando quem chama.
Há vozes na boca das rosas cantando meu nome
E as ondas batem nas praias
Deixando exaustas um grito por mim
E meus olhos caem na lembrança do paraíso
Para saber quem chama.
Há vozes nos corpos sem vida,
Há vozes no meu caminhar,
Há vozes no sono de meus filhos
E meu pensamento como um relâmpago risca
O limite da minha existência
Na ânsia de saber quem grita.

[México, 1945]

MOVIMENTO

Move-se nas águas do meu pensamento
O abismo da vida de que ninguém fala.

O medo de respirar domina meu peito
Como um mau pressentimento
Uma angústia fina e um pavor tão lento
Que é como a solidão de chegar
A um desconhecido
A um longínquo lugar,
Como o fim de uma grande alegria que passa
Ou de uma irremediável desgraça.
Move-se na realização do meu pensamento
A sombra potente de um olhar que conheço
E a doçura é tão grande
O prazer tão intenso
Que trêmula estou
Que desfaleço.

[*México, maio, 1945*]

VISÃO

Eu vi as amadas do sol e dos rios
Vestidas de neve e de escamas,
Eu vi corpos desprezados pelas sepulturas
E campos sem perfume porque as flores não se abriram.
A memória de minhas pupilas é viva
Diante da visão das nuvens paradas nas praias
E das estrelas sangrando sobre os mares.
Eu vi aves desplumadas e oceanos côncavos,
Homens amarem as pedras
E meus olhos receberam as mulheres
Amamentando cães.
Eu vi espadas voando nos céus como pássaros inquietos
E a lua penteando-se no espelho dos ventres virgens.
Eu vi o suor das estradas inúteis
Infiltrando-se nas sepulturas dos que nasceram mortos

E a lágrima do órfão ressuscitando os trigais vencidos.
Eu vi as fábricas sem mãos e sem almas
Tecerem mantos de sangue e bocas desligadas do cérebro
Falarem nos balcões sobre a fome e o trabalho.
Eu vi adubarem a terra com pupilas de crianças
E o fruto que nasceu,
Eu vi, gemia e movia-se como o rosto do meu irmão.
Eu vi mães abandonarem ao relento seus filhos
E dormirem com animais das ruas.
Eu vi multidões seguirem fascinadas a forma do sexo
Desenhada no firmamento
Guiando os pensamentos ao caminho do abismo
Que deturpa os contornos puros da beleza.
Eu vi a luz se abrir sobre os pés da prostituta moribunda
E a lágrima azul descer pela face do prisioneiro.
As mãos que abençoaram eu vi desmancharem-se nas águas das fontes
E os corações dos guerreiros mutilados banharem-se no lodo.
Eu vi um anjo negro com olhos de fogo
Gritando por mim para agregar-me à paisagem
E terminar a sombra do crepúsculo.

[México, 1945]

ANGÚSTIA INICIAL

Um pensamento doloroso condensado nas trevas do meu espírito
Secou minha voz no peito como se outra garganta a emitisse.
Houve o susto na minha orelha
Como se meu ouvido fosse surpreendido
Com o ruído de passos incansáveis de meus ancestrais.
Foi talvez o sentimento de morte
Que baixou sobre meu coração em dor
Com a mesma leveza e a profunda ternura
De um olhar grávido de amor

Abriu-se todo o meu ser
Numa tristeza tão grande e tão funda
Que senti minha alma
Na doçura de um imenso pranto se umedecer.
Chegou-me a voz perdida dos humildes em exílio
À garganta e deitou-se em minha boca.
No silêncio da noite quando falei aos ventos livres
Os homens se riram e me tomaram por doida.
Desceu a luz do martírio do amor
E fixou-se em meu rosto sombrio
Luz que reaparecerá impunemente no olhar de uma criança enjeitada,
Na fisionomia de um encarcerado
Ou na boca de um moribundo amaldiçoado.
Foi o infinito pensamento sem vozes, sem ruídos e sem movimento
Que desceu sobre minha face e meu espírito
E minha unidade impenetrável
Concebeu minha alma na angústia e no tédio
Através da mansa noite de treva contínua e inextinguível.

[Nova York, 1943]

SÓ HÁ DESERTO

Grande deserto,
Infinito deserto como o céu do mundo
Onde o silêncio não deixa espaço ao movimento,
Deserto cobrindo os mares e as constelações
Onde os pensamentos perdidos não chegam,
Onde a esperança não plasmou a voz
E o solo tem as pálpebras cerradas,
Deserto formado de almas trituradas nos séculos
Sem cor e sem luz
Como pupilas esmagadas
Dissolvidas em ausências amadas.

Deserto que nunca abrirá seu corpo em túmulos
Que não acolherá jamais a canção dos ventos
E onde as nuvens grávidas das chuvas
Fogem das suas dimensões.
Deserto infinito,
Deserto que cobre o universo como o céu do mundo.

VIDA DESCONHECIDA

A paisagem começou a cair dentro do corpo das sombras
Os pássaros noturnos sacodem suas plumas
Enquanto os vegetais abrem suas bocas
Na silenciosa elasticidade de um largo bocejo.
As pedras das estradas pedem ao vento
Que as desnude da poeira dos séculos
Para se banharem nas águas da lua
E uma nuvem de pirilampos
Cobre os charcos apodrecidos
Onde as estrelas nunca chegaram.
A noite veio pegada às paredes do universo
Na curiosidade de surpreender a paisagem
Em seu leito de fecundação com o silêncio.
Num gesto de absoluto amor
As árvores se deitaram nos rios
E o eco voltou à boca do vento.
Foram ouvidos então os gemidos da semente
Abrindo-se em folhas
E a dor da pedra rebentando a fonte.
A paisagem pensa nas flores futuras
E o silêncio nas sombras da noite.

[México, 1945]

COMO OS PENSAMENTOS IRREPRIMÍVEIS

Como os pensamentos irreprimíveis
Eu entrarei nas tuas insônias
Com a brancura de meu corpo e o cântico de minha voz
Para ficar contigo todas as horas da noite
Meus braços te darão o calor da alegria
E a força para os acontecimentos futuros
Como a magia da adolescência nos espíritos novos.
Minhas ternuras serão eternas e profundas
Como tuas recordações de infância
E minha presença aquecerá os invernos de tua existência
Como o sol de uma infinita primavera.
Eu serei tua inextinguível juventude
Como as flores que desconhecem as estações do ano.
Mesmo que outros corpos se deitem contigo
E outras bocas murmurem ternuras ao teu ouvido
Eu permanecerei em teus sentidos
Como os pensamentos irreprimíveis.

[México, 1945]

ELEMENTOS

Hão de ressurgir eternamente
Todas as forças em movimento do mistério
Que se desdobra além dos séculos
Como setas indicando as ressonâncias submergidas
Dos desejos em nebulosa
Que poderiam construir universos
Se o momento justo para os acontecimentos
Não tivesse cortado o voo das incorporações.
Hão de ressurgir eternamente,
Sob a ruína dos povos petrificados,

As legendas das épocas transcorridas
Desde a primeira hora de luz
Que viveu moldada em sofrimento
Nos espíritos atormentados.
Hão de ressurgir eternamente
As visões poéticas das crianças órfãs:
O horrível sonho dos bombardeios
Secou o seio que as alimentava
Enquanto reinava a inconsciência do sono.
Hão de ressurgir eternamente
As lágrimas profundas e inesquecíveis
Que realizam a plena integração
Dos elementos dispersos na humanidade
No cântico final que coagula
A unidade.

[México, 1945]

POEMA SIMPLES

Deixa-me recolher as rosas que estão morrendo nos jardins da noite,
Deixa-me recolher o fruto antes que este volva às raízes da terra,
Deixa-me recolher a estrela úmida
Antes que sua luz desapareça na madrugada,
Deixa-me recolher a tristeza da alma
Antes que a lágrima banhe a pálpebra
Do órfão abandonado e faminto,
Deixa-me recolher a ternura parada
No coração da mulher que desejou ser mãe.
Deixa-me recolher a esperança dos que acreditam,
Recolher o que ainda não passou
E mais do que tudo dá-me a recolher
A palavra de amor e de doçura para que reparta
Com os ouvidos que esperam como uma gota de mel

Caindo na alma e no coração,
Como a única luz dentro de tanta escuridão.

[México, 1945]

VOZES

São vozes de aflição ou cantos de sereias perdidas em brancas praias,
São gemidos de moribundos ou preces de condenados,
São lamentos recolhidos em forma de ladainhas
Ou vozes de enfermas crianças chorando na madrugada.
São vozes sem forma e sem cor,
Vozes perdidas no espaço, vozes perdidas no tempo,
São vozes soterradas ainda nos maternos ventres
Ou vozes estranguladas na boca do adolescente.
São clamores de sofrimento e de paixão,
Vozes de quem um dia desejou um olhar de ternura
Ou que esperou inutilmente pelo gesto consolador.
São vozes de virgens mortas acabadas em silêncio
Sem um noivo, sem um beijo ou uma flor,
São vozes de prostitutas que abafaram seus sonhos de pureza
Concebidos com inocência
São vozes que vêm das matas, das florestas, dos rios,
Que vêm dos abismos, que brotam debaixo das pedras seculares,
São de náufragos ou de mártires, são de humildes ou de aleijados.
Vozes que vêm crescendo e que abafam as vozes menores
São vozes que saem de bocas penduradas em arco-íris,
São vozes que unem a terra ao mar, deitadas no horizonte,
Vozes que brotam das raízes próximo às sepulturas,
Vozes que parecem mãos
Agarrando meus sentidos, torcendo minha alma
E apagando meu coração.

[Filadélfia, 1944]

VIAGEM

Por que te encerras na cidade de muros frágeis
Onde o ar é devolvido pelo teu corpo,
Onde o som é o eco sem matizes da tua garganta incolor?
Por que ficas na cidade sem mistérios
Onde o céu é o fragmento sem distâncias das tuas pupilas
E a água é a gota que verteu do suor da tua fronte?
Por que te encerras na cidade nua
Onde as mulheres amam nas ruas como os cães
E os homens falam da ciência que sabem
E amontoam riquezas com o sangue dos humildes,
Onde as flores são artificiais
E a sede é infinita porque não há vertentes nem fontes,
Onde o pranto é de ódio
E não de compreensão?
Por que te encerras na cidade morta
Onde o tempo é dividido e marcado?
Vem, eu te ensinarei onde se inicia a viagem
À cidade sem limitações,
Onde o ar é virgem e nasce das flores dos vales umedecidos,
Onde o som é renovado pelas madrugadas em gestação,
Onde o mistério do movimento da brisa
Faz crescer e ampliar as emoções em teu espírito
Até ao intocado do teu pensamento,
Onde a chuva caída das nuvens
Extingue teu cansaço secular
E renova as searas plantadas,
Onde as mulheres amam com a alma até a morte
E os homens confessam sua ignorância,
Abraçam os moribundos e acompanham a dor que verga o miserável.
Aí estarão as flores que transmitem o repouso inicial
E as fontes te saúdam como irmão.
Vem à cidade onde tua lágrima será pura

E cairá com a mesma alegria
Da que desce pelo tronco resinoso,
Onde o tempo sem divisão
Te desligará da tristeza do ventre que te gerou
E do manto da inquietação.

PENSAMENTOS QUE REÚNEM UM TEMA

Estou pensando nos que possuem a paz de não pensar,
Na tranquilidade dos que esqueceram a memória
E nos que fortaleceram o espírito com um motivo de odiar.
Estou pensando nos que vivem a vida
Na previsão do impossível
E nos que esperam o céu
Quando suas almas habitam exiladas o vale intransponível.
Estou pensando nos pintores que já realizaram para as multidões
E nos poetas que correm indefinidamente
Em busca da lucidez dos que possam atingir
A festa dos sentidos nas simples emoções.
Estou pensando num olhar profundo
Que me revelou uma doce e estranha presença,
Estou pensando no pensamento das pedras das estradas sem fim
Pela qual pés de todas as raças, com todas as dores e alegrias
Não sentiram o seu mistério impenetrável,
Meu pensamento está nos corpos apodrecidos durante as batalhas
Sem a companhia de um silêncio e de uma oração,
Nas crianças abandonadas e cegas para a alegria de brincar,
Nas mulheres que correm mundo
Distribuindo o sexo desligadas do pensamento de amor,
Nos homens cujo sentimento de adeus
Se repete em todos os segundos de suas existências,
Nos que a velhice fez brotar em seus sentidos
A impiedade do raciocínio ou a inutilidade dos gestos.

Estou pensando um pensamento constante e doloroso
E uma lágrima de fogo desce pela minha face:
De que nada sou para o que fui criada
E como um número ficarei
Até que minha vida passe.

[México, 1945]

PEDIDO

Amado, nada mais quero
Senão que interrompas o silêncio da minha vida
Com a música de tua presença festiva,
Nada mais quero
Senão que meu corpo
Viva à sombra de teu corpo
E que teu pensamento
Sobre a realização do meu viver
Seja como a brisa perfumada
Que abraça a copa dos arbustos
Antes da madrugada.
Nada mais desejo
Senão que teu olhar sobre minha lembrança
Se projete como nas sepulturas vazias
Abertas de véspera
A luz das estrelas tranquilas.
Amado, nada mais quero
Senão que ao fim dessa esperança tão vívida
Recolhas em tua memória
A lágrima que teve seu princípio
Na minha pálpebra triste
Guardada através de séculos
Terna e amorosa.

[México, 1945]

FLORESTA INFINITA

Árvores negras sangrando resinas venenosas
Pousadas por pássaros grunhindo músicas raras,
O silêncio úmido crescendo da vitalidade do húmus
Onde a respiração da folha tem o movimento do tremor do seio da virgem.
Sem a presença da luz do sol
Flores sem perfume guardando em suas bocas o pólen que cega
Parecem fantasmas coloridos que indicam o caminho da morte.
Charcos nevoentos da exalação do ventre da terra
Guardam milhares de peixes revoltados
Como cérebros encarcerados.
Dos rios de águas verdes e pastosas
Crescem mulheres que cantam.
Eu vejo em seus ventres uma grande boca
E em suas testas uma pupila magnética.
Seus pés incandescentes carbonizam os vegetais
Sob seus passos
E com seus dedos de alga
Arpejam sons desconhecidos de seus cabelos.
Na imensa floresta negra tudo se perde
Pelo mistério sensual da noite eterna.
As estrelas caminham como répteis
E o zumbido do vento abrindo espaço nas sombras
Parece o gemido desesperado.
Sete cabeças na serpente das sete lendas
Choram simultaneamente
O passado, o presente e o futuro.
As vibrações do solo coincidem com o despertar das gigantescas borboletas
Fecundando prontas para a morte dentro do amor.
As fontes recolhem o pio das aves desgarradas
E transmitem no ritmo da gota virgem que cai
A memória dos voos perdidos.

A noite bárbara caminha sobre a música do silêncio interrompido
Pela multiplicação dos fantasmas que cruzam a floresta infinita.

[México, 1945]

JORNADA

No fim da jornada
A noite descerá voluptuosa
Como um corpo nu chamando outro.
A paisagem será vazia
Diante dos sentidos ardentes
Que só perceberão os detalhes além da compreensão.
A memória esquecerá os gestos
Engendrados pelos delírios
Fixados no tempo.
As formas que então eram a beleza integral
Se tornarão desfiguradas
E a imaginação do prazer
Será a ideia pobre do absoluto.
Milhares de moléculas luminosas
Formarão grupos de luzes diversas
Consumindo as pupilas ingênuas.
Uma intensa umidade interior
Vinda dos ossos
Comunicará ao sangue o frio de uma região
Que não está nos mapas
E a vida diluída no sorrir do grandioso silêncio
Levantará a alma tombada
E ampliá-la-á até romper a fronteira
Que a levará à grande noite esperada.

[México, 1945]

OLHOS DE LUZ

Meu olhar tece o véu dos destinos
E penetra no ventre da noiva
Que pensa no filho que não será engendrado.
Meu olhar percebe a mão do adolescente
Remexendo os pensamentos
Cobertos de acontecimentos futuros
Pousados no desejo do mal.
Meu olhar vê o coração vazio e sem eco
Dos que falam em fraternidade e amor,
Da necessidade de amparar o órfão que se alimenta do lodo,
De erguer a prostituta com a compreensão
E não dividem o manto que distancia o frio,
Não repartem o pão e o vinho das suas mesas fartas.
Meu olhar sabe a verdade dos que dizem
Prever a conjunção da vida e da morte,
Dos que vivem exilados entre as multidões,
Dos que olham as pequenas distâncias impossíveis
Com um sorriso nos lábios durante o sono.
Meu olhar tece o véu dos destinos
Para os que não sentiram as mortas presenças
E penetra nos poros do mundo
Como as partículas de luz
Na densidade das trevas.

[México, 1945]

PRESENÇA DA TRISTEZA

Vem com a luz do sol
E nas sombras da noite,
Presente nas cores
E na superfície dos mares

Mas desconheço sua origem exata.
Sei que vive nas pétalas das flores
E no seio da terra fecundada
E que alimenta as árvores seculares.
Sei que deixa seu rastro
Nos caminhos dos grandes rios
E que se envolve na cabeleira
Das primeiras e das tardias estrelas.
Sei que já vivia na voz de meus ancestrais
E que o olhar dos meus filhos
A leva para os olhos dos meus netos
Girando nas gerações que se unirão
À origem das origens.
Presente no perfume da noite
E na tranquilidade do olhar da criança órfã,
No sonho de pureza
E no túmulo das que morreram ao dar à luz.
Presente na alegria da noite de Natal
E nas manhãs nupciais.
Presente no granito das montanhas,
No pó das largas estradas,
Na ideia do som na garganta muda.
Presente e constante desde o limite do paraíso
Nos vegetais, nos animais e nos minerais,
Mas desconheço a sua origem exata.

[México, 1945]

A FORMAÇÃO DA PAISAGEM

A memória das raízes cresce no mistério da noite
Trazendo as formas dispersas na imensidão perdida.
Cai sobre a floresta morta uma chuva de mãos ansiosas de afagar
E as possibilidades desconhecidas banham-se nas águas das fontes.

As lendas são contadas pelo vento
Aos pássaros adormecidos nos seus ninhos
E as flores recolhem-se em seus caules
Como os desejos que não foram transmitidos.
As sombras de formas humanas percorrem as estradas
Reveladas com a luz da lua.
O solo rejeita as raízes infecundas
E o silêncio deliberadamente colhe os frutos que apodrecem na treva.
Repentina incompreensão nasce com a aurora
Nos cérebros dos homens caídos no sono
Enquanto a criança em gestação sabe o mistério da luz e do fogo.
À beira dos abismos os amantes vomitam seus corações roxos
E uma nuvem cobre seus troncos
Deixando somente à paisagem pernas e sexos.
Ao longe uma voz apregoa os pensamentos perdidos no espaço
Criados pelos incomensuráveis delírios.
A presença do sentimento da vida
Embala a paisagem com a canção que faz dormir na morte.

[1945]

AMBIÇÃO

Eu desejaria ser o que nunca foi gerado,
Ser a ideia da forma que saiu do pensamento antes dele ter chegado.
Desejaria ser como a fumaça
Que se dilui no ar antes de subir e caminhar.
Desejaria ser como o arbusto triste e pequenino
Que nem sombra oferece
Ao verme mais indigno.
Desejaria ser o gesto recolhido pela indecisão
E os sonhos vagos que não se fixaram nas memórias.
Eu desejaria ser como as águas paradas
Que apenas refletem a imensidade do céu

E o movimento das estrelas luminosas.
Eu desejaria ser todo o esquecido da menor coisa morta
Menos ser alguma coisa do nada que sou eu.

[Filadélfia, 1944]

REPETIÇÃO DOS MOMENTOS

Repetindo-se vai o instante
Sobre o mistério do universo
E na palavra de todos os dias
Deposita uma inquietação no pensamento.
Sob a terra que vamos pisando
Renasce a cada passo a gota de uma fonte
Ou o grão no extenso trigal
E sem deter-se vão os séculos caminhando
Em sua mudez passional.
O fantasma de sombras negras
E de passos surdos
Ceifando a paisagem imprevista
E apagando as úmidas estrelas
Acompanha os ventres concebidos
E o pensamento semeado na fronte das crianças.
O movimento subterrâneo dos rios submergidos
Faz tremer as árvores
E despregar-se da rama
O fruto amadurecido.
Nas infinitas planícies do universo
A brisa bailando espalha para o desconhecido
Os desejos em nebulosa.
Os pensamentos dissolvidos
E o olhar da criança morta
No ventre escurecido.
O fantasma de sombras negras

CANTOS DE ANGÚSTIA   347

Reunido à essência do que não foi desvendado
Abriga-se silencioso
Atrás da fronte sem esperança e sem destino
De tudo que já foi amado.
A alma desce sobre a quietude do universo
E umedece as sombras secas.

LONGAS ESTRADAS

Um sentimento de mistério
Levanta-se e avoluma-se na minha tristeza fatigada e silenciosa,
Estremece meus passos diante das longas distâncias a cumprir
E faz sofrer minha alma na profundidade da emoção das lágrimas.
Esse mistério que domina a vastidão da minha memória
Se intercala nos vagos sorrisos meus
E prende o medroso movimento de carinho das minhas mãos.
Cega a minha pupila para o contorno da paisagem simples
Com a mesma amplitude da cor na superfície dos oceanos.
Faz deitar na minha língua revoltada o silêncio da palavra
E filtra meus sentidos no desconhecido segredo da compreensão.
Esse sentimento de mistério é que me ilumina
No espaço inútil e infinito da minha angústia,
No tenebroso vazio do meu desespero,
Nas longas estradas que me levam à eternidade.

[Filadélfia, 1944]

SOLIDÃO

Sem que nada se movesse
E o silêncio fosse igual
Ao que acompanha a resignação
Dos que morrem obscuramente,

Sem que as sombras crescessem nas trevas
Eu senti levantar-se em meu espírito
Como as marés na hora da cheia
Uma voz de doçura e piedade
Que contaminou em meus ouvidos
A multiplicação milagrosa das coisas e dos seres.
Veio com a emoção de um universo desconhecido,
Renovada e palpitante
Como as virgens convalescentes,
Veio como as coisas que não foram nascidas
Mas criadas na eterna luz.
Recolheu-se no meu consentimento
Como a criança que se refugia no regaço materno.
Sem que nada se movesse
E até a brisa estivesse ausente
Eu senti que fragmentos do meu ser
Encontravam-se sob a ternura dessa voz
Que talvez tenha vindo da luz das estrelas
Ou tenha surgido do abismo do meu próprio corpo.

OS GRANDES SILÊNCIOS

Passaram os grandes silêncios,
Os silêncios que envolveram os mortos na madrugada,
Os silêncios multiplicados nas águas paradas
Sob a esbranquiçada luz da lua.
Os silêncios das sepulturas abertas de véspera
Passaram sobre o momento da contemplação
E da imobilidade do olhar
Que comunica as formas ao espírito.
O que vinha das campinas florescentes
Inclinou sua face para as crianças órfãs.
O que havia passado pelas regiões defuntas

Contemplou a frágil esperança do enfermo.
O que havia caído do seio das estrelas
Parou diante dos humildes resignados.
O que vinha das campinas florescentes
Roçou nas frontes onde o desejo não estava ainda esquecido.
Passaram os grandes silêncios
E levaram as tranquilas visões,
As ingênuas e doces esperas que viviam nos olhares.

A ESPERA

Amado, por que tardas tanto?
As primeiras sombras se avizinham
E as estrelas iniciam a noite.
Vem, pois a esperança que se acolheu em meu coração
Vai deixá-lo como um ninho abandonado nos penhascos.
Vem, amado, desce a tua boca sobre a minha boca
Para a tua alma levar a minha alma
Pesada de sofrimento.
Vem, para que beijando minha boca
Eu receba a sensação de uma janela aberta.
Amado meu, por que tardas tanto?
Vem. E serás como um ramo de rosas brancas
Pousando no túmulo da minha vida.
Vem, amado meu. Por que tardas tanto?

[México, 1945]

POEMA DA MINHA CANÇÃO

Do fundo do oceano virá minha canção
Que em ti teve o princípio.
Será cantada pelas águas,

Pelas ondas e pelos búzios largados na praia,
O vento levará minha canção à cor das flores,
À garganta dos pássaros ainda implumes
E correrá entre as aldeias como o gemer dos velhos sinos nas campinas.
Minha canção visitará os abismos insondáveis
Desdobrando-se no eco
E pousará nas copas das árvores
Como uma grande mão acariciando
Os cabelos amados. Virá trazida nas nuvens
Na imensidão do céu.
Todos os olhos se apagarão
E as bocas ficarão silenciosas.
Não haverá outra música nem outra voz,
Não haverá movimento
Porque o universo ouvirá a canção dos meus sentidos
Percorrendo os espaços eternos,
Os espaços em que as sombras se interpõem aos ruídos.

[México, 01/05/1945]

OFERTA

Eu te ofereço todas as minhas nostalgias,
Eu te conto todas as minhas mudas esperanças,
Eu te ofereço o orvalho das minhas lágrimas
Escondido entre meus cílios
E minha tristeza
Como silenciosos desertos povoados de ternuras mortas,
Eu te ofereço minha boca
Que um dia meus amigos levarão ao túmulo
E meus olhos que serão como círios trêmulos e exaustos,
Eu te ofereço minha ansiedade e minha angústia,
Como o reflexo de um nome de mulher
Que fez o agonizante participar do amor e do triunfo.

[México, 10/05/1945]

MAGIA

Não é a primavera que faz florescer as rosas
Nos jardins solitários,
Não é a claridade do sol
Que me ensina a perceber as minúsculas gotas de orvalho
Pulverizando a relva,
Não é a música dos mares distantes
Que o vento canta aos meus ouvidos
Embalando minha alma na mais doce nostalgia,
Não é a velha árvore na infinita planície
Que me ensina a altivez e a serenidade
No meu isolamento e na minha saudade,
Não é o mel das flores dos vales desconhecidos
Que desce pela minha boca e inunda minha alma
Ansiosa e amarga.
És tu, amado meu,
É o pensamento em ti nos meus sentidos
Que desce e banha minha memória com tua imagem.

[México, 09/05/1945]

PALAVRAS AO AMADO

Vem, amado meu,
Eu te mostrarei, eu te contarei
O que aconteceu sobre meu corpo
E tu verás que pela tua ausência
Meu rosto inchou-se de tanto pranto
E minhas pálpebras se escureceram.
Eu te contarei
Como minha alma bebeu ansiedade
Assim como as raízes descobertas junto às águas
E tu verás como ressequida está a fonte da minha voz

Como as grandes areias dos desertos infinitos.
Eu te contarei como sem ti caminhei para a fraqueza
E meus passos adiantaram-se para o erro.
Eu te direi como fizeste esperar meus olhos
Fixos nos horizontes intermináveis.
Vem, amado meu,
E eu te mostrarei como teu olhar sobre meu corpo
Me trará a repousante sensação
Da terra que um dia cobrirá minha forma
E destruirá meu triste e inquieto coração.

[México, 10/05/1945]

POEMA DE AMOR

Ouve-me com teus olhos
Porque minha queixa é muda.
Acaricia-me com teu pensamento
Porque meu corpo está imóvel.
Beija-me com tuas mãos
Porque minha boca te espera.
Fala-me com o silêncio dos momentos de amor
Porque os ouvidos da minha vida
Se abrirão como as flores
Na úmida e infinita madrugada.

[México, 08/05/1945]

POEMA DA DÚVIDA

Quem sabe tua boca procurou minha boca
Porque o perfume da noite caiu sobre nós?
Quem sabe recebeste com profunda ternura meus gestos de carinho
Porque pensaste no roçar da brisa nos jardins abandonados?

Quem sabe as fundas palavras de amor que repetiste
Foram a evocação
Do que ouviste?
Quem sabe quando me acariciaste docemente
Não fui eu apenas uma forma
Que tua recordação vestiu
Unicamente?

[México, 1945]

POEMA A JOÃO SEBASTIÃO BACH

Ao longe, muito longe, foi ouvida
A música penetrante
E das imensas arcadas do firmamento
Um cortejo de serafins desdobrou-se na imensidão,
As florestas cresceram como os oceanos bravios,
As pedras dissolveram-se com o vento.
A música lentamente aumentando
E os corpos sentindo a nostalgia das almas
Emaranhadas na umidade das raízes.
Pastores guiavam os olhos dos mortos
Ao destino dos que estavam germinando nos ventres
E as estrelas caminhavam para o lado
Dos que estavam em gestação.
A memória dos que ainda se esboçavam no pensamento de Deus
Reconheceu os que haviam morrido há séculos.
No ponto alto da noite
Caminhou a nuvem habitada pelos gemidos do limbo
Escurecendo a música do universo
Para a transição da eterna madrugada.

CANCIONEIRA

Caminhando nas estradas
Vem vindo a canção singular
E as virgens vestidas de água detêm seus passos para ouvi-la.
O rio cantante imobiliza sua voz para escutá-la.
O vento esconde-se nos trigais para aprendê-la.
Lá vem caminhando nas estradas
A canção que fala dos destinos estranhos
Nos quais os prantos seculares se comunicam
No túmulo das almas misteriosas
E na tristeza dos que morrem lentamente
Como as pobres estrelas que não podem contemplar o amanhecer.
Não é o vento que chega com a noite,
É a canção singular que vem vindo
Rondando as estradas abandonadas.

[México, 1945]

POEMA UNIVERSAL

Este poema é dos que são estranhos a si mesmos,
É dos que nunca sentiram o frescor das rosas orvalhadas,
É dos que nunca mancharam sua memória na vibração das cores e das luzes.
Este poema pertence aos que esmagaram a lágrima com a humildade,
É dos que nunca traçaram a forma de um carinho no seu coração,
É dos que jamais repousaram a fronte exausta e perseguida,
É dos que assistiram à ação da morte num corpo muito amado,
É dos que banharam noite e dia a alma no pranto,
É dos que sentiram seus movimentos germinarem no crepúsculo
E nas sombras do isolamento,
Dos que viram perdidos os belos pensamentos de amor e de ternura
Ignorados na limitação do entendimento.
Este poema é dos que sofreram na amarga sujeira das prisões,

Vem das mulheres desgraçadas e das crianças famintas
Companheiras dos cães que farejam as migalhas.
E dos homens que ouviram longo tempo as vozes do ideal
E depois as da maldição, do sofrimento e do fracasso.
Este é o poema dos que jamais puderam caminhar,
Dos que nunca sentiram a doçura do orvalho das manhãs,
Dos que passaram a vida imóveis
Mas que nunca puderam repousar.
Este poema sereno como a oração do condenado arrependido
É meu e também
É teu.

[Los Angeles, 1944]

ÊXTASE

Eu estava caída sobre a terra
Quando teus passos ao longe
Comunicaram um estremecimento ao meu corpo.
E quando te aproximaste
Eu levantei os olhos amedrontados
E senti que tua presença os havia cegado.
O perfume que se desprendia das tuas carnes
Embriagou meus movimentos
E eu fiquei extática,
Me senti presa ao solo
Como se de meu ventre
Houvessem brotado profundas raízes.
O vento desceu sobre meus cabelos
E meus ouvidos se levantaram
Para a tua palavra.
A volúpia entrou no meu sangue
E minha face tornou-se como o fruto intumescido pelo sol.
Eu quis erguer-me e abraçar tuas pernas,

Sentir em minhas mãos inertes
A perfeição de tua forma
Porém uma angústia de morte
Calcava meu impulso de amor,
Baixava meu ser ao plano dos vermes.
Com a rapidez da luz tu partiste
E eu senti meu corpo desalentado estremecer
Ao ruído dos teus passos de regresso.
Eu me deixei ficar imóvel
Enquanto o solo se abria feliz
Para receber-me e alastrar-me na sua profundidade úmida
Como as raízes das árvores seculares.

[Novembro, 1946]

A VIDA PERDIDA

Quando me pertencias
Eu não temia o cansaço das longas caminhadas.
Deitava-me em teus olhos
E era como se a água pura das fontes
Escorresse pelo meu corpo alquebrado.
Quando me pertencias
As sombras da noite não me desintegravam.
Encostava-me na força das tuas palavras
E era como a flor que se abre em perfume
Ao contato do orvalho.
Eu não temia o silêncio
Que precede os acontecimentos angustiosos
Porque teu amor
Era como o solo abrindo-se para as fartas colheitas
Aos povos famintos.
Quando me pertencias
Os sons não se extinguiam bruscamente como agora

Porque tua presença envolvia meus ouvidos
Com o cântico perene
Da beleza e da harmonia.

REALIDADE

Para Apelles de Morais

Meu pensamento está em pranto
Num tempo acorrentado pelos meus sentidos.
Está em pranto pelos gritos da minha memória
Que se aclara diante de um passado perdido.
Dentro das minhas pupilas indiferentes às lágrimas e às alegrias
O pranto do meu pensamento se transforma
Numa impregnação de desespero seco
Pelos acontecimentos que deverão chegar
Talvez na hora próxima.
Meu corpo está acorrentado a esse pranto secreto
E já poderás notar, amigo,
Que meu rosto se desmancha em sombras
E que o vento da noite
Levanta a poeira das minhas carnes.

SENSIBILIDADE

Os dedos do meu pensamento
Rebuscaram nos silêncios do meu espírito
Os detalhes da tua forma
Desmaiada nos meus sentidos.
Minha memória sentiu os antigos sofrimentos
Como os sons de um velho clavicórdio.
Os gestos foram suprimidos diante da tua visão
Oculta sob minha alma ferida.

Teus traços fragmentados desceram
Sobre minha região remota
Revivendo as emoções sutis,
Aquelas que nos trazem uma dolorosa nostalgia
Pelas imagens que julgamos mortas.
Os dedos do meu pensamento
Cravaram-se na minha garganta
E tua lembrança transformou-se numa lágrima.

[Novembro, 1946]

O IMPONDERÁVEL

O tempo cai silencioso
Como as folhas mortas
E a angústia pousa no sangue da humanidade
Como a tarde sobre os vales tranquilos.
Impossível imaginar
Quando é o momento em que a suprema nostalgia
Domina o espírito
E abandona o corpo sobre as praias do destino.
A mão da vida escolhe e fixa
O pensamento que atravessará
As nuvens pesadas de tormentas
E de absoluta solidão.
As estranhas lamentações
Não chegam no tempo maduro e útil
Para levantá-las aos quatro ventos
Como um aviso aos instintos que se transformam
Em espectros confusos no sono desprevenido das crianças.
Há um oceano de pensamentos fragmentados
Que balança o mundo
E faz cair o tempo silenciosamente
Como as folhas mortas.

[Novembro, 1946]

A ELE

A noite abre caminhos nas montanhas
Como os lírios à luz fria da lua.
O vento indiferente e sem perfume
Passa sobre as velhas árvores sem tocá-las.
As nuvens cobrem os olhos das estrelas
E sob o silêncio das sombras,
Meu pensamento em ti
Corre como o eco pelo infinito
Interrompendo a paisagem morta.

[Novembro, 1946]

ÚNICO EM TODOS

Preguei teus olhos no meu pensamento,
Guardei o calor do teu corpo no meu sangue
E só tua voz possuiu a força
De desfolhar meus sentidos
Como o vento sobre as flores ao cair da tarde.
Ficaste misteriosamente
Em todas as minhas épocas divididas
E hoje sei
Que sempre teu corpo esteve em pedaços
Em todos os outros corpos que passaram na minha vida.

[10 de novembro, 1946]

AR DO DESERTO

(1943)

Para Lourival

MENSAGEM

Basta que sobre a minha forma
Caia a lembrança do teu amor
Para que os meus sentidos desabrochem
Como nas madrugadas a folha e a flor.
Basta que eu ouça o chamar do vento
Na rama dos arbustos
Ou no imenso firmamento,
Para que eu pense que é por mim
Que a tua voz clama
Nos espaços sem fim.
Basta que eu veja o colorido das auroras quentes,
Para que eu me lembre de tua boca e sinta,
Não suavemente,
Mas o desejo forte de beijar com lábios entreabertos
E olhos cerrados docemente.
Basta que eu me lembre da morte
Para que todo o amargor desta distância
Seja uma razão que reconforte.
Entretanto,
Vendo tua presença na alegria de tudo,
Minha alma vive em pranto
E meu ser é indiferente e mudo.

POEMA DA AGONIA ETERNA

Pousará depois do esquecimento,
Depois que toda a forma se perder
E toda a ideia cair do pensamento,
Depois que as minhas carnes nos meus netos
Se diluir em água, em plantas
Ou mesmo em simples objetos,

Depois que a minha alma e o coração
Debruçarem-se no gelo da morte
E perderem a mais longínqua e suave expressão,
Depois que as estrelas perderem o brilho,
Que tudo for trevas e vozes escuras
E da luz o céu não receber o menor rastilho,
Depois que terminarem as distâncias e as alturas,
Que se aclararem os segredos,
O prazer do riso, do gozo,
A razão dos tédios e dos medos,
Pousará como canção um infindável lamento,
Depois de tudo acabado,
Depois de todo o esquecimento.

APELO

Estrelas fulgurantes que riscam velozes o espaço
Venham derramar suas luzes
Sobre meus olhos cegos e baços.
Nascentes virgens que sinuosamente empapam a terra
Corram também sobre meu cansado tronco,
Molhem meus pés, subam pelas minhas exaustas pernas.
Ventos suaves que vêm varrendo o extenso firmamento
Refresquem minha testa suada de agonia
E amansem meu estertorante pensamento.
Oceanos e mares distantes
Que dividem com o ritmo das ondas
O domínio da lua e dos astros radiantes
Coloquem neste compasso o meu perturbado coração
Ou levem-me nas suas águas para massas mais profundas
Onde só moram mistérios e a grande escuridão.
Transformem meu corpo em alga ou coisa bem menor
Procurem me utilizar dentro da Criação

Para ver se assim eu me encontro
No princípio de alguma razão.

POEMA DA ESPERA

Esperei que de tua boca
Baixasse o orvalho das tuas palavras de consolo
Para que minha existência oca
Sob esta renovação
Se abrisse para a vida como as raízes sedentas
Esperam pelas chuvas abraçadas ao chão.
Esperei pelos teus gestos infalíveis,
Ansiada como as órbitas dilatadas nas trevas,
Como os ouvidos que se afunilam aos sons imperceptíveis
No momento em que o mistério da noite cai sobre o mar e sobre as pedras.
Esperei pela tua presença
Com tanta sofreguidão
Com necessidade tão intensa
Que cheguei a escutar as passadas da agonia sobre minha garganta e meu
[coração.
Esperei em vão que a névoa da tristeza que cobriu meu olhar
E que desceu sobre as coisas desenhadas
Fosse rompida e então minha alma iluminada
Louvasse a grande luz há tanto tempo desejada.

DEVASTAÇÃO

Como quem tem a canção da morte dentro da boca triste
E o frescor supremo sobre a alma,
Como quem espera inutilmente alguém que existe
E depois vê seus sentidos se desmantelarem como as rosas,
Como quem no ventre amoroso da terra foi recebido

E longos dias mais tarde
Em belas flores e doces frutos foi devolvido,
Como quem escuta inúmeros sons e lamentos
E sente singulares formas
Enchendo o sentimento da vida de indecisões e tormentos,
Como um céu infinito assaltado pelas trevas incontidas
Se distendendo mansamente para as manhãs vermelhas,
Sugando o perfume das matas umedecidas
Atordoadas pelo zunir de abelhas,
Como um pensamento em dor caído na madrugada,
Um arfar de moribundo, uma estrela apagada,
Vai a minha forma caminhando perdida
Tão triste, tão desolada
Humilde e comovida
Por ser de tudo o nada.

POEMA TARDIO

Agora que os olhos da noite desceram sobre a floresta,
Que as estrelas se acordaram,
Que o solo umedeceu
E que nenhuma luz mais resta,
Agora que os charcos se povoaram,
Que as flores se humanizaram
E que os desertos se alongaram,
Agora que o sono invadiu o movimento,
Que só existe o Eterno
E desapareceu o momento,
Agora que do espaço infinito caiu o senso infalível
Da composição e da medida
Oculto sob uma alegria profunda e terrível,
Eu ouço o canto de uma multidão marchando
Para diluir a condensação do pecado

Que a necessidade do infinito vem comprimindo e amontoando
Desde que o primeiro momento foi criado.

POEMA DA ABANDONADA

Pensamentos impossíveis
Se comunicam aos mistérios das noites
E ajudam a sangrar minha alma
Como um corpo sob açoites.
Um trabalho vagaroso e sem piedade
De sentimentos ignorados
Cai como um átomo que se incorpora ao senso infalível de minha unidade.
No fundo imutável
De paisagens indiferentes
De uma forma irrevogável
A solidão tece mansamente
O véu que se destina a agasalhar meu desespero infindável.
Um sopro anulou as dimensões
E sob a pressão de mundos mortos
Se dilata e retrai a miséria do meu corpo
Guiado por múltiplas e dolorosas sensações.

A MULHER DENTRO DA NOITE

Foge do seio da noite
Um perfume mais penetrante, mais forte,
Mais ácido e insinuante
Do que o das flores nascidas da morte.
Cai de dentro das estrelas tranquilas
Uma luz tão cintilante
Vazando as minhas pupilas
Que chego a pensar contente que o fim não está mui distante.

Passam roçando meu rosto, fatigados, os últimos ventos
E deles meus ouvidos tiram
Cânticos e lamentos.
É o momento em que as pastagens do deserto são regadas pela lua
E as colinas se adornam de alegria,
É o instante em que meu espírito deixa que sobre meu corpo influa
A sensação do nada e o tudo da poesia.

ESCOMBROS

Caída no espaço, por todo o eterno momento,
Sem projetos, sem desejos,
Sem o menor ideal, sem o mínimo pensamento,
Sem o prazer de ouvir,
Sem o ímpeto de amparar,
Sem o hábito de rir
E a tendência de chorar,
Com a memória na ausência
De todo o mal, todo o bem,
De qualquer reminiscência,
Sem o sol atravessar
A fímbria das minhas pálpebras
Para as cores devassar,
Queimando meu espírito no tédio
E pousada em minha testa a consciência do fim,
Sem solução, sem remédio,
Eis tudo o que resta de mim.

POEMA DA INCERTEZA

O desespero estéril da indecisão
Cobre o ar frio como uma sombra glacial

Dispersando a humana compreensão
Sobre o objetivo e o vital.
Com a madrugada se vai também a solidão
A única e doce companheira
Para a irremediável e a completa aceitação.
O irresoluto afoga a verdade,
Caminha sobre o certo
Colocando trevas na humanidade
Já tão fria e tão sofrida
Para que a alma fique sempre acesa
Aos arrancos trágicos da vida
Onde germina a força e a beleza.

CANTIGA DE NINAR

Repousa. Descansa. Virá um dia um vento
Que arrancará a tua balançada alma do teu corpo
E jogará tuas embaciadas órbitas fora do tempo.
Que levará teus braços para as nuvens distantes
E deixará tranquila tua orelha
À borda das águas cantantes.
Um vento suave como a carícia de uma doce mão
Que se envolverá no brilho dos teus cabelos
Que descerá desde o teu cérebro
Até o fundo do teu amargurado coração.
Cairá sobre ti, como a noite sobre a mata e sobre as flores
Desdobrará as formas dormidas
Deitar-se-á sobre teus sentidos
E estancará tuas dores.
Um vento que levará para a eterna distância
Os dolorosos solavancos de teu espírito
E os pedaços melancólicos de tua infância.
Repousa. Descansa. Aconchega no sono teus pensamentos

Que este vento chegará, não falta muito
Transformará em luz a tua treva,
Dentro de rapidíssimos momentos.

TRANSFIGURAÇÃO

À medida que o vazio no meu corpo ecoa,
Cresce em meu espírito o sentido das vidas acontecidas,
Balançando em meus ouvidos o pensamento que apregoa
Os soluços e a solidão das almas inutilmente pertencidas.
O torpor do imutável esmaga minha essência,
Cega meus olhos para que eles só vejam a luz da minha alma,
Seca minhas mãos para que eu ignore as formas e a existência,
Para que eu conquiste a ignorância e a calma,
Para que eu seja simples como as pupilas mortas dos recém-nascidos,
Para que no meu intenso desespero, o morrer
Incessante, sem parar,
Se transforme numa força incontida de viver.

SOLIDÃO

O espírito da tempestade que executa a minha palavra
Partiu
E minha forma assim abandonada
Caiu.
Vieram depois a aflição e a agonia
E cresceram em mim
Como a aurora e o dia.
E se eu quisesse contar, homens irmãos,
Desde quando meu coração está isento de alegria,
Acreditem,
Não poderia.

Há muitos séculos mora em mim
Uma noite muito escura, muito fria.

RECORDAÇÃO

Quando a noite é ampla e luminosa,
Não sei por quê,
Meus sentidos puxam meu pensamento
Para a tua existência gloriosa
E o vento que passa e rebusca meus cabelos,
Não sei por quê,
Traz o cheiro de tua boca e se cola em meu rosto como um selo
Se uma estrela maior cintila e brilha,
Não sei por quê,
Eu acho nela o teu olhar que também poderia ser o da nossa filha
Se a música das ondas
Se deita nas minhas vigílias,
Não sei por quê,
Eu ouço nela as tuas palavras de ternura e de alegria
E quando a noite se vai e aparece o dia
Eu começo a sentir tanta saudade,
Tanta nostalgia,
Não sei por quê,
Parece que minha alma se foi embora
Contigo e fico nas trevas sem a luz que me protegia.

O INEVITÁVEL

A consciência do fim crava-se em minha fronte indiferente
E o silêncio pousa como ave cansada
Sobre as pálpebras e a minha língua, docemente.
Meus gestos lentos mergulham em neblina de morte,
No sigilo e na treva da noite infindável

Sem pedir a graça do bem ou temer o mal da sorte.
Vozes do mar, gemidos do vento
Caem como soluços humanos
Na quietude dos meus pensamentos.
Meus olhos veem a angústia que habita o imenso do horizonte,
Que dorme na copa das árvores,
Deita-se nas águas dos rios e borbulha na boca das fontes.
Do ilimitado do universo um canto poderoso
Estanca meus movimentos e para meus desejos
E novamente cai sobre mim um vácuo eterno e tenebroso.

POEMA AOS AGONIADOS

Com a inquietação de toda a vida que se aproxima
Desce também sobre mim o destino implacável como a noite
Colhendo tudo de surpresa, chegando de cima.
O vento joga no meu rosto as sombras das vozes passadas,
Os ruídos eternos, o eco dos inextinguíveis silêncios
Nascidos das confissões estancadas.
Vazios e inúteis como as vigílias sem cansaço
São meus pedidos de auxílio para uma germinação estranha de ímpetos
Que correm para mim, semeados no espaço.
Meus sentidos se prolongam na agonia da tarde
Procurando encontrar na treva da noite
O fim misterioso e sem alarde.
Minha existência é o último pensamento no estertor do suicida
Que abraça a morte
Esperançoso de vida.

POEMA SEM RESPOSTA

Por onde anda aquele amigo vento
Que numa hora de angústia

Refrescou minha testa e levou para bem longe meu triste pensamento?
Por que terras andará aquele rio
Que beijou meus pés cansados e gretados
Depois de eu caminhar dias sem fio?
Por onde anda aquela noite pura
Que deu ao meu rosto amargurado e baço
Tanto repouso e tanta frescura?
Por onde andará aquela vida quieta
De que os simples falam
E de que a alma dos santos está repleta?

NEBULOSE

No horizonte a indecisão majestosa dos coloridos
Germina a madrugada como uma incontornável rosa mística,
Enquanto na alma das águas voejam as estrelas de tempos idos,
Levando nos seus rastros o fundo perfume de uma extinta noite lírica.
Doces vozes caídas dos ventos
Ciciam batendo na borda das flores
E são como piedosos gestos de olhos suavizando faces em dores.
Vem primeiro a luz, vem a cor,
Vêm as formas e o movimento,
Logo depois vem a vida
Fundindo ódio e amor.
Vem depois o pensamento,
Nostalgia indefinida,
Uma imprecisa ânsia
De um repouso ou de um atrito,
Ouvida perto ou à distância,
Numa canção ou num grito.
Por fim, um crescente tédio mudo
Para as formas, para as cores,
Transforma os movimentos e sozinho cobre tudo.

O OLHAR DO POETA

O olhar do poeta se derrama sobre a vida
E sua alma sofre tanto,
Com pesar tão profundo
Como se toda sua forma fosse
O coração do mundo.
O olhar do poeta se pendura
Nos carrascos do ideal que ensanguentam a terra,
Que arrasam os campos
E depredam corpos jovens na guerra.
E seu espírito treme tanto como a luz das estrelas,
Como se todo o seu pensamento
Fosse o universo, num só grito,
Num soluço e num lamento.
O olhar do poeta cai sobre toda a essência perdida
Sobre todo o início desviado
E acabado antes da vida.
E a face do poeta se assemelha à do Senhor
Que nunca sorriu
Mas que frequentemente chorou.

ESTAMPA

Ao meu grande amigo Murilo Mendes

Entre o céu e a terra
Brotam as cores da vida e as sombras do mistério
Como o plano das campinas e as curvas das serras.
Estrelas pastoreiam os desejos noturnos dos homens sem rumo
E o vento repete o cântico das folhas
Que se iguala ao lamento exangue do mundo.
As águas paradas nas pedras do rio

Ficaram espantadas, medrosas,
Esquecidas do ritmo bravio.
A pressão do renovamento
Aplaude o embrião que sobe nas paredes da vida
E na contemplação do movimento
Procura auxiliar toda existência que desde o início está perdida.
As plantas carnívoras inesperadamente surgem nos vales distantes
Desejando consumir as sombras das constelações espessas
Que se deitam no solo úmido a todo instante.
Sob a espécie de luz largada no tempo
Entre o céu e a terra,
A vontade e o pensamento
Lá se vão repetindo eternamente e fecundando os povos,
A tristeza e o sofrimento.

PAISAGEM INTERIOR

Eu vejo minha forma engastada nas manhãs agônicas, sem nível
Assistindo de movimentos atados às costas
As vozes calmas e profundas se esvaindo no imperceptível.
A essência do novo aspecto de penetração tardia
Vara o espaço galopando na multiplicidade dos erros
Procurando a vida em totalidade e harmonia.
Um desejo impetuoso de juntar o todo espalhado em fragmentos
Semeado no mundo, esparso
Aos quatro ventos.
Sob a luz difusa dos astros
Minha forma torturada despe-se da medíocre inteligência
E nua de rastros
Procura cobrir-se da divina sapiência.
Na tarde da minha existência
Já começa a cair tudo que era morto, tudo que era esquecido
Tudo que era vago, tudo que era ausência.

E na feição de esperança
Relacionando a vida com a salvação e a perdição
É quando meu espírito descansa
Da máscara do mundo
Onde moram nomes sem formas
E terrores profundos.

CANÇÃO

Numa aurora indecisa
Uma estrela fria e cega
Tombou em minha fronte lisa.
Minhas dormidas dores
De repente se acordaram,
Se abriram como flores,
Subiram às minhas narinas
E isolaram-me da vida
Como pesadas cortinas.
Suor gotejei
Como o aflito moribundo
Que entre vascas e estertores
Se despede do mundo.
Plantado foi meu corpo no meio de quatro cruzes
E meu nome foi escrito
Na réstia de grandes luzes.
Pelas fendas do meu caminho saíam lamentos crescentes
E nos meus olhos passou
A procissão de dementes.
Pelas costas, meu coração foi tirado
E diante das minhas órbitas
Ele foi apunhalado.
Quis fugir dos meus ouvidos
E joguei sobre meu cérebro

A força misteriosa que apaga os sentidos.
Apanhei meu coração
Embalei-o a noite inteira
Com uma canção de perdão.
Mas a estrela que cegou
E que numa aurora indecisa
À minha testa tombou
Escureceu meu espírito
E meu destino mudou.
E hoje vou caminhando
Empurrada por todos os ventos
Como as nuvens que vão andando,
Cheias de pensamentos.

PERGUNTA

Sereias douradas
Que são virgens puras
Em peixe encantadas,
Parem de chamar e respondam ao meu aflito
E eterno indagar.
Por acaso viram, têm alguma lembrança
De haverem encontrado, deitada nas algas longínquas
A minha esperança?
Estrelas que piscam por cima de outros mares
Como sinais semafóricos de amor
Entre as praias e os luares.
Parem de brilhar
E respondam a quem vive a indagar.
Nas suas passagens pelos céus,
Em que nuvem de tempestade ou de bonança,
Podem se recordar,
Viram montada a minha esperança?

Rouxinol ou cotovia,
Que com o entreabrir das flores
Glorificam o raiar do dia,
Parem de cantar e respondam-me num chilrear
A toda esta aflição de indagar.
No ramo alto, em que um dos dois descansa
Está lá, sem ninho, fatigada,
A minha pobre esperança?
Respondam-me luzes ou trevas
Mares ou pedras,
Troncos ou ervas
Por acaso o único ser do mundo sou eu
A quem a suave esperança de paz
Deus não deu?

POEMA FORTE

Um átomo que se incorpora mudo
Ao senso difuso da minha Unidade
Faz brotar o desespero na certeza de em tudo
Ser impossível iniciar minha humanidade.
A forma reta de uma estrada abandonada
Lembra a dissolução central dos pensamentos belos
E dá-me a sensação dos movimentos das raízes profundas
Que tanto acariciam bocas perfeitas, corações singelos
Como almas erradas e línguas imundas.
O riso é um cântico fúnebre que anda ao lado do homem
Comprimindo segredos, dores e renúncias
Sem que ao menos as gargantas possam livres gritar um nome.
A escuridão das noites amargas ecoa
Em olhos vividos, indiferentes,
Contorna o pensamento e apregoa
Como exemplo, a tristeza serena das águas humildes que correm docemente.

A nostalgia persegue os tempos esfumaçados onde a memória alcança
Com a mesma intensidade do tédio enlaçado no desespero brando
De doentes sem cura que vivem iluminados de esperança.
Como um átomo que se incorpora
As vozes penetram em minha alma sem que seja preciso meu ouvido
E como um florescimento de astros, muitas vezes, como agora.
A ideia do amor vem, incha o meu seio, invade minha essência
Se derrama pelo ar e vai sem mesmo eu pensar
Transmitir às futuras gerações as grandezas e os mistérios de toda uma existência.

POEMA DA MULHER DESTRUÍDA

Não é possível que desça maior tristeza sobre minha alma
Porque o soluço que seus sentidos têm
É o prenúncio da hora exata e calma.
Não é possível que minha boca exasperada
Possa tocar ainda na carne misteriosa
De alguma criatura muito amada.
E meus ouvidos jamais ouvirão a canção que transporta
Porque o vento da noite
Soprou sobre mim a música morta.
Meu espírito não florescerá como a terra
Porque minha essência desviou-se
E minha forma só descrença e tédio encerra.
Não é possível que a neblina das manhãs
Apague nas estradas os vestígios de meus pés
Porque há muito tempo minhas intenções não são puras nem sãs.
Não é possível que minha boca fale da alegria da vida,
No prazer das coisas simples
Ou no amargor do suicida
Porque necessário seria que eu fosse uma unidade,
Um peso para o equilíbrio
Da minha extinta humanidade.

É impossível eu afastar a lembrança dolorida e sem tempo
Que sacode minha geração
Como o rodopio do vento
Confundindo o homem com uma sugestão.
Não é possível que eu me encontre, que eu seja uma verdade
Porque o momento chegou em que eu sinto
Que transbordei e excedi minha própria necessidade.

POEMA PARA O AUSENTE

Quando um dia voltares, como espero,
Correndo para mim,
E eu de longe,
Parada de emoção,
Sentir tua chegada,
Aspirar tua presença,
Beijar tua mão,
Ouve, amado meu,
Só em pensar me para o coração.
Quando eu sentir,
Como um raio de luar
No silêncio do deserto,
Sobre o meu se derramar o teu olhar,
Sim, amado meu,
Eu terei a sensação
Da alma que bebeu
As divinas palavras de perdão.
Como ao cair da noite
Se despetalam as flores silvestres
Assim se desmanchará de júbilo
O meu ansiado coração.
Será tão grande a alegria
Que tremo pensando que chegue,

Será tão grande, tão grande
Que em toda a minha vida só contarei este dia.

PONTO DE RELAÇÃO

Amo as noites escuras e distantes,
Os ventos gritando em lamentos
Como se fossem amantes,
Espalhando no ar seus tormentos.
Amo os charcos, as águas paradas,
As pedras nuas ao sol,
As estradas abandonadas
E as planícies sem arrebol.
Amo o olhar dos solitários,
Seus gestos tristes sem glória,
Que são como pássaros cansados
Em busca de itinerário.
Amo os dias cinzentos,
A garoa lenta e fina,
Os poentes sonolentos
E o manto da neblina.
Amo a aridez dos desertos
Sacudida em vendavais,
Que se parecem tão bem com meus pensamentos incertos.
Amo tudo que é triste
E toda forma arrasada,
Assim eu me sinto mais plena
E bem mais acompanhada.

POEMA SIMPLES

Se acaso me encontrarem
E quiserem perguntar

O que passei neste mundo,
O que fiz da minha vida
E qual foi meu gesto fecundo,
Direi simples, comovida,
Reprimindo ardente pranto,
Que toda a minha existência foi:
Sofrendo por tudo tanto.

ANGÚSTIA

Dentro da absoluta solidão do nada
Jogaram minha cabeça nítida de formas,
Alegremente enfeitada de cores
Mas totalmente angustiada.
As noites livres dos arcanjos
Desceram sobre meus cabelos úmidos
E não trouxeram o consolo dos sonhos puros
E nem às minhas narinas encostou-se o perfume resinoso dos frutos túmidos.
Meus olhos estão impedidos de se fecharem.
Pelas formas que se ataram nas minhas órbitas
Obrigando minhas pupilas exaustas a tudo acompanharem.
Os pensamentos maus de toda a minha ascendência
Montam na primeira ideia pura
Que foi plantada com carinho na minha essência
Levantando o som eterno que roda em anéis diante dos meus sentidos.
Minha forma angustiada lança uma sombra pelo universal
E provoca o nascimento de insetos desconhecidos e estranhos
Que fogem titubeantes no voo inicial.
Nas subterrâneas camadas do meu ser
Há um desejo forte de ausência de ritmos para a finalização
Da matéria que se choca dentro dos séculos
À procura do equilíbrio e da perfeição.
Minha cabeça pendurada no espaço

É obrigada a assistir à morte vomitando a vida
E arfando pede que venha o único repouso para a sua existência sobrenatural
Que é uma angústia maior,
Uma angústia que cubra tudo, absoluta e total.

FECUNDAÇÃO

Diminui o rumor dos passos na extensão dos silêncios insofridos
Repetindo-se o momento nos estranhos destinos de dor,
Onde corpos serenos se enrolam em misteriosa gravitação de sentidos
Para que a vida reflexa modele o incompleto, a solidão e o dissabor.
Cobre o espírito o mistério das origens em marcha triste
Para que na hora extrema da angústia
Tudo se perca e se esvaia no conhecimento secular que existe.
Os gritos de dor e de aflição
Esparsos na grande noite profunda
Extinguem as vidas estranhas e dissonantes
Para que a alma se torne mais fecunda.
Desejos perdidos em amargas perplexidades
Transformam-se em harmoniosas resistências
Justapondo-se a todos os espaços e a todas as idades.
Os gestos humanos começam a recolher o cansaço que escorre
Da existência realizada nas pedras e nas águas
Tal como o apanhar do resto de vida num corpo que morre.
Apaga-se dos olhos
Como que vazados pelas trevas
O colorido que somente a luz emana
E assim permanecem as formas essenciais ignoradas pela forma humana.
No ar vazio de moléculas e tendências indefinidas
A morte desce nas centelhas do eterno
Que enlaçando-se nas almas comovidas
Recebe o irremediável findar
Que nos liga à vida.

POEMA DA MULHER AFLITA

Tu que vens de tão longe,
Da cidade calcária e amaldiçoada,
Dize se por acaso viste
Uma mulher mais triste
E mais abandonada.
Tu que conheces o mundo,
Que em nada encontras segredo,
Dize, depressa, sem medo,
Se é ainda o negro tédio, aquela mancha que vislumbro.
Tu que caminhas sobre a compreensão e a sabedoria,
Que até tua sombra verdade irradia,
Dize, sem dó, com serenidade,
Se algum dia se encostará em mim uma alegria.
Tu que conheces todos os ventos, todos os cantos
Dize, agora, sem receio de errar
Se meus olhos viverão sem descansar destes angustiosos
E torturantes prantos.
Tu que és confidente das águas tenebrosas,
Que sabes o que é o amor com renúncia e tortura
Dize, mesmo que eu caia em loucura,
Se já notaste, por um instante,
Em algum recanto do pensamento
Um ser tomado de maior tormento.
Tu que sabes onde se encontram o equilíbrio e a razão,
Que espalhas nos teus gestos a tranquilidade
Sobre toda a humanidade
Dize, agora, mansamente assim,
Para que eu sinta a paz do fim,
Se depois desta sufocante aflição,
Minha alma derruída, arrasada,
Ainda terá perdão.

POEMA DE UMA NOITE MORNA

A primeira noite me brotou
Junto com a grande centuplicação de formas e das sombras que caíram,
Durante o entrelaçamento das luzes e dos perfumes
E na comunicação das preces e dos lamentos que subiram.
Desci na dilatada cabeleira de Vésper
Sobre a Terra
E chorei porque vi, desconsolada,
As inúmeras estrelas mortas
Que a maior nuvem azul guarda.
Ouvi o tilintar longínquo dos sentidos
Que desviou o pensamento puro dos namorados,
Que fez os arcanjos fugirem corridos
E separou a boca dos amados.
Percebi a intranquilidade dos sábios crescer
Quando viram suas ideias
Chegar ao chão e tudo se perder.
Espíritos sem corpos cruzavam o vácuo,
Se escondiam atrás da lua,
Corriam nos braços do vento.
Homens ressonavam de bocas abertas
Aspirando os pensamentos soltos no ar
Deixados no ar pelos assassinos, pelos órfãos e pelos profetas.
Mulheres silenciosas, enroladas em negros mantos,
Percorriam as estradas, dirigindo seus corpos
Para onde o ouvido dizia ter escutado a verdade num canto.
Meus olhos sem pupilas percorreram o firmamento
Onde se desenhavam bocas vermelhas e largas
Que recordavam materialismo triste e pureza de pensamento.
....

Porque a noite se intumesceu
Meu espírito compassadamente também cresceu
E viu minha essência se esticar e correr em compreensão

Sobre todas as coisas, sobre todos os seres, com toda a intensidade
E a mais cósmica exatidão.

ISOLAMENTO

Um interminável céu de inverno
Cobre as sombras frias e mudas
Que no plano objetivo do sentido externo
O ritmo eterno vai lentamente criando.
Os fragmentos do tempo fecham nos seus lábios
As orgias da morte, os prenúncios da vida
O florescer de uma alegria no meio de muita amargura
E o esboçar ingênuo dos pensamentos dos sábios.
O vento que mansamente lambe a pele das areias
Leva junto o segredo dos homens
Aos ouvidos das estrelas
E ao país das sereias.
Na escuridão das matas aparecem olhos abertos
Espiando os rios que correm,
As águas que ficam
E os casais de insetos.
As mãos das raízes novas sobem pela madrugada
Comendo as folhas mortas,
Seivando os ramos dormidos
E fecundando a terra pisada.
A flor na sua frescura
Abre à noite a boca orvalhada
E dá todo o seu perfume
Ao olhar da estrela mais pura.
E o silêncio vai crescendo
Dando ao mundo das ideias o mistério da forma
Que o movimento vai endurecendo
Enquanto que pela densa escuridão
Passam luzes, passam sons

E um pensamento sem rumo
Fugido do coração.

DESAMPARO

Os movimentos sem finalidade que se alongam no tempo,
Os ruídos que chegam, que passam e que vão,
As formas desconhecidas que sobem no pensamento.
Que fecundam as ideias potentes e que se dissolvem na ação,
Tudo que os olhos veem,
Que os ouvidos ouvem
E que as mãos detêm
Foge da verdade como as nuvens tocadas pelo vento
Para o infinito, para o além.
As auroras que sofregamente sorvem os perfumes e as cores
Passam indiferentes como as águas dos rios
Sobre as esperanças humilhadas e os corações cheios de dores.
Sempre os pensamentos vão caindo no eterno silêncio que só a alma ouve e
[escuta
E há séculos se transformam
Num debater constante e numa tremenda luta
Até mesmo depois da forma devolvida em pó
Contorcendo o espírito na angústia
Do inevitável só com o só.

GRANDIOSIDADE

Saudar os seres vivos, a solidão das trevas,
Saudar a simples canção do silêncio
Deitado sobre as pedras,
A beleza em plena vida das ervas
E o gemido do vento cansado sobre as serras.
Saudar os enigmas da existência na eterna quietude

O inseto que zumbe, o pássaro que pia
O rastro das estrelas na latitude
E a paz que envolve as formas e as espia.
Saudar a grande massa estranha
Construída pelo pó dos séculos,
Impávida e nobre,
Transformada em montanha,
Saudar desde a folha nova cheia de vida
Até a morta derrubada do galho
E na estrada caída.
Saudar este instante profundo
Em que eu sinto que a mão divina teceu com doçura igual e intensa
A vasta maravilha do mundo
E o humilde prodígio da minha existência.

POEMA DA MULHER TRISTE

Eu já esqueci as cantigas
E também os coloridos;
Eu já não guardo os insultos que bateram aos meus ouvidos.
Os dias nascem gritando para o meu corpo
Num constante dobrar de finados
E minha vontade é como um veleiro sem porto
E inútil como um arado velho e abandonado.
Meu presente pega os gestos do passado
E dança diante de meus netos
Com a soma de meus ímpetos e de meu raciocínio cansado.
Os olhos de meu espírito se libertam
E galopam debaixo de minhas carnes e das sombras
Tentando explorar o sobrenatural irresistível
Na luta infindável do humano
Com o mistério e o impossível.
A objetividade múltipla do mundo

Esburaca as fronteiras do meu lado de reservas
Invadindo-o com um cheiro repelente, imundo
E aumentando minhas escavações internas.
Acompanha meus sentidos
Fatigados, desinteressados
E completamente amortecidos,
O meu espírito impávido que assiste ao debater
Das formas e das sombras
Contra a parede inacessível do meu ser
Que deseja fugir
Que tem ânsias absolutas de correr
Através de todos os tempos e de todas as idades
Para abraçar-se acima da grande estrela
Com o seu todo, com a sua unidade.

POEMA INCERTO

Impossível saber o momento
Em que os olhos cheios de beleza simples
Irrompem o silêncio do pensamento
Para refletir a tênue sombra da hora futura.
Incerto dizer qual o gesto que permanece
Mais devastador que a forma irrevogável
Do desespero que cai sobre o dia que amanhece
E sobre a existência instável.
Impossível impedir que de braços estendidos,
Bocas sedentas e pupilas vazadas de trevas
Não brote a revolta e o pranto seja extinguido.
Impossível saber se na marcha das origens
A ideia de fim se cola às frontes tristes
Sem que mãos se ergam em desespero
Sobre a terra, sobre os mares, sobre tudo que existe,
Que se juntam aos ventos em solidariedade trágica

Para depois em imperceptíveis vibrações
Voltearem no ar em forma escassa e frágil
De alegrias e compreensões.
Impossível dizer quantas vezes minha alma foge
Com gritos que irrompem da minha carne amante
Multiplicando-se no fundo da noite
Matando minhas vidas dissonantes.
Impossível afirmar se a hora em que me sinto realmente viver
Alegre, plena, serena e majestosa
Não é a mais justa, a mais certa hora de morrer.

TRANSIÇÃO

Este sofrimento seco de alegria perdida
Que trouxe um gosto de sangue em minha boca
Esta pressão de dedos em minha alma caída,
Um constante pressentimento mau visitando meu peito
Envolvendo o pensamento mais simples
E o gesto mais perfeito.
Esta ideia fixa de existências desunidas
Esta sombra parda que enche meu olhar
Resultante de esperanças suprimidas,
Este fundo silêncio em meus sentidos
Que arranca a seiva de um corpo vivendo
E o deixa apagado e indiferente
Como alguém que está morrendo.
Esta ânsia de abrigo para a alma enregelada
A necessidade do sono final
Para o sofrimento sem consolo, para o vazio, para o nada
E para a angústia total
Terminará quando eu for
Na mais humilde campa
A mais singela flor.

DOIS INSTANTES

Extravasou em meus lábios o segredo cantado aos meus ouvidos
Novos mistérios e novas tormentas
Invadiram de repente meus sentidos.
E foi como se eu tivesse chegado à essência dos grandes instantes
E foi como se minha alma tivesse sido inundada de prazer
Pelas grandes marés transbordantes.
Minha cabeça adolescente
Plantou-se em meu corpo cansado
E sorriu para as flores, para os astros docemente.
Minha língua pura falou da esperança e do destino
E minha garganta rompeu fervente e livre
Jogando a voz na amplidão como um festivo sino.
E foi como se um grito de glória eterna
Se revelasse fora de toda a compreensão,
Como se a noite se mudasse no dia
Igual como o momento da transfiguração.
Extravasou de minha alma o segredo de minha unidade.
Novos mistérios, novas tormentas
Confundiram minha fraca humanidade.
E foi como se as paisagens se tivessem anulado
Foi como se o movimento do mundo
Tivesse repentinamente estancado
E em meu corpo sadio e moço
Tivessem colocado uma cabeça exausta e apodrecida
Triste e solitária como as águas de um velho poço.
....
Pelas minhas pálpebras cansadas
Passou um vento soprando e deixou em meus cabelos
A umidade de tumbas molhadas.

RETRATO

Contempla a ternura e a misteriosa tonalidade
Que guarnece o segredo de meus lábios cerrados
E meus olhos perdidos na ausência de amor e de fraternidade.
Contempla minha forma nua, despojada de tempo e de alegria
Que vem atravessando as gerações
Na mais cruciante nostalgia.
Contempla meu espírito que antes de se colar ao meu corpo
Já sabia da inutilidade da lágrima
E possuía a certeza de que tudo na vida é morto.
Contempla minhas pupilas secas que só conheceram a opressão
E meus ouvidos que só receberam
O meu próprio canto de solidão.
Contempla minha boca entreaberta
E sente ainda meu grito de angústia e terror
Que pelas infindáveis paragens desertas
Procura romper o limite do homem para o Senhor.
Contempla em minha face a inviolável realidade da vida forte
Cuja origem a humanidade ignora,
Cujo silêncio é anterior às trevas da morte.

A CHEGADA DA SOMBRA

Na madrugada em que minha voz se acordar
E as palavras caírem desfiguradas pelo desentendimento
Ninguém deterá a sombra fria em seu andar,
Nada impedirá em minhas carnes o apodrecimento.
Nessa madrugada, enquanto o orvalho baixar sobre as flores
Enquanto a brisa levar às nuvens o cantar dos pássaros
Meu corpo em convulsão estará em dores
Na despedida derradeira
De entregar a forma à terra e deixar fugir a alma

Para a vida verdadeira.
Inútil será tentar consolar meu rosto torturado
Com o afago trêmulo de minha própria mão,
Meu olhar fixo e angustiado
Se toldará à medida que sair da vida o meu coração.
Meus pés que caminharam em sofrimentos passados
Em noites adormecidas
E espíritos acordados
Estarão prontos para a liquefação
Antes da minha boca, antes dos meus seios,
Antes que desapareça a última constelação.
Na madrugada em que minha voz se recolher ao eterno
Em que minha pupila vazada pelo mistério
Receber apavorada a rápida visão do inferno
Num sopro se anularão a extensão e a profundidade
Para que meus olhos conheçam o justo motivo de todas as lágrimas
E o glorioso sofrimento de toda a humanidade.

A MULHER AUSENTE

(1940)

POEMA À FILHA TRISTE

Teu pai é aquele que tu olhas com a condescendência das mães.
É aquele que errou e contou com tua inocência.
E é aquele que te escandalizou com seus pecados da carne.
Teu pai é aquele que causou a primeira tortura em teu coração.
É aquele que devia ser desconhecido para a tua experiência do mal.
É aquele que te mostrou a ti mesma.
Teu pai é aquele que permitiu com sua origem
Que tu te encontrasses dentro do Universo!

NADA SERIA POESIA SE
MEUS OLHOS NÃO CHORASSEM

A Gustavo Capanema

Se meus olhos não chorassem
Eu não sentiria a dor que ronda as formas esboçadas no espaço
E não haveria em minha voz a poesia dolorosa das angústias.
Se meus olhos não chorassem
Eu não veria as estradas marcadas pelos pés cobertos de vermelho
E não precisaria apanhar uma alegria qualquer
Para romper a neblina constante que corrói meu ser.
Eu não sentiria a nostalgia de uma infância que não tive
Olhando fotografias antigas,
Se os meus olhos não chorassem!
Eu não sentiria que as roupas de meu corpo haviam sido rasgadas
Pelos cães vadios
E as lamentações aos poucos se dissolveriam no ar,
Como se fossem bocas que parassem esfalfadas
Em planícies ensolaradas.
A poesia de amparar não seria a forma tão segura
Que observas no meu caminhar

Se meus olhos não chorassem!
Eu veria ainda a história bonita do meu destino
Contada nas linhas de minha mão
E minha memória não saberia a cantiga lamentando as gerações
Que ela sabe cantar dentro do meu coração,
Se meus olhos não chorassem!
Eu não sentiria a existência de
Um olho no centro de minha alma
Abrindo-se descarnado e fixo
Como um quadro anatômico
Espiando meu espírito nu na tempestade.
Não haveria nada. Não haveria poesia,
Se meus olhos não chorassem!
Nada teria importância
Se meu cérebro recebesse todo o volume da vida
Sem ressonância!

VOZ ETERNA

Mesmo que ouvidos se ensurdeçam
Para todos os cânticos, para todas as glórias,
Para todas as dores, para todos os sofrimentos,
O espírito da vida invadirá os sentidos
E a voz recolhida nas curvas das nuvens,
Nos grelos dos ramos, nas escamas dos peixes,
Nas cabeleiras das sereias e nas sombras das pedras
Surgirá estroante pelos campos forasteiros
No eco da primeira hora da aurora
E contará a poesia que habita nas coisas de todos os dias
E nas outras que só o Misterioso dá.
A grande voz recuará as memórias no tempo
E saberá onde ficou a palavra de bondade que esteve perto de ti

Longe da tua boca, mas em cima do teu coração.
Se a tivesses pronunciado
Ela seria eterna, viria desde o pó,
Seria ouvida desde o chão.
A voz que habita tua sombra
Falará do instante em que as alegrias
Ainda não se haviam secado das bocas
Como o barro cozido ao sol.
O vento derrubando a voz alojada nos grelos das árvores
Contará aos teus sentidos
Mesmo que os ouvidos se ensurdeçam,
Como foi atacado o homem na hora da sua dor
E verás como em suas entranhas seu coração tornou-se
Como a cera que se derrete.
Invadirá tua alma um oculto contentamento
E a grande voz alojada na garganta das gerações
Mandará que beijes tua mão com tua própria boca
E que arranques de debaixo de tua língua
O trabalho e a dor.
E a voz que alimenta teus sentidos
Iluminará teus olhos
Para que não durmas na morte!
Mesmo que os ouvidos ensurdeçam
Ouvirás a grande voz que elimina os espaços,
Ressurgindo das curvas das nuvens
Derramar-se como o perfume em tua cabeça,
Descendo até a orla da tua vestimenta.
Purificarás os teus delitos escondidos
E em teu rosto será contemplado o Infinito.
Do teu corpo só restará o coração
E na derradeira lágrima sentirás
O amor, a luz e o perdão.

MAX ERNST

Por cima dos montes as nuvens formaram gigantescos números.
Não era o tempo da lua e o sol não havia chegado.
No intervalo das horas apareceu no horizonte um torso de mulher
Que desprendia claridade azul
Sobre um enorme cogumelo brotado no pensamento triste do homem.
A célula-máter com a velocidade da luz
Corria nos corpos parados
E um globo ocular solto no céu sujo de estrelas
Viu quando o homem fecundado na vontade de Deus
Caiu no ventre de Eva.
E para que em todos os tempos ele não se libertasse,
Uma luz ficou ligada do seu crânio
À fímbria do manto eterno.
Por baixo da grande mão protetora
O Universo se desenrola e se repete
Com os elementos da pedra, da água,
Do espaço, do tempo, do erro
E de uma interminável mágoa...

SOU TUDO NO MUNDO DA ABSTRAÇÃO

De madrugada parti
Para meu mundo abstrato
E assim posso ser hoje
Uma pequena andorinha
À procura de um telhado
Ou a asa de um moinho.
Anunciar com meu pio
Num voo rápido e incerto
O inverno que vem perto.
Prefiro porém o mar

E agora sou sereia.
Faço boiar os meus seios em cima dos oceanos
E seduzo os pescadores com o amor nos meus cantos.
Faço intriga com os peixes,
Assisto às grandes tormentas
E quando ao longe um veleiro
Abre seus panos ao vento
Desenrolo a cabeleira atapetando os caminhos
Para evitar seu intento.
Agora quero ser árvore,
Copada, de frutos bem derreada
De flores muito enfestada
E nos meus braços guardando
Uma alegre revoada.
Pássaros rodeiam meu tronco
À espera da semente
Misturo então os meus ramos
Na aragem que vem vindo
E distribuo no chão a pevide que alimente.
Agora vou ser um astro
E uma estrela cadente.
Quero ver tudo de cima
E aquecer toda a gente
Depois de bem cansada
Quando os meus olhos fechar
Caio do alto e no fundo
O abismo vou perscrutar.
E por fim quero ser verme
Me esperando no sepulcro
Quero comer a mim mesma,
Sentir a transformação
E logo depois me tornar
Uma açucena em botão!

A MULHER AUSENTE   401

A AMADA É COMO A TERRA

Agachado, com a boca bem colada ao solo
Fala para que tua voz penetre na terra
E abasteça de harmonia e de vigor o grão que vai nascer.
Mergulha tua voz no solo para que os ramos dos arbustos
Tocados pelos ventos das manhãs
Sejam um misto de amargor e de alegria
Acompanhando os desolados com essa melodia.
Fala bem dentro da terra e dize palavras de consolo
Que assim as flores terão quando brotarem
A beleza eterna em seus perfumes e em suas cores.
Cola tua boca ao solo
E envia com os sons da tua garganta
Os teus insuperáveis pensamentos de Unidade
Para que eles caminhem subterraneamente
E rebentem no meio de outros povos
Cantando a glória da Verdade e da Fraternidade.
Abre com tuas mãos uma fenda na terra
Encosta tua boca aflita e diz bem no fundo a razão dos teus tormentos
Para que a água e o fogo central dissolvam teus lamentos.
Cola a boca no ventre da Amada
E fala a seu corpo
Para que seus filhos transportem tua harmonia pelos tempos infindáveis
E possas ouvi-la em cada homem, em cada flor,
Na intensidade de todos os perfumes
E nos milésimos reflexos de cada cor!...

CÍRCULOS

Um grande círculo de fogo veio do pensamento de Deus
E vestiu a terra
As águas em curvas rodearam o universo

E a forma redonda dominou o homem.
Sentada dentro de uma esfera
Está imóvel a mulher construída em círculos.
Cabeça.
Seios.
Ancas.
Pensamento.
Alimento.
Desdobramento.
Meus olhos atravessam os corpos
E percebem a continuação humana em círculos.
A mulher concebe em seu ventre, em forma redonda outra mulher
Que desde o embrião começa a unir
A cabeça aos pés.
Somos a sucessão de círculos
Num pensamento primitivo transformado em gerações
Numa eterna continuação
De sombras e de ações.

LUZ

A Cândido Portinari

Repara a luz que se projeta sobre a terra
Separando as nuvens que trazem o mau tempo,
Dissolvendo todos os mistérios das grutas escuras,
Atravessando as grandes massas de águas
E acompanhando os movimentos das raízes que se dilatam.
Repara como faz brotar as cores nas folhas,
Na plumagem dos pássaros, nas corolas das flores
E nas escamas dos peixes.
Vê como provoca o cheiro dos lagos esquecidos

E realça as lendas que pararam embaixo dos escombros gloriosos.
Repara que a mesma luz que se projeta sobre a terra
Caiu antes sobre teu cérebro amortecido
E fez ampliar tua mão em gesto de bênção.
E repara ainda como a sombra de consolo que refresca os pensamentos
[arrependidos
É a verdade que nasce da luz que recebes em teu cérebro
E que se estende ao teu coração!
É a amplidão e força da grande luz que se derrama sobre a terra
Depois de se ter filtrado e percorrido em gerações
O começo de todos os Princípios
E de todas as Razões.

O LAMENTO ME PERSEGUE

Lamento eterno das minhas carnes
Que inebria de sons meu espírito
Que torna incertos meus passos
E que invade de torpor meus sentidos.
Lamento que se estica em meus braços
Se volteia em meu pescoço
Se prende à minha língua
E se plasma em meu torso.
Lamento eterno que tem percorrido caminhos sem fim
Que tem atravessado mares revoltos
Desertos pestilentos,
Sempre atrás de mim.
Lamento eterno que vem separando minha Unidade,
Dilatando meu ser com imperceptíveis movimentos,
Que domina, que lambe os meus contornos
E que me afoga em carícias como um amante sedento.

SABEDORIA

A Jorge de Lima

Vem, homem amigo, coloca-te em ângulo
E verás as lamentações que vêm dos campos
Porque as raízes não brotaram,
O grito que vem dos mares
Porque os peixes morreram e as sereias fugiram,
A angústia que vem dos montes
Porque o sol parou no vale de Gedeão
E as pedras cobriram-se de lodo,
As queixas das estrelas apagadas como corpos cegos,
O gemido da cabeleira de Absalão que ficou retida nos ramos de terebinto,
E terás, homem amigo, a sabedoria dos campos, dos mares,
Dos montes e dos astros.
Coloca-te em ângulo
E tenta curar o corpo purulento e chagado do que te calunia,
Vê se descobres através de lentes e de estudos
O mal da carne que recorda o verme, a sepultura e o pó.
Torna-te compassivo e irmão do teu irmão
E serás, homem amigo, um pouco de bondade e eternidade.
Coloca-te em ângulo
E faze por não julgar, sê condescendente com o que ama, com o que erra,
Com o que é concebido no prazer e dado à luz nas dores,
E terás, homem amigo, um pouco de perfeição e semelhança.
Serve-te das nuvens como asas,
Passeia nas regiões polares
E quando a friagem cobrir tua existência,
Quando a noite se deitar sobre teu corpo,
Procura com um sorriso bom teu pensamento melhor
E aquece teu gesto de renúncia que gelou
E saberás, amigo homem, que estás contigo, que és duplo em ti mesmo,
Que possuis a sabedoria do universo, do corpo, da angústia,

Do equilíbrio e do perdão
E então, homem amigo, sabes muito.
Mas quando as verdades em bloco te esmagarem,
Quando descerem sobre ti as razões e não aceitares,
Quando não te humilhares diante do Mistério,
Então, homem amigo, nada sabes.

A RAZÃO DA ANGÚSTIA

Planícies se cobrirão de ossos,
Verás o sol se apagar ao meio-dia,
As pedras se racharem com estrondo,
Aparecerem bolas de fogo no deserto,
Os rios transbordarem e subirem ao teu coração
E sentirás que não está aí
A razão da angústia que nasceu com tua carne
Que escurece teus olhos e que te leva pela mão.
Verás os insetos morrerem ao chegarem à tua sombra,
O vento levantar a raiz da árvore que te protege,
Águas-vivas queimarem a boca dos náufragos,
Cascas de caramujos mortos encalharem veleiros de pesca,
O mar se despejar sobre si mesmo sem voltar à praia
E sentirás que não está aí a razão da angústia
Que rói tua carne, eneblina teus olhos
E dobra teus joelhos até que teu corpo caia.
Verás a malícia dos povos subir à presença de Deus,
Serem reservadas para os filhos as penas dos pais,
Os outros comerem o que semeaste,
Teu irmão se unir a Jezabel,
O ombro cair da sua juntura
E ainda não está aí a razão da angústia
Que vive nas tuas entranhas, escalda teus olhos,
Embaraça teus passos

E escorre nas tuas palavras com a lentidão do óleo.
Assistirás ao nojo mútuo dos casais.
O homem triste diante da luz mágica do sexo,
As estradas desoladas como as ruas de Sião,
Teus filhos se alimentarem de casca e raízes de juníperos,
As virgens ficarem esquálidas,
Procurarás te abrigar das pestes
Nas grutas úmidas onde os répteis depositam seus ovos,
Esperarás pela justiça dos homens como o trigo anseia as chuvas
E pelo gesto de consolo como bocas abertas às águas tardias
E saberás depois disto que aí não está a razão da angústia
Que cobre teu corpo como a pele
E lambe teus olhos como as pálpebras.
Ouvirás ser chamado contra ti o tempo
Que despirá de encanto tuas amantes,
Verás descer uma grande mão trazendo uma brasa viva
Tocar com ela os lábios que deprecavam
E desejarás que um anjo esfregue em teus olhos cegos
O fel dos peixes para que tuas pupilas se deslumbrem com a luz.
E depois disto ficarás mais triste ainda
Porque sentirás que não está aí a razão da angústia
Que entope teus poros e engosmece teus olhos.
E ao fim de tudo a que assistires
Na transformação das águas, da terra, dos montes,
Do céu, dos peixes, das aves,
Da luz, dos vegetais,
Do homem, da mulher, das gerações,
Da fome, da sede, do tempo, da vida e da morte
Saberás que aí não está a razão da angústia
Que diminui teu ser, que te humilha, que te cega a vista,
Que te acorrenta ao Princípio dos Princípios
Mas quando te perdes a ti mesmo,
Pensando com terror que Ele um dia não exista.

ÚLTIMO DIA

Entre o sol e a lua nascerão multidões
E pelos caminhos passarão povos de outras terras.
O ar se transformará em som que invadirá os ouvidos,
Os galhos das árvores, o silêncio dos ninhos abandonados
E a profundidade dos mares com a mesma ressonância dos metais.
Uma voz dirá a remissão dos cativos
E anunciará o desaparecimento das montanhas
E assim seja unicamente percebida no horizonte
Uma grande Mão que colocará nas cabeças
Cinzas como coroa
E nos olhos
Pranto como óleo de gozo.
Despejará nos braços das mulheres estéreis
Todos os enjeitados para que os ninem com a canção do Anjo Gabriel.
De todos os corpos será retirada a túnica dos reprovados
E a grande Mão pousará nos cérebros
Que ficarão ainda menores e mais humilhados diante do Mistério.
Ela dará às línguas cem palavras
Para que justifiquem o gasto do tempo
E julgará os méritos, retirando o tempo, deixando só as cem palavras.
Eu serei levantada de debaixo das pedras adormecidas
E minha forma será reunida por entre os fios das raízes
Para que em lugar do manto eterno da tristeza
Caia sobre minha lembrança, cobrindo, afogando o terror
O manto misericordioso do louvor!

ATO DE HUMILDADE

Perdoa, irmão!
Se escandalizei ouvidos contando a vida,
Se mostrei que a música de minhas recordações

Eram somente lamentos angustiosos de meu coração,
Se despertei nas memórias as visões dos sentimentos
E frisei que todas as tendências de Caim
Eu tinha em meus pensamentos.
Perdoa, irmão!
Se falei na piedade por troca,
Na repugnância mútua dos esposos
E se dividi a glória das virgens
Com a prostituta nascida de teus erros.
Perdoa, irmão!
Se disse que assisti a pais destruírem a alegria dos filhos,
Que meus olhos viram órfãos e prisioneiros,
Se com palavras mostrei que existem famintos e doentes
E que me envergonhei de ser sã diante de um canceroso.
Perdoa, irmão!
Se escandalizei ouvidos contando minhas misérias e minhas fraquezas,
O nada de meu corpo e o pouco de minha condição,
Se falei nitidamente na poesia da germinação,
Na tristeza dos frutos abandonados,
Se te nivelei à planta e à pedra
E pretendi refrescar teus pés cansados com a água das chuvas.
Perdoa, irmão!
Se te julguei sofredor, injuriado e caluniado,
Se te disse o que é a vida
E se te sentiste mal com o valor que reparti contigo.
Se assim falei nas minhas derrotas
Despidamente contando minha pequenez e meus desenganos
Foi porque pensei que eras meu irmão
E quis então te amparar
Com este gesto de igualdade e amplidão.
Quis me tornar menor que tu na força de sofrer,
Desejei apenas render à tua humana qualidade
O meu maior e mais sincero ato
De amparo e de humildade.

A MULHER COM INSÔNIA

A madrugada evolui em meu corpo
Que boia numa profunda insônia.
Meu cérebro é como um britador nos meus pensamentos
E cada fio de minha cabeleira
Se assemelha a uma corda
Puxando um detalhe das minhas horas,
Levantando uma derrota,
Uma irrisória conquista
E amarrando-as numa interminável solidão de tempos e de espaços.
Eu tenho o peso das multidões
Como se em cada molécula de minha carne
Estivessem plantadas sementes de seres e coisas.
Minhas mãos e meus pés
Quadriculam a minha angústia
Com o ritmo dos pêndulos cansados
Subdividindo a ação de mim mesma.
Quando levanto as pálpebras
Meus olhos trabalham como lápis em redor de minhas formas
Riscando no silêncio os meus contornos.
E fico ouvindo atrás dos meus maxilares
Todas as vozes que já usei
E as que se colaram aos meus ossos
Como esqueletos de peixes nas pedras.
Sinto a trepidação do sangue
Na minha estrutura
E tomo conta de todas as vezes que o meu peito se enche.
Desço as pálpebras
E meus olhos espiam com infantil curiosidade o meu cérebro
Que carrega todos os tempos
Todo o mal e pouco bem.
As visões que tive durante o dia
Saem agora covardemente de trás das minhas órbitas.

Me cercam e passeiam por cima do meu corpo
Como vermes famintos em carnes mortas.
O cansaço se equilibra à minha solidão
E de pronto começo a esquecer o atrito de meu sangue
E não mais percebo o ar
Percorrer a árvore de meus pulmões
O globo terrestre joga sobre meu corpo
A sua meia volta para que a realidade do dia
Atire sobre as paredes do meu ser
O trabalho esfalfante e inútil dos meus ímpetos bons
E a insônia possa viver em meu cérebro à custa dos erros
Que meu corpo realiza deixados pela minha origem.
Pelas formas que não vi
E pelas palavras imprudentes que não proferi.

FRAGMENTO

Se a escuridão do ventre materno
Não tivesse fecundado em meus olhos
A angústia eterna,
Minhas carnes seriam inundadas pelo espírito resplandecente
Da primeira estrela que brotou
E eu poderia correr de um lado para outro do firmamento
Com a mesma brandura dos ventos suaves e refrescantes.
Eu poderia cantar bem alto sem temor
E esperar que o eco enroscasse em meus ouvidos os sons de minha garganta livre
Porque os meus pecados não estariam guardados em segredo.
Eu seria como o orvalho que chega antes do sol
E brotaria de meu corpo o acre perfume da açucena plantada em terra negra
[e úmida.
Minha alegria seria como a raiz que rompe o solo para receber a luz
E minha sabedoria instruiria as mulheres por sonhos
E os homens por visões!

Se a escuridão do ventre materno não me tivesse acompanhado,
Minhas mãos poderiam rasgar em dois pedaços os corações
E lavá-los em regatos de terras não imaginadas
Para que perdessem a memória do seu lado esquerdo.
As nascentes que mitigassem as bocas impiedosas
Seriam secadas em seu veio apenas com o toque do meu dedo.
Eu teria braços como fogo, devorando como chamas as árvores que abrigassem
Os que não compreendem e os que não perdoam.
Eu desceria como as nuvens das madrugadas sobre as cabeças em desespero
E atrás de minhas pálpebras estariam escondidas todas as consolações.
Não haveria ventres estéreis e seios secos
Errando entre as nações.
Eu me transformaria em ar, atravessaria as grades das prisões
E penetraria nas narinas ofegantes dos condenados.
Eu estaria esquecida dos profetas
Que me representam em múltiplas figuras.
Se a escuridão do ventre materno
Não houvesse fecundado nos meus olhos a angústia eterna
E esperado o meu Princípio me reduzindo a um momento
Eu seria então a Grandeza Absoluta
E não um Fragmento!...

ESCULTURA

Eu já te amava pelas fotografias.
Pelo teu ar triste e decadente dos vencidos,
Pelo teu olhar vago e incerto
Como o dos que não pararam no riso e na alegria.
Te amava por todos os teus complexos de derrota,
Pelo teu jeito contrastando com a glória dos atletas
E até pela indecisão dos teus gestos sem pressa.
Te falei um dia fora da fotografia
Te amei com a mesma ternura

Que há num carinho rodeado de silêncio
E não sentiste quantas vezes
Minhas mãos usaram meu pensamento,
Afagando teus cabelos num êxtase imenso.
E assim te amo, vendo em tua forma e teu olhar
Toda uma existência trabalhada pela força e pela angústia
Que a verdade da vida sempre pede
E que interminavelmente tens que dar!...

A MAIOR OFERTA

Se eu recolher todas as coisas
Que se passaram em minha existência,
Todas as minhas decepções, lágrimas, as minhas alegrias,
Toda a minha dor envolvida em paciência,
Tudo que perdi e que me pertencia,
Todo o tempo que me encontrei em agonia,
De um ou outro instante
Que em vez de chorar sorria...
O que guardo?...
Somente um cansaço infindável,
Um negro desgosto de mim mesma,
De sempre me arrastar com o angustioso grito de meus sentidos,
Com uma soma de verdades lamentável,
Colado em mim um inútil desejo de ser útil,
Um esmagador tédio de tudo que meus olhos viram,
E sufocando meu coração
Um interminável amargor vivido...
Se ao menos eu pudesse transformar todo este nada,
O que perdi totalmente,
O mínimo que me chegou
Sem que a vida percebesse,
Naturalmente,

Se eu pudesse trocar
As raras vezes que sorri
E as horas que se alongaram
Para que mais tempo eu estivesse a chorar,
Se toda a minha tristeza
Eu pudesse permutar
Pela feliz certeza
De que a paz e a doçura
Num carinho meu, ao menos um momento
Aqueceu tua existência
E alegrou teu pensamento,
Se o beijo que minha boca sorveu
Retirou de teu coração
A mágoa que apareceu,
A minha vida seria então a minha maior glória,
Seria tudo de absoluto no desejo de conquista,
Seria a única porta que vislumbro
Dando-me com o sofrimento de Tudo que te amei
Suave passagem para o outro mundo.

CORPO E ESPÍRITO

Diante da noite úmida e infinita
A vida quis se dilatar em meu corpo em sua completa intensidade
E minha alma teve desejos loucos de superar a essência livre
Que em planos superpostos mora na minha Unidade.
Apesar de meus olhos terem puxado para a minha testa cansada
Cascatas de estrelas vivas e incandescentes
O barulho de minhas escavações internas
Se faz ininterruptamente.
As correntes fortes do meu ser humano
Procuraram revelar o mistério entre o espírito e o corpo
Por isso descolam a cabeça do meu tronco

E espiam atentas o resto
Que eu deformo com inútil experiência
Matando e aniquilando
A beleza pujante da existência.
Meu pensamento e meu coração
Se esforçam para me ligarem ao eterno
Com todos os conflitos e forças da paixão
Livre do meu cérebro
Caio e deito-me no meu lado sensual
Para sentir bocas em selo,
Perfumes de nucas pálidas
E corpos plantados de pelo.
Diante da noite úmida e infinita
Meu espírito força as paredes de meu ser
Procurando espaços, largos mares,
Planícies, tranquilidade
Nos mais desolados lugares.
E meus braços como pássaros loucos cortam o ar
Caem perdidos no vácuo
Em mim se forma a sensação
De que o solo me vai faltar.
Meus olhos pedem socorro no firmamento
E em letras douradas vejo como consolo
O meu próprio julgamento
Saem do meu peito ondas de terror e desalento
E transbordam do meu Eu
Como o real surge do meu próprio pensamento.

A SOLIDÃO QUE ME GUARNECE

Do momento em que ergui das águas a minha alma
E guardei-a no meu corpo
Surdamente ela bateu em minhas carnes

E acordou em meu espírito
A solidão espessa e virgem
Que os fins da tarde fecundaram atrás dos montes
E dos mares em gelo
Foi esfregada também em meus olhos
A visão da lua carregada dos arcanjos em pranto
E senti que os ventos em fuga se encolhiam num canto.
As águas das nascentes se evadiam ligeiras e mudas
Deixando as pedras secas, as árvores calvas
E a terra nua.
Vi também praias cansadas desaparecerem
E novas areias nascerem.
A noite puxou só para si
O perfume das flores que ainda estavam nos caules
E o tempo arrancou de meu rosto desolado
O suave crepúsculo dos dias terminados.
Andei em caminho sem vento que me refrescasse
Peregrinei pelas fontes secas
Desejando água que me aliviasse
E procurei nas flores e nas folhas
O perfume de vales para que me guiasse.
Solidão de luz.
Solidão de formas,
Solidão de mim mesma
Que acordou na minha Origem
O horror, o tédio e o ímpeto da evasão
Que guarnecem constantemente meus olhos
E meu esfacelado coração.

QUANDO EU UM DIA ME TRANSFORMAR EM ÁGUA

Quando eu um dia me transformar em flor,
Enfeitar os altares, acompanhar as noivas

E puder ficar escondida assistindo às suas noites nupciais,
Quando eu for colocada na mão parada e fria do cadáver,
Quando o cheiro de minhas pétalas se misturar com as carnes decompostas
E o limo dos corpos enlamear minha haste e meu pólen,
Eu serei mais tua
Te darei mais do que a terra.
Irei às entranhas do solo,
Desprezarei as raízes das figueiras, das mangueiras e trepadeiras,
Me afundarei à procura do veio d'água que a mata não mostrou ainda aos animais,
Irei me reunir aos canais subterrâneos que me levarão aos lagos em que te banharás
E então eu serei mais tua.
Me esfregarás em ti, aliviarei teu corpo do ardor do sol,
Me beberás e sentirás que só eu te mitigo a sede.
E quando sentires a língua pastosa se enrolando em tua boca no último suspiro
Eu serei a única a penetrar e aliviar teu corpo derrotado,
Só eu transformada em gotas percorrerei tuas carnes consumidas
E serei mais tua.
Mais contigo do que sendo flor,
Muito mais do que sendo Mulher.

POEMA AO SILÊNCIO

Silêncio, cobre meu pensamento e meu coração.
Cobre meu corpo do desejo dos homens
E minha sombra da luz do sol.
Cobre até a lembrança de meus passos
E o som de minha voz.
Cobre minha caridade e minha fé,
A vontade de morrer e também a de viver.
Estende-te sobre o colorido das paisagens,
Interpõe-te na minha respiração e no meu pestanejar,
Cobre-me desde o início de minha concepção,
Enrola-te no duplo de mim mesma,

Transforma-me em fragmento de ti próprio,
Penetra no meu princípio e no meu fim,
Cobre-me bem, com tanta amplitude e intensidade
Que possa eu ser esquecida
E me esquecer por toda a eternidade!

NORDESTE

Toda a terra é seca. Um deserto sem fim.
As folhas das árvores caíram.
Quase todas morreram.
O sol não revigora. Mata.
Os montes correram mais ainda na distância
Para que o clarão ardente e pavoroso
Comesse sem sombras e com volúpia
Desde o inseto até o homem.
Nas brenhas do solo ressequido
Esqueletos de animais mergulharam os maxilares
Num último esforço à procura de umidade.
Corpos decompostos têm o movimento
Feito pelos vermes embaixo dos farrapos.
O verde é lenda. O ar não vem das nuvens,
Vem dos ossos e do pecado,
Por isso é curto e pesado.
A mulher grávida que só tem memória de seu ventre e de seus seios
Caminha trôpega, exausta de se estender em gerações.
Não pode se amparar nos cactos porque têm espinhos.
E seu filho ignora que vai continuar o nada,
O desconsolo, a maldição e a podridão de onde foi gerado.
Tudo é morto. Apenas vive no olhar baço
O contorno de uma nuvem negra
Que talvez faça baixar sobre as carnes ressequidas
As gotas milagrosas de esperança
Que transportam e arrastam indefinidamente as vidas.

418   DO FIM AO PRINCÍPIO

CONTA-ME UMA COISA MAIOR

Conta-me da tua tristeza
E dize que é bem maior do que a minha.
Fala que a fraqueza e o desprezo
Expulsaram tua alma e tomaram tua forma nua.
Dize que as tempestades já fustigaram teu rosto
E que as gotas das chuvas se misturaram com tuas lágrimas de dor.
Dize para mim que teu sofrimento foi tão grande
Que chegaste a olhar a impiedade
Sem magoar teus olhos.
Conta-me como foram colocados sobre teu coração
Todos os caminhos em que as multidões passaram
E se repetiram como os números.
Dize que tua poesia não foi o último suspiro,
O fim repousante de todos os mal-entendidos humanos.
Fala-me da tua solidão
Quando procuraste unir teu corpo ao corpo que se vende
E ficaste só, porque ias sem a ideia da descendência.
Explica-me tua angústia
Por não teres recebido a palavra de auxílio
Que teus ouvidos esperavam mais do que o trigo pelas águas.
Fala-me desde quando tuas dores estão sendo lambidas e farejadas
Como foi pelos cães, o sangue do rei Acabe.
Conta-me ainda da hora em que os círios diminuíram
E as flores murcharam.
Conta-me sempre que eu escuto.
Conta mais, coisas maiores, isto é infinitamente pequeno,
Dize que tua tristeza é bem maior do que a minha.
Para que eu me sinta menor, mais humilde,
Não seja um bloco tão forte,
Para que eu me sinta mais morta
Dentro da minha inútil, total
E completa derrota.

EU GRITAREI PELOS QUE NÃO GRITARAM

Quando minha alma partir meu corpo em dois para a libertação,
Eu darei um grande grito.
Gritarei pela criança órfã judiada,
Pelo encarcerado injustamente,
Pelo filho que viu seu pai decapitado,
Pela mãe que viu seu filho criminoso.
Gritarei pela prostituta a quem não deram o direito de gritar
E pelos corações afogados no silêncio.
Gritarei pelo canceroso que viu homens fortes correrem para a boca dos canhões
E pelo mudo que soube da existência de cantores.
Gritarei pelos concebidos sem intenção
E pelos cérebros que só conheceram a tortura.
O volume do meu grito será engrossado com o choro da primeira criança
[que nasceu,
Da que estiver nascendo e da que nascerá.
Será tão grande e tão extenso o meu grito
Que abafará o som dos clarins que os arcanjos tocarão
E o eco rodeará o Universo, se juntará ao eterno mistério da vontade de Deus
E inundará de paz meu coração.

POEMA EGOCÊNTRICO

Não importa que sobre os mares
Se desdobrem ventos, tempestades
E em lugares do globo terrestre
Só haja noites polares.
Não importa que o sol seja forte
E que de sob a terra gretada
As raízes que alimentam
Sejam expulsas, vomitadas.
Não importa que os povos se matem,

Que morram de fome e de frio
Que ventres se multipliquem
E que pais condenem seus filhos.
Não importa que exista o prazer
E logo após desolação
E que uma alma cheia de angústia
Faça parar um coração.
Só importa saber ou não
O útil da minha existência.
O por que, nas minhas duplas faces,
A nostalgia e o tédio têm tal resistência.
Só importa querer que em meu corpo
Não se deite em completa extensão
A descrença que transporto
Desde o meu embrião.
Só importa aceitar o mistério
Com infinita razão
E que eu como Unidade explique
O Homem, o Erro e a Criação.

TUDO ESTÁ EM MIM

Quero que meu corpo seja como o céu que dá a chuva
E a terra que deita o fruto.
Que seja misterioso como as profundezas
Recolhendo as estrelas acabadas
E companheiro como o galho seco
Esperando o pássaro mudo.
Que minhas mãos sejam nas cabeças frias e tristes
Como um filete de sol esquentando raízes orvalhadas
E minha voz tenha para os ouvidos abandonados
A mesma doçura do mel que brota do ventre das flores
E a suavidade das cores nos poros das pétalas.

Que todos os meus gestos se assemelhem ao movimento do mar
Devolvendo à praia os corpos amados que estavam nele
E que meus olhos farolem as escuridões das almas
Como um guia de altas águas.
Quero que meu corpo seja como o dia que traz a luz
E a noite que derrama a paz.
Quero ser o vento na copa das árvores
E o fogo no centro da terra.
Que de tudo eu seja um pouco
E assim realize a vida
Sobre a morte do meu corpo.

FORMA E IGUALDADE

Senhor
Atiraste Tua mão sobre meu lado esquerdo
Sem reparar que o desequilíbrio
Iria perturbar meus passos
Com tal peso.
Se, neste lado, com Tua luz
As minhas carnes se tornaram castas,
Vê Senhor, o lado irmão
Que também criaste,
Continuou fétida e lodosa pasta.
Com tal ajuda metade do meu ser
Andou ligeiro e avançou no Tempo
Mas o outro lado que ficou miséria
Me impede de chegar a Ti
A todos os instantes, a qualquer momento.
Senhor!
Coloca Tua mão bem no meu meio,
Projeta Tua luz bem no meu centro,
Destrói com Tua suprema verdade

A indecisão de meu espírito com minha carne
Para que eu, Senhor,
Em perfeita beleza de forma e de igualdade
Glorifique em Ti
Minha Alma e minha Humanidade.

VOZ NOS MEUS MÚLTIPLOS

Há uma voz que não percebo,
Em que parte de minha alma se esconde
E que paulatinamente nega
O que vejo, o que sinto
E até o que me vem de longe.
Não crê que minha existência seja um número
Que depende da Unidade
E constantemente repugna e se enoja da minha humanidade.
Com o frio dos túmulos
Ela impede o movimento bom da minha mão
E esmaga minha boca
Num volume de montanha de silêncio e solidão.
Como um bólido afastando nuvens,
Rasgando chuvas, fendendo o solo
Ela corta meu coração
Polo a polo.
Está feliz sempre que me vê atormentada
E canta canções suaves
Quando minha esperança é espancada.
Igual à derradeira ave do Dilúvio
Procuro onde pousar
Na ânsia de fugir
E de mim descansar.
Voz que me acompanha nos seus múltiplos,
Que me distancia das matérias vivas,

Que me separa eternamente da Unidade de onde fui gerada,
Que me pulveriza no tempo
E me enxota da visão amada.

OLHEM-ME COM A VERDADE

Olhem-me como a mulher que nasceu sozinha,
Que saiu pela vida errante
Com a cabeça exposta às tempestades
E o coração soluçante.
Olhem-me como a um moribundo
Em seu último momento
Quando envolvido num volume de retrocessos,
De fatos, de pavor
E de arrependimento.
Olhem-me como a que esbarrou no destino
E notem nos meus olhos a nostalgia de quem sabe
E nos meus lábios vejam
A indiferença transformada em hino.
Olhem-me como um corpo para uma alma acabada
E vejam que a única força que ele possui
E o único bafejo que ele transporta
É a plena, absoluta
Vitória da derrota.

SEMPRE À TUA ESPERA

Se tardares, não importa.
Eu estarei sempre atenta à tua espera.
No globo dos meus seios guardarei o perfume
De todas as flores silvestres
Para que tua face queimada pelos ventos secos e ardentes dos desertos

Encontre a frescura plena e certa.
Não importa que demores
Se quando chegares um anjo com as mãos cheias de estrelas
As terá salpicado na minha cabeleira
Que escura e tranquila
Será desenrolada sobre teu rosto
Como uma noite inteira.
Mesmo que tudo vacile, se evapore,
Que no espaço o pensamento se transforme,
Que mergulhe em trevas o mundo
E se banhe de luz novamente a terra,
Eu estarei sempre,
Incansavelmente à tua espera.

A VIRGEM ATENTA

Vieste com a primeira gota d'água,
Com o primeiro grão de areia
E no brilho da primeira estrela.
Quando os astros da manhã agrupados te louvavam
Já minha alma te sentia.
A minha cabeleira se enrolava amorosa
Em todo o meu pensamento.
Para que minhas pupilas só conhecessem a tua presença
Vim de olhos fechados desde o meu nascimento.
Para teu completo encanto
As formas de meu corpo se processavam dentro de meu manto
Até na ignorância de meu tato.
Só a brisa da aurora meu rosto recebia
E assim minha boca daria à tua boca
Todo o frescor e alegria.
O canto dos pássaros somente eu ouvia
Para que as minhas palavras de amor

Fossem uma interminável melodia.
E assim te espero
Sem que luz alguma se faça em redor de minha forma.
Quero que seja o teu clarão
O único motivo da minha luz, da minha sombra
E da minha projeção.

CÂNTICO DE MULHER

Quando eu te beijo
É em tua boca que eu encontro o cheiro do meu filho
E olhando tuas carnes
Eu penso no mistério da fecundação.
Quando passo minha mão em tua cabeça
E faço escorrer teus cabelos como água entre meus dedos
É pensando no filho de meu filho
E no mistério da continuação.
Quando te aperto em meus braços,
Que encho meu peito dos teus ombros,
Eu sinto a grandeza de dois corpos
E no misterioso das almas
Eu me assombro.
Quando falas coisas de amor
E tua voz se torna impetuosa, vibrante,
Que teu olhar se ilumina
E tua pele umedece,
É pensando na eternidade do mar
E na fartura das messes
Quando o eco dos teus passos
Corta o silêncio no espaço
Eu penso na glória das marchas,
Nos clarins de batalha e nos peitos com medalhas.
Quando te olho deitado

426   DO FIM AO PRINCÍPIO

Livre dos teus sentidos
Abandonado à verdade
Eu fico pensando na Morte
E no mistério da Unidade.

A MULHER PERCEBE O AMADO

Não se havia ainda formado o mundo sobre seus polos
Nem ainda se firmado no alto a região etérea,
Eu já te sabia vindo e tinha em meu tato
A noção material da tua existência
E já meu coração esperava o teu para o grande pacto.
O equilíbrio das fontes ainda era incerto,
O vento retido entre as mãos do Criador,
As águas atadas embaixo das pedras
E meus ouvidos já percebiam muito ao longe
A doçura das tuas palavras de amor.
A noite ainda não havia se levantado
Para louvar Mélium
E contar em altas vozes a multidão de estrelas
Chamando-as todas pelos nomes
E meus olhos já estavam fixos nas nuvens lendo
A tua forma e minha alma compreendendo que serias o único homem.
Os pássaros desconheciam a gruta sombria
E já meu corpo era como a galera
Esperando ao largo dos oceanos
Para trazer teus filhos que ficariam retidos
Pela música das sereias em bandos.
O sono ainda não era distribuído pelas pálpebras fatigadas
E tua lembrança já trazia ao meu coração
O repouso da alma farta
E toda a compensação.
E algum dia,

Ainda o sol não tenha dado aos teus cabelos
O último aquecimento e a derradeira claridade,
Eu já estarei transformada em terra profunda
Esperando tua cabeça inerte
Chegando sempre para te servir
Antes do teu princípio e muito antes do teu fim
Numa constante unidade em te perceber e te seguir.

A UM HOMEM

Quando numa rocha porosa
Cansado te encostares
E dela vires surgir a umidade e depois a gota,
Pensa, amado meu, com carinho,
Que aí está a minha boca.
Se teus olhos ficarem nas praias
E vires o mar insalivando a areia,
Com alegria pensa, amado meu,
Num corpo feliz
Porque é só teu.
Se descansares sob uma árvore frondosa
E além da sombra ela te envolver de ar resinoso,
Lembra-te com entorpecência, amado meu,
Da delícia do meu ventre amoroso.
Quando olhares o céu
E vires a andorinha tonta na amplidão,
Pensa, amado meu, que assim sou eu
Perdida na infindável solidão.
À noite quando as trevas chegarem
E vires do firmamento
Uma estrela cair e se afundar,
É sinal, amado meu,
Que teu amor vai me abandonar.

Na morte, quando perderes o último sentido
E tua própria voz
Em forma de pensamento
Te subir ao ouvido,
Deixa escorrer a derradeira lágrima pelo teu rosto
Nascida do extremo alento do coração
E pensa então, amado meu,
Que ainda é um suave carinho da minha mão.

TÉDIO POR COMPANHEIRO

Puxaram de dentro do meu corpo a minha alma
E encheram-no com uma angústia tão grande
E um vazio tão esmagador,
Que eu seria mais feliz
Se meu rosto fosse uma chaga
Que causasse a todos terror.
Encheram meu coração
De um tédio tão possante, tão faminto,
Que eu não sei se é verdade
Ou se minto
Quando digo que tenho pelos homens piedade.
Socaram nos meus olhos tanta indiferença,
Foram diluídos em lágrimas tão doloridas
Que agora todas as formas e as cores
Para as minhas órbitas
Estão completamente perdidas.
Com tanta injúria foram gastos meus ouvidos,
Que quando durmo minha língua na mudez
É pensando na felicidade que eu teria
Se me fosse dada por companheira, desde o berço, a surdez.
Está tão infiltrado meu corpo de torpor,
Subjugado meu movimento pelo tédio e pelo nada

Que meus sentidos já fugiram há muitos séculos
Me deixando inteiramente abandonada.

CHOVE DENTRO DA MINHA ALMA

Ouço bem a chuva que dentro da minha alma cai.
Debruço-me num tempo erguido pela nostalgia
E a chuva é mais fria.
Procuro em meu coração uma tristeza qualquer;
Talvez assim encontre aquecimento
E mude o ritmo da chuva
Por algum momento.
Busca em vão.
A chuva continua em compasso firme e lento
Desacompanhada de vento.
Procuro em meu coração
Um segundo de descanso
E talvez de exultação;
Novamente recorri em vão.
Chove dentro da minha alma
O pranto das noites frias
E das inumeráveis tristezas sem razão.

O MAL ESTÁ NA MEMÓRIA

Se eu subir bem alto, acima dos montes,
Acima das nuvens,
Subir tanto quanto aquela estrela grandiosa
Serei mais tranquila e lá no alto
A vida para mim será mais bondosa?
Se eu sulcar os mares, cruzar os oceanos,
For amiga das sereias e dos cavalos-marinhos

Serei mais feliz
E esquecerei outros caminhos?
Se eu experimentar e me deixar cair num vulcão,
Se eu me tornar labareda, se eu comer o ventre da terra
Se sentirá mais consolado o meu triste coração?
E se eu fosse uma árvore e até mesmo uma flor
Que me deixasse ser lambida pelo vento com furor
E sugadas minhas entranhas por inseto multicor
Seria mais contente,
Estaria mais libertada desta existência de horror?
Em tudo eu seria feliz, mais tranquila,
Bastava que eu não tivesse a glória
De tanto ter sofrido
E acompanhada eternamente de memória!

CÂNTICO

Marcavam meu espírito a hora de sangue e o terror milenário.
Uma enorme ânsia da precipitação dos fatos
Para a finalização da forma
Esbarrava em meu ser obrigando meu alento
A deitar-se por terra e agarrar-se às raízes mortas.
Uma tênue luz vinha do alto, por trás de meu corpo
Provocando minha sombra, que eu pisava com meus próprios pés.
Eu era só, sem um bom pensamento, sem uma ação má.
Era como uma estrada sem o frescor dos ventos,
Sem a breve claridade dos relâmpagos.
Eu era só. Eu era depois de tudo.
As direções se misturavam, os perfumes penetravam nas cores,
Nas formas, nas dores e nos prazeres.
Era tão só que o pó era companheiro,
Tão só que a lepra era alegria.
E assim caminhava trôpega e distante

Até que meus olhos encontraram meus pés e correram
Justo às minhas mãos, enlaçando na minha forma
Uma existência e uma razão.
Senti que toda a minha fraqueza se transformou em força
Vendo em meu corpo
A fonte de dores, destruições,
De felicidade e criações.
Levantei meus cabelos baços e escorridos
Por terem somente se alimentado de pensamentos tristes.
Com ternura e veneração olhei para meu ventre que havia fecundado cinco vidas
E para meus seios que alimentaram cinco bocas.
Em meu rosto achei o molde da amargura aninhado entre meus lábios
E meu ombro guardava ainda as gotas de suor de uma testa aflita.
Segurei com minhas mãos trêmulas os meus braços extenuados
Que ampararam recém-nascidos antes da primeira lágrima
E peitos ofegantes na hora derradeira.
Toquei nas carnes das minhas pernas trituradas e envelhecidas
Pelas infinitas caminhadas à procura de um amparo e alguma fraternidade.
Nesse momento comecei a sentir que subia à minha garganta um cântico de
                                                                    [alegria,
Um cântico eterno de força e de vida,
Um cântico de germinação, distribuição e bondade.
E meu caminho se clareou com uma luz que esguichada das nuvens
Guiava meu ser na dianteira, para que minha sombra caminhasse depois de
                                                                    [meu corpo.
Meus olhos tornaram-se límpidos e eu me coloquei antes de tudo.
E eu não quis morrer, eu cantei a vida
Que saía gloriosa do fundo do meu ser
Levantada pela voz do Senhor, do Criador
Que cantava em meu coração
O cântico de Glória e de Ressurreição.

O POETA DIMINUI O SOFRIMENTO

Se és poeta, canta bem forte
Todas as manifestações da vida
E as grandes razões da morte.
Deves sentir a extensão do mal, das misérias,
Das angústias, das paixões
Como o sangue que corre em tuas artérias.
Esvai-te nas tristezas dos povos,
Dilacera-te nas dores alheias
Como um corpo em campo de batalha.
Com emoção acolhe a teu lado
O que está efervescente de revolta, de pecado
E retira do último olhar do moribundo
A infindável beleza de um mundo.
Abstrai o tempo e pensa
No amigo que a morte apodreceu,
Pensa que também virá teu dia.
Sofre bem, conhece tudo que é vida,
Penetra em sua extensão,
Vive-a toda em pensamento
E também em coração.
E se cantares bem forte
Todos os volumes da vida,
Se os sentires e os penetrares
E com o sofrimento total
Os afastares
Poderás então, poeta,
Cantar bem alto e bem forte
A grande conquista da vida
Que é saber e possuir as razões da morte.

A MULHER AUSENTE

A MORTE DÁ O EQUILÍBRIO

Quando a morte estiver para chegar
E ao teu coração indiferente
Se quiser encostar,
Tuas palavras serão mais brandas mais bondosas
E tua voz se tornará pausada e maviosa.
Teus pés que tanto levaram teu ser
Pelos caminhos agrestes ressequidos
Terão primeiro a glória do descanso
E com eles todo o resto do teu corpo seguido.
Tuas mãos que sempre em vida se fecharam
No ímpeto egoístico da conquista vã
Se abrirão como flores perfumadas
Recebendo o orvalho e a luz da manhã.
Toda a vida de teu corpo se juntará em teus olhos
E teu cérebro em claridade
Verá somente a verdade.
Se algum dia sentiste
A humilhação e o desdém
Pelo que de feio e parvo
O teu físico tem
Espera então que a morte
O teu maxilar endureça,
Que a última lágrima chegue,
Que o Universo em sombra te pareça
E verás que a força que não tinhas
Para combater teus semelhantes
Contra a injúria e a maldade,
Te será dada pela morte
Com o silêncio e a grandeza.
E sobre tua forma e teu espírito
Possuirás o completo equilíbrio.

ESTIGMA

Não receio que partas para longe,
Que faças por fugir, por te livrares
Da força de minha voz
E da compreensão de meu olhar.
Não temo que os mares te levem
No bojo dos transatlânticos
Nem tampouco me amedronta
Que em possantes aviões
Cortes espaços sem conta.
Serena ficarei se disseres
Que na certa me olvidarás
No ventre da mata virgem,
Nas areias dos desertos
Ou no amor de outras mulheres que terás.
Não importa.
Nada temo, e desejo mesmo que o faças
Para que saibas o quanto estou em teus sentidos
E que minha forma, meu espírito
Jamais da tua existência passe.
Se fugires pelos mares
Tu me verás na espuma leve da onda,
Me sentirás no colorido de um peixe
E minha voz escutarás dentro de uma concha.
Se partires pelos ares,
Certamente na brancura de uma nuvem
Tu sentirás a maciez e a alvura
De minhas carnes.
Se fores para a floresta
Hás de me ver
Na árvore mais florida e harmoniosa.
Atravessando areias cálidas do deserto
Sei que trocarias o lenitivo de um oásis
Pela certeza de me teres perto.

E nas mulheres que encontrares,
Dos seios o perfume, das nucas a palidez,
Das ancas as curvas
E das peles a cor e a tepidez,
Fica certo, não te evadirás.
No céu e na terra,
Em todos os seres me encontrarás
Porque desde a tua sombra
Ao teu mais rápido pensamento
Não serás livre de mim
Nem um momento.

ROTEIRA

No segundo das luzes incertas
Parti de madrugada
Quando as pestanas da aurora me cobriam.
Juntei-me a outras mulheres desconhecidas
E caminhei pela estrada que termina
Onde se escondem as vozes sem corpos,
As alegrias dos simples e as lágrimas sem ternura dos cegos.
Segui pelos caminhos onde habita a luz e onde se esconde a treva,
A intensa treva que cobre o interior das almas
E as aquece com o fogo que não se acende.
Durante a caminhada reparei que a ação do meu espírito
Havia vencido inutilmente a tormenta da carne
E minha alma se achava nua como um cardo.
Antes da minha chegada as sirenes tocaram tão alto dando alarme
No momento da troca da luz pelo sol,
Que foram ouvidas pelos pescadores.
Espantados e surpresos lançaram ao mar a pesca da noite
E enrolaram-se com tremor em suas redes.
Também os ossos perdidos nos desertos
Encheram-se dos vícios de suas mocidades

E o vento tornou-se numa zoada de terror rodeando os espíritos
Como as abelhas de Ábila.
Meu corpo ficou inflexível e meus passos não foram interrompidos pela
[minha vontade.
Sabia por tangência que a mulher da minha esquerda
Fazia desaparecer o Luzeiro com a sua cabeleira
E a da direita mandava que se levantasse à tarde
O Véspero sobre os filhos da terra, apenas com o jato do seu olhar.
Na minha frente assisti à desarmonia dos homens, dos animais,
A vaidade dominou os entes, subiu às nuvens,
Se espalhou entre os astros
E Saturno se coroou!
Meu pensamento foi tão violento que deu passagem ao trovão
E minha voz foi tão alta que não houve tempestade
Que a desalojasse do meio das nuvens.
Desceu sobre meu ombro a força
E o vigor sobre o umbigo do meu ventre.
Meu espírito foi varrido pela claridade divina
E logo tive piedade do simples,
Que de tão simples ignorava que era feliz.
Com o pecado dos meus ancestrais
Criei a célula que enlouquecida
Transformou a beleza da forma viva
Em princípio e desagregação da morte.
....

A estrada se enchia de mulheres vindas de terras e de raças desconhecidas
Que haviam abandonado os valores emprestados
E meus ouvidos escutaram maravilhados o cântico de minha boca se
[confundindo
Com as vozes que não eram mais de angústia, terror e de maldade
Mas de uma infinita suavidade, esplendor
E liberdade.

EQUAÇÃO DE MIM MESMA

Se eu pudesse sair do ângulo da refração de mim mesma
E não perceber os gestos de mistério e criação
Na limpidez das cascatas e no olhar dos pássaros,
Não tomar para mim toda a vida que se encontra no movimento e na
[contemplação,
No que enche o deserto em tudo que é voz, em tudo que é eco,
Em tudo que afoga a claridade dos espaços,
Sentir o ritmo da natureza misturando-se à linguagem dos continentes,
Receber em meus ouvidos os lamentos dos rios e as glórias dos mares,
Sentir em meu coração piedade por um pedaço de tronco,
Por um charco esquecido e pelo fim de uma estrela cadente.
Se eu pudesse não sentir os espíritos luminosos limitados pelos defeitos físicos
Quando se transformaram em derrota e angústia
E se enrolam como braços em meus sentidos
Apagando as paisagens suaves que deviam me pertencer.
Se eu pudesse não ouvir
A minha boca desenhada no céu
Dizendo verdades distantes e intactas
Vindas de espíritos intocados
Falando as coisas que devem unir-se e engrenar-se,
Fecundar-se uma à outra,
Uma com outra apodrecer-se
E reunir-se em tudo cada um.
Se eu pudesse não continuar suspensa nos extremos do meu pensamento,
O meu ímpeto não seria como um canto de taberna,
Canto de marinheiro e de mineiro, cheio de nostalgia e ânsia de luz
Abrindo fendas no meu lado fácil.
E a minha fé seria então uma canção simples como uma igreja de aldeia
Entre o bosque e a colina.
Eu poderia me dissolver na alegria dos animais, das flores e do vento.
E deixaria de chamar do fundo do mistério e do passado
O meu outro eu que ficou esparramando nuvens e atropelando séculos.

PRECE FRANCISCANA

Sol irmão, tu que tens a luz e a harmonia,
Que com tua força gretas as estradas e rebentas a profundidade,
Descascas as árvores, atravessas as massas d'água, que secas as fontes
Que deslocas as raízes,
Que te peneiras entre a neblina e o orvalho.
Sol amigo, tu que dás a suave e tímida alegria ao convalescente
E nasces para a esperança boa de outro dia,
Ouve o meu inextinguível canto.
Sol irmão, tu que tens a luz e a harmonia,
Derrama um pouco de tua claridade e teu calor
Sobre a umidade de minha escuridão,
Esquenta as minhas noites sem fulgores, sem beleza,
Vividas com espectros de ausências dos que me geraram
E com as dores que se exalam dos que me continuaram.
Vem, sol irmão, habita o meu oceano
E traz ao meu cérebro parado e triste
A sabedoria dos continentes.
Seca todas as minhas renúncias e inúteis esforços
Para que jamais impeçam a penetração de tua luz em minha sombra.
Afugenta com tua grandeza ímpar
Os ódios dos ciclones que me esperam nos descampados
E arreda do meu cansaço a hostilidade dos penhascos.
Tira dos meus olhos as velas tristes que cortam mares distantes
E deixa que eu olhe por instantes as dianas marinhas.
Clareia meus ouvidos com hinos de batalhas ganhas
Cantados por vozes brancas, saídos de vagas mansas.
Sol irmão, tu que tens a luz e a harmonia,
Faze com que eu não ouça somente das águas o tropel
Dos bojos apinhados dos roteiros legendários e das almas em exílio.
Cristaliza minha matéria e esfrega-me na poeira de teus braços,
Transforma-me num pouco de ti,
Num pouco de luz e de harmonia

E assim eu corra, sol irmão,
Sobre os céus como sinal do infinito
Aquecendo a humanidade de grandeza e poesia.

O RUÍDO É MAIS DO QUE EU

Para o amigo Murilo Mendes

Há um ruído constante dentro da minha carne,
Da minha profundidade,
Como pernas que caminham em estradas sem curvas e sem fim.
Um ruído que me atira ao longo dos mares
Que me deita sobre as rochas longínquas
E derrama sobre meu corpo o suor das madrugadas cansadas.
Um ruído dentro do meu tato
Que transforma o volume que meus olhos veem
E que ao contato de meus pés
O mar se torna manso como o óleo.
Um ruído inicial, sempre eternamente inicial
Que me confunde com o homem, com a mulher
Com os peixes, com os pássaros
Com a terra e com a água.
Um ruído de alma indecisa porque habita corpos xifópagos,
De castidade forçada das virgens
E pureza escorraçada nos corpos das mulheres de todos.
Um ruído de pedras queixosas que nunca abrigaram animais durante as
                                                            [tempestades
E humilhações de árvores frondosas em parques de abastados.
Há um ruído constante em minhas carnes
Que se mistura com a palavra que começa em meu peito
E sobe abraçado com a tristeza a meus olhos
E se transforma em terror
Como se viesse a chuva para os pescadores.

Há um ruído em minha carne como se a terra fosse o meu ser
Num movimento eterno de inquietação,
Que badala na minha profundidade a minha desfeita existência
Sem deixar que as minhas carnes sejam invadidas pelo silêncio repousante
Da Única hora
Semelhante ao sétimo dia em que todo o Universo descansou,
Em que até não houve crepúsculo
Porque a noite não baixou.

EU TE SINTO MAIS PERTO

Para Augusto Frederico Schmidt

Senhor!
Embora o ronco de trimotores entupa a vastidão dos céus,
O apito das fábricas puxe as multidões
E nos mares se aglomerem os maiores transatlânticos
Eu Te sinto mais perto,
Eu Te ouço mais próximo.
Sei que o homem apenas repete os pássaros,
Os peixes da Tua criação
E o silvo dos Teus anjos
Chamando para o início da Grande Reunião.
Senhor!
Embora as cidades cresçam
E os altos muros impeçam o meu olhar no horizonte,
Os meus olhos Te veem acima das torres e dos para-raios.
Embora meus ouvidos não escutem mais
A linguagem dos povos que brotaram dos Teus gestos
Eu ouço ainda e sempre
A primeira e a última palavra da Tua agonia
E da Tua promessa.
Embora a calúnia, a injustiça e a incompreensão

Afastem meu corpo do convívio de meus semelhantes
Eu me sinto mais rodeada
Eu Te sinto mais perto.
Embora, Senhor,
Transformem a Tua casa em escolas
E ensinem aos nossos filhos
A ciência dos homens
Eles sabem menos
E eu Te aprendo melhor.
Senhor!
Embora a humildade desça sobre minha memória,
A fraqueza tome conta de minhas carnes apodrecidas
Eu Te sinto mais nítido
Eu Te sinto mais forte.
Embora o homem procure resolver o problema do Paraíso perdido
Com um sistema transitório
Eu Te sinto mais som
Eu Te sinto mais luz
E à medida que as gerações caminham para a vida
Eu me distancio dela, do progresso, da guerra,
Corro para a morte, para o Princípio, para a Paz
Porque me sinto mais Contigo,
Me enredo cada vez mais na Tua Verdade
E na Tua Eternidade.

CANTO PARA O AUSENTE

Quando estás comigo tudo é grande, tudo é bom.
Não há dúvidas, não há revoltas, não há dores.
Descanso gloriosamente como o roteiro fatigado à sombra da árvore
E nada perturba esse instante tranquilo.
Não ouço os clamores humanos nem percebo a tarde se fundindo com a noite.

Em ti guardo a essência de toda a perfeição e da máxima felicidade,
Desconheço as misérias e as descrenças,
Entrego minha cabeça exausta em tuas mãos que operam a renovação
E estendo a linha do meu corpo sobre o teu para a delícia do repouso total.
E a sensação compensadora como a passagem da vida para a morte
Tenho em ti.
Quando estás comigo, tudo é grande, tudo é bom.
Ofereço meus sentidos ao teu amor
Que os transforma em fluidos do universo
E de teu corpo percebo cores e sons em espirais,
Cânticos de guerra e melodias dolentes.
Teu perfil desafia a tranquilidade do momento e provoca
Todos os carinhos simples da minha infância.
Quando estás comigo não existe a limitação.
Tudo é tão grande, tudo é tão bom.
E quando te vais, procuro nos teus vestígios o prolongamento da vida
E tu continuas comigo.
Me aproximo do lugar em que estiveste e encosto o rosto
Nas formas que teu corpo deixou
E procuro sorver todo o perfume e o calor que ficou
Impregnado na roupa que te cobriu.
E na depressão que tua amada cabeça deixou
Recolho com unção os fios de cabelo
Que minhas mãos saudosas desprenderam na longa e suave carícia.
Colo meu corpo à forma que és tu e sinto que existes.
Meus olhos se descobrem e se projetam cheios de ternura em êxtase
Ao lugar que guarda ainda os vestígios da tua presença
E guardo para a minha felicidade
O prolongamento da tua curta passagem,
A felicidade que recolheste para que eu só a tomasse,
Para que só eu fosse a heroína de todas as batalhas,
A poetisa de todos os versos,
A dona de todas as vitórias.

O que me deixas é tão forte,
Me afoga de tão grande alegria o coração,
Que até quando não estás, como agora,
Tudo é tão grande, tudo é tão bom!...

POEMA PARA AS ASILADAS

Meninas de asilo que saem à tarde
Formadas em grupos de duas a duas
E que em extensas fileiras
Percorrem as ruas;
Meninas tristes de vestes longas
Que olham de longe
O mar e as ondas;
De tez macerada,
De gestos medidos
E vidas marcadas,
Meninas de asilo que só falam e riem
Em horas determinadas
E que somente ladainhas
E De Profundis cantam;
Escutem, meninas bem atentas
A história que lhes vou contar:
Não chorem porque seus olhos viram
Gaivotas alegres soltas no ar
E seus passos foram impedidos
Por um cão vadio que desejou passar,
Não deixem que a revolta procrie
Em redor dos seus pensamentos
Porque lhes tenham arrancado os bons instintos
E marcado com rudeza todos os seus momentos,
Porque eu, meninas de asilo,
Lhes contarei que existe uma mulher no mundo

Com uma tortura e um sofrimento
Muito mais profundo:
Que é ter a liberdade para o corpo
E sentir-se cada vez mais prisioneira,
Reparar-se terrivelmente acorrentada
Pela angústia da vida
Pelo tédio e pelo Nada.

VIDA E MORTE

Guarda-me dentro da tua órbita,
Esconde meu corpo dentro do teu corpo,
Ajusta-me no teu melhor pensamento
Para que eu me sinta imóvel, atada
Em toda a ternura
Serve-te dos meus seios para o repouso da tua cabeça aniquilada,
Deixa que eu enxugue com os meus cabelos
O suor que brota do teu corpo, no sofrimento e na angústia.
Permite que meu ventre seja fecundado com a tua vida
E neste momento, aperta com tuas mãos o meu pescoço abandonado
Para que se imprimam simultaneamente em meu corpo
As marcas da Vida e da Morte
E dona dos extremos por instantes, assim
Eu terei de Deus um pouco.

POEMA PAGÃO

Círculos concêntricos nascem, ofuscam
E iluminam meus olhos
Que soletram no céu um nome
Que não é de uma estrela, nem de um vento
Mas que vejo bem, é o de um homem.

Sons em círculos
Rodeiam meus tímpanos
E multiplicam no ritmo eterno um nome
Que não é de um povo, nem de uma era
Mas que sei bem, é o de um homem.
Flores dos vales e dos abismos
Em círculos de odores
Afogam minhas narinas que sentem um nome
Que não é de incenso nem de mirra
Mas que bem sabem, é o de um homem.
Resina adocicada de frutos silvestres
Se esconde em minha boca
E facilita a minha garganta a gritar um nome
Que não é de um mel, nem de semente
Mas que sinto bem, é o de um homem.
Formas que se aninham em minhas mãos,
Que fazem meu tato sentir
A forma que tem um nome
Que não é de uma planta, nem de uma ave
Mas que sei tanto, é o de um homem.
Círculos luminosos que envolvem meu pensamento,
Se afundando no meu ser até o coração,
Que trazem uma esperança
No motivo apaziguador da oração
Estão se transformando num nome
Que não é o da Virgem Maria nem de Deus
Mas que sei desesperadamente que é o de um homem...

DEUS ME EXPERIMENTA

Vim dos tempos em que não havia a poeira
E se meu espírito está por Ti abandonado
É porque faz séculos que ordenaste a minha vinda

E é bem possível já me teres olvidado.
Maior do que a bruma de um velho cais,
Mais denso e mais escuro do que um alto-mar, está minh'alma.
São tantas as angústias e tédios tais
Que minha lembrança chora soluçante
Sobre a ideia do Teu gesto nos meus pais.
Num dia dos sete, mandaste
A tristeza se construir nos meus ossos
E agora por mais que eu queira mexer meus lábios num sorriso,
É impossível, não sei, não posso.
Hoje, tenho a sensação de estar suspensa do solo
Sugada por astros noturnos,
Carregada por ventos acres do deserto
E ouvindo sempre lamentos soturnos.
Senhor! desprende da Tua mão
Uma noite úmida e alta
E quase no declínio do dia,
Usa comigo também outro meio de salvação.
Como o suor das madrugadas deitando-se nas flores entreabertas,
Dá uma alegria ao meu coração,
Não o deixes assim abandonado
Sempre à mercê de tanta provação.

AUTOANÁLISE

Uma qualquer coisa muito longínqua
Quase imperceptível aos sentidos,
Um relâmpago na ideia de formas
Resultante de dois corpos unidos.
Uma coisa que existiu há muito tempo,
Que um cérebro pensou
E os olhos viram num momento,
Uma existência escorrida num impulso,

Uma coisa assim semelhante...
A um humilde rio
Desviado do seu curso,
De uma semente caída
Não sobre a amorosa terra,
Mas sobre a ingratidão
E o calor tostante de uma pedra.
Uma coisa que num lampejo Deus colheu
E que depois no imenso das ilimitadas
Novamente se perdeu,
Todo este nada, este tanto,
Eu bem sei que sou eu.

LIMITAÇÃO

Se eu pudesse falar muito em ti,
Passar todo o meu dia
Enchendo os ouvidos do mundo
Com esta harmonia,
Então sim, a minha boca ensinaria
As palavras do bem
E da sabedoria.
Se eu pudesse dizer como és
Falar desde a cor dos teus cabelos
Até a maravilhosa linha dos teus pés,
Se eu pudesse num silvo chamar
Todas as aves do céu,
Todos os peixes do mar
Escrever teu nome nas nuvens
E ensiná-los a soletrar,
Se eu pudesse ter boca de vento
Roçar nas flores
Chamando por ti

A todo momento,
Se eu pudesse estancar os sentidos
Para imprimir só tua essência
Aos seres recém-nascidos,
Se eu pudesse também contar, junto de tanta alegria
Toda a minha angústia, toda a minha inquietação,
Toda a grande saudade
Que tritura meu coração,
Dizer que desejo que morras
E que também eu me acabe nesta altura,
Me transformar em olho-d'água
Misturar-me contigo na sepultura,
Se eu pudesse dizer... se eu pudesse contar,
Então sim, em cada verso meu
O teu nome escreveria
Para que todos sentissem
O porquê de tão grande poesia.

INQUIETAÇÃO

Tenho medo de sentir a hora extrema
Chegar ao meu espírito
E que meu corpo não recolha
A sensação de segurança
Na palavra de fé que requisito.
Tenho medo que o grito de revolta
Não estanque na parede dos meus dentes,
Não retroceda ao coração
Suavemente.
Tenho medo que minha humanidade
Saboreie tanto os meus pecados,
Que o Senhor não ouça
A minha alma chamá-Lo aos brados.

Que a orelha tão perfeita
Que Ele formou em minha cabeça.
Não escute Sua voz
E que eu pereça.
Tenho medo, que de tanto prazer no mal
Meu ouvido se anule
E que o manto da brandura, na hora extrema,
Sobre meu corpo jamais desça.
O pavor a mim se agarra como a hera trepadeira
Já subiu desde os meus pés,
Rebentou a angústia nos meus poros
Em maior número que os cabelos da minha cabeleira!...

O MOVIMENTO ESTANCADO

Um silêncio frio e mudo
Subiu pelo meu espírito imóvel
E cobriu tudo
O solo não estremeceu,
Não escutei mais o sussurro das águas nas pedras,
As nuvens pararam e o sol não apareceu.
Meu ouvido não sentiu o pio das aves noturnas lamentando as estrelas perdidas,
Não percebi as folhas velhas invejarem as verdejantes,
Não vi as flores se entreabrirem, seus caules se despirem
E no céu não apareceu uma voz ou uma luz chamejante.
Na extensão do mar
Os peixes não ondularam mais as suas barbatanas coloridas
Deixaram de correr, pararam de brincar.
Em atitudes estranhas as sereias emudeceram,
Viram passar majestosas galeras com marujos tatuados
E atrás deles não correram.
Constelações novas não andaram sobre campinas escondidas,
Os vermes não procuraram as sepulturas,

E não houve desespero nos lírios por verem suas pétalas manchadas e caídas,
Porque só o silêncio frio era em tudo moldura.
Faltou o movimento de continuidade do erro, nos pensamentos
No brilho dos minerais, na vida dos vegetais
E no bailado dos ventos.
Nas bocas entreabertas dos cadáveres era tanta a solidão
Que os insetos saíram sem fome
E esvoaçaram por cima dos corpos com lentidão.
O movimento ficou totalmente estancado
Desde as alturas até os planados
Em toda a absoluta extensão
O desespero e o silêncio
Deglutiam pausadamente a minha solidão
Até que o último arranco da vida estertorou
Lançando um raio de luz numa faixa de cor
E assim, neste instante, meu espírito acordou.

A PRECE DE TODOS OS MEUS INSTANTES

Tu que me colocaste na tangência do tempo
Sabendo que com o descuido da tua mão
E o impulso do teu pensamento
Eu cairia no limite do mundo a qualquer momento,
Por que me abandonas completamente
E no entanto
Pedes muito,
Queres tanto?
Tu que já me conhecias na clausura do ventre materno,
Que sabias do fatal dos meus pecados
E do castigo do fogo eterno,
Por que no entanto
Sabendo fora do tempo
Não me ajudas, pedes muito,

Queres tanto?
Tu que desde a minha vida na tua vontade
Deitaste o meu corpo na inconsciência
Na dor e na maldade,
Por que levantas o meu espírito contra ele
E continuas no entanto
Exigindo muito,
Pedindo tanto?
Tu que poderias dar neste minuto de aflição
Toda a paz e harmonia
Ao meu desagregado coração,
Por que no entanto
Estás tão sedento de mim
E continuas a pedir tudo,
A querer tanto?
Por que não vens com tuas vestes tingidas no arco-íris
E com os pés amarrados em sandálias de pedrarias
Fazer neste instante, como disseste um dia,
Que minha alma torturada, da minha forma desentranharias?

O QUE SÓ NO FIM SABERÁS

Talvez sigas antes de mim e então poderás ler
Os poemas que minhas pupilas escreveram
No avesso de minhas pálpebras
Quando meus olhos te perderam.
Se assim for, no dia da mais absoluta tormenta poderás ver
Uma nuvem encharcada de melodias celestes
Cair desde a minha testa
Até a fímbria das minhas vestes,
Que me inundará de prazer como um doce chamado teu
Ao triste e amargurado
Coração meu.

Se fores antes de mim, os teus sentidos perceberão
Tudo o que fiz
Sem que seja preciso uma só palavra de explicação.
O profundo das minhas intenções
Será afogado em tal claridade
Que só então poderás ver com nitidez
Como soube resistir, com tua ausência, a minha fraca humanidade.

VIAGEM INÚTIL

Um após outro andei pelos portos
Procurando afogar em cada cais
A melancolia e o tédio
Que desde o grande Início o meu coração traz.
Percorri todos os povos, todos os céus,
Porque me esperançava que um dia
A minha angústia entre os homens se dissolveria.
Voltei novamente ao ponto de partida
Com a alma ainda mais vazia,
Pois que em vez de deixar, eu trazia
Tudo o que levei
E mais nostalgia
Dos olhos saudosos dos desembarcados
E os gemidos dos guindastes
Que mantiveram meu coração despertado.
Todos os céus foram iguais.
Os idiomas inúteis.
Só o meu tédio cresceu cada vez mais
E só eu continuei estrangeira de mim mesma
Prosseguindo na eterna viagem ao meu fim
Sem esquecer um só instante
De um terror cósmico
Que desde o meu Princípio está em mim.

A MULHER AUSENTE

A RAZÃO DE EU ME GOSTAR

Eu gosto da minha forma no mundo
Porque representa uma fagulha,
Porque mostra um instante doce e perverso
Da ideia, do gesto e da realização
De Deus no Universo.
Eu gosto dos erros que pratico
Porque vejo a pureza colocada na minha essência
Desde o Início
Lutar contra todo o mal que em mim existe
E ser tão maior, que sobre a minha miséria
Ela ainda persiste.
Eu gosto de espiar
O meu olho direito
Ver o esquerdo chorar,
De sentir a minha garganta se enrolar de dor
Porque em troca de tanta coisa dolorosa
Ele construiu em mim uma coisa gloriosa,
Que é o amor.

UM DOS MEUS MILÉSIMOS MOMENTOS

Uma noite muito longa, muito espessa
Desceu sobre mim,
Sobre todos os pensamentos de minha cabeça.
O tempo aproveitando tamanha desproteção
Cantou dentro de minha alma
A sua mais triste canção.
Meus olhos cegos no silêncio e no horror
Sentiram quando o espaço
Desenhou no infinito
A palavra perdida e o inútil passo.

O vazio latejava em minha carcaça
Batendo em meus dedos, procurando o resto dos meus sentidos
Em caça.
A solidão trouxe formas, pesos e lamentos
Dizendo ao meu ouvido
O definitivo, o impossível e os arrependimentos.
Meu espírito se tornou dentro do silêncio
Misterioso e profundo como um eco no abismo.
E se apoderou de mim a estranha sensação
De que todas as coisas mortas vivem na vida
E que só eu continuo viva dentro da morte e da desolação.

A POESIA SE ESFREGA NOS SERES E NAS COISAS

Nunca sentiste uma força melodiosa
Cercando tudo que teus olhos veem,
Um misto de tristeza numa paisagem grandiosa
Ou um grito de alegria na morte de um ser que queres bem?
Nunca sentiste nostalgia na essência das coisas perdidas
Deparando com um campo devoluto
Semelhante a uma virgem esquecida?
Num circo, nunca se apoderou de ti um amargor sutil
Vendo animais amestrados
E logo depois te mostrarem
Seres humanos imitando um réptil?
Nunca reparaste na beleza de uma estrada
Cortando as carnes do solo
Para unir carinhosamente
Todos os homens, de um a outro polo?
Nunca te empolgaste diante de um avião,
Olhando uma locomotiva, a quilha de um navio,
Ou de qualquer outra invenção?
Nunca sentiste esta força que te envolve desde o brilho do dia

Ao mistério da noite,
Na extensão da tua dor
E na delícia da tua alegria?
Pois então, faz de teus olhos o cume da mais alta montanha
Para que vejas com toda a amplitude
A grandeza infindável da poesia que não percebes
E que é tamanha!

A ALEGRIA NO DEFINITIVO DA MORTE

A delícia do sussurro da morte que se enrola no meu ouvido
Que me dá a sensação grandiosa de alívio
Quando tudo está perdido,
O espetáculo forte, o que aviva os nervos,
O que ela dá quando no último instante
Uma boca definitivamente se fecha
E um coração jovem não é bastante
Quando gelatinoso e parado
Ela faz de um olhar
Que era terno e cristalino
Em água esverdeada se transformar,
Quando em vez da maviosa voz de uma garganta
Ela convida a mosca azul
Que só nas carnes apodrecidas
E nos corpos abandonados canta
Para abafar com este zumbido
A lembrança de alguma canção
E muito gemido.
Esta delícia, este início de repouso de tanta fadiga
Que rodeia constantemente os meus sentidos
Reforçando a esperança na eterna partida
É que me ajuda a suportar o vazio total,
O desencanto do espírito dos homens
E o nojo da união carnal.

SOU O PARTICULAR DO UNIVERSAL

A minha fragmentação está debruçada na borda do meu ser,
Contemplando a minha extrema miséria interior
Sabendo que a solução sobre toda esta ruína que sou
Depende do espírito incriado e superior.
Se ganhei na perda das minhas ilusões,
Na desesperança de mim mesma, no erro das minhas ações,
Foram estas as únicas construções.
Desde o meu primeiro instante de vida tenho sido
Inimiga do meu eu, me agredindo
Me desfalcando, gradativamente me pulverizando
E me matando.
Eu sou o universal que se move,
Que tropeça, que levanta
No particular de cada um
Sem participar da responsabilidade da criação
E sem depender da vontade de ser algum.

POEMAS

(1937)

ANSEIO

Quero que desça sobre mim a grande sombra que alivia,
Aquela que arranca do meu coração a revolta que me impede de ser mansa.
Quero descansar.
Quero encontrar aquele que é mais belo que o sol,
Que aumenta o meu sofrimento e que ajuda na minha redenção,
Que reparte suas angústias comigo para que lhe sirva de auxílio.
Quero ouvir a sua voz, que é como a música dos mares,
Quero acolher-me à sua sombra e abraçar-me aos seus joelhos.
Quero descansar sem demora.
Quero chegar a tempo da minha última lágrima ser recolhida dos meus
                                        [olhos pisados e saudosos
Por aquele que é o molde dos poetas, o que se veste com as estrelas que os
                                        [meus olhos ainda não veem.

CEMITÉRIO ADALGISA

Moram em mim
Fundos de mares, estrelas d'alva,
Ilhas, esqueletos de animais,
Nuvens que não couberam no céu,
Razões mortas, perdões, condenações,
Gestos de amparo incompleto,
O desejo do meu sexo
E a vontade de atingir a perfeição.
Adolescências cortadas, velhices demoradas,
Os braços de Abel e as pernas de Caim.
Sinto que não moro.
Sou morada pelas coisas como a terra das sepulturas
É habitada pelos corpos.
Moram em mim
Gerações, alegrias em embrião,

Vagos pensamentos de perdão.
Como na terra das sepulturas
Mora em mim o fruto podre,
Que a semente fecunda repetindo a vida
No sereno ritmo da Origem.
Vida e morte,
Terra e céu,
Podridão, germinação,
Destruição e criação.

CONCEBI NO TEMPLO

Concebi com o pensamento nos vitrais
E meus filhos têm a visão sonolenta e úmida.
Concebi me asfixiando no cheiro de incenso e mirra
E meus filhos têm a quentura das bênçãos e o prazer dos perdoados.
Concebi ensurdecida pela música dos órgãos
E meus filhos têm a volúpia dos sentidos e a mística da carne.
Concebi com o olhar grudado num rosto que me sorria
Pendurado no teto do templo
E meus filhos têm doçura na voz e piedade nos gestos.
Na hora da partida, quando a madrugada fechar com lentidão
Os olhos das estrelas que rodearam a lua,
Quando as nuvens subirem bem alto e os lagos ficarem mais parados,
Quando as flores estalarem suas corolas
E o vento lamber apenas os brotos dos arbustos,
Quando as luzes fortes começarem a me extinguir
Diluindo meu espírito e meu corpo
Nas sombras lentas da noite,
Eu agarrarei meus filhos pelos pulsos,
Me vestirei de ouro e prata
E subirei a grande e luminosa escada
Para que meus filhos conheçam face a face
O seu grandioso e verdadeiro Pai.

DEUS ME PEDE EMPRESTADA

Envolvo-me em nuvens,
Subo com os ventos,
Risco o céu com a luz da minha cabeleira,
Derreto-me nos mares, chego a todas as praias
E abraço todos os povos dia e noite.
Estico minha perna para salvar o náufrago
Aqueço entre os meus seios o filho abandonado
E santifico a humilhação da prostituta.
Acomodo o prisioneiro da culpa,
Pela morte levo os homens à vida,
Pelo meu sexo levo-os a Deus.
Glorifico o crente e o ateu,
Choro vendo o recém-nascido,
E serena me alegro com a morte do cristão.
Subo pelos raios de sol
Aos cumes nunca pisados
E toco a pedra que ainda não é fonte.
Empresto meu corpo a Deus
Para que através dos meus olhos
O Seu olhar de doçura e amor
Me escorra pelas nuvens,
Pelos montes, pelos prados,
Pelas fontes, pelos rios,
Pelos mares e pelos homens.

UM DIA A MENINA OLHOU O ÁLBUM DE RETRATOS

Pela fresta do céu
Desceu um pensamento nos olhos da menina
Que folheava o álbum dos antepassados.
Suas mãos pararam a página com o retrato do homem de *croisé*

Que não era seu pai nem seu avô.
Era o irmão de leite de seu tio
Que havia se suicidado por amor.
As pupilas da menina passearam na boca do retrato, desgrenharam o penteado,
Pararam na curva da orelha e por baixo do *plastron*
Ela sentiu o perfume guardado há tanto tempo.
Puxou com os olhos o álbum bem para dentro do seu corpo.
Os seios gritaram em diâmetro, se turgindo,
E ela esfregou, com um movimento de cabeça,
As pontas pesadas da cabeleira em sua nuca.
A menina casou com um homem fora do álbum
Mas seu primeiro filho era igual ao retrato
Do irmão de leite de seu tio
Que havia se suicidado por amor,
E que seus sentidos ressuscitaram e guardaram
Para imprimir formas desconhecidas nos presentes
E amar a memória dos ausentes.

DIA DE SANTO AMADO

Antes de ti tudo era nada.
Um dilúvio de angústia rodeava minha cabeça,
Meu ventre era pegado à terra,
O céu era enlutado e as estrelas enegrecidas.
Só havia pranto em altas vozes.
Um dia nasci em ti
Fiz brotar uma infinita ternura em meu coração,
Acariciei com meus olhos os teus
E em meu olhar colheste flores.
Deslumbrada, não senti que haviam pousado em mim todas as aves do céu,
Que meus pés haviam perturbado as águas do regato
E todos os peixes estavam colados à minha pele.
Minha cabeleira tornou-se como a raiz na profundidade

Sempre úmida de ternura para tuas mãos cansadas.
Me tornei mansa e lisa como a pedra lavada pelo mar.
Agora minha garganta só se abre para espalhar entre os povos
E deitar ao vento de outras terras
Cânticos à tua existência.
Vesti-me de jacintos
E espero que me possuas à vista das gentes
Para que todos saibam que só tu
És meu Criador
E meu Senhor.

DO FIM PARA O PRINCÍPIO

Nada mais acontecerá
Porque tudo já aconteceu.
Amanhã é ontem e ontem é hoje.
Meu nascimento, minha vida,
Minha morte e meu julgamento
Já chegaram dentro de mim
Antes de chegar para todos.
Sei que ninguém mais nascerá,
Se alguém nasceu foi um instante
E os que vivem foram abafados
Antes de acabar como cosmos, como universo.
Em tudo e para tudo o mundo já começou por acabar dentro de mim mesma.
Espero o princípio, porque o fim
Já está comigo desde a minha formação.

DURANTE E DEPOIS DA VIDA

Enquanto eu viver
Meu pensamento será teu.

Enquanto eu viver
Não precisarei me banhar na luz das madrugadas
Porque a minha aurora és tu.
As minhas dores e as minhas alegrias te pertencerão
Enquanto eu viver.
Cuidarei com carinho do meu corpo
Porque és tu quem o recebes.
Enquanto eu viver
A minha miséria e a minha grandeza
Serão tuas.
E quando eu estiver moribunda
Reunirei os últimos frescores da minha boca
Que imprimirá para a eternidade
O sorriso que eu te dirigir.
E depois que eu morrer
Teu pensamento me resumirá
Numa lágrima e numa gota de sangue
Que por todos os séculos vindouros te pertencerão.

EQUILÍBRIO

Ao Murilo

Parem as guerras,
Abracem-se os homens,
Diminua-se a alegria de uns
Para que a tristeza de outros se torne menos densa.
Recolham-se os pestilentos e órfãos
Sob o mesmo teto dos filhos abastados.
Misturem-se as donzelas com as prostitutas
Que também já foram puras.
Apaguem-se as memórias para que as ofensas não se repitam.
Que as mulheres deem à luz ao lado dos moribundos

Para que a visão da morte ampare os erros da vida.
Que os pais sejam irmãos de seus filhos
Para que haja maior doçura.
Que um grande amor domine a humanidade
Porque só com ele encontraremos finalidade.

ESCORRI COMO ÁGUA ENTRE AS MÃOS DE DEUS

Quando a grande mão luminosa se abriu
Um anjo colocou o pé esquerdo no mar
E o direito na terra.
As nuvens vieram espiar de perto os lagos e as estradas,
As montanhas saíram de seus lugares,
O mar relaxou o seu ritmo
E o vento disse remexendo as árvores:
— Foi concebida uma mulher.
Como água escorri pelos dedos luminosos
E caí no Universo.
Minha unidade foi-se desgastando
Sem poder levantar os olhos, estender os braços,
Procurar qualquer palavra de consolo,
Sem poder abraçar o infinito que rodeia meu corpo
Como uma coisa tangível.
Com toda a minha carne humana
Escorri pela mão luminosa que se abriu.
Minha alma porém ficou retida
Para que meu pensamento
Por todos os tempos
Escorrace meu corpo da vida
E possa minha carne,
Como uma enorme tromba-d'água em alto-mar,
Ser sugada e reunida à minha alma
Que ficou retida entre os dedos da grande mão luminosa.

EU ANUNCIAREI

Um dia meus pés não avançarão mais pelas estradas,
Minhas mãos se recolherão em si mesmas,
Meus olhos não se alimentarão mais das águas,
Das pedras, da luz e das cores.
Meus ouvidos não despertarão com o choro do recém-nascido,
Nem com a palavra de doçura e amor.
Minhas narinas não sentirão o hálito do cansado
Nem o perfume das carnes virgens.
Um dia meu corpo inútil em suas formas
Será plantado junto à raiz dos arbustos
E só darão sombra aos vermes.
Nesse dia minha alma purificada,
Transformada pela podridão das minhas carnes,
Riscará luminosa os céus
E anunciará a grandeza das origens
Por todo o Ilimitado,
Por toda a Eternidade.

EU EM TI

Desejaria estar contigo quando eras no pensamento de Deus,
Quando tua mãe te concebeu e te alimentou com sua vida,
Desejaria estar contigo na primeira vez que distinguiste as formas, as cores e
[os sons,
Na tua primeira lágrima eu quisera estar contigo e assim na tua primeira alegria,
Desejaria estar contigo na tua infância e na tua adolescência, acompanhando
[as transformações do teu físico.
Ao teu lado desejaria estar quando, do teu corpo, constataste as primeiras
[células reprodutoras.
No teu primeiro pudor e no teu primeiro carinho eu quisera estar a teu lado,
Desejaria estar contigo na noite de tuas núpcias e no momento em que te
[uniste a outra mulher com o pensamento no teu primeiro filho.

Desejaria estar contigo no primeiro vestígio de tua velhice
E ainda desejaria estar contigo no momento da separação de tua alma,
Na decomposição de tuas carnes, do teu cérebro, de tua boca, do teu sexo,
Para poder continuar contigo, no mundo sem espaço e sem tempo.

EU ESTAREI EM TUDO

Correrei pelos rios e pelas cascatas,
Me espalhando pelos campos,
Irei à raiz do trigo que alimentará o faminto,
E a espiga dirá: Adalgisa...
Passarei nas madrugadas entre as estrelas e o sol,
Serei orvalho, umedecerei as folhas do linho que cobrirá o recém-nascido
Que no primeiro vagido dirá: Adalgisa...
Esticarei meu corpo num raio de sol para aquecer o convalescente,
E seu pensamento dirá: Adalgisa...
Cairei com as folhas mortas,
Subirei à copa das árvores, me transformarei em húmus,
Engrossarei a sombra para o lavrador cansado
Que acariciando a enxada dirá: Adalgisa...
Virei do alto dos montes
Fresca e com perfume de mata,
Serei sorvida pelas narinas do forneiro
Que aliviado dirá: Adalgisa...
Penetrarei nas fendas da terra, bem junto ao tronco da árvore
E com os meus seios apodrecidos
Alimentarei as flores e os frutos
Para que, comendo, os pássaros cantem: Adalgisa...
Serei inseto, abelha, transportarei o pólen das flores,
Elas serão levadas às noivas pelos noivos
Que em vez de palavras de amor dirão: Adalgisa...
Correrei nos hospitais,
Serei lepra, chaga, fetidez,

Serei a dor do moribundo
E o tributo da prostituta
Que invocarão em vez da morte: Adalgisa...
Sairei do Bem e do Mal,
Das vozes dos minerais, dos animais e dos vegetais,
Sairei dos montes, das nuvens, das sepulturas, dos mares
E ficarei no espaço, atravessando as gerações,
Uivada pelos ventos: Adalgisa...

EU ME FALO

Meu pensamento levantou-se do meu nascimento
E escondeu-se atrás do meu corpo
Que foi rodeado pelo sono exterior.
Só minha cabeça acordou dentro de mim
E me espiou de fora.
De boca cerrada falei ao meu corpo,
Com a verdade dos moribundos.
Me apontei como a mulher legítima
Porque fui de todos os homens.
Ajudei o santo na sua salvação
Com o mal que pratiquei.
Distribuí intacta a minha esperança
Ao filho enjeitado.
Dei todo o volume da minha angústia
Para o que vai nascer poeta.
Por maldade conservei dentro de mim
O gérmen da prostituição
Para que só se desenvolva na minha bisneta.
Meu espírito saiu de trás do meu corpo
E mostrou, para equilíbrio, o meu nascimento
Quando rebentando o ventre de minha mãe
Ofereci com meu ser

470   DO FIM AO PRINCÍPIO

A grande e primeira emoção da reprodução.
Meu pensamento fora do meu limite
Ajuda-me a construir o Bem e o Mal.

EU ME MALDIGO

Para o caro José Lins do Rego

Que estalem nos céus os trovões, os relâmpagos,
Que as nuvens se estilhacem
E as montanhas se rachem.
Que as estrelas se embaciem
E o sol se apague para que meu corpo não tenha sombra.
Que as correntes marítimas
Carreguem meus braços para as praias fétidas
E o vento impeça meus joelhos de se dobrarem.
Que o raio fulmine a única palavra boa que eu tinha.
Que meus olhos se apodreçam
E se transformem em água
Para que não se levantem além das raízes.
Que a gosma dos vulcões
Soterre meu sexo,
Que os vermes fujam da minha carne
E o pó se levante fugindo antes de eu passar.
Que o cheiro de minha boca
Resseque o grão embaixo da terra
E meus cabelos sirvam de corda para os enforcados.
Que minha língua se enrole enegrecida dentro de minha garganta
E me diga as maiores injúrias.
Que a terra seja fendida como um ventre de mulher,
Que a destruição absoluta
Desça sobre meu corpo, meus sentidos,
Meu espírito, meu passado,

Meu presente, meu futuro
E liberte minha origem
Da lembrança dos homens.

EU ME SONHO

Sou sonhada por mim mesma
Como num sonho de cloroformizada.
Meu espírito empresta meu corpo à vida
E minha cabeça fica encostada nas nuvens
Enquanto meu ventre é atirado aos homens.
A noite exterior cobre meu corpo,
O espírito sensual refresca-me com coisas
Que não penso com a luz do dia
E como gosma escorre lentamente dos meus sentidos.
Um dos instantes da minha alma
É lambido com volúpia
Pela vontade de ser boa e simples,
Mas não chega a ser tão longa
Quanto o ímpeto de ser má.
Vontade inútil como a gota de chuva na areia.
Sou sonhada por mim mesma, com a angústia da morte e a certeza da vida.
Uma das minhas cabeças brotada no meu ombro
Fala com voz gutural
Coisas que meu raciocínio condena.
Meu espírito sai do meu corpo e espia de longe,
Depois vem e me rodeia em espiral.
Meu corpo sente pena do meu ectoplasma
E meu espírito humilhado se recolhe novamente no meu corpo emprestado
Que volta a ser um bloco
Sem ter feito o bem nem o mal.
Volto ao meu limite sem conseguir diminuir o tempo,
Sem saber se sou o meu sonho ou o sonho de Deus.

AMBIÇÃO

Eu queria ter um grande corpo
Cuja cabeça encostasse no Norte
E a planta dos pés no Sul.
Queria aparecer no céu
Para que uma grande mancha úmida
Maior do que meu corpo
Se formasse no mar
E todos os peixes cansados
Ocupassem a enorme sombra
Que meu volume causaria nas águas.
Queria ter um grande corpo
Para que toda a angústia
Espalhada na garganta dos homens
Eu recolhesse e meu ser ficasse
Comprimido na parede do universo.
Que todas as ânsias coubessem em mim
Até que minha alma tivesse tédio à minha vida.
Queria ter um corpo tão grande
Que todas as revoltas dos órfãos
Enchessem minha boca
E minha língua fosse lançada contra mim mesma.
Que meu corpo fosse tão grande
A fim de recolher todas as febres e pestes
Para que não chegassem nunca aos que se amam.
Fosse tão grande meu corpo
Que toda a luz eu contivesse
Para que se levantasse à tarde sobre a humanidade
Uma claridade como a do meio-dia.
Que em mim se reunisse toda a degenerescência,
Todo o pecado, todo o mal,
Que eu recolhesse toda a tristeza de Deus
Para que não fosse dividida com os homens.

Queria ser tão grande quanto a bondade e o perdão.
Queria ser tão grande quanto a curva do arco-íris
Para sorver pelo meu corpo todo o mal
Que impede o homem de subir.
Queria ser tão vasta quanta o eco da melodia
Que Deus canta pelos Mistérios do Infinito.

EU QUERO CONSOLAR

Quero ser da ala dos derrotados,
Dos tristes e magoados.
Quero consolar com o contato das minhas mãos sadias
O leproso agonizante.
Quero juntar ao lamento dos infelizes
A música triste do meu coração destruído.
Quero fazer parte no cortejo dos abandonados
Na tristeza dos filhos naturais
E nas humilhações às prostitutas.
Quero me repartir com o injuriado, com o aleijado,
Com o ultrajado e o vencido.
Quero oferecer meu corpo ao que necessita,
Ao que nele encontra uma fonte de vida.
Quero me fragmentar,
Quero me dissolver no ar,
Para que todos me absorvam, e assim eu possa realizar
A minha ânsia de consolar.

EU SÓ COMIGO

Rasgarei minhas carnes com minhas próprias mãos,
Terei o abandono até na eliminação.
Passarei as insônias ao relento

E não haverá paisagens para que meu olhar tenha a maior desolação.
Perderei os amigos.
Desaparecerão os tristes e aflitos
Para que me falte o ponto de relação.
Meus filhos irão para outras mães
E terão filhos homens para que a forma do meu corpo
Se perca na futura geração.
Na terra em que eu pisar
Nem a relva nascerá
E nela se levantarão prisões e hospitais.
A mulher grávida que pronunciar meu nome
Terá um filho cego.
O homem que eu acariciar se tornará estéril
E as crianças que olharem meu retrato
Perderão a inocência.
Não se contará meu gesto ou pensamento bom,
A minha maldade ou destruição.
Serei a Unidade de mim mesma
Fora de Deus e sua Criação.

FALTA DE RELAÇÃO

Sou triste porque cheguei antes
E dei conta do meu tempo.
Agora espero no meio dos meus lados
Descolada da esquerda,
Fria como lua em céu de pouca estrela,
Triste como riacho ignorado.
O vento que levanta meus cabelos
Já é como o bafo dos moribundos, de um frio estranho como vísceras apagadas.
Meu ombro já perdeu a curva
De tanto se arrastar nos portais.
Do centro dos meus lados, olho para a direita

E penso que de nada serve o sol que aquece a minha perna,
O meu braço que reflete o mar,
E os olhos que só veem a aurora,
E o pensamento festejado em nascimentos.
De nada serve se sou ímpar, centro dos meus lados,
Se não tenho a ajuda do que foi
E nem mesmo o auxílio do que virá.

FUGA

Fora da noite,
Já na madrugada
Meus olhos viram a estrela luminosa
Cair do céu e desaparecer no mar.
Meus olhos viram também
Nuvens grossas que corriam abandonando a cidade,
Assustadas com o romper do dia.
Abriu-se o espetáculo de sombras
Que saídas dos túmulos
Tinham visitado o sono dos homens da cidade.
A neblina era tão forte que meu olhar esfriou
E meu pensamento se misturou com a madrugada.
Meus olhos viram ainda
Que meu espírito havia corrido com as sombras que voltaram aos túmulos
E meu corpo ficou vazio, frio,
Invadido da espessa neblina
Que o sol não dispersa
E que só o amor elimina.

FUGA INÚTIL

Para que ficar, se continuo solitária, sentada no meio da cidade,
Se dos meus olhos correm lágrimas

E não há quem me console
Entre todos os amados.
Para que ficar, se habitei entre os homens
Que se apoderaram de mim durante a minha angústia
E não achei repouso.
Para que ficar
Se fora me mata a espada
E dentro a sombra da morte.
Para que ficar
Se a minha destruição para ninguém é construção.
Mas, para que fugir,
Se em todos os tempos
O dia já está sem sol
E a noite é vazia.
Se minha alma caiu num lago
E por cima de mim lançaram pedras.
Se minha boca já esqueceu as canções
E se arrasta no pó.
Para que fugir
Se não existe o descanso
O meu coração foi dado como escudo à minha Origem,
E meus ouvidos realejam dentro dos séculos
O arquejar dos moribundos.
Para que fugir
Se não posso me eliminar, para me conceber.

GÊMEA COMIGO

Tudo é parado
Fugiram os sons
O mar estancou
Os rios secaram
O grão não brotou.

As aves e os peixes morreram
O céu ficou sem beleza como a mulher estéril.
Os corpos não se procuraram para o desdobramento.
Os pensamentos não chegaram ao Amor
E o dia não se dividiu da noite.
Houve um silêncio grande sem peso,
Tão forte que de olhos abertos perdi o equilíbrio.
Dentro da minha alma só ficou a angústia
Que continua passeando de minha sombra aos meus cabelos
Como pés que atravessam praças desertas
Nas madrugadas de velório.
É o único ritmo que existe
E que continua a me extinguir no silêncio universal
Gêmea comigo
Desde que fui concebida
Até que for novamente nascida.

GRANDE PRESSÃO

O céu baixou muito, baixou tanto
Que me obrigou a curvar a cabeça,
Ficou tão perto, que senti a sua cor no meu tato.
Baixou tanto, que o vento custou a passar entre nós
E os meus ouvidos perceberam o choro do limbo.
Uma espessa neblina envolve meu corpo,
Meus olhos nada veem,
Meus braços se debatem na pressão angustiosa
E, independente do meu raciocínio,
Minha boca ri,
Meus lábios soltos, desirmanados
Do meu pensamento,
São modelados pela alegria dos meus ancestrais,
Pela alegria que nunca vi que nunca senti.

O céu continua a baixar lenta e poderosamente
E mais um pouco e serei apenas
No infindável rodar dos tempos
A lembrança em outro ritmo
Do majestoso princípio dos princípios.

INTEGRAÇÃO

Se te amo, é porque me amo.
Se quando erras perdoo,
É porque me absolvo.
Se te compreendo, é porque só eu me explico.
Nunca silencias porque meu pensamento enche o teu vazio.
Nunca te afastas porque estou perto.
Minha carne e meus ossos comovidos
Sentem como um cilício a presença do teu peso no meu caminhar.
Se te amo é porque quando te procuro me acho.
Quando grito só te ouço e a orelha que me escuta chama-me bem-aventurada.
Não tens distância porque fui concebida contigo
E não teremos limite, pela nossa fusão de origem fora do espaço e do tempo.

PARÁBOLA

Desceu qualquer coisa sobre o bloco
Em que eu era fragmento.
Não senti nem vi conjuntamente.
Mostrei com o dedo a mulher grávida com gestos de vida dupla,
Falei com doçura ao rebelde condenado
E menti ao agonizante.
Fingi de aleijada em frente ao paralítico
E contei da carne à prostituta moça.
Disse ao cego que não havia beleza

E ao surdo que só havia gritos.
Ao faminto contei a história do rico e da morte,
Fiz perguntas ao sábio sobre o mistério Divino
E mostrei os casais que se amavam
Nas pedras, nas águas e na sombra das árvores.
Cortei meus cabelos e joguei nas estradas,
Os pássaros carregaram e fizeram seus ninhos.
Consolei o charco triste
Nele imergindo meu corpo decomposto.
Muitas vezes menti, procurando a verdade
E protegi sem caridade.
Sobre o bloco em que eu era fragmento
Desceu qualquer coisa que me impediu de ver e sentir conjuntamente.
Ninguém me entendeu, me humilharam,
Me viraram as costas e riram convulsivamente.

A ETERNA VOLTA

Me despedi de mim e o momento foi suspenso.
Me senti a fotografia de um passado
Guardada nas páginas de uma revista sem época
Folheada pelos meus filhos,
Por meus amigos,
Pelos que deviam ser meus amantes
E pelas crianças que ignoram minha existência.
Guardo na minha boca de lábios parados
As palavras que Madalena não precisou dizer
E recolhida nos meus olhos
A serenidade das derrotas de Jó.
Meus cabelos não têm cor porque
A luz ainda não chegou.
Minhas narinas se dilatam
Para o cheiro das sepulturas revoltas,

E meus ouvidos equilibram a desesperança
Com a música dos sinos e clarins.
Serei sempre a fotografia
Guardada nas páginas de uma revista sem data
Como documento de gerações
Que talvez percebam em meu olhar
O que aceitei
E em minha boca o que deixei de dizer.

PERSPECTIVA

Há uma infinita exatidão na perspectiva da paisagem.
Tudo está em primeiro plano, em maior volume, em maior destaque.
Uma árvore com flores, depois frutos,
Uma nuvem polpuda muito branca,
Um muro com uma sombra bem comprida,
Uma estrada se alongando muito certa,
O sol se derramando numa pedra,
Um casal de vermes procriando.
Tudo em primeiro plano na paisagem.
E eu, no fundo, bem no fundo,
A figura mais distante
Menor que o verme, que o vegetal, que o mineral,
O ser menor da humanidade
Servindo apenas para dar força e volume
À completa exatidão na perspectiva da paisagem.

POEMA APOCALÍPTICO

O olhar do Senhor, mais forte do que o sol,
Foi colocado em jato sobre a mancha negra
Que os homens agrupados formavam na superfície.

Os rostos se esconderam da claridade,
Só a criança no ventre materno levantou as pálpebras
E os espíritos do limbo olharam para cima.
A centelha da sabedoria dividiu a unidade
E o mistério cobriu o cérebro do crente.
Todas as águas se encolheram num canto do globo
E o fundo dos mares ficou nu e público
Como o pecador no Eterno.
Os corpos foram andados por todas as almas
E o desespero cresceu
Com o atrito dos espíritos nas carnes.
Joelhos foram dobrados de fadiga
Pelas almas que arrastavam seus passos
Nas estradas sem sombra.
Braços com intenções de corpos distantes,
Cabeças com o espírito em trânsito
Procuravam no espaço a unidade perdida.
Lamentações saídas da boca de Adão
Vieram rolando no ar e se uniram.
Ao último ronco da máquina construída pelo homem,
Que parou inútil quando o Senhor
Apagou o cérebro que a dirigia
A cerração desuniu as criaturas que amparavam seus corpos
Nos outros corpos
E o pensamento conheceu a fraternidade.
Os gritos sem eco não tiveram distância
E os ouvidos colados às bocas
Não perceberam as palavras de angústia,
Nada foi encontrado onde estava.
As chuvas violentas arrancavam das pedras
As sementes deixadas pelos pássaros.
Só houve a luz dos olhos do Senhor
Que se transformando em sangue
Afogou a maldição
Que tentou ser maior que a Redenção.

POEMA AO RECÉM-NASCIDO

Eu te descolo do tempo e vejo
Que começaste a morrer um segundo depois que nasceste.
Todos se alegram inconscientes com o teu vagido,
Só eu me entristeço pelo que sofrerás.
Brotará em ti o egoísmo,
A maldade crescerá,
Guerrearás teu irmão,
Provocarás muita dor,
Serás injusto e poucas vezes bom,
Renegarás teu Princípio,
Lutarás contigo, mas terás que repetir
A mentira de teu avô,
A ambição de teu pai
E o egoísmo de tua mãe.
Te guiarás mais pelo que te fez rir
Do que pelo que te fez chorar.
Um dia te esquecerás.
Todos festejam em riso o teu caminho para a morte,
Só eu choro contigo o teu nascimento para os homens.
És a experiência que teus pais não querem ver.
Guardo meu riso para unir ao teu
Quando todos chorarem o teu descanso em Deus.

POEMA DO AMOR CARNAL

Que um dia não chegue em tua vida
O arrependimento do instante
Em que tua boca não adormeceu na minha
Retirando assim com teu amor
As sombras da minha existência.
Do momento em que da minha pele branca

Os teus olhos baços e desenganados
Não se encheram de claridade.
Que um dia não chegue em tua vida
O arrependimento do tempo que dividiste com outros,
Deixando meu coração espantado à tua espera.
E que jamais chegue em tua vida
O arrependimento de me teres deixado passar
Sem procurar nos meus silêncios
As grandes ofertas ocultas
E de não teres deixado sobre as minhas formas
O pólen da tua existência
Que nos transformaria na unidade.

POEMA ESSENCIALISTA

Sinto o conteúdo da existência.
Procuro ultrapassá-lo com enorme exaltação poética,
Rompo as grades do mundo com o espetáculo das formas,
Dos sons e das cores.
Tudo me afoga em nostalgia de outras eras,
De outras vidas que cristalizaram
As tendências da minha infância.
A utilização das coisas plásticas
Altera o equilíbrio da visão.
Distribuo pelos quatro cantos do meu espírito
A essência imortal.
Fragmento seguidamente meu interior
Fazendo doações físicas.
Dentro do meu limite há montões de estrelas apagadas,
Pensamentos que não andaram
Senão com o sopro de Deus.
Quero destruir para tentar construir.
A criação vive no ângulo do meu cérebro

Mas sei que serei vencida
Pela limitação das realizações humanas.
Mistérios da podridão e da germinação.
Mortos nascem no Eterno
E vivos morrem na memória do Criador.
O vento de uma tarde, com a temperatura de 38 graus
Me acorda para a paisagem objetiva.
E a mulher que passa com o vestido transpirando
Afoga minhas narinas com o cheiro de carne suada.
Sinto irreprimível nojo dos meus braços.
Tudo se dissolve com um ruído e uma frase banal.
A sensação de uma brusca parada interior
Descontrola meu corpo
E enrola meu espírito na vida.

POEMA AO FAROL DA ILHA RASA

O aviso da vida
Passa a noite inteira dentro do meu quarto
Piscando o olho.
Diz que vigia o meu sono
Lá da escuridão dos mares
E que me pajeia até o sol chegar.
Por isso grita em cores
Sobre meu corpo adormecido ou
Dividindo em compassos coloridos
As minhas longas insônias.
Branco
Vermelho
Branco
Vermelho
O farol é como a vida
Nunca me disse: Verde.

POEMA NATURAL

Abro os olhos, não vi nada
Fecho os olhos, já vi tudo.
O meu mundo é muito grande
E tudo que penso acontece.
Aquela nuvem lá em cima?
Eu estou lá,
Ela sou eu.
Ontem com aquele calor
Eu subi, me condensei
E, se o calor aumentar, choverá e cairei.
Abro os olhos, vejo um mar,
Fecho os olhos e já sei.
Aquela alga boiando, à procura de uma pedra?
Eu estou lá,
Ela sou eu.
Cansei do fundo do mar, subi, me desamparei.
Quando a maré baixar, na areia secarei,
Mais tarde em pó tornarei.
Abro os olhos novamente
E vejo a grande montanha,
Fecho os olhos e comento:
Aquela pedra dormindo, parada dentro do tempo,
Recebendo sol e chuva, desmanchando-se ao vento?
Eu estou lá,
Ela sou eu.

POESIA MARÍTIMA

O mar veio chegando, chegando,
E esticou-se sobre a areia como um corpo que procura outro.
O cheiro das algas misturou-se com o calor das camadas

486   DO FIM AO PRINCÍPIO

Aquecidas pelo sol da primeira madrugada
E invadiu todas as folhas das árvores
E a raiz das palmeiras agarradas nos penhascos.
Me senti a mulher branca transparente,
Com olhos cor do ar,
Atirada na praia coberta de conchas e espumas do mar,
Cirandei com as estrelas e ouvi os caramujos,
Chamei com os braços
Gaivotas que em meu corpo quisessem pousar.
Conheci a intimidade das conchas abertas,
Cantei preces que aprendi com os afogados
E gemi como o vento no mastro das galeras.
A mulher branca e transparente
Com olhos cor do ar,
Que dorme na areia,
Sou eu, a filha do sol e das águas do mar.

PROCISSÃO INTERIOR

Meu coração está escuro,
Meus ouvidos cansados de sons estranhos e lamentações.
Meu pensamento corta o silêncio da minha noite
Em voo de queda.
Ouço o soluço de uma mulher infiltrando no espaço a sua dor.
Paira sobre minha cabeça medrosa
Gargalhar de loucos que se funde
Com o choro que vem do limbo.
Cerro os olhos. Quero descansar.
Não há repouso. Meu pensamento alonga-se,
Surge do meu nascimento à minha morte.
Um vento frio invade meu corpo e gela meu espírito.
Precipito-me para o Ilimitado, para o Eterno,
Já estou sentindo as minhas carnes dilatadas pelo último suspiro,

Percebo as formas desconhecidas que meus olhos nunca vislumbraram.
Em procissão passam por mim, com o silêncio do sono universal.
O vulto da que assistiu à morte do filho,
Do paralítico que segue com o olhar e o pensamento
Os cães nas ruas e os pássaros no ar
A sombra da decaída que foi criança pura e casta,
Do soldado humilde e incógnito que morreu
Para que o general fosse condecorado,
Penso nos filhos naturais que são os filhos do amor
E nos que nasceram porque não puderam ser evitados,
Em virgens que morreram, e das quais só os vermes conheceram a intimidade
[dos corpos.

Meu pensamento continua, avoluma-se.
A miséria e a dor transformam-se em sons diversos
Que sobem, condensam-se e me envolvem
Tornando o volume da confusão maior do que o meu corpo.
Abro os olhos. Quero descansar fora de mim.
Inútil.
Com o lamento da desesperançada
Peço agora a grande sombra, que descerá um dia e me aliviará.

METROTONE ADALGISA NERY

Saem de mim mundos distantes, diferentes, sem limite, sem o tempo contado
[pelos homens
Os espíritos da madrugada fogem dos meus olhos
E veem mulheres que concebem gêmeos, bocas nas raízes dos vegetais e minerais
[aumentando na crosta da terra.
O choque do adolescente que vê pela primeira vez um seio de mulher,
Ouve o grito dos sentidos e sente a nostalgia do Paraíso.
O homem concebido no ventre da mulher
Já entra em luta com o que está no ventre da terra.
Ódios passeiam nas gerações.

Mãos que deviam abençoar carregam fuzis.
A vida está pendurada nos meus olhos.
Minha cabeça está solta do meu corpo e recolhe o Universo.

MEU PEDIDO

Deixa que eu siga tua vida, teus passos,
Que te aplauda em tuas glórias
E seja tua companheira em tua extrema miséria,
Te louvando sempre em amor.
Deixa que minha salvação seja na alegria que vem de ti,
Que eu receba em minha boca dilatada o teu beijo que me ampara e me faz livre.
Deixa que meus olhos se banhem na luz da tua presença
E toda a minha carne veja o que tua boca mostrou.
Chama-me para que tua voz caia com ímpeto no meu coração
E minha alma se derrame dentro de mim mesma.
Deixa que se regozijem meu corpo, meus poros
Com teu calor, com teu suor
E então os séculos serão curtos para a poderosa e infinita música do meu amor.

MEU DE PROFUNDIS

Senhor! Acode-me na profunda tristeza de minha alma,
No doloroso cansaço de meus sentidos
Que me fazem insensível à grandiosidade de Tuas criações.
Senhor! Dispersa dos meus olhos desiludidos
A sensação de inutilidade dos meus gestos interiores.
Senhor! Afasta da minha boca
O sorriso que é a alegria vencida
Que assim me arrasta, diluindo sem finalidade
Os fragmentos de minha existência.
Senhor! Infiltra em meu ser a negação de mim mesma

Para que meu coração não conheça o egoísmo.
Senhor! Já que me tornaste indiferente
Às glórias, ao nome, às riquezas humanas, às conquistas objetivas,
Extingue em mim o orgulho de minha resistência
Para que eu prossiga serena e doce
Pelo caminho que me leva a Ti.

NADA

Não virá o arcanjo luminoso
Que suspenda no espaço
E descole da terra meus pés queimados no fogo do solo.
O arcanjo luminoso que faça nascer da solidão da minha forma
Uma sombra para qualquer proteção,
Que sustente minha língua da palavra já tão gasta,
Que cante o cântico novo
E me deite na nuvem onde Deus repousa os pés,
Para o descanso do meu corpo exausto de dormir nas dores.
Ele não virá para levantar meu ouvido à voz do Amor,
Para impedir que eu viaje para as ilhas que estão à minha espera.
Ele não virá para evitar que eu adormeça no topo de todas as ruas
E não deixar que eu respire
O mesmo ar cansado e triste, que já servia à vida de meus pais.
O arcanjo luminoso não virá me levantar do solo
E colocar-me ao lado da última estrela que se apagar.

UM NOVO MUNDO SAIRÁ DE MIM

Por trás da coluna do tempo
Vou esperar que a humanidade se extinga,
Que o homem invente a nova forma de arrasar, por granadas violentas
Ou líquidos poderosos.

Vou esperar que o mundo se reduza a aleijados
E que a bondade e a pureza abandonem os corações.
Quero assistir a todas as experiências inúteis:
Do sábio se perdendo nas camadas atmosféricas
Ou sondando o fundo dos mares.
Vou esperar que a máquina do progresso despreze o operário
E que o homem se rebele por completo contra Deus.
Quero assistir ao desvirtuamento dos princípios
E ver a mulher atrofiada em suas qualidades, nos passos acrobáticos
Ou em bailados de *music-hall*.
Vou esperar que as creches se fechem
E que os vagidos dos recém-nascidos sejam vozes remotas.
Quero ouvir o lamento saudoso do último homem
E a nostalgia da derradeira mulher, perdidos em si mesmos.
E só quando um homem sobreviver
Eu sairei de trás da coluna do tempo
E num cântico profundo e longo
Ofertarei meu corpo para vestir o universo despido pelas guerras,
Pela maldade, pela imprudência e pela descrença.
Despejarei do meu ventre a humanidade interrompida
De soldados, de poetas, de filósofos, de sábios,
De mães, de virgens, de prostitutas e santas.
Quero invadir a terra de glória, de derrota,
Quero invadi-la novamente do Bem e do Mal.

REALEJO

Eu sou a repetição dos meus pais
E serei a continuação dos meus filhos.
Errei antes do meu nascimento
E errarei depois da minha morte.
Fui perdoada antes de pecar
E os filhos dos meus filhos gozarão deste perdão.

Falei coisas desconhecidas desde o Princípio,
Coisas que ouvi e entendi, sem me terem contado meus pais.
Compreendi porque sou a repetição do que já foi entendido
E tudo será entendido, porque compreendi.
Morrerei na geração dos meus filhos
Para me repetir na geração dos meus netos.

RENOVAÇÃO

Que minhas mãos ao se festejarem em tua cabeça
Transformem em pensamentos tranquilos
O que antes era só recordação espessa.
Que minhas palavras de amor
Ao invadirem teus ouvidos
Façam esquecer o que escutaste de mágoa e tanta dor.
Que minha boca abafe com um beijo doce
A palavra de revolta que a injustiça e a ingratidão dos homens
Ao teu coração trouxeram.
Que meu olhar no teu transforme suavemente em luz
As sombras que nele a tristeza traduz.
Que meu corpo tão colado ao teu
Tenha um poder tão intenso,
Te envolva em tantá ternura,
Te renove, te faça crente,
Te dê o esplendor de uma adolescência
Para que eu desta forma justifique a minha existência.

REPOUSO

O livro já estava escrito por dentro e por fora:
Eu tinha que ser triste desde o ventre de minha mãe.
No meu primeiro caminhar

Fui ter com os cativos e juntei-me a eles.
Quando inclinei meus ouvidos às palavras de todas as bocas
Fiquei perturbada, não falei e meu espírito desmaiou.
Meu coração se fez triste e meus olhos escureceram.
Minha cabeça separada do meu corpo está erguida no espaço
Pelo espírito que me levantou e me levou consigo
Por uma estrada longa, tão longa que se cola ao céu,
Tão larga que meus olhos esquecem um lado quando chegam ao outro lado.
Sem uma pedra para meu descanso, sem uma árvore para me encostar
Minhas carnes se despencam no tão grande caminhar,
Meus ouvidos não escutam os passos do meu andar,
Creio que já não há luz, não há sol, nem estrelas, nem mar.
No livro li que um dia
Chegarei à beira do lago,
Juntarei a minha amargura às raízes mortas e à lama,
Para que meu espírito liberto suba acima das montanhas
E possa eu descansar
Deste longo caminhar.

A TRISTEZA ME ESPEROU NO ESPAÇO

Como ritmo de girândola
A tristeza que brotou no primeiro homem
Ficou rodando no espaço,
Engrossando seu volume no tempo
Até às 12 horas de um dia de outubro.
No meu descuido agarrou-se a mim
E passei a carregar a tristeza das gerações.
A tristeza que escorre dos olhos que só têm a noite polar,
Dos corpos fatigados nas viagens inúteis,
Da alegria assustada das crianças asiladas,
Da que não foi mãe e vê gêmeos,
Dos silêncios transformados em poemas,

Do fruto que não foi descoberto pelos pássaros,
Da flor que não foi percebida pelos insetos,
Dos lagos que os ventos nunca remexeram.
Como a pedra no tempo
É aumentada pelas camadas do pó,
Carregarei a tristeza do grande princípio
Até que meu descanso seja ao lado
Da alegria que brotou mas não saiu
Do primeiro homem criado.

TU ME GLORIFICARÁS

Um dia o céu se recolherá como um livro que se enrola,
Os montes se moverão de seus lugares,
O sol se tornará negro e a lua como sangue,
Os homens se esconderão nas cavernas e dirão aos rochedos: Caí sobre nós!
Um dia o grande julgamento chegará, os valores serão medidos.
Serão separados os que deram sem o coração
E os que ampararam por vaidade,
Os que dilaceraram as almas virgens
E os que procriaram sem amor.
Serão separados os que trocaram
E os que deram.
Serão iluminados os rostos cobertos de confusão.
Os que nasceram cegos e viram serão separados
Dos que foram perfeitos e não enxergaram.
Os chagados, dos sadios,
Os que amaram e foram desprezados,
Dos que amaram e foram amados.
Os valores um dia serão medidos.
Nesta aurora minha alma se despregará do chão
E como uma espiral, subirá dos montes, acima das nuvens,

Correrá mais que o vento,
Terá uma luz mais forte que um astro.
Minha alma irá riscando o céu deixando um rastro de estrelas,
À procura da grande recompensa
Da união com a Tua Unidade, por todos os tempos,
Pelo muito que renunciei, e pelo fundo sofrimento e desolação do meu
incomensurável amor por ti.

POEMA OPERÁRIO

No fim do dia, a menina que trabalha nas Lojas Victor
Saiu triste e cansada de vender objetos nada além de dois mil-réis.
Caminhou e levou com seus passos
O seu busto tímido e infantil
E suas ancas pesadas e usadas pelos pensamentos
Continuou seguindo e um homem com um forte esbarro
Fez desprender de seu corpo o cheiro de suor
Misturado com um perfume barato...
A menina que trabalha nas Lojas Victor
Parou em frente à vitrine da rua Larga.
Seus olhos colaram-se no manequim
De uma noiva de cera, de olhos abertos, inexpressivos, sem pestanas.
Inclinado para a frente pela força de sua silhueta nascida há vinte anos atrás,
O véu branco envolvendo a cabeleira desbotada e sem ondulação permanente,
Rodeado de almofadas simbólicas, de lírios e flores de laranja,
Num gesto de provocação, com o braço estendido
Oferecia à menina das Lojas Victor
Um *bouquet* artificial...
A menina pensou tanta coisa!...
Se despiu, se vestiu...
Depois se lembrou que era vendedora de objetos nada além...

PRECE DA ANGÚSTIA

SENHOR, vê a minha miséria.
Quero ser boa, e Tu não me ajudas.
Aproveita minhas intenções e salva-me.
Me fazes viver sem um ponto fixo.
Chega a mim já que eu não posso chegar a Ti.
Me dá ao menos um amor mórbido pelos meus filhos
Para que eu justifique o Teu ato com o meu nascimento.
Estou em Ti. És o dirigente de meus atos.
Por que me deste um cérebro tão nítido e despido de crença?
Devias me ter enganado como a uma criança.
Sei que não terei a maldição eterna, porque foste Tu que me criaste e também
[me isolaste.

Salva-me, SENHOR.
Sei que a minha salvação está em Ti porque ainda Te interrogo.

MEU SILÊNCIO

Minha alma parece uma longa noite de lua
Quando os homens fecham as portas e dormem.
Mora em mim um grande silêncio e um enorme afastamento...
Apenas minha angústia está comigo em vigília
E grita como um cão que ladra
Numa longa noite de lua.
Me acompanha a tristeza das vidas que não nasceram,
Do que devia existir e que apenas foi sonhado...
A beleza dolorida dos silêncios que foram preferidos
Às palavras e explicações,
A grandeza da força das bocas que não traduziram a mágoa de uma ofensa e
[de um esquecimento...
Estou seguida pela neblina dos meus sentidos,
Pela lágrima que não chegou aos meus olhos porque foi abafada pela renúncia.

Sou a construção obtida pela destruição...
Oh! a tristeza das vidas que não nasceram, que passaram de leve no pensamento
[de Deus...

PROCISSÃO

Um sol com mais calor do que luz
Esquentava as asas de latão branco
Dos anjos apinhados nas escadas do templo.
Virgens espiavam na porta
Frisando com lírios na mão e vestes imaculadas
Seu estado físico.
Meninas a quem os pais não permitem nunca
A ingênua vestimenta de *pierrette*
Rebentam de felicidades, metidas em Magdalenas
De belíssimas cabeleiras, justificativas para todos os pecados carnais.
Promessas cumpridas pelas mães, nos filhos esqueléticos de *maillot*,
Em intenção de S. Sebastião.
Cânticos, com pensamentos mórbidos das beatas,
Declaram em público um amor transferido.
Homens de um lado.
Mulheres de outro.
A castidade vem da prudência.
Cheiro de incenso, suor, rosas desfolhadas
Sóbem da aglomeração
E esperam no ar que Deus na sua infinita compreensão
Transforme em auto-homenagem
A desordem de gestos e pensamentos humanos...

A LUZ QUE SUSPENDE OS HOMENS

Na terra seca e granulada do ferro das granadas
Plantei uma vara muito alta, branca e luminosa,

Para que subisse por ela
O clarão macio e generoso de alguma estrela mergulhada,
E o céu que cobre o homem
Se iluminasse com a tranquila e amorosa luz das madrugadas.
Enterrei-a mais fortemente,
Para ver se brotava em sua haste o galho da árvore abatida e incendiada
E os pássaros procurando em vão as beiras dos telhados
Não encontrassem pedaços de canhões
Ou restos de esgotos, mas folhas frescas,
Sombra e gotas de orvalho.
Afundei-a mais duramente
Até tocar no profundo, onde os óvulos das lagartas
Esperavam a metamorfose para o amor e a morte.
Sondei toda a terra revolvida pelo ódio, pelo sangue e o desespero.
Um dia perdido nas memórias, a vara inchou
Como o tronco grávido da jabuticabeira,
O vento varreu a fumaça porque as nuvens iam chegar,
E da haste entumecida, a luz forte e refrescante
Na forma de uma grande estrela iluminou
O céu que cobre o homem, suspendeu as bocas e os joelhos sangrentos,
Fez cantar os pássaros, multiplicar os peixes,
Sorrir as crianças, aparecer os regatos
E mais uma vez cobriu e afogou o homem na paz e na esperança redentora.

POEMAS EM HOMENAGEM

CARLOS DRUMMOND DE ANDRADE

DESDOBRAMENTO DE ADALGISA*

Os homens preferem duas.
Nenhum amor isolado
Habita o rei Salomão
E seu amplo coração.
Meu rei, a vossa Adalgisa
Virou duas diferentes
Para mais a adorardes.

Sou loura, trêmula, blândula
E morena esfogueteada.
Ando na rua a meu lado,
Colho bocas, olhos, dedos
Pela esquerda e pela direita.
Alguns mal sabem escolher,
Outros misturam depressa
Perna de uma, braço de outra,
E o indiviso sexo aspiram,
Como se as duas fossem uma,
Quando é uma que são duas.
Adalgisa e Adaljosa,
Parti-me para vosso amor
Que tem tantas direções
E em nenhuma se define
Mas em todas se resume.

---

* *Brejo das almas*, 1934.

Saberei multiplicar-me
E em cada praia tereis
Dois, três, quatro, sete corpos
De Adalgisa, a lisa, fria
E quente e áspera Adalgisa,
Numerosa qual Amor.

Se fugirdes para a floresta,
Serei cipó, lagarto, cobra,
Eco de grota na tarde,
Ou serei a humilde folha,
Sombra tímida, silêncio
Entre duas pedras. E o rei
Que se enfarou de Adalgisa
Ainda mais se adalgisará.
Se voardes, se descerdes
Mil pés abaixo do solo,
Se vos matardes ao fim,
Serei ar de respiração,
Serei tiro de pistola,
Veneno, corda, Adalgisa,
Adalgisa eterna, os olhos
Luzindo sobre o cadáver.

Sou Adalgisa de fato,
Pensais que sou minha irmã
Ou que me espelho no espelho.
Amai-me e não repareis!
Uma Adalgisa traída
Presto se vinga da outra.
Eu mesma não me limito:
Se viro o rosto me encontro,
Quatro pernas, quatro braços,
Duas cinturas e um
Só desejo de amar.

502   DO FIM AO PRINCÍPIO

Sou a quádrupla Adalgisa,
Sou a múltipla, sou a única
E analgésica Adalgisa.
Sorvei-me, gastai-me e ide.
Para onde quer que vades,
O mundo é só Adalgisa.

SEM TÍTULO*

Sobre tua poesia uma luz grave
ousa e revela a sombra do vivido.
Tua face e teu fundo misterioso
envolvem-se no mesmo halo suave

Erosão? Polimento? Uma verdade
vem visitar teus lábios experientes.
És mais completa e forte, no limite
da lucidez — diamante e soledade.

Definitiva e diáfana, ao clamor
da angústia existencial, eis que a palavra
maior, germina e salta de teu verso:
Amor, acima até do próprio Amor.

---

* O poema compõe carta de Drummond, enviada em 14 de outubro de 1973. Consta no
Arquivo Adalgisa Nery, série Correspondência Pessoal, no AMLB.

JORGE DE LIMA

O NOME DA MUSA*

Para Adalgisa Nery

Não te chamo Eva,
não te dou nenhum nome de mulher nascida,
nem de fada, nem de deusa, nem de musa, nem de sibila, nem de terras,
nem de astros, nem de flores.
Mas te chamo a que desceu do luar para causar as marés
e influir nas coisas oscilantes.
Quando vejo os enormes campos de verbena agitando as corolas,
sei que não é o vento que bole mas tu que passas com os cabelos soltos.
Amo contemplar-te nos cardumes das medusas que vão para os mares boreais,
ou no bando das gaivotas e dos pássaros dos polos revoando sobre as terras geladas
Não te chamo Eva,
não te dou nenhum nome de mulher nascida.
O teu nome deve estar nos lábios dos meninos que nasceram mudos,
nos areais movediços e silenciosos que já foram o fundo do mar,
no ar lavado que sucede as grandes borrascas,
na palavra dos anacoretas que te viram sonhando
e morreram quando despertaram,
no traço que os raios descrevem e que ninguém jamais leu.
Em todos esses movimentos há apenas sílabas do teu nome secular
que coisas primitivas escutaram e não transmitiram às gerações .
Esperemos, amigo, que searas gratuitas nasçam de novo,
e os animais de criação se reconciliem sob o mesmo arco-íris
então ouvireis o nome da que não chamo Eva
nem lhe dou nenhum nome de mulher nascida.

---

* *Poemas Negros*. Rio de Janeiro: Alfaguara, 2016 (*A túnica inconsútil*, 1938).

MURILO MENDES

POEMA DO FÃ*

para Adalgisa Nery

Não bebo álcool, não tomo ópio nem éter
Sou embriagado de ti por ti
Mil dedos me apontam nas ruas:
Eis o homem que é fanático por uma mulher

Tua ternura e tua crueldade são iguais diante de mim

Porque eu amo tudo o que vem de ti
Amo-te na tua miséria e na tua glória
E te amava mais ainda se sofresses muito mais

Caíste em fogo na minha vida de rebelado
Sou insensível ao tempo — porque tu existes
Eu sou fanático de ti,
Sou fanático de todos os detalhes da tua biografia,
Da tua graça, do teu espírito, do aparecimento da tua vida

De ti em todas as idades da vida
Eu quisera ser uma Unidade contigo
E no exterior violentamente contigo na febre da minha, da tua, da nossa poesia
Sou fã desde o princípio e para toda eternidade
Em verdade o poeta é o maior fã de sua musa!

---

* Publicado na coluna "A poesia é necessária". Rio de Janeiro, *Manchete*, 31 jul. de 1954.

FORTUNA CRÍTICA

DANTE MILANO

SOBRE O LIVRO *EROSÃO**

Neste teu livro a tua poesia exige maior atenção. Isso basta. Nele não te mostra nua, mas envolta em véus. Tens de ser desnudada. E quem o fizer verá um puro espírito, a sofrida luz de teu corpo.

GILBERTO FREYRE

OS NOVOS POEMAS DA SRA. ADALGISA NERY*

Regozijei-me com o fato, por ser convicção minha já antiga que em Adalgisa Nery tem o Brasil desde trinta e poucos – que me seja perdoada a deselegância do falar em "tempo" e em "passado" a propósito de uma poetisa – uma de suas expressões poéticas mais notáveis. Também uma das mais inconfundivelmente pessoais.

Sem ser eloquente, ela é quase sempre intensa. E saber ser à sua maneira, sem confundir-se nem com Manuel Bandeira, nem com Carlos Drummond de Andrade, nem com Vinicius de Morais, três grandes intensos nomes da poesia moderna, com contraste com os grandes pela eloquência lírica, como Augusto Frederico Schmidt e o próprio – e admirável – Jorge de Lima. Ela não é só femininamente intensa, como adalgisamente intensa no modo de ser poeta.

Através do seu último livro *As fronteiras da quarta dimensão*, é a impressão mais forte que continua a nos transmitir Adalgisa Nery Fontes: a de uma intensidade personalíssima, tanto nos extremos de sensibilidade a que por vezes

---

* Contracapa, *Erosão*. Rio de Janeiro: José Olympio Editora, 1973.
* Trechos da coluna publicada no *Jornal do Brasil*. Rio de Janeiro, 22 jul. 1953.

atinge, com na plástica, na forma de expressão, na técnica do verso livre, que que se serve de maneira sutilmente sua.

Há, na verdade, nesse livro, poemas dignos de tradução para línguas mais cultas que a portuguesa. Poemas que têm, às vezes, um não sei quê de "sofisticado", no sentido inglês da palavra, que os predispõe a traduções para línguas em que as sutilezas da sensibilidade sejam mais estimadas do que entre nós. O que não significa, de modo algum, faltar à poesia de Adalgisa Nery Fontes raiz que a prenda ao Brasil e ao que a tradição lírica em língua portuguesa possui de mais puro. O que ela faz é acrescentar alguma coisa de adalgisiano a essa tradição, enriquecendo-a e sutilizando-a de modo – repita-se – personalíssimo, além de muito feminino.

JORGE AMADO*

Querida Adalgisa, Estou na maior falta com você porque ainda não lhe agradeci o exemplar de *Neblina* que me enviou. Eu estava enterrado no trabalho de um romance, o que não me impediu de ler seu livro com a paixão com que leio tanto a sua poesia quanto sua prosa. Não encontrei foi tempo para lhe dizer como e quanto dele gostei, quanto ele me comoveu. Seus dois romances são belos e terríveis, não creio que ninguém possa ficar indiferente diante deles. *Neblina* reafirma a grande romancista de *A imaginária*. Um abraço cordial do seu velho amigo e admirador, Jorge.

---

* Bilhete de Jorge Amado a Adalgisa Nery, do Acervo Adalgisa Nery do Acervo do Arquivo- -Museu de Literatura Brasileira (AMLB) da Fundação Casa de Rui Barbosa, Rio de Janeiro.

JORGE DE LIMA

POEMAS DE ADALGISA NERY[*]

O livro de Adalgisa Nery veio apenas com sua publicação convencer-me da necessidade do aparecimento, aos demais leitores de poesia no Brasil, dessa poeta que me surpreendeu e me encantou.

Acompanhei a gênese e a criação deste livro, desde os primeiros poemas que li ainda sem pontuação e com as linhas ainda molhadas do primeiro sopro criador e já em asas tão poderosas vieram dos períodos recuados do mundo, com os segredos da unidade, e transitavam pelo nosso século para um tempo em que a existência deles pudesse ser contemplada pelos homens. É como um livro para assombrar, dadas as grandezas de suas proporções, a vastidão de seus temas, a coragem de seus arrojos. Muitos que o olhem de perto descobrirão desproporções de técnicas da aspereza na matéria de sua composição.

Isso, portanto, é uma questão de perspectiva. O sopro que deles saem como que se origina nas primeiras águas, do humano que animou o primeiro barro e se derramou nas páginas do Livro e sacudiu o firmamento e abalou os alicerces de tantas incompreensões de hoje. A linguagem dele é semelhante a linguagem realista e pura da Bíblia das grandes lamentações e dos grandes contadores. O poeta é dotado de intuição das coisas, profecia e da compreensão do essencial do mundo.

Quem ler este livro ficará com os olhos mais agudos e alargará seus conhecimentos, terá gula de devorá-lo e verá que está nu e vai empreender uma aventura espiritual. Há, pois, a sinceridade da nudez primitiva nessas páginas de Adalgisa.

Concepção do "Poema Operário", a sinceridade da linguagem primitiva das experiências e realizações do cotidiano. A memória conserva (...) segredo das coisas e decepcionada pelas quedas constantes do homem assume ar trágico e patético, que é o caráter de sua poesia. Porém, se o poeta canta e

---

[*] *Diário de Notícias*. Rio de janeiro, 25 dez. 1937. O texto foi compilado diretamente de uma versão digitalizada do jornal. Quando ilegível o trecho há a indicação "(...)".

aparece satisfazer-se com os poderes formadores de Mal e concorrer com a sua vitória final, isso é apenas para ressaltar a força fortíssima do Bem.

Uns poemas chamados herméticos e que certas pessoas acham sem sentido me agradam muito porque são herméticos e contém um sentido claro e bastante compreensível. E o que aplaudo neles é o mistério leigo da poesia que o poeta em questão amiúde deflagra sobre nós.

À primeira vista parece haver muito de sexo nos poemas deste poeta. E há, porém, não no sentido de uma dualidade irreconciliável, mas de uma unidade que se resolve no amor místico em apelo ao universal, na reconstituição da unidade primacial quando os dois seres eram uma carne. Quem ler esse livro de poemas adquirirá uma perspectiva nova e poderá incorporar a si uma realidade superior, ganhará pois uma visão aventurosa, extravagante e heroica. Pois sabei que o poeta destes poemas organizou a sua vida poeticamente numa interferência do plano espiritual e do místico, num ângulo em que seu lirismo pessoal intervém para uma realização completa da manifestação poética. O sexual está assim sublimado em tais poemas que há um desejo constante de perpetuidade, de maternidade perene e numerosa, de fecundação no plano místico, dentro dos templos, por exemplo, para que os filhos possam ver a face do verdadeiro Pai.

Adalgisa levou a poesia a uma fronteira nova aberta para alto, varrida pelas grandes forças e iluminada pelas estranhas luzes que existiram antes da criação do sol. Quem ler este livro, se tiver uma vaga aspiração, será alargado em seus limites e poderá ter, se não for muito opaco, um minuto de lucidez profética. Eu quando o li, fiquei mesmo liberto da devorante atualidade, das colisões cotidianas tão chatas e me circundei de um silêncio e neve bastante puro e alto. Fiquei liberto dos moralistas que assumem a responsabilidade de tantas leis e punições a nossa pobre e infeliz espécie e me situei junto do milagre e da graça.

É um poeta que se colocou com o seu primeiro plano difícil dos mais patéticos intérpretes da vasta realidade interior. Quem ler este livro ficará decepcionado do frequente espírito retórico e formalista, e se tornará amigo da poesia sem obrigações e sem esquematizações orgânicas. Gosto imenso desta arrojada fuga dos imediatos agrados aos reis e amo este mergulho na pura essência da emoção poética.

Aí tudo é mais gesto, aí tudo é mais ação do que os realistas acreditam. E a força e tal idealismo erótico são mais férteis e mais contaminantes do que comumente se pensa. Há uma intenção de se perdoar a todos e ser perdoada, de acolher a todos os desorbitados, inclusive ao belo filho pródigo milenar — Lúcifer que há tanto tempo anda afastado de Deus. Há ao mesmo tempo um desejo de distribuir-se para sanar as feridas do mundo, existe, pois, na poesia de Adalgisa, uma irmã centrípeta que a esfacela na vida e que vive fora dela, é uma irmã centrífuga que está sob seu manto ouvindo suas palavras e dando-as aos pobres. Ambas estão em pura alevantada ação, contemplando ou trabalhando, como o operário, são Cristóvão ou outro santo que viveu no topo de uma colina. E tudo é, pois, o caminho de quem deixa a árvore vedada e sobe para a árvore da Vida transplantada desde a Queda para o segundo Paraíso.

JOSÉ LINS DO REGO

A DOR EXISTE NA POESIA DE ADALGISA NERY[*]

Adalgisa Nery acaba de completar a sua experiência poética com este admirável livro de versos, *A mulher ausente*. Lendo-o sentimos que o canto é mais alguma coisa que um embalo dos sentidos em deleite puro. Há na formação da poeta Adalgisa Nery raízes que vão no fundo da alma, ao íntimo das coisas. [...]

Por mais que a poeta disfarce, por mais que ela te cubra de flores, de música, de versos aromáticos, o que existe de verdade é sua dor e seu conflito com a realidade que a cerca e sua ferida descoberta. Há em Adalgisa Nery aquilo que vem desde os seus primeiros versos, uma insatisfação, um anseio de vida que quer ir além dos meios naturais de viver. [...]

Em Adalgisa é tudo ao contrário. A alegria dela é toda feita de lances dramáticos, de confissões que são explosões de quem quer abafar o que é mais forte,

---

[*] Trechos da coluna publicada em *O Jornal*. Rio de Janeiro, 24 mar. 1940. O texto foi compilado diretamente de uma versão digitalizada do jornal.

uma dor gigante. A sua poesia aí aparece com os acentos de uma sinceridade que só os que sofrem são capazes de exprimir. O que ela sente, o que ela deseja é ser mais alguma coisa que costura atormentada, ela quer que exista para o mundo uma alegria que não existe. Deus então surge como refúgio, como o mágico capaz de transformar a água em vinho, de curar as chagas dos leprosos. A sua poesia termina em Deus tendo começado na desgraça do homem. [...]

Esta *Mulher ausente* é um livro de quem sentiu a vida em profundidade, de quem atravessou as superfícies e penetrou no mais tenebroso das coisas. Mares e ventos de tempestades, ondas procelosas, gemidos de feras enfurecidas foram vistos e ouvidos. Toda a natureza se sentiu possuída pelo poeta que não teve medo de caminhar, de romper os desertos. O poeta vela pelas dores do mundo. E não pareceu fulminado, incapaz de exprimir-se. Arrancou de dentro de si o coração e ofereceu-o aos homens como quem desse um fruto que lhe matasse a fome. Poesia que se confunde assim com o drama da vida, que vai do pecado à redenção, tem o poder de nos conduzir a nós mesmos. O tempo do poeta se misturou à reflexão do moralista. Escuta-se a música de uma harpa melodiosa acompanhando palavras que poderiam sair da boca de Prometheus. A dor existe na poesia de Adalgisa Nery.

MÁRIO DE ANDRADE

A MULHER AUSENTE[*]

Em 1937 Adalgisa Nery tomava lugar de importância entre os nossos poetas, com o forte livro *Poemas*. Com as novas poesias que acaba de publicar não só ela conserva a posição conquistada, como a solidifica. É visível que a poesia não se satisfaz com a contribuição pessoal dos *Poemas* e produziu um belo esforço para acrescentar, ao seu conceito já muito exato de poesia, um valor outro, mais íntimo e incorruptível, que a enriquecesse em nossa lírica. Embora

---

[*] *O empalhador de passarinho*. São Paulo: Martins Editora e Instituto Nacional do Livro, 1972.

a mudança não seja do branco para o preto, existe uma originalidade nova, talvez ainda não muito segura de si, nos poemas de agora. A própria artista percebeu a sua mudança em profundidade, e pretendeu defini-la, nos avisando que deste novo livro a mulher se ausentara. Não é tanto assim. *A mulher ausente* ainda é, com vigor, um livro de mulher. Mas nos *Poemas* a originalidade era mais uma contingência, transpondo em feminilidade violenta aquela solução poética de caráter mais ou menos bíblico, mais ou menos surrealisticamente apocalíptico, baseada nos valores líricos sucessivos das imagens surgidas, e tão desenvoltamente desligada da inteligência lógica, solução firmada por Murilo Mendes e Jorge de Lima.

Esta solução parece não satisfazer mais à personalidade, que acentua, de Adalgisa Nery. Não creio que a vibrante mulher dos *Poemas* soltasse um grito como esse: "A delícia do sussurro da morte (...) É que me ajuda a suportar o vazio total,/ O desencanto do espírito dos homens/ E o nojo da união carnal". Como se vê, a mulher malferida em suas ilusões não está nada ausente desta confissão, como não o está em muitos passos do livro, e em principal no esplêndido "Poema pagão", que considero uma legítima obra-prima. Mas tanto nesse grito que é um juízo, como no desenvolvimento ideativo do "Poema pagão", a gente percebe uma instância da inteligência lógica que, a despeito das imagens líricas, tão bem inventadas pela poetisa, assume às vezes um nítido aspecto apologal. E mesmo rijamente didático, como em "Sabedoria". Essa transformação mais sensível em Adalgisa Nery de agora. Há, sobretudo, um ângulo conceituoso, finalista, ausente, das exigências do ser físico, tendendo para a formação das profecias. A gente percebe o poeta que já vive menos a sua experiência, e antes prefere contemplá-la, dela tirando normas e verdades.

Como derivada natural dessa atitude, surge numerosa, em *A mulher ausente*, uma poesia de exame de consciência, por muitas partes de curiosa e intensa qualidade. Deísta, dotada de uma visão pouco evasiva, pouco mística, mas antes cruelmente nítida de sua lei, a poetisa se maltrata com a noção do erro. Não há no livro um verdadeiro traço de arrependimento confessional, mas vibra, punge, clama o erro, apenas o erro, a noção de culpa, da sua e da alheia culpa, dum encadeamento de culpas fatais. Abre o livro: "Teu pai é aquele que tu olhas com condescendência das mães. (...) É aquele que te escandalizou com seus pecados da carne". E no poema final ainda a poetisa reconhece "no erro das (suas) ações".

Dessa consciência do erro, percorre o livro a catarse, a noção purgatória se desdobra interessantissimamente, não num panteísmo em que a artista transborda de si mesma para sofrer a fragmentaridade divina das coisas, mas numa espécie de pan-autoismo (desculpem!) martirizador. Uma mulher aos pedaços, se contemplando e fragmentos separados, se quebrando por incompetência trágica para assumir o direito de sua integridade. Já nos *Poemas* havia uma primeira experiência disso: "Agora espero no meio dos meus lados./ Deslocada da esquerda"; o no forte "Eu me falo": "Meu pensamento levantou-se do meu nascimento/ E escondeu-se atrás do meu corpo/ Que foi rodeado pelo sono exterior./ Só minha cabeça acordou dentro de mim/ E me espiou de fora". Em *A mulher ausente,* essa catarse da fragmentação aparece por várias vezes. "A minha fragmentação está debruçada na borda do meu ser" a poetisa exclama, e pune doloridamente por isso. Noutro poema confessa: "Eu gosto de espiar/ O meu olho direito/ Ver o esquerdo chorar". E a autopunição culmina na admirável "Autoanálise", outra obra-prima do livro. Eis o seu final: "Uma coisa que num lampejo Deus colheu/ E que depois, no imenso das ilimitadas/ Novamente se perdeu,/ Todo este nada, este tanto/ Eu bem sei que sou eu!".

Sinto, aliás, que apaixonada pelo seu problema lírico, a artista se despreocupa um bocado da correção técnica, esquecida de se ouvir melhor em seus ritmos, ou sistematizando algumas receitas, sem mais longa crítica. Essa "Autoanálise" principia pela formação de um "quáquá" na ligadura intelectual dos primeiros versos: "Uma qualquer coisa muito longínqua/ Quase imperceptível aos sentidos"... O processo de rimar, já surgido esporadicamente nos *Poemas,* agora se sistematiza. Era, de resto, natural que a importância da rima se impusesse à artista de *A mulher ausente,* porque a sua atitude poética elevou-a... socializar a sua poesia nova. Ora, a rima é elemento socializador. É um dos elementos musicais de que serve-se a poesia para coletivizar o indivíduo. Ela obriga a uma compreensão mais geral, mais unânime da palavra que rimou, passando esta a funcionar menos em seu sentido intelectual e mais em sua dinâmica rítmico-sonora. Digo também "rítmica" porque o som repetido age na memória com valor de repetição e de acento. Mas estas forças socializadoras da rima só se valorizam perfeitamente quando ela está sistematizada e ocorrente em lugares esperados. A rima em poesia erudita, arbitrariamente, dispersa entre versos brancos, perde a sua identidade musical e sua função, pra imediatamente excitar em nós um qualquer pensamento crítico. E este a percebe, na maioria das vezes, como ressonância inatenta do artista, como eco desagradável. E quando sistematizada no final do poema, como faz a poetisa, soa com tal ou qual bruteza, fortificando demasiado o acento do fim (que é natural), criando atmosfera indelicada de excessiva *selfishness*. As ordens em arte se diferençam das militares, pela sutileza e escondido em que são ditadas.

Parece que no ângulo atual de introspecção, no abandono da ação por si mesma, pra recolher delas as profecias; parece que em suas mudanças novas, a poetisa se sente desarvorada e sem sabor vital. E ela sofre, triturada pela cinza neutra do tédio. Já nos *Poemas*, Adalgisa Nery, como que pressentira esse resultado, quando profetizou: "Até que a minha alma tivesse tédio à minha vida". A sensação do tédio, a confissão franca do tédio lhe vem frequente no canto novo, e ela chega a desejar a prisão das meninas de asilo, porque o "sofrimento mais profundo" é "ter a liberdade para o corpo/ E sentir-se cada vez mais prisioneira,/ Reparar-se terrivelmente acorrentada/ Pela angústia da vida,/ Pelo tédio, pelo Nada".

Só já muito notável no furor mulheril dos *Poemas*, a aventura lírica de Adalgisa se tornou agora dum interesse apaixonante. Onde ela irá parar? A sua nova tendência conceituosa levou-a naturalmente a multiplicar suas rimas e a pender para forma metrificada dos versos curtos, muito mais numerosos agora. Por outro lado, apesar de mais presa ao pensamento lógico e à conceituação de suas experiências, ela soube, quase sempre, se libertar do sabor didático. E a mulher violenta dos *Poemas* nos vem agora martirizada, alquebrada, dominada por uma tortura que não é mais aquela fulgurante e semostradeira dor dos seus paroxismos femininos de dantes, mas uma profunda miséria que busca se humanizar, útil, fecunda, entre os humanos. O progresso foi em profundidade e deu a Adalgisa Nery alguns de seus mais belos poemas.

MANUEL BANDEIRA

A POESIA EM 37[*]

O acontecimento poético mais notável do ano passado foi a revelação de mais uma grande voz feminina na pessoa da Sra. Adalgisa Nery (*Poemas*, Pongetti). A sua poesia jorrou em ritmos inumeráveis como as águas generosas de uma barragem esbarrondada. [...]

A Sra. Adalgisa Nery quando escreve não mede as suas palavras, que a poesia nela parece agir com um desrecalque insopitável. Dir-se-ia que, tomada de uma necessidade injustificável de expiação, arrancasse ela o próprio coração para sair arrastando-o por todas as pedras e cardos do seu caminho. Digo injustificável porque se percebe muito bem a quase inocência da sua quase religiosa sexualidade. No fundo há ternura bem feminina nestes poemas em que a cada momento passa e repassa um desejo infinito de consolar e ser consolada [...].

Do seu forte sentimento da natureza testemunham os versos admiráveis de "Poesia marítima" e de "Eu estarei em tudo". Estes últimos não devem ser interpretados com uma pura explosão de narcisismo, senão, em fim de contas, como aquele anseio de eternidade que levará esta Musa inquieta e desencantada ao final do repouso na mão de Deus, naquela mão direita de que nos falou num soneto imortal esse outro inquieto e desencantado que foi Antero de Quental.

---

* Trechos de texto publicado originalmente em *Crônicas Inéditas 2 (1930-1944)*. Júlio Castañon Guimarães (Org.). São Paulo: Cosac Naify, 2009. Publicação original: *Crônicas da província do Brasil*, 1937.

MURILO MENDES

ÀS MARGENS DOS POEMAS DE ADALGISA NERY*

Poucos poetas atuais têm acentuado tão fortemente o antigo conflito entre o espírito e a matéria, a luta contra as forças diabólicas, que fazia o Apóstolo exclamar: Não faço o bem que amo e faço o mal que detesto. Em diversos pontos do seu livro Adalgisa Nery exprime este conflito com uma violência rara, não só entre mulheres como entre homens. Entretanto, ela tem a consciência nítida de que todas as destruições servirão à sua construção, pois que "Deus a pede emprestada". Adalgisa Nery retoma assim o fio da tradição, interpretando a poesia como função divina, como intermediária entre Deus e os homens. "Santifico a humilhação da prostituta/ Acomodo o prisioneiro da culpa/ Pela morte levo os homens à vida,/ pelo meu sexo levo-os a Deus./ Glorifico o crente e o ateu". Por estes versos simples se poderá verificar que Adalgisa atribui à poesia missão elevada, superior, transcendente mesmo. [...] Atribuo a Adalgisa Nery um papel especial de relevo na libertação da nossa poesia de um farisaísmo convencional, impossível de ser aceito por um poeta verdadeiro. [...] Adalgisa revela em seus poemas uma sensualidade grave e triste, a dos insatisfeitos do amor terrestre.

---

* Artigo em comentário ao livro de estreia *Poema*, em que Murilo Mendes destaca a interseção do amor com a metafísica. "Às margens dos poemas de Adalgisa Nery", publicado na revista literária *Lanterna Verde* em abril de 1938.

BIOGRAFIA

ADALGISA CANCELA NOEL FERREIRA – Adalgisa Nery – nasceu no dia 29 de outubro de 1905, no bairro de Laranjeiras, no Rio de Janeiro. Filha do mato-grossense Gualter Ferreira e da portuguesa Rosa Cancela Ferreira, tornou-se órfã de mãe aos oito anos, e desde a infância demonstrou forte sensibilidade poética.

Casou-se aos dezesseis anos com o artista e poeta bissexto Ismael Nery, um dos participantes do Modernismo brasileiro. Tiveram sete filhos, todos homens, mas somente o mais velho, Ivan, e o caçula, Emmanuel, sobreviveram. O casamento durou até a morte de Ismael, vítima de tuberculose. Aos vinte e nove anos, viúva, foi trabalhar na Caixa Econômica e, em seguida, no Conselho do Comércio Exterior do Itamaraty. A partir de então, Adalgisa Nery atuaria no campo intelectual ativamente, até que, em 1937, publica seu livro de estreia, *Poemas*, pelas mãos do editor Ruggero Pongetti[1] e por incentivo de Carlos Drummond de Andrade, Murilo Mendes e Jorge de Lima.

Logo depois, em 1940, casou-se com Lourival Fontes, o que a permitiu desempenhar um papel relevante na relação entre o Estado Novo e os intelectuais. O casamento com Lourival durou treze anos e junto ao marido, nomeado embaixador, viajou para os Estados Unidos, Canadá e México, ocasião em que conheceu os artistas Frida Kahlo e Diego Rivera. Durante sua vida,

---

1 Ruggero Pongetti (1900–1963) criou com o irmão Rodolfo a Irmãos Pongetti Editores. Hábil relações públicas, atraía amigos e despertava simpatia por onde passava. Responsável por incluir no mercado editorial diversos jovens poetas e ficcionistas brasileiros. Foi o primeiro editor de Adalgisa.

Adalgisa foi retratada por inúmeros pintores, entre eles Ismael Nery, Candido Portinari, Diego Rivera, Frida Kahlo, José Orozco, Arpad Szenes, Gilberto Trompowsky e Emmanuel Nery. Nesses profícuos anos, ainda conheceu a França, onde publicou uma coletânea de poemas traduzidos para o francês pela editora de Pierre Seghers.[2]

Em 1954, após o suicídio do presidente da República Getúlio Vargas, já separada de Lourival, Adalgisa inicia sua carreira nos jornais escrevendo para o periódico *Última Hora*, de Samuel Wainer. Passa a assinar, então, a lendária coluna "Retrato sem retoque", na qual abordava diariamente, em tom nacionalista, assuntos de política e economia, atacando desafetos políticos. Durante sua vida, colaborou com diversos jornais e revistas do Chile, Peru, Uruguai e Brasil – entre eles, destacam-se *Lanterna Verde, Diretrizes, Correio da Manhã, O Jornal e O Cruzeiro, Dom Casmurro e Revista Acadêmica*. Em 1960, sua atuação jornalística a projetou nacionalmente, despertando o interesse de partidos políticos que a convidaram para candidatar-se a um cargo legislativo.

Cercada de inimizades, como o então governador Carlos Lacerda, Adalgisa Nery, herdeira política de Vargas, foi deputada ao longo de três mandatos. Em 1960, foi eleita pelo PSB (Partido Socialista Brasileiro), com 8.900 votos, para participar da Assembleia Constituinte do então estado da Guanabara. Em 1962, foi reeleita pelo mesmo partido, e em 1963 ingressa o Partido Trabalhista Brasileiro (PTB). Já em 1965, em razão do bipartidarismo imposto pela ditadura civil-militar de 1964, passou a integrar o MDB (Movimento Democrático Brasileiro), e se reelegeu em 1966 com 15.800 votos. Sua atuação durou até ter sua coluna no jornal censurada e seus direitos jornalísticos e políticos cassados, em 1969, pelo AI-5. A perseguição política foi o motivo que a levou a abandonar os amigos, a família e a literatura.

---

2 Editor e poeta francês (1906–1987). Envolvido em questões políticas, fez parte da Resistência francesa durante a Segunda Guerra Mundial, escreveu na clandestinidade e foi responsável por publicar diversos poetas conhecidos e desconhecidos em seu país. Entre os nomes brasileiros selecionados por Seghers estão os poetas Manual Bandeira, Vinicius de Moraes e Adalgisa Nery.

Sem recursos, inicialmente, isolou-se em Petrópolis (RJ) na casa do amigo e apresentador de televisão Flavio Cavalcanti. Depois, morou na casa do filho mais novo, Emmanuel. Em 1976, por conta própria, recolheu-se na casa de repouso Lar Estância São José, em Jacarepaguá, no Rio de Janeiro. Após sofrer um acidente vascular cerebral, que lhe deixou afásica e hemiplégica, Adalgisa Nery faleceu no dia 7 de junho de 1980, aos setenta e quatro anos.

Uma semana após o falecimento, Carlos Drummond de Andrade escreveu no *Jornal do Brasil* a crônica "Adalgisa, a indômita", em despedida à poeta, sua amiga. O epíteto criado por Drummond se deve ao fato de Adalgisa ter enfrentado as adversidades de sua vida com destemor, especialmente quando teve os direitos políticos cassados depois de ter provocado a ira de adversários do Estado. Drummond escreveu um texto afetuoso, relembrando a presença fascinante da poeta quando se encontrava com intelectuais contemporâneos na Livraria José Olympio, na rua do Ouvidor, no Rio de Janeiro.

> Se tivesse de escolher uma palavra para definir Adalgisa Nery, falecida há dias numa casa geriátrica, eu hesitaria entre "Adalgisa, a bela" e "Adalgisa, a valente". O certo seria reunir as duas classificações, mesmo porque sua valentia era ainda uma espécie de beleza. [...] Era jovem, altiva, linda, e quando entrava na loja cessavam os ditos maliciosos de julgamento literário, as confabulações misteriosas de Graciliano Ramos com um recém-chegado do Norte, a quem de saída ele desiludia da vida literária; as risadas gargantuescas de José Lins do Rego; os epigramas de Marques Rebelo; os silêncios místicos de Murilo Mendes. Uma deusa penetrara na livraria, não se sabe bem para que: para nos perturbar com seus rastros de luz, ou para pedir a um amigo que levasse uma carta ao correio, que aliás não ficava longe.[3]

---

3 ANDRADE, Carlos Drummond de. "Adalgisa, a indômita". *Jornal do Brasil*, 14 jun. 1980.

Contemporânea das escritoras Dinah Silveira de Queiroz, Cecília Meireles, Raquel de Queiroz, Gilka Machado, Clarice Lispector, Elisa Lispector e Eneida de Moraes, Adalgisa Nery deixou um importante legado para as mulheres que hoje ocupam lugar de destaque no campo político e jornalístico: uma contundente atuação como cronista de política nacional e internacional, além do forte interesse no debate sobre questões políticas e sociais. Seu ofício como poeta e escritora, entretanto, não é devidamente valorizado, como foi no período em que publicou seus livros de poemas e romances.

Entre seus admiradores, podemos lembrar Jorge Amado, grande apreciador de sua prosa, ou, ainda, Murilo Mendes, que publicou o "Poema de fã", dedicado a ela, na coluna "A poesia é necessária", em 31 de julho de 1954, no jornal *A Manhã*. Impacto semelhante também levou Jorge de Lima a escrever "O nome da musa", presente no livro de poesias *A túnica inconsútil*, que leva uma dedicatória à poeta. Pedro Nava também registrou em suas memórias o inesquecível aparecimento de Adalgisa Nery:

> Quando Adalgisa apareceu foi como se outro sol esplendesse e o dia subisse mais. Era criatura duma beleza feérica. [...] Por curioso fenômeno ela que influenciava era também influenciada pelas imagens que se desdobravam da sua forma perfeita e cabeça divina no sem-número de telas do pintor — porque em pessoa dava de si a impressão de não ser como as outras e os outros, mas ela própria uma estilização como as personagens dos quadros florentinos e suntuosos de Ismael.[4]

---

4 NAVA, Pedro. *O círio perfeito*. Cotia: Ateliê Editorial. São Paulo: Giordano, 2004. pp. 238-239.

CRONOLOGIA*

1905. NO DIA 29 DE OUTUBRO, nasce Adalgisa Maria Feliciana Noel Cancela Ferreira no Rio de Janeiro.

1912. Muda-se com a família para Vassouras (RJ), ingressando lá no Colégio Santos Anjos.

1922. Casa-se aos dezesseis anos, em março, com Ismael Nery, pintor, poeta, bailarino e pensador. Nasce o primogênito, Ivan. Em sua casa são frequentes as reuniões com Manuel Bandeira, Murilo Mendes e Mário de Andrade.

1927. Viaja com o marido para a Europa, lá permanecendo dois anos.

1929. Viaja com o marido para Montevidéu e Buenos Aires.

1931. Nasce o filho caçula, Emmanuel. No total o casal teve sete filhos, mas apenas dois sobreviveram.

1934. Morre Ismael Nery, dia 6 de abril, deixando-a viúva com dois filhos, Ivan e Emmanuel.

1937. Publica seu primeiro poema, "Poema operário", no periódico *O Jornal*, e seu primeiro livro, *Poemas*.

1938. Colabora com a revista *Diretrizes*, fundada por Samuel Wainer e Azevedo Amaral, publicação que reuniu intelectuais como Aldous Huxley, Aníbal Machado, Carlos Lacerda, Cecília Meireles, Ernest Hemingway, Jorge Amado, Joel Silveira, José Lins do Rego, Manuel

---

* Desenvolvida por Ramon Nunes Mello a partir de pesquisa de Ana Arruda Callado.

Bandeira, Marques Rebelo, Oswald de Andrade, Rachel de Queiroz, Raymundo Magalhães Júnior, Rubem Braga e Vinicius de Moraes.

1940. Casa-se, dia 21 de maio, com Lourival Fontes, chefe do Departamento de Imprensa e Propaganda (DIP). Publica o livro de poemas *A mulher ausente*.

Acompanhada de Lourival Fontes, entre 1940 e 1945, viaja em missão diplomática para o Canadá e os Estados Unidos, residindo em Nova York.

1943. Publica o livro de contos *Og* e o de poesia *Ar do deserto*.

1948. Publica *Cantos de angústia*.

1952. Viaja ao México, para a posse do presidente Adolfo Ruiz Cortines, como embaixadora plenipotenciária do Brasil.

Convive com artistas mexicanos como os pintores Frida Kahlo e Diego Rivera, sendo retratada por ambos.

Torna-se a primeira mulher a receber a Orden del Águila Azteca, concedida pelo governo mexicano, por suas conferências sobre a poeta Sóror Juana Inés de la Cruz (1648–1695).

Publica o livro de poemas *As fronteiras da quarta dimensão*.

Viaja a Paris; publica antologia de poemas de sua autoria, *Au-delà de toi*, editado por Pierre Seghers e traduzido por Francette Rio Branco.

1953. Separa-se de Lourival Fontes.

1954. Começa a publicar uma coluna diária política nacional e internacional no vespertino *Última Hora*.

1959. Publica o romance autobiográfico *A imaginária*.

1960. É eleita deputada à Assembleia Constituinte do estado da Guanabara, pelo Partido Socialista Brasileiro (PSB), uma das primeiras mulheres a ocupar um cargo legislativo.

1962. É eleita deputada estadual pelo PSB. Publica a antologia poética *Mundos oscilantes*.

1963. Ingressa no Partido Trabalhista Brasileiro (PTB). Publica *Retrato sem retoque*, coletânea de artigos políticos publicados diariamente no *Última Hora*.

1966. Reelege-se, desta vez pelo Movimento Democrático Brasileiro (MDB), em que ingressa com a implantação do bipartidarismo. Deixa o *Última Hora*.

1967. Grava depoimento no estúdio do Museu de Imagem e do Som (MIS), no Rio de Janeiro, no dia 27 de junho, sendo entrevistada por Paulo Silveira, Peregrino Júnior e Carlos Drummond de Andrade.

1969. É cassada em seu mandato e em seus direitos políticos.

1971. Concede entrevista ao jornal *O Pasquim* (edição número 88), tendo Paulo Francis, Sérgio Cabral e Fausto Wolff como interlocutores.

1972. Publica os livros *22 menos 1* (contos) e *Neblina* (romance).

1973. Publica *Erosão*, com seus últimos poemas.

1974. O romance *A imaginária* é editado na Coleção Literatura Brasileira Contemporânea, da Editora José Olympio.

1976. Interna-se, dia 15 de maio, na Estância São José, uma casa de repouso para idosos em Jacarepaguá, Rio de Janeiro.

1977. Sofre, dia 24 de julho, um acidente vascular cerebral que a deixa hemiplégica e sem voz – assim como a narradora-personagem de seu último livro, *Neblina*.

1980. Morre, no dia 7 de junho, na mesma clínica onde se internara em 1976.

BIBLIOGRAFIA

DE ADALGISA NERY

POESIA

A mulher ausente [capa de Santa Rosa e seis ilustrações de Cândido Portinari]. Rio de Janeiro: José Olympio Editora, 1940.

Ar do deserto [capa de Santa Rosa]. Rio de Janeiro: José Olympio Editora, 1943.

As fronteiras da quarta dimensão [capa de Santa Rosa]. Rio de Janeiro: José Olympio Editora, 1952.

Cantos da angústia [capa de Santa Rosa]. Rio de Janeiro: José Olympio Editora, 1948.

Erosão [capa de Eugênio Hirsch a partir de desenho de Ryne e quatro ilustrações de Ryne]. Rio de Janeiro: José Olympio Editora, 1973.

Mundos oscilantes [poesias completas, texto de orelha de Geir Campos e reprodução de retrato de Adalgisa Nery por Cândido Portinari]. Rio de Janeiro: José Olympio Editora, 1962.

Poemas [livro de estreia]. Rio de Janeiro: Pongetti Edições, 1937.

ROMANCE

A imaginária [capa de Cândido Portinari]. Rio de Janeiro: José Olympio Editora, 1959.

Neblina [capa de Eugênio Hirsch a partir de desenho de Ryne e texto de orelha de Jorge Amado]. Rio de Janeiro: José Olympio Editora, 1972.

CONTO

22 menos 1. Rio de Janeiro: Expressão e Cultura, 1972.

Og [capa de Santa Rosa]. Rio de Janeiro: José Olympio Editora, 1943.

CRÔNICA

Retrato sem retoque [capa de Eugênio Hirsch e texto de orelha de Ênio Silveira]. Rio de Janeiro: Civilização Brasileira, 1966.

ANTOLOGIAS

"Poesia marítima"; "A um homem"; "Estima". In: ARAÚJO, J. G. de (Org.). *Antologia da nova poesia brasileira: os melhores poemas selecionados pelos próprios autores*. Rio de Janeiro: Vecchi Editora, 1948.

ALVES PINTO, Paulo F. et al. *Antologia nacionalista: sopram os ventos da liberdade*. Vol. 2. Rio de Janeiro: Fulgor, 1959.

CHAVES NETO, Elias et al. *Antologia nacionalista: brasileiros contra o Brasil*. Vol. 1. Rio de Janeiro: Fulgor, 1958.

FIGUEIRA, Gaston (Org.). *Poesia brasileña contemporanea: crítica y antologia*. Montevideo: Instituto de Cultura Uruguayo-Brasileño, 1947.

MAGALHÃES JÚNIOR, Raimundo (Org.). *Panorama do conto brasileiro*. Rio de Janeiro: Civilização Brasileira, 1959

NERY, Adalgisa. *Au-delà de toi* (coletânea) [traduzido por Francette Rio Branco e editado por Pierre Seghers]. Paris: Éditions Seghers, 1952.

PEREZ, Renard (Org.). *Escritores brasileiros contemporâneos*. Rio de Janeiro: Civilização Brasileira, 1971.

SADLIER, Darlene J. (Org.). *One Hundred Years After: Brazilian Woman Fiction In The 20th*. Bloomington: Indiana University Press, 1992.

TRADUÇÃO

CRONIN, A. J. *Encontro de amor*. [título original: *Grand Canary*]. Rio de Janeiro: Coleção Sabedoria e Pensamento, 1954.

HARDING, Bertina. *O trono do Amazonas: a História dos Braganças no Brasil* [título original: *Amazon Thorne*]. Rio de Janeiro: José Olympio Editora, 1944.

HOWE, Marie Jenney. *Em busca do amor: a vida de George Sand* [título original: *George Sand: The Search For Love*]. Rio de Janeiro: José Olympio Editora, 1956.

SAHLI, Rejeb Ben. *O jardim das carícias* [traduzido do francês *Le Jardin des caresses*, de Franz Toussaint]. Rio de Janeiro: José Olympio Editora, 1938.

ÁLBUM

Cassiano Ricardo e Adalgisa Nery [capa de Aldary Toledo, direção de Irineu Garcia e Carlos Ribeiro]. Poesias Volume 8. Selo Festa, 1956. Disco com poemas de Cassiano Ricardo (Lado A, com 5 poemas) e Adalgisa Nery (Lado B, com 8 poemas), leitura realizada pelos próprios poetas. Os poemas da autora: "A consentida", "Ensinamentos", "Poema da Amante", "Carta de Amor", "Eu te amo", "Repouso", "A mulher triste" e "Força".

SOBRE ADALGISA NERY

BIOGRAFIA

CALLADO, Ana Arruda. *Adalgisa Nery: muito amada e muito só*. Coleção Perfis do Rio. Rio de Janeiro: Relume-Dumará, 1999.

CINEMA

Ismael e Adalgisa. Direção: Malu de Martino. Rio de Janeiro: Raccord Produções, 2001, docudrama em média metragem, 35mm, 34m.

ENTREVISTAS

Entrevista com Adalgisa Nery. Museu de Imagem do Som, Rio de Janeiro, 27 jun. 1967. Interlocutores: Paulo Silveira, Peregrino Jr. e Carlos Drummond de Andrade.

Entrevista com Adalgisa Nery. *O Pasquim*. Rio de Janeiro, edição 88, mar. 1971. pp. 14–17. Interlocutores: Ricardo Cravo Albim, Paulo Francis, Sérgio Cabral e Fausto Wolff.

FORTUNA CRÍTICA

ABREU, Alzira Alves de (Org.). *A imprensa em transição: o jornalismo brasileiro nos anos 50*. Rio de Janeiro: Fundação Getúlio Vargas, 1996.

ANDRADE, Carlos Drummond de. "Adalgisa, a indômita". *Jornal do Brasil*. Rio de Janeiro, 14 jun. 1980.

ANDRADE, Mário de. *O empalhador de passarinho*. São Paulo: Martins Editora e Instituto Nacional do Livro, 1972.

ATHAYDE, Austregésilo de. "*Neblina*, de Adalgisa Nery". *O Jornal*. Rio de Janeiro, 25 jul. 1972.

BANDEIRA, Manuel. "A poesia em 37". In: *Crônicas Inéditas 2 (1930–1944)*. GUIMARÃES, Júlio Castañon (Org.). São Paulo: Cosac Naify, 2009. Publicação original: *Crônicas da província do Brasil*, 1937.

_____.; CAVALHEIRO, Edgard. *Obras-primas da lírica brasileira*. São Paulo: Martins Editora, s/d.

CAMPOI, Isabela Candeloro. *Adalgisa Nery e as questões políticas de seu tempo: 1905–1980*. Tese (Doutorado em História Social) Universidade Federal Fluminense, UFF, 2008. Disponível em: <www.app.uff.br/riuff/handle/1/22286>.

_____. "Adalgisa Nery e a *Última Hora*: do jornalismo ao parlamento da Guanabara". *Revista Eletrônica do Arquivo Público do Estado de São Paulo*, n. 31, 2008. Disponível em: <www.historica.arquivoestado.sp.gov.br/materias/anteriores/edicao31/materia03/texto03.pdf>.

CORDEIRO, André Teixeira. *As cabeças voadoras têm vozes dissonantes: Murilo e Adalgisa contam a história de Ismael Nery*. Tese (Doutorado em Literatura Brasileira) Universidade de São Paulo, USP, 2008. Disponível em:<www.teses.usp.br/teses/disponiveis/8/8149/tde-11082009-104636/publico/ANDRE_TEIXEIRA_CORDEIRO.pdf>.

DANTAS, Nataniel. "A *Neblina* na dimensão narrativa". *Estado de S.Paulo*, "Suplemento Literário de SP". São Paulo, 17 set. 1972.

FENSKE, Elfi Kürten (pesquisa, seleção e organização). "Adalgisa Nery – entre as letras e a política". *Templo Cultural Delfos*, set. 2021. Disponível em: <www.elfikurten.com.br/2013/05/adalgisa-nery.html>.

FIGUEIREDO, Eurídice. "Reedição de obra autobiográfica de Adalgisa Nery é bem-vinda". *Folha de S.Paulo*. São Paulo,13. fev. 2016.

FREYRE, Gilberto. "Os novos poemas da Sra. Adalgisa Nery". *Jornal do Brasil*. Rio de Janeiro, 22 jul. 1953.

FUSCO, Rosário. "A poesia e o sonho". In: _____. *Vida literária*. S.E.P.: São Paulo, 1940.

KARPA-WILSON, Sabrina. "Contemporary Brazilian Women's Autobiography and The Forgotten Case of Adalgisa Nery". *Brazil 2000–2001 – A Revisionary History of Brazilian Literature and Culture*. Dartmouth: University of Massachusetts/Rio de Janeiro: Universidade do Estado do Rio de Janeiro, 2001.

LIMA, Jorge de. "*Poemas* de Adalgisa Nery". *Diário de Notícias*. Rio de Janeiro, 25 dez. 1937.

LOPES, Ana Boaventura Calderaro. "Adalgisa Nery: uma poesia marcada pelo gênero". *Modular*, Caraguatatuba, Vol. 1, n. 2, 2003. pp. 21–28.

_____. *O papel da recorrência na Poesia de Adalgisa Nery*. Dissertação (Mestrado em Filologia e Língua Portuguesa). Universidade de São Paulo, USP, 2004.

MARTINS, Wilson. "Meditações sobre o mistério da poesia". *O Dia*. Curitiba, 22 jul. 1943.

_____. "A arte da poesia". *Estado de S.Paulo*. "Suplemento Literário de SP". São Paulo, 3 fev. 1974.

MATA, Larissa Costa da. *As máscaras modernistas: Adalgisa Nery e Maria Martins na vanguarda brasileira*. Dissertação (Mestrado em Literatura). Universidade Federal de Santa Catarina, UFSC, 2008. Disponível em:<www.repositorio.ufsc.br/xmlui/handle/123456789/91407>.

_____. *Adalgisa Nery: pensando o modernismo entre a experiência e o acontecimento*. XIII Ciclo de Literatura – Seminário Internacional as Letras em Tempos de Pós. Dourados, 2009. pp. 01–09.

_____. "Imaginando outro modernismo: Adalgisa Nery e Nietzsche na vanguarda brasileira". Anais VII Seminário de História da Literatura. Porto Alegre: PUCRS, 2007.

MELLO, Ramon Nunes. *Adalgisa Nery, a musa de várias faces*. O Globo, "Prosa & Verso". Rio de Janeiro, 19. jun. 2010.

_____. "As paixões de Ana Arruda Callado: escritora reconstrói o olhar feminino a partir de biografias de Adalgisa Nery e Lygia Lessa Bastos". Entrevista com Ana Arruda Callado. Secretaria de Cultura. Rio de Janeiro, 02. jan. 2010.

MENDES, Murilo. "Às margens dos poemas de Adalgisa Nery". *Lanterna Verde*. Rio de Janeiro, abril, 1938.

MILANO, Dante. [Sobre *Erosão*]. Contracapa *Erosão*. Rio de Janeiro: José Olympio Editora, 1973.

MILLIET, Sérgio. "Dados para uma história da poesia brasileira modernista (1922–1928)". *Anhembi*, v. I, n. 3, fev. 1951.

RAMOS, Guerreiro. "O sentido da poesia contemporânea". *Cadernos da Hora Presente*, n. 1, mai. 1939. pp. 86–103.

REGO, José Lins do. "A dor existe na poesia de Adalgisa Nery". *O Jornal*. Rio de Janeiro, 24 mar. 1940.

ROCHA, Hildon. "O homem montanha da literatura". *A Noite*. Rio de Janeiro, 29, dez. 1952.

_____. "Os poemas de Adalgisa Nery". *Carioca*. Rio de Janeiro, 15 ago. 1953.

RUBIN, Nanin. "Romance dolorido: *A imaginária*, livro de Adalgisa Nery, é relançado 35 anos depois". *O Globo*, "Segundo Caderno". Rio de Janeiro, 20 jul. 2015.

SANT'ANNA, Affonso Romano de. "Ismael Nery: a circularidade do um do dois e do três". In: _____. *Que fazer de Erza Pound*. Rio de Janeiro: Imago, 2003. pp. 195–202.

SAVAGGET, Edna. "Os mundos oscilantes de Adalgisa". *Diário de Notícias*, "Suplemento Literário". Rio de Janeiro, 3 fev. 1963.

SILVEIRA. Paulo da. "Ao correr da pena: *As fronteiras da quarta dimensão*". *Jornal do Commercio*. Rio de Janeiro, 25 dez. 1952.

SINHÁ, Paulo. "Adalgisa Nery, poetisa". *Carioca*. Rio de Janeiro, 9 out. 1952.

SODRÉ, Nelson Werneck. "Poesia". *Correio Paulistano*. São Paulo, 28 mar. 1940.

SOIHET, Rachel. "Mulheres investindo contra o feminismo: resguardando privilégios ou manifestação de violência simbólica?". *Revista Estudos de Sociologia*, Araraquara, v.13, n. 24, 2008. pp.191–207.

SOSSELA, Sergio Rubens. "A imaginária, 1959". *Diário da Tarde*. Curitiba, 20 fev.1960.

SOUZA, Helton Gonçalves de. "Muito mais do que uma musa da poesia". *Estado de Minas*. Belo Horizonte,10 jul. 1992.

VIDAL, Ademar. "Os poemas de Adalgisa Nery". *O Jornal*. Rio de Janeiro, 20 mar. 1938.

VIDAL, Barros. "Adalgisa Nery, a poetisa que desvendou os mistérios da vida". *Diário Carioca*. Rio de Janeiro, 31 mar. 1940.

ACERVOS

Arquivo-Museu de Literatura Brasileira (AMLB) – Fundação Casa Rui Barbosa. Rio de Janeiro. Disponível em: <www.acervos.casaruibarbosa.gov.br>. Arquivo Adalgisa Nery e arquivos e acervos relacionados (Carlos Drummond de Andrade, Murilo Mendes, Lucio Cardoso, Clarice Lispector, Pedro Nava e Manuel Bandeira).

Projeto Portinari. Rio de Janeiro. Disponível em: <www.portinari.org.br>.

AGRADECIMENTOS

A NATHALIE, SAMANTHA, José Carlos, Ivan, Katia, Marta e Elizabeth, familiares de Ismael e Adalgisa, pela permissão para organizar a obra da poeta e escritora. Especialmente a artista Nathalie Nery pelas conversas sobre sua avó e a confiança com o acervo de Adalgisa Nery.

À escritora Ana Arruda Callado, pelo carinho e incentivo. Aos funcionários do Arquivo-Museu da Fundação Casa de Rui Barbosa, Ana Pessoa, Laura Xavier, Rosely Rondinelli, Luis Felipe Dias Trotta e Cláudio Vitena.

Ao professor e poeta Affonso Romano de Sant'Anna por ter sido o primeiro a me encorajar a estudar a obra de Adalgisa Nery. Ao professor Eucanaã Ferraz pela orientação da dissertação de mestrado sobre Adalgisa na UFRJ. Aos professores Anélia Pietrani, Eduardo Jardim, Marco Lucchesi e Eduardo Coelho pela composição da banca de defesa. A Eduardo Coelho e Eduardo Jardim pela amizade e leitura atenta da pesquisa. Ao poeta Mariano Marovatto por conseguir uma cópia do áudio da entrevista de Adalgisa Nery ao Museu de Imagem do Som no Rio de Janeiro (1967). A Rose Ribeiro pelo envio, através de Ana Monteiro, dos poemas musicados de Adalgisa Nery: "Teoria de zero", "Rotina de todos nós" e "Poema".

À Editora José Olympio, especialmente a Livia Viana e Sérgio França, por abrirem as portas novamente para Adalgisa Nery. A Leticia Feres e Carolina Torres pelo cuidado com a publicação deste livro. Ao poeta Daniel Grimoni pela digitação dos poemas.

Aos amigos que contribuíram de diferentes formas para que eu pudesse me dedicar a escrita deste livro: Bernardo Carneiro Horta, Celina Portocarrero, Elisa Rosa, Denis Rubra, Ana Vitória Vieira Monteiro, Leona Cavalli, Nani Rubin, Rita Isadora Pessoa, Valéria Lamego, Carolina Casarin, Manoela Sawitzki, Bruna Beber, Natalia Guindani, Jordana Korich, Natasha Corbelino, Maria José Gouveia, Thassio Ferreira, Leilane Neubarth, Matheus Simões, Marcio Debellian, Renata Alonge, Cláudio Murilo Leal, Elfi Kürten Fenske, Fernando Impagliazzo, Rafaela Cardeal, Ricardo Vieira de Lima, Bruno Consentino e Malu de Martino. Aos meus pais e irmãos. E ao meu companheiro Wagner Alonge pelo amor e pela parceria de vida.

ÍNDICE DE TÍTULOS
E PRIMEIROS VERSOS

A alegria no definitivo da morte [MA], 456

A alucinada [FQD], 269

A amada é como a terra [MA], 402

A beleza ensinada não foi compreendida, 232

A beleza perdida [FQD], 232

A cabeleira da noite, 187

A canção da eternidade [FQD], 266

A canção do corpo é cantada para dentro, 64

A canção que voltará [CA], 285

A chegada da sombra [AD], 392

A chuva cai sobre as folhas, 283

A companheira [FQD], 271

A consciência do fim crava-se em minha fronte indiferente, 371

A delícia do sussurro da morte que se enrola no meu ouvido, 456

A desconhecida [CA], 290

A ele [CA], 360

A espera [CA], 350

A espera [FQD], 212

A essência imutável [E], 61

A estranha vigília da noite, 154

A eterna volta [P], 480

A exaustão faminta, 38

A exilada [MO], 157

A força invisível [MO], 89

A formação da paisagem [CA], 345

A graça [E], 31

A grande causa [MO], 138

A grande pitonisa [FQD], 203

A grande suicida [FQD], 205

A grandeza do silêncio [MO], 111

A imobilidade alargou-se rapidamente, 287

A impossibilidade de isolar-me, 68

A imprecavida [FQD], 222

A incógnita [FQD], 242

A inquietação apareceu na minha alma, 218

A libertadora [CA], 312

A luz do dia, 251

A luz que suspende os homens [P], 497

A madrugada desceu sobre os cemitérios distantes, 312

A madrugada evolui em meu corpo, 410

A mágica dos tempos, 330

A maior oferta [MA], 413

À medida que o vazio no meu corpo ecoa, 370

A memória das raízes cresce no mistério da noite, 345

A minha fragmentação está debruçada na borda do meu ser, 457

A miserável [MO], 166

A morta [FQD], 220

A morta [MO], 167

A morte dá o equilíbrio [MA], 434

A morte lavra incessantemente, 207

A morte sobre a mulher [FQD], 201

A mulher alarmada [MO], 92

A mulher com insônia [MA], 410

A mulher dentro da noite [AD], 367

A mulher insone se detém, 119

A mulher percebe o amado [MA], 427

A mulher triste [FQD], 209

A noite [CA], 326

A noite [FQD], 240

A noite abre caminhos nas montanhas, 360

A noite acalenta as mulheres ingênuas, 326

A noite poderosa [FQD], 199

A noite se alonga semelhante à mulher amorosa, 319

A noite se dilata e ensina, 136

A noite solidifica, 195

A noite telegrafa minhas angústias, 240

A noite tropeça nos pensamentos insepultos, 224

A noite vai inchando no espaço, 42

A paisagem começou a cair dentro do corpo das sombras, 335

A paisagem de amanhã [E], 45

A paisagem que inundou minha alma [CA], 275

A paisagem tem cores do avesso, 305

A pesada monotonia, 89

A poesia se esfrega nos seres e nas coisas [MA], 455

A prece de todos os meus instantes [MA], 451

A preparada [MO], 169

A presença do amado [FQD], 258

A presença do vácuo [MO], 139

A primeira noite me brotou, 385

A próxima paisagem [CA], 326

A próxima paisagem [FQD], 190

A raiz a descoberto que encarno, 48

A razão da angústia [MA], 406

A razão de eu me gostar [MA], 454

A recordação dos acontecimentos, 220

A rosa [MO], 123

A rota [E], 60

A sensação de grandeza pura, 53

A solidão apagou os caminhos que estavam na minha memória, 313

A solidão pousa nos ombros, 194

A solidão que me guarnece [MA], 415

A tristeza me esperou no espaço [P], 493

A tua face escorre no meu sangue, 104

A um homem [MA], 428

A um homem que ainda não chegou [FQD], 227

A vida está onde nela mais morremos, 120

A vida perdida [CA], 357

A vidente [FQD], 268

A virgem atenta [MA], 425

A volta [E], 74

A volta ao mito ariano [E], 35

Abandono [E], 38

Abençoada Noite, 264

Abismo [FQD], 196

Abro os olhos, não vi nada, 486

Abundância [E], 73

Acalanto [FQD], 222

Acima dos montes escuros, 213

Acolho os pensamentos decompostos, 208

Acontecimento [MO], 104

Adolescente [FQD], 225

Afogamento [FQD], 261

Agachado, com a boca bem colada ao solo, 402

Agonia [CA], 307

Agora eu poderia proferir a última palavra, 96

Agora que o homem nasce da máquina, 35

Agora que os olhos da noite desceram sobre a floresta, 366

Agora, 259

Agora, amigo, que a noite invadiu os caminhos, 197

Agora, as minhas vozes, 90

Agora, que o conceito das ligações do universo, 126

Água morta [MO], 166

Ai de mim, que cheguei ao termo, 227

Ainda que estejas perdido de mim, 250

Alguém, por mim, muito esperado, 166

Alma como abandonada praça noturna, 300

Alma inquieta [CA], 300

Alma perdida entre o céu e as águas, 221

Amado, nada mais quero, 341

Amado, por que tardas tanto?, 350

Amanhã é o dia seguinte, 316

Amanhecer [MO], 125

Ambição [CA], 346

Ambição [MO], 81

Ambição [P], 473

Amo as noites escuras e distantes, 381

Amor recente e eterno [MO], 105

Amor, 131

Amo-te como a renovação do amanhecer, 127

Análise [E], 57

Análise [MO], 124

Andar sem rumo pela noite da vida, 303

Angústia [AD], 382

Angústia causticante, 39

Angústia inicial [CA], 333

Angústia remota [MO], 150

Anotações poéticas [MO], 126

Anseio [P], 461

Ânsia da paz de noites desertas, 45

Antecedência [MO], 151

Antes de ti tudo era nada, 464

Antes mesmo da vida, 151

Antes que eu me transforme em água, 316

Antes que meu olhar se tolde com a névoa do esquecimento, 322

Antes que seja tarde, 282

Antes que vingue outra esperança, 51

Antevisão [CA], 281

Anunciação da morte [E], 71

Ao fechar de olhos para o sono, 62

Ao longe, muito longe, foi ouvida, 354

Aos meus sentidos a visão dizia, 311

Aparição [FQD], 256

Apelo [AD], 364

Apenas [MO], 127

Apenas há devastação, 93

ÍNDICE DE TÍTULOS E PRIMEIROS VERSOS   541

Apenas vultos sem tempo, 299
Apertam-me as sombras, 43
Ápice [MO], 82
Apocalipse [MO], 82
Aproxima-te ó grande Amada, 286
Árvore, cão, água, fogo e pão, 70
Árvores negras sangrando resinas vene-
nosas, 342
As asas da noite estão se abrindo sobre o
universo, 211
As vozes do sono se afundam pelo misté-
rio noturno, 235
Ascendência [MO], 107
Asfixia [FQD], 194
Aspiração [E], 51
Aspiração [FQD], 216
Aspiração ao repouso [E], 68
Assim deve ser a doce morte, 290
Ato de humildade [MA], 408
Ato de oferecimento [MO], 153
Autoanálise [MA], 447
Autoflagelação [FQD], 189
Avarenta [E], 69
Aviso [MO], 83

Basta que sobre a minha forma, 363
Bebe a minha ternura, 94
Biografia dos meus olhos [CA], 290
Brota a angústia como o suor na fronte,
143
Busca inútil [CA], 295

Cai a tristeza sobre meu espírito enfer-
mo, 108
Caída no espaço, por todo o eterno mo-
mento, 368

Cair no regaço da noite mansamente,
170
Caleidoscópio [CA], 330
Caminhando nas estradas, 355
Caminhando nas sombras da noite, 202
Caminhantes que seguis o eco das claras
vozes, 285
Caminho que reflete a paisagem em mo-
vimento, 216
Canção [AD], 376
Canção [CA], 321
Canção a mim mesma [CA], 319
Canção da noite insone [E], 53
Canção de Natal [MO], 84
Canção para dentro [E], 64
Canção que não quero cantar [CA],
324
Cancioneira [CA], 355
Cantaremos, Senhor, a Tua grande noi-
te, 84
Cântico [MA], 431
Cântico [MO], 172
Cântico de mulher [MA], 426
Cântico novo [CA], 320
Cantiga de ninar [AD], 369
Canto da madrugada [MO], 106
Canto para o ausente [MA], 442
Caos [FQD], 231
Carta de amor [FQD], 259
Cegueira [CA], 293
Cemitério Adalgisa [P], 461
Cerrei brandamente as pálpebras, 279
Certamente és a causa no valor da con-
jugação, 117
Chegaram os ventos, 82
Chegaste de longe num vento que cho-
rava, 91

Cheguei sozinha, nua e sem nome, 210
Chove dentro da minha alma [MA], 430
Círculos [MA], 402
Círculos concêntricos nascem, ofuscam, 445
Cobrindo a face, cai a melancolia, 125
Com a inquietação de toda a vida que se aproxima, 372
Com o cansaço frio e a dor mansa, 119
Começamos a viver, 55
Como a pena que brota no coração, 266
Como o silêncio depois das grandes lágrimas, 278
Como os pensamentos irreprimíveis, 336
Como os pensamentos irreprimíveis [CA], 336
Como quem tem a canção da morte dentro da boca triste, 365
Como ritmo de girândola, 493
Companhia [FQD], 198
Compensação [E], 32
Compreensão [FQD], 212
Compreensão [MO], 128
Concebi com o pensamento nos vitrais, 462
Concebi no templo [P], 462
Concepção [CA], 311
Confidência [MO], 154
Confirmação [E], 65
Confissão [MO], 129
Conheci a amarga existência das noites, 142
Conhecimento [FQD], 243
Conhecimento [MO], 85
Consentimento [FQD], 248

Consolo [FQD], 233
Conta-me da tua tristeza, 419
Conta-me uma coisa maior [MA], 419
Contempla a ternura e a misteriosa tonalidade, 392
Contempla o caminho da tua unidade, 215
Contemplei a véspera da minha vida, 222
Conversa perdida [E], 40
Corpo e espírito [MA], 414
Correrei pelos rios e pelas cascatas, 469
Cosmonauta [E], 54
Creio em ti, 238
Creio em ti [FQD], 238
Cresce a loucura, 190

Da agonia ao caos [FQD], 187
Da minha profunda solidão, 322
Da tristeza, tempo nascido do sonho, 41
Dá-me tua mão, 260
Das minhas derrotas venho, 179
De madrugada parti, 400
De repente meus olhos ficarão escuros, 181
Definição [MO], 108
Definição [MO], 131
Deitarei no teu pensamento a minha imagem, 317
Deixa que eu siga tua vida, teus passos, 489
Deixa-me recolher as rosas que estão morrendo nos jardins da noite, 337
Deixarei que tua ternura, 248
Delírio [MO], 154
Dentro da absoluta solidão do nada, 382

ÍNDICE DE TÍTULOS E PRIMEIROS VERSOS 543

Deo gratias [CA], 291
Depois da vida outras mortes viverão, 156
Depois do sangue impregnado, 326
Derrota [MO], 168
Desabaram sobre minha face, 325
Desamparo [AD], 387
Desatar o pensamento, 261
Desceu qualquer coisa sobre o bloco, 479
Descia o orvalho das horas consumidas, 45
Desconheces o mistério que me forma, 293
Desejaria estar contigo quando eras no pensamento de Deus, 468
Desejo [MO], 86
Desejo de desmontar meu corpo, 216
Deserto universal [MO], 132
Desintegração [CA], 313
Desordenadamente [MO], 164
Despedida [FQD], 238
Destroços [FQD], 243
Desvario [MO], 119
Deus me experimenta [MA], 446
Deus me pede emprestada [P], 463
Deus Senhor que me ofereces, 148
Deu-se o vácuo entre a matéria e o espírito, 71
Devastação [AD], 365
Devolve meu pensamento, 166
Dia de santo amado [P], 464
Diante da noite [FQD], 219
Diante da noite úmida e infinita, 414
Diminui o rumor dos passos na extensão dos silêncios insofridos, 383
Direção a boreste [MO], 133

Dissonante e incompreensível para o pensamento, 313
Distâncias para a noite [CA], 285
Distâncias perdidas [E], 50
Dito estava mulher, 65
Do fim para o princípio [P], 465
Do fundo do oceano virá minha canção, 350
Do momento em que ergui das águas a minha alma, 415
Do pranto sem descanso que hoje bebo, 90
Dois instantes [AD], 391
Durante e depois da vida [P], 465
Dúvida [FQD], 228

É a noite que me liberta, 236
E agora, 169
E assim ficaremos na eternidade do momento, 130
E assim ficaremos na eternidade do momento, 245
E chegam as formas reagrupando as dimensões, 152
É por demais grandioso o pensamento, 309
É preciso amar os pesados silêncios, 149
É um desejo de morte, de repouso, 53
Ebb tide [MO], 134
Egoísmo [FQD], 221
Eis que na maresia do vento, 48
Eis tudo [MO], 176
Elementos [CA], 336
Em distâncias e climas conspirados, 175
Em que lonjuras e frios, 63
Em terrenos proibidos apenas fazemos, 64

Em tudo, 252
Embrião [E], 50
Enfeitiçada [MO], 162
Enigma [FQD], 211
Enquanto eu viver, 465
Enquanto um pensamento ilegível, 223
Ensinamentos [MO], 136
Entre a estrela e o átomo, 61
Entre o céu e a terra, 374
Entre o sol e a lua nascerão multidões, 408
Envolvo-me em nuvens, 463
Episódio [E], 58
Epitáfios [MO], 87
Equação de mim mesma [MA], 438
Equilíbrio [P], 466
És a minha noite, no silêncio escutando, 114
Esboço [FQD], 201
Escolha [MO], 155
Escombros [AD], 368
Escorri como água entre as mãos de Deus [P], 467
Escrevi teu nome, 144
Escultura [MA], 412
Escuro [E], 77
Escuto a tua canção, 246
Espera [CA], 295
Esperadas águas [MO], 135
Esperam por mim [CA], 323
Esperei que de tua boca, 365
Está balançando as flores abertas na aurora, 226
Esta imobilidade, 154
Estampa [AD], 374
Estavas tão imóvel dentro da tua tristeza, 209

Este poema é dos que são estranhos a si mesmos, 355
Este sofrimento seco de alegria perdida, 390
Estes meus olhos que um dia perceberam vagamente, 290
Estigma [MA], 435
Estigmatizada [FQD], 218
Estou pensando nos que possuem a paz de não pensar, 340
Estrada real [FQD], 216
Estradas sem fim, 321
Estrelas fulgurantes que riscam velozes o espaço, 364
Estremecida eu tombei, 227
Eu abri vagarosamente, 205
Eu ainda era guardada nas entranhas maternas, 300
Eu anunciarei [P], 468
Eu desejaria ser o que nunca foi gerado, 346
Eu em ti [P], 468
Eu em três fases [FQD], 233
Eu estarei em tudo [P], 469
Eu estava caída sobre a terra, 356
Eu estava com minha angústia, 264
Eu gosto da minha forma no mundo, 454
Eu gritarei pelos que não gritaram [MA], 420
Eu já esqueci as cantigas, 388
Eu já te amava pelas fotografias, 412
Eu me falo [P], 470
Eu me maldigo [P], 471
Eu me sonho [P], 472
Eu no espaço [FQD], 205
Eu o vi uma noite, 275

Eu poderia sentir a claridade do sol do meio-dia, 296

Eu prometo esperar-te ao amanhecer, 295

Eu queria ter um grande corpo, 473

Eu quero consolar [P], 474

Eu quero estar na equação de tua existência, 271

Eu sei, 85

Eu só comigo [P], 474

Eu sou a repetição dos meus pais, 491

Eu te amei, 105

Eu te amo, 257

Eu te amo, 263

Eu te amo [FQD], 253

Eu te bendigo, 258

Eu te descolo do tempo e vejo, 483

Eu te negarei [CA], 327

Eu te negaria [MO], 88

Eu te ofereço todas as minhas nostalgias, 351

Eu te quero agora, 269

Eu te sinto mais perto [MA], 441

Eu vejo minha forma engastada nas manhãs agônicas, sem nível, 375

Eu vi as amadas do sol e dos rios, 332

Evolução [MO], 156

Existir na irrealidade, 49

Experiência [MO], 109

Explicação [MO], 158

Êxtase [CA], 356

Extinguiu-se do universo, 192

Extravasou em meus lábios o segredo cantado aos meus ouvidos, 391

Falei de nós dois, 270

Falta de relação [P], 475

Fantasmas [CA], 318

Fantasmas saltaram os muros do meu ser, 243

Fecundação [AD], 383

Fiquei vivendo à tua sombra, 289

Fixação [MO], 137

Floresta infinita [CA], 342

Foge do seio da noite, 367

Foi um ruído manso dos sete ventos, 209

Fora da noite, 476

Forasteira [FQD], 210

Força [CA], 306

Força [FQD], 200

Força [MO], 110

Forma e igualdade [MA], 422

Formação [MO], 152

Fracasso [E], 31

Fragmento [MA], 411

Fragmentos ao tempo [FQD], 202

Fuga [P], 476

Fuga inútil [P], 476

Fui tomada por todos os silêncios, 92

Gelsomina, 145

Gêmea comigo [P], 477

Grande deserto, 334

Grande noite do Tempo, 182

Grande pressão [P], 478

Grandiosidade [AD], 387

Guarda-me dentro da tua órbita, 445

Guarda-me no timbre de tua voz, 188

Guerreira [MO], 112

Há prantos se abrindo em cada corpo, 37

Há tanto fel provado, 73

Há um ruído constante dentro da minha carne, 440

Há uma densa escuridão de ocasos, 173

Há uma infinita exatidão na perspectiva da paisagem, 481

Há uma voz que não percebo, 423

Há vozes dentro da noite que clamam por mim, 331

Hão de ressurgir eternamente, 336

Hiato [E], 60

Hiatos brancos fazem-se mistérios, 60

Histórias do vento [MO], 138

Hoje, a fascinação é maior do que a de outrora, 121

Homem — imagem, 170

Iluminados por luz que nasce na distância, 50

Imagem [MO], 159

Imagem perdida [MO], 114

Imaginação [E], 48

Impede que dentro de mim cresça, 83

Impossível [MO], 115

Impossível saber o momento, 389

Impossível será recolher no meu olhar, 277

Incapaz de ligar o movimento, 231

Inclina teu pensamento sobre minha alma, 252

Íncubo [FQD], 211

Indagação [MO], 181

Indecomponível é o amor, 124

Inesperado pranto que estremece, 168

Inevitável [CA], 298

Infância sem saudades, sem lastro humano, 233

Início [FQD], 214

Inquietação [CA], 329

Inquietação [MA], 449

Inquietude [FQD], 192

Insensibilidade [FQD], 239

Insônia [MO], 90

Instantâneo [CA], 288

Instante [E], 37

Instante [E], 76

Instante [MO], 178

Instantes de trevas [FQD], 224

Integração [P], 479

Interregno [E], 70

Introdução do silêncio [E], 63

Intuição [CA], 310

Inútil é estender a mão sobre o que é morto, 139

Isolamento [AD], 386

Isolamento [CA], 277

Já se apagaram as vozes dos múltiplos destinos, 217

Jogo a teus pés minha tristeza, 167

Jornada [CA], 343

Justificativa [MO], 144

Lamento [MO], 90

Lamento eterno das minhas carnes, 404

Lassidão [CA], 287

Lavei minha boca no silêncio, 189

Lembrança [CA], 289

Lembrança [MO], 115

Lembro-me desse rosto, 303

Lentamente vem chegando, 310

Leva contigo este absoluto amor, 153

Levo de ti a rosa de todos os meus mundos, 123

Libertação [CA], 303

Limitação [MA], 448

ÍNDICE DE TÍTULOS E PRIMEIROS VERSOS   547

Lívidos fantasmas deslizam nas horas
 perdidas, 318
Longas estradas [CA], 348
Longe está a noite infinita e plácida, 230
Luz [MA], 403
Luz [MO], 116

Madrugada [FQD], 207
Magia [CA], 352
Mais do que a dor, 116
Maldição [FQD], 241
Mapa [E], 61
Marcavam meu espírito a hora de san-
 gue e o terror milenário, 431
Max Ernst [MA], 400
Me despedi de mim e o momento foi sus-
 penso, 480
Meninas de asilo que saem à tarde, 444
Mensagem [AD], 363
Mensagem para Mateus [MO], 116
Mesmo que ouvidos se ensurdeçam, 398
Metamorfose [E], 75
Metamorfose [FQD], 209
Metrotone Adalgisa Nery [P], 488
Meu coração está escuro, 487
Meu De Profundis [P], 489
Meu olhar fala [CA], 302
Meu olhar tece o véu dos destinos, 344
Meu pedido [P], 489
Meu pensamento desceu pelo meu corpo
 como ondas de som, 329
Meu pensamento está em pranto, 358
Meu pensamento levantou-se do meu
 nascimento, 470
Meu silêncio [P], 496
Meus antigos desalentos germinados,
 177

Meus olhos já viviam curvados sobre
 meus pés, 297
Meus olhos trocam de lugar, 212
Meus passos repercutiram, 236
Minha alma era um belo e alto muro
 branco, 93
Minha alma parece uma longa noite de
 lua, 496
Minha boca chama por ti, 295
Minha cabeça está coroada pelo terror,
 201
Mísera filha da noite, 157
Miséria [FQD], 227
Mistério [CA], 331
Mistério perdido [MO], 181
Momento [MO], 96
Moram em mim, 461
Motivo [FQD], 237
Motivos em Mateus [MO], 117
Move-se nas águas do meu pensamento,
 331
Movimento [CA], 331
Mulher [E], 33
Mulheres, fitai-me, 249
Mundos de conflitos que o silêncio en-
 gole, 36
Murmuração [MO], 93
Música do Tempo [CA], 300
Mutações no imponderável, 58

Na angústia de jamais me rever, 174
Na face, a geografia da angústia, 33
Na hora extrema e irrevogável, 217
Na hora vazia da espera, 193
Na largura da noite, 203
Na madrugada em que minha voz se
 acordar, 392

Na memória nem tudo está em tudo, 31
Na palma da mão, 69
Na solidão indivisível, 261
Na terra seca e granulada do ferro das granadas, 497
Na vastidão que se dilata no colo da noite, 137
Nada [P], 490
Nada mais acontecerá, 465
Nada seria poesia se meus olhos não chorassem [MA], 397
Não conhecerei a libertação, 230
Não é a primavera que faz florescer as rosas, 352
Não é bem o recuo para o nada, 54
Não é de hoje essa angústia tão sentida, 150
Não é possível que desça maior tristeza sobre minha alma, 379
Não foi para isto que os meus olhos se abriram, 146
Não fora assim sofrida tanto, 144
Não há espaço para consolações, 160
Não importa que sobre os mares, 420
Não poderei penetrar na fascinante atração do teu corpo, 285
Não receio que partas para longe, 435
Não se havia ainda formado o mundo sobre seus polos, 427
Não vemos o mostrador do Tempo, 39
Não virá o arcanjo luminoso, 490
Nas mãos inquietas, 56
Nascimento da angústia [MO], 145
Natal [MO], 182
Nebulose [AD], 373
Nem a grande morte estendida pelos mares e desertas areias, 306

Nesse momento, 219
Neste instante eu poderia falar, 280
Neste instante nossas chagas são as mesmas, 74
No abrir de cada dia, 52
No avesso da luz, 173
No combate entre o gelo e o fogo, 75
No espaço do pensamento, 163
No espaço que tem a medida do eterno, 112
No fim da jornada, 343
No fim do dia, a menina que trabalha nas Lojas Victor, 495
No horizonte a indecisão majestosa dos coloridos, 373
No horizonte dos meus desejos retesados, 224
No ilimitado tudo se realiza, 98
No segundo das luzes incertas, 436
No tédio mais gelado, o que mata o movimento, 122
No ventre da floresta úmida e calma, 100
Noite de solidão e dos tristes, 199
Noite libertadora [FQD], 236
Nordeste [MA], 418
Nos olhos da tarde, 140
Nos vários espaços da secreta lama, 147
Nostalgia do impreciso [E], 62
Nova mensagem [MO], 168
Nova mensagem de amor [FQD], 263
Numa aurora indecisa, 376
Nunca estarei sozinha, 198
Nunca sentiste uma força melodiosa, 455
Nuvem em forma de rosa, 178

O acontecimento [FQD], 191

O acontecimento em formação [FQD], 230

O amor cobriu minha alma, 211

O aviso da vida, 485

O branco [E], 49

O caminho é o mesmo [E], 39

O cancioneiro [FQD], 246

O caos vem da noite [MO], 173

O céu baixou muito, baixou tanto, 478

O companheiro [FQD], 245

O companheiro [MO], 130

O descuidado [MO], 108

O desejo absorve dois corpos, 41

O desespero caiu sobre os meus sentidos paralisados, 168

O desespero denso sem fixação na causa, 113

O desespero estéril da indecisão, 368

O desvendado [E], 35

O dia das trevas está preparado dentro da grande mão, 214

O distraído [FQD], 270

O encontro [FQD], 249

O escuro ser profundo, coisa sobrenatural, 33

O espanto abriu meu pensamento, 76

O espírito da tempestade que executa a minha palavra, 370

O eterno no instante [E], 43

O hálito das sombras domina minha expressão, 242

O hino da louca [MO], 113

O ignorante [FQD], 246

O imponderável [CA], 359

O inevitável [AD], 371

O lamento me persegue [MA], 404

O livro já estava escrito por dentro e por fora, 492

O longe vento [FQD], 226

O mais maravilhoso de todos [CA], 309

O mal está na memória [MA], 430

O manto de linho tecido para a minha infância, 276

O mar veio chegando, chegando, 486

O messias [MO], 91

O momento repetiu-se, 328

O movimento estancado [MA], 450

O mundo pulveriza-nos sem revelar, 60

O muro [MO], 93

O nascimento da terceira metade [E], 48

O olhar do poeta [AD], 374

O olhar do poeta se derrama sobre a vida, 374

O olhar do Senhor, mais forte do que o sol, 481

O olhar obstruído pela angústia, 55

O país do poeta [CA], 305

O pensamento [FQD], 223

O pensamento tinha profundidades quase negras, 233

O pensamento veio como a febre, 205

O pensamento vestido de imaginados, 32

O poema de gelsomina [MO], 145

O poeta diminui o sofrimento [MA], 433

O que há além dos veleiros perdidos no silêncio das esperas, 35

O que resta do espírito agora, 40

O que sentes, amigo, 237

O que só no fim saberás [MA], 452

O que te peço é bem pouco, 118

O refúgio no desmedido aniquilamento,
82
O ruído é mais do que eu [MA], 440
O sempre vento [FQD], 214
O silêncio do pó, 50
O silêncio nasceu, III
O tempo cai silencioso, 359
O universo dança no fundo das minhas
pupilas, 292
O vazio faz-se entre a dissonância do
aflito e do manso, 31
O veleiro é o mesmo, 32
O vento está passando sobre minha ca-
beça, 214
O vento veio correndo, 138
Obstinação [FQD], 187
Oferta [CA], 351
Oferta [FQD], 261
Oh se a vaga música, 222
Olha-me como a angústia densa, 159
Olhem-me com a verdade [MA], 424
Olhem-me como a mulher que nasceu
sozinha, 424
Olhos de luz [CA], 344
Onde está a paisagem florida, 192
Onde tudo é amplo, 59
Ontem, foste a alegria que se une à cau-
sa, 104
Os caminhos do pranto [E], 37
Os cegos [E], 39
Os dedos do meu pensamento, 358
Os grandes silêncios [CA], 349
Os homens levantam os olhos, 239
Os movimentos sem finalidade que se
alongam no tempo, 387
Ouço bem a chuva que dentro da minha
alma cai, 430

Ouve-me com teus olhos, 353

Paisagem [CA], 278
Paisagem [MO], 159
Paisagem das sombras [MO], 140
Paisagem interior [AD], 375
Paisagem interior [MO], 94
Paisagem no pensamento [E], 34
Paisagem noturna [CA], 319
Paisagem próxima [FQD], 215
Palavras ao amado [CA], 352
Panorama [CA], 308
Panorama [FQD], 213
Panorama [MO], 146
Para que ficar, se continuo solitária, sen-
tada no meio da cidade, 476
Parábola [P], 479
Parem as guerras, 466
Partículas sem rotação, 61
Passaram os grandes silêncios, 349
Passem por mim e não se detenham, 142
Patrimônio [E], 47
Pedi que modelasses a minha vida, 95
Pedi suaves ternuras, 102
Pedido [CA], 341
Pedido [FQD], 252
Pedido [FQD], 255
Pedido a um homem [MO], 95
Pela fresta do céu, 463
Pelas janelas do universo entra o silên-
cio, 301
Pelas noites mais profundas, 129
Pelo olfato da minha alma, 145
Pelos pensamentos largados, 253
Pena eterna [MO], 160
Penetração [MO], 161
Pensamento [MO], 119

Pensamento na noite [CA], 325
Pensamento sem coesão [MO], 95
Pensamentos entre o sono e o sonho [FQD], 235
Pensamentos impossíveis, 367
Pensamentos que provocam meus sentidos, 324
Pensamentos que reúnem um tema [CA], 340
Pensamentos que se levantam, 244
Perdoa, irmão!, 408
Pergunta [AD], 377
Permanência [MO], 142
Perspectiva [P], 481
Pesam nos meus ossos, 47
Pesar [CA], 296
Planícies se cobrirão de ossos, 406
Pobreza [CA], 276
Poema [E], 53
Poema [E], 59
Poema [E], 69
Poema [E], 76
Poema à filha triste [MA], 397
Poema a João Sebastião Bach [CA], 354
Poema a ti [FQD], 247
Poema ao farol da Ilha Rasa [P], 485
Poema ao longo do silêncio [CA], 301
Poema ao recém-nascido [P], 483
Poema ao silêncio [MA], 417
Poema ao vento [CA], 322
Poema aos agoniados [AD], 372
Poema apocalíptico [FQD], 206
Poema apocalíptico [P], 481
Poema casto [FQD], 255
Poema da abandonada [AD], 367
Poema da agonia eterna [AD], 363

Poema da amante [FQD], 257
Poema da angústia vertical [FQD], 195
Poema da anulação [FQD], 208
Poema da busca [FQD], 250
Poema da dúvida [CA], 353
Poema da espera [AD], 365
Poema da incerteza [AD], 368
Poema da louca [CA], 307
Poema da minha canção [CA], 350
Poema da minha verdade [CA], 313
Poema da mulher aflita [AD], 384
Poema da mulher destruída [AD], 379
Poema da mulher recuperada [FQD], 265
Poema da mulher triste [AD], 388
Poema da solidão [FQD], 264
Poema de amor [CA], 353
Poema de Natal [FQD], 264
Poema de uma noite morna [AD], 385
Poema do amanhã [CA], 316
Poema do amor carnal [P], 483
Poema do desalento [CA], 278
Poema do desconsolo [CA], 280
Poema egocêntrico [MA], 420
Poema em surdina [FQD], 236
Poema essencialista [P], 484
Poema forte [AD], 378
Poema incerto [AD], 389
Poema na madrugada [MO], 141
Poema na madrugada [MO], 123
Poema natural [P], 486
Poema operário [P], 495
Poema pagão [MA], 445
Poema para alguns [MO], 98
Poema para as asiladas [MA], 444
Poema para Mateus [MO], 121
Poema para o ausente [AD], 380

Poema para os inimigos [MO], 120
Poema primeiro [CA], 314
Poema quase simples [MO], 99
Poema que aconteceu [FQD], 224
Poema segundo [CA], 314
Poema sem resposta [AD], 372
Poema sem resposta [FQD], 229
Poema sem tempo [CA], 282
Poema sem título [E], 55
Poema simples [AD], 381
Poema simples [CA], 337
Poema tardio [AD], 366
Poema terceiro [CA], 315
Poema universal [CA], 355
Poesia marítima [P], 486
Ponto de relação [AD], 381
Por cima dos montes as nuvens formaram gigantescos números, 400
Por onde anda aquele amigo vento, 372
Por que te encerras na cidade de muros frágeis, 339
Por quê? [MO], 121
Por querer e não saber ao certo, 132
Por trás da coluna do tempo, 490
Pousará depois do esquecimento, 363
Prece [FQD], 262
Prece da angústia [P], 496
Prece franciscana [MA], 439
Preguei teus olhos no meu pensamento, 360
Pré-morte [E], 33
Prenúncio [MO], 122
Presença da morte [FQD], 219
Presença da tristeza [CA], 344
Presença do amor [MO], 164
Presença inconfundível [FQD], 252
Pressentimento [CA], 329

Primeiro vem o tempo que tudo conhece, 176
Prisão [FQD], 230
Procissão [P], 497
Procissão das bestas [E], 36
Procissão interior [P], 487
Procuro a paisagem florida, 201
Promessa [CA], 317
Promessa [FQD], 217
Pudesse a tua palavra, 162
Pura e simples como o linho das igrejas, 225
Puxaram de dentro do meu corpo a minha alma, 429

Qualquer que seja o fim do que amamos, 172
Quando a grande mão luminosa se abriu, 467
Quando a morte estiver para chegar, 434
Quando a noite é ampla e luminosa, 371
Quando estás comigo tudo é grande, tudo é bom, 442
Quando eu te beijo, 426
Quando eu um dia me transformar em água [MA], 416
Quando eu um dia me transformar em flor, 416
Quando me pertencias, 357
Quando minha alma partir meu corpo em dois para a libertação, 420
Quando numa rocha porosa, 428
Quando o amado surgir na minha noite infinita, 314
Quando o dia morrer, 191
Quando um dia voltares, como espero, 380

ÍNDICE DE TÍTULOS E PRIMEIROS VERSOS   553

Quantas vezes o pensamento cresceu, 196

Que angústia em mim acontecia, 181

Que bailem as nuvens o grande bailado, 319

Que estalem nos céus os trovões, os relâmpagos, 471

Que estranho terreno inexplorado, 77

Que faremos depois das circunavegações do pensamento?, 229

Que importa a miséria ou a desventura, 138

Que minhas mãos ao se festejarem em tua cabeça, 492

Que se cumpra em mim o que estava pensando, 81

Que seja o amor violento, 187

Que um dia não chegue em tua vida, 483

Quem me arrancará à fome de sucessivos perecimentos, 99

Quem sabe tua boca procurou minha boca, 353

Quero desaparecer na tua boca onde minha vida se acaba, 161

Quero morrer, 86

Quero que desça sobre mim a grande sombra que alivia, 461

Quero que meu corpo seja como o céu que dá a chuva, 421

Quero que meu pensamento se enrole em tua vida, 241

Quero ser da ala dos derrotados, 474

Quero ser no vento sem rumo, 171

Quero te acariciar infinitamente para te fazer sofrer, 314

Quero te amar, 247

Quisera, na vida, somente recordar, 115

Rasgarei minhas carnes com minhas próprias mãos, 474

Razões conjugadas [E], 41

Realejo [P], 491

Realidade [CA], 358

Realidade [FQD], 217

Reconhecimento [MO], 142

Recordação [AD], 371

Recordações da Finlândia [MO], 100

Reflexo nas formas veladas, 34

Regresso [MO], 102

Regresso [MO], 179

Reminiscências [CA], 299

Renovação [P], 492

Repara a luz que se projeta sobre a terra, 403

Repetição [E], 52

Repetição dos momentos [CA], 347

Repetindo-se vai o instante, 347

Repousa. Descansa. Virá um dia um vento, 369

Repouso [CA], 286

Repouso [FQD], 260

Repouso [MO], 170

Repouso [P], 492

Ressurreição [CA], 297

Restam em meus olhos, 278

Restam-nos destroços de lutas e de símbolos, 58

Resultado [MO], 165

Resumo [FQD], 192

Retrato [AD], 392

Retrato [CA], 303

Reversão [MO], 170

Roteira [MA], 436

Rotina [MO], 173
Rotina de todos nós [E], 75
Rumos perdidos [E], 64

Sabedoria [MA], 405
Saem de mim mundos distantes, diferentes, sem limite, sem o tempo contado pelos homens, 488
São ventos desencontrados, 123
São vozes de aflição ou cantos de sereias perdidas em brancas praias, 338
Saturação [FQD], 193
Saudar os seres vivos, a solidão das trevas, 387
Se a escuridão do ventre materno, 411
Se acaso me encontrarem, 381
Se às vezes, das carnes, a alma despencou, 121
Se conhecesses a respiração da terra dormida, 246
Se de valor a vida fosse experiência, 124
Se és poeta, canta bem forte, 433
Se eu pudesse falar muito em ti, 448
Se eu pudesse sair do ângulo da refração de mim mesma, 438
Se eu recolher todas as coisas, 413
Se eu subir bem alto, acima dos montes, 430
Se meus olhos não chorassem, 397
Se o cruel me ataca, sou compreensão, 128
Se o momento da grande prece chegar, 315
Se queres o voo desliga-te de tudo, 76
Se tardares, não importa, 424
Se te amo, é porque me amo, 479
Se uma luz afastasse o pavor crescente dos meus ressentimentos, 228

Segredo [MO], 102
Segue teu caminho [CA], 297
Sei que não és uma forma casual, 102
Sem que nada se movesse, 348
Semelhança [FQD], 251
Sempre à tua espera [MA], 424
Sempre amar [MO], 149
Senhor, 88
Senhor, 422
Senhor Deus, 307
Senhor!, 302
Senhor!, 441
Senhor! Acode-me na profunda tristeza de minha alma, 489
Senhor, emocionada eu Te bendigo, 291
Senhor, Pai dos leprosos, 262
SENHOR, vê a minha miséria, 496
Sensibilidade [CA], 358
Sentimento geral [MO], 99
Sentir todas as mutações dolorosas do espanto, 99
Ser forte, 110
Ser fragmento do transitório, 75
Será inútil esperar, irmã, 298
Sereias douradas, 377
Seremos um [FQD], 188
Significado da transfiguração [E], 42
Silêncio [E], 56
Silêncio, cobre meu pensamento e meu coração, 417
Símbolos [CA], 275
Simplicidade [E], 44
Sinto o conteúdo da existência, 484
Só eu sei, 268
Só há deserto [CA], 334
Sob a dor vestida de silêncio fundo, 133
Sob a noite [MO], 147

ÍNDICE DE TÍTULOS E PRIMEIROS VERSOS 555

Sobre a imobilidade do desencanto, 95
Sobre a minha face imóvel, 87
Sobre a planície do meu corpo, 255
Sobre as noites e os dias, 97
Sol irmão, tu que tens a luz e a harmonia, 439
Solidão [AD], 370
Solidão [CA], 348
Solidão que me fascina e me mata, 164
Solilóquio [MO], 124
Somos tempo perdulário, 57
Sonho [FQD], 204
Sono largo, sono sem tempo, 42
Sonolência [CA], 279
Soprando mansamente, 284
Sou o particular do universal [MA], 457
Sou sonhada por mim mesma, 472
Sou triste porque cheguei antes, 475
Sou tudo no mundo da abstração [MA], 400
Subitamente caíste no escuro do meu pensamento, 164
Sufocação [CA], 322
Sugestões [CA], 283
Súplica [FQD], 197
Súplica [MO], 118

Talvez de nós dois seja eu a primeira, 329
Talvez este ritmo de retorcidas angústias, 69
Talvez no final, ao morrer, 176
Talvez sigas antes de mim e então poderás ler, 452
Tarde de domingo [MO], 147
Tédio por companheiro [MA], 429

Tempo [MO], 180
Tenho medo de sentir a hora extrema, 449
Tenho que seguir, 323
Teoria de zero [E], 41
Ternura [CA], 316
Testamento [MO], 177
Teu nome [MO], 144
Teu pai é aquele que tu olhas com a condescendência das mães, 397
Toda a terra é seca. Um deserto sem fim, 418
Todas as distâncias colheram a medida exata, 158
Todas as palavras estão tomadas pelo silêncio, 159
Todos os pensamentos, 212
Transfiguração [AD], 370
Transformação [CA], 284
Transformação [MO], 143
Transformação [MO], 171
Transformação da morte [CA], 328
Transição [AD], 390
Tripulantes do veleiro [E], 32
Tristeza [MO], 174
Tu já me encontraste, 297
Tu me glorificarás [P], 494
Tu que me colocaste na tangência do tempo, 451
Tu que vens de tão longe, 384
Tu te aproximaste de mim, 265
Tu vieste em minha vida, 256
Tu vieste pelas células do meu corpo, 115
Tudo é parado, 477
Tudo é susto na minha alma coberta de rumores, 155

Tudo está em mim [MA], 421
Tudo fluirá suavemente, 109

Última verdade [MO], 176
Último dia [MA], 408
Um após outro andei pelos portos, 453
Um átomo que se incorpora mudo, 378
Um corpo de mulher deitado em branca
nuvem, 37
Um dia a menina olhou o álbum de
retratos [P], 463
Um dia meus pés não avançarão mais
pelas estradas, 468
Um dia o céu se recolherá como um livro
que se enrola, 494
Um dia, talvez no último momento, 327
Um dos meus milésimos momentos
[MA], 454
Um grande círculo de fogo veio do pen-
samento de Deus, 402
Um instante do pensamento [E], 42
Um interminável céu de inverno, 386
Um nome [MO], 97
Um novo mundo sairá de mim [P], 490
Um pensamento doloroso condensado
nas trevas do meu espírito, 333
Um pensamento imprevisto, 219
Um peso cai sobre mim como se fora,
106
Um sentimento de mistério, 348
Um silêncio frio e mudo, 450
Um sol com mais calor do que luz, 497
Um vento ofegante, 288
Uma dor aguda é a substância da ale-
gria, 243
Uma noite muito longa, muito espessa,
454

Uma qualquer coisa muito longínqua,
447
Uma vontade de ninguém, 165
Único em todos [CA], 360
Unida ao silêncio da flor, 103

Vácuo [E], 58
Vai, irmão, 180
Várias dimensões caem no fundo da noi-
te, 141
Vasto mundo [FQD], 244
Vazam-se os sonhos, o poder da crença,
134
Vazias estão as cidades escurecidas pela
dor e a derrota, 308
Veio sem rumo objetivo nem causa escla-
recida, 108
Vejo a intenção se ocultar, 281
Vem com a luz do sol, 344
Vem, amado meu, 352
Vem, amado, 255
Vem, homem amigo, coloca-te em ângu-
lo, 405
Venho carregando os negros males do
mundo, 206
Venho das areias ainda cobertas pelos
mares, 275
Viagem [CA], 339
Viagem [MO], 148
Viagem de volta [MO], 175
Viagem inútil [MA], 453
Vivência [E], 55
Vida desconhecida [CA], 335
Vida e morte [MA], 445
Vida extenuada em desencanto imenso,
116
Vida no vento, 44

ÍNDICE DE TÍTULOS E PRIMEIROS VERSOS   557

Vida reflexa [MO], 104
Vieste com a primeira gota d'água, 425
Vim da inquietação que se fez queda, 107
Vim dos tempos em que não havia a poeira, 446
Vinde, mulheres, descei montes e colinas, 320
Virão as águas, 135
Visão [CA], 332

Visão [E], 45
Visão noturna [CA], 292
Vislumbres [MO], 163
Vontade [MO], 103
Vou-me embora, 238
Voz de onde vens?, 307
Voz eterna [MA], 398
Voz nos meus múltiplos [MA], 423
Vozes [CA], 338

A primeira edição deste livro foi impressa no Sistema Digital Instant Duplex da Divisão Gráfica da Distribuidora Record para a EDITORA JOSÉ OLYMPIO LTDA., em dezembro de 2022.

*

90º aniversário desta Casa de livros, fundada em 29.11.1931.